KB115399

해룩나룩

오천 년의 예언 ❷

해루나루 오천 년의 예언 ❷

발행일   2017년 6월 16일

지은이   진 강
펴낸이   손 형 국
펴낸곳   (주)북랩
편집인   선일영   편집   이종무, 권혁신, 송재병, 최예은, 이소현, 김한결
디자인   이현수, 이정아, 김민하, 한수희   제작   박기성, 황동현, 구성우
마케팅   김회란, 박진관
출판등록   2004. 12. 1(제2012-000051호)
주소   서울시 금천구 가산디지털 1로 168, 우림라이온스밸리 B동 B113, 114호
홈페이지   www.book.co.kr
전화번호   (02)2026-5777   팩스   (02)2026-5747

ISBN   979-11-5987-610-3 04810(종이책)   979-11-5987-611-0 05810(전자책)
          979-11-5987-612-7 04810 (세트)

이 도서의 국립중앙도서관 출판예정도서목록(CIP)은 서지정보유통지원시스템 홈페이지(http://seoji.nl.go.kr)와
국가자료공동목록시스템(http://www.nl.go.kr/kolisnet)에서 이용하실 수 있습니다.
(CIP제어번호 : CIP2017014173)

진강 장편소설

해록낙록

오천 년의 예언 ②

북랩 **book** Lab

모든 것에 감사드리며……

어린 시절 나는 수많은 영웅들을 보면서 자랐다. 그들 중에는 슈퍼맨, 배트맨, 셜록 홈즈, 007, 우주소년 아톰, 밀림의 왕자 레오같이 외국에서 온 이들도 있었지만 마루치 아라치, 로보트 태권브이, 머털도사처럼 우리나라 고유의 영웅들도 많이 있었다. 그 영웅들이 악당들을 물리치는 장면을 보면서 어린 나는 그들과 같은 정의로운 사람이 되겠다고 다짐하곤 했다. 정말 즐거운 기억들이다. 하지만 성장해 가면서 이상한 점을 발견했다. 슈퍼맨, 배트맨, 007, 코난, 김전일 같은 외국의 영웅들은 수십 년이 지난 지금까지 TV나 영화 등을 통해서 건재한데 우리나라의 영웅들은 어느 순간 잠깐 반짝하고 사라진다는 것이었다. 왜 그럴까? 한 때 온 국민들의 가슴을 설레게 했던 로보트 태권브이가 이제는 추억 속 아재들의 아이템이 되어야만 할까? 왜 머털도사는 더 이상 활약하지 않을까?

모든 것이 다른 나라에 뒤지지 않는 우리나라에 외국의 영웅처럼 세대를 이어가며 활약하는 영웅이 없다는 사실을 깨달은 나는 그 이유를 정말 알 수 없었다. 사실 그 사이에 그런 시도가 없었던 것은 아니었다. 『인간시장』(김홍신 제)의 장총찬, 『퇴마록』(이우혁 제)의 현암 등 간혹 매력적인 영웅 캐릭터가 우리를 매료시킨 적이 있었다. 하지만 그들의 생명력 역시 외국 캐릭터에 비할 바는 아니었다. 나이 들어서도 계속 영웅에 열광하던 나는 그것이 억울했다. 왜 우리나라에는 생명력 긴 영웅이 없을까? 왜 나와 우리 아이들은 왜 외국의 영웅에 열광하여야 할까?

그 억울함이 25년이 넘는 직장 생활을 마치며 제2의 삶을 준비하는 나에게 새로운 사명으로 다가왔다. 내가 직접 그것을 해 보기로 마음 먹은 것이다. 그래서 지난 2년 동안 정말 미친 듯이 몰두했다. 내 손으로 우리 고유의 영웅을 만들고 싶은 마음이 그만큼 간절했을까? 지금까지 없었던 것을 내가 만들어 보겠다는 자부심 하나로 하루에 10시간씩 노트북을 마주하고 인터넷을 검색하며 굳은 머리를 굴려서 글을 썼다. 아니 짜내었다고 하는 편이 맞을 것이다. 마침내 나는 단군신화에서 그 해답을 찾았다.

또한 나는 이글의 영웅을 통하여 분명한 메시지를 전하고 싶었다. 그것은 바로 우리 고유의 인간 존중 정신인 홍익인간의 이념이었다. 우리나라의 건국 이념이면서도 지금 아무도 챙기지 않는 이 정신을 다시 한 번 돌이켜보고 싶었다. 이기심과 물질만능주의에 빠져 사는 우리가 되새겨 보아야 하고 더 좋은 나라에서 살게 하고 싶은 우리 아이들에게 꼭 알려 주고 싶은 정신이었다. 비록 이 메시지가 허공에 외치는 공염불이 될지라도 만약 단 한 명의 독자만 동감해 준다면 그것으로 족하다. 글 속에서 해루가 말했듯이 단 한 명의 선인이 악에 빠진 세상을 구할 수 있다고 믿기 때문이다.

정식으로 소설을 공부하지 않았고 글쓰기 교육을 받은 경험조차 없는 내가 오십 중반에 어울리지 않는 판타지 장르로 첫 소설을 썼다는 것은 스스로도 신기하다. 여기까지 오게 해주신 하나님께 감사드릴 뿐이다. 항상 격려를 아끼지 않으신 어머니께 감사드린다. 또한 거칠기만한 나의 글을 글답게 만들어 주신 북랩의 권혁신 팀장님을 비롯한 여러분께도 감사드리고 싶다.

2년이라는 시간을 통하여 이 글을 완성하고 보니 정말 감화가 새롭다. 부끄럽고, 두렵기도 하다. 세상에 많고 많은, 나보다 훨씬 더 훌륭한 문장력을 가진 젊고 똑똑한 작가들이 아닌 나 같은 글쓰기 문외한이 이런 시도를 하는 것이 맞는지 의문이 들기 때문이다. 더구나 나의 글속에는 오십 넘은 꼰대 작가의 글이라는 표시가 덕지덕지 붙어 있다. 전개도 느리고 등장인물들의 사고도 고리타분해서 많이 지루할 것이다. 그런 면에서 이 글을 끝까지 읽어주시는 독자들께 감사드리고 싶다.

2017. 5. 5 탈고하며

진강

목차

모든 것에 감사드리며…… / 4

해루의 봉인 해제 / 8

영웅의 활약 / 65

지 교수의 발명 / 112

폐광의 비밀 / 144

화천의 협박 / 184

역천인의 은신처 / 214

지하의 대결 / 255

밝혀진 진실 / 282

감추었던 이야기 / 302

에필로그 / 321

해루의 봉인 해제

여름이 익어가는 산의 전경은 아름다웠다. 눈만 들면 티 없이 파란 하늘이 펼쳐져 있었다. 오후가 한참 지나도 이글거리는 태양은 살을 태우는 것 같았고, 머리부터 발끝까지 흐르는 땀은 온몸을 적시고 있었다. 그런데도 가끔씩 나무 그늘 아래서 느끼는 산들산들 산바람의 냉기는 오랜 시간의 산행을 통해서 거칠게 열기를 뿜고 있는 뜨거운 몸을 식혀 주기에 충분했다. 그래서 여름 산이 좋은가 보다 하고 나루는 생각했다.

계곡 아래는 온통 빽빽하게 가득 찬 초록 나무들의 향연이었다. 그 초록의 바다 사이에 점점이 흩뿌려져 방점을 주고 있는 이름 모를 낙엽수들의 붉은빛도 조화롭게 보였다. 이런 나무들의 바다는 여기 발밑에서부터 저기 저쪽 봉우리까지 펼쳐져 있었고 저쪽 봉우리에 다다른 초록의 바다는 그 봉우리를 돌아 그다음 봉우리에까지 이어져 있었다. 지금 산은 서로 다른 초록색의 향연을 펼치면서 실록의 절정이 무엇인지를 스스로 보여주고 있는 것 같았다.

나루는 앉아 있던 바위에서 몸을 일으켰다. 이제 몇 시간 지나 어두워질 것을 생각하면 이 아름다움에만 취해 있을 여유가 없었다. 어둡기 전에 목적지에 도착해야 산에서 밤을 새우는 불상사를 피할 수 있기 때문이었다.

지금 오르고 있는 길은 정비가 잘되지 않은 곳이었다. 수박만 한 돌들이 많이 있어서 돌 위를 걸어가야 했다. 어떤 곳은 그 위에 나뭇잎까지 쌓여 있어 잘못 밟으면 미끄러지기 쉬웠다. 다른 곳은 키가 제법 되는 잡초가 무성하게 덮여 있어서 길조차 찾기 어려웠다.

하지만 산길에 익숙한 나루에게는 그렇게 어려운 길은 아니었다. 그는 날렵하게 돌과 돌 위를 짚으면서 앞으로 나아갔다. 나지막한 풀숲은 다리를 들어 넘고 좀 높이가 있는 잡초는 옆으로 눕혀가며 희미하지만, 누군가 지나간 흔적을 찾아 길을 따라가고 있었다.

꾸준히 연성산을 다닌 보람이 있었다. 비록 높지는 않아도 그곳을 열심히 다닌 덕분에 강원도에 있는 해발 1,200m 정도의 이 금룡산이 비록 산세가 험해도 어렵지 않게 오르고 있었다. 최근 몇 년 동안 친구들과 우리나라의 여러 산을 오른 것도 도움이 되었다.

문제는 밤이 되어 어두워지는 것이었다. 산에서 밤을 보내는 것은 위험했다. 어둠이 빨리 내리고 특히 위험한 산짐승들의 활동도 밤에 많아지기 때문이었다. 그런 이유로 산에서의 밤길은 등산 전문가들도 피한다고 들었다. 더구나 그는 지금 혼자였다. 문제가 생기면 도와줄 사람도 없었다. 목적지에 도착하기 전에 어둠을 맞는다면 어려운 상황이될 수밖에 없었다.

한 시간 정도를 더 걸은 뒤 그는 서서 물을 한 모금 마시고 앞을 응시했다. 길은 이제 경사가 완만한 오르막으로 이어져 저만큼 산의 왼쪽으로 돌아 올라가고 있었다. 이제 돌길은 거의 끝났고 흙길이었다. 길을 확인한 그가 물을 한 모금 더 마시기 위해서 물병을 들어 올리자 운동으로 다져진 그의 팔뚝이 땀에 젖어 반짝거렸다. 강인해 보였다.

나루는 빨리 걷기 시작했다. 쉬어야 할 시간이 지났지만 어두워지기 전에 목적지에 닿아야 한다는 생각에 갈 수 있는 데까지 가보기로 마음먹은 것이다. 어느새 길은 오르막에서 내리막으로 바뀌어 있었고 산중턱을 지나 계곡으로 이어져 있었다.

길의 흔적이 워낙 희미해서 잠시 불안하기도 하였지만, 나루는 안심했다. 사람이 다녔던 흔적이 군데군데 있는 것을 확인했기 때문이었다. 누군가가 드물게나마 다니는 길이었다. 올바른 방향으로 가고 있다는 뜻이었다. 자신감을 얻은 그는 20분 정도 더 흔적을 더듬어 따라갔다. 마침내 그는 제법 규모 있는 계곡을 만났다. 깊지는 않지만, 물살이 빠른 곳이었다. 모처럼 물을 본 그는 허리를 숙여 땀에 젖은 얼굴을 식혔다. 흐르는 계곡 물은 생각보다 훨씬 찼다. 여름 더위에도 한기를 느낄 정도였다.

수건을 꺼내 물기를 닦은 그는 스마트폰을 꺼내서 메모를 봤다.

"이곳이 금룡 계곡이겠군……. 그렇다면 여기서 왼쪽으로 돌아 건너편 고개 쪽에 길이 있다는 얘기인데……. 저쪽인가?"

그가 고개를 들어 계곡의 건너편을 보니 오솔길 하나가 눈에 띄었다.

"역시 맞게 잘 왔네……. 이제 조금만 더 가면 도착하겠군."

나루는 시계를 보았다. 아직 오후 네 시가 되지 않았다. 아침에 출발해서 거의 7시간이 걸린 산행이었다. 가능하다면 오늘은 이곳에서 머물고 내일 아침에 돌아가야 하겠다고 생각했다. 하루 정도 머물 준비는 하고 왔다. 목적지가 가까워 더 이상 밤을 걱정하지 않아도 된다고 생각한 그는 여유가 생겨 평평한 바위에 걸터앉기로 했다. 스마트폰을 꺼내서 몇 개의 메모를 확인했다.

"왜 신원이란 분은 나를 이런 곳으로 오라고 한 것일까? 좀 편한 곳에서 만나지……"

나루는 혼잣말을 하고 바위에서 일어나 물줄기의 폭이 좁은 곳을 찾아 계곡의 건너편으로 넘어갔다. 그리고 아까 본 오솔길로 들어섰다. 목적지가 가까워졌다고 생각하니 오히려 마음이 더 급해졌다. 뛰듯이 빠른 걸음으로 걸었다. 얼마 동안을 걸어가자 길의 폭이 점점 넓어졌고 어느 순간에 작은 공터가 나왔다. 그리고 그곳에는 조그만 움막이 하나가 있었다.

움막은 나무와 흙과 짚을 이용해서 대충 지어 보잘것없었지만 그래도 집의 모양은 갖추고 있었다. 창호로 된 문이 있는 방 한 칸과 부엌 한 칸이 붙어 있는 단순한 형태의 기옥이었다. 나무기둥을 세워 그사이를 흙과 짚을 섞어 메운 벽으로 둘려 있었고 지붕은 짚과 나뭇가지를 엮어서 올렸다. 부엌 쪽의 벽에는 처마를 길게 하여 비를 피해 장작을 쌓아 놓을 공간이 있었다.

군데군데 아무렇게나 흙이 발라져 있는 벽은 여러 번 수리를 한 것 같았다. 도대체 언제 지었는지 모를 정도로 오래된 집이었다. 방문도 처음에 발라 놓은 창호지는 거의 떨어져 나가고 이제는 신문지나 가게 전단이 아무렇게나 발라져 있었다. 마당에 있는 철제 드럼통을 잘라 만든 간이 화로에는 하얀 재가 한 가득 쌓여 있었다. 부엌 아궁이 이외에 가끔 이곳에 장작을 태워서 요리를 하는 것 같았다. 도대체 현대 문명과는 전혀 상관없는 것 같은 곳이었다.

당연히 전기나 수도 시설 같은 것은 없었다. 우물조차 보이지 않았다. 하지만 부엌의 큰 항아리에 물이 가득 담긴 것을 보니 어디선가 물을 길어다 쓰는 것 같았다. 아까 지나온 계곡에서 물을 길어 온 것이 분명했다. 빠르게 걸어서 20분 정도의 거리니 물을 길어 나르는 것만으로도 훌륭한 운동이 될 것 같다는 생각을 하면서 나루는 미소 지었다. 이곳은 생활 자체가 운동이 되는 곳이라는 느낌이 들었다.

나루는 방 쪽을 쳐다보았으나 인기척이 느껴지진 않았다. 며칠 전 분명히 오늘 오겠다고 문자를 보냈는데 그가 보낸 문자를 받지 못한 것일까? 하긴 이런 산속에서 스마트폰의 신호가 잡힐지 의심이 들었다. 급히 자신의 것을 꺼내 보니 다행히 희미하게나마 신호는 잡히고 있었다. 다행이라고 생각했다. 연락은 되었을 것이다. 그는 도착을 알리기로 했다.

"계십니까?"

나루는 목소리를 낮추어서 아주 정중한 목소리로 자신이 왔음을 알렸다. 하지만 아무 대답이 없었다. 다시 한 번 이번에는 목소리를 조금 더 높여 불러 보았다.

"아무도 안 계신가요? 저는 오늘 뵙기로 한 천나루라고 합니다!"

역시 아무런 대답이 없었다. 나루는 잠시 난감함을 느꼈다. 오후 다섯 시 정도밖에 안 되었지만 주변에는 벌써 어두운 기운이 내리고 있었다. 과연 산속이라 한여름이라도 밤이 빨리 찾아오는 것 같았다. 이제는 돌아갈 수 없었다. 사람이 있든 없든 오늘 밤은 이곳에서 머물러야 했다.

나루는 조심스럽게 방문을 열어 보았다. 역시 방 안에는 아무도 없었다. 하지만 허술해 보이는 바깥 모습에 비해서 상당히 깔끔하게 정리가 되어 있었다. 하긴 물건이 워낙 없으니 정리가 그리 어려울 것 같지는 않았다. 벽에 걸린 옷 몇 벌, 좌식 나무 책상 하나와 그 위에 놓인 책 몇 권 그리고 서랍장 하나와 그 위에 잘 개어져 있는 이불들이 전부였다.

방은 생각보다 커서 서너 사람이 함께 누워도 될 정도의 넓이였다. 오래된 장판지가 깔린 바닥은 아궁이 부분이 까맣게 타서 벗겨진 흔적이 있었다. 지난겨울의 흔적일 것이다. 여름인 요즘에는 아궁이에 불을 때지 않아서 그런지 방안은 생각보다 서늘하게 느껴졌다.

잠깐 나루는 방 앞의 툇마루에 앉아서 기다려 보기로 했다. 그러다가 그는 갑자기 허기를 느껴 배낭에서 음식을 꺼내 먹기 시작했다. 아침에 산에 오르기 전에 편의점에서 준비한 것들이었다. 먼저 김밥을 한줄 먹었다. 그리고 물을 마시고 사과 하나를 배낭에서 꺼냈다. 사과를 옷에 쓱쓱 문질러 닦은 후 한입 크게 베어 물려는 순간이었다.

갑자기 집 뒤의 산기슭에서 이상한 소리가 났다. '투투투투⋯⋯' 처음에는 크게 신경을 쓰지 않았는데 그 소리는 점점 가까이 들렸다. 그러더니 '후두둑!' 하는 소리와 함께 엄청난 크기의 멧돼지 한 마리가 집뒤에서 마당을 향하여 뛰어왔다. 그놈의 덩치가 얼마나 큰지 뛸 때마다 땅이 울릴 정도였다.

"으앗!"

나루는 놀라서 반사적으로 재빨리 방 안으로 뛰어 들어가 문을 닫아 버렸다. 다행히 멧돼지가 따라 들어오려 하지는 않았다. 문밖에서 녀석이 이리저리 뛰고 무엇인가 긁으며 냄새를 맡는 소리가 났다. 산에서 먹을 것을 찾다가 그의 음식 냄새를 맡고 이곳까지 온 모양이었다.

나루는 이 상황을 어떻게 해야 할까 생각했다. 일단은 멧돼지가 떠날 때까지는 방에 있기로 했다. 다른 방법이 없었다. 잠시 후 그는 배낭을 툇마루에 올려놓은 것이 생각났다. 배낭에는 아직 사과 하나와 삶은 계란 두 개가 더 있었다. 초콜릿도 하나 배낭 옆의 주머니에 있는데 녀석이 그것들을 먹을 수 있을까 궁금했다. 나루는 아직까지 동물과 싸워 본 적은 없었다. 그럴 일이 없었기 때문이다. 지금 그래야 할까? 그는 갈등했다. 하지만 배고픈 동물은 매우 위험하다는 이야기가 생각났다. 결국 녀석이 갈 때까지 기다리는 것이 가장 좋다는 결론을 내렸다. 일단 버틸 수 있을 때까지 버텨 보기로 했다.

하지만 녀석은 갈 생각을 하지 않고 있었다. 녀석이 보이지는 않았지만 아직도 문밖에서는 무언가를 물어뜯는 소리, 쿵쿵거리며 냄새 맡는 소리, 그리고 육중한 발소리가 계속 들리는 것으로 보아 아직 녀석은 근처에 있는 것이 분명했다. 그나마 녀석이 문이 닫혀 있는 방과 부엌에는 감히 들어가려고 하지 않는 것은 다행이었다.

기다리는 시간이 지루해서 정말 멧돼지와의 일전을 각오해야 하나를 나루가 갈등하는 순간 갑자기 밖에서 '파팍!' 하고 무엇을 때리는 소리와 함께 '꽤액!' 하는 녀석의 비명이 들렸다. 그러더니 잠시 조용해지는가 싶다가 다시 '두두둑!' 하는 큰 발구름 소리와 한 번 더 '퍼퍽!' 하고 무언가를 가격하는 소리, 그리고 '꽈-악' 하는 커다란 비명을 마지막으로 갑자기 밖이 조용해졌다.

'무슨 일이지?'

나루는 궁금함을 참을 수 없어 방문을 바른 신문지를 조금 찢어서 밖의 상황을 보았다. 그곳에는 놀라운 광경이 벌어져 있었다. 어둑어둑해진 마당에 어느새 멧돼지가 피를 흘리며 뻗어 있고 한 남자가 그곳에 서 있었다. 단정하게 콧수염과 턱수염을 길러 나이가 들어 보이는 얼굴에 비해 단단해 보이는 체격의 그는 흰색 반팔 티셔츠에 파란 운동복 바지와 운동화를 신고 있었다. 뒤로 묶은 머리 하며 모든 것이 산사람의 분위기였지만 두드러져 보이는 것은 손에 있는 삼단봉이었다. 방금 그것으로 멧돼지의 머리를 내려친 것 같았다.

그는 조금 당황한 모습으로 이리저리 다니면서 집의 어느 부분이 상한 곳이 없는지 둘러보고 있었다. 나루는 서둘러 문을 열고 밖으로 나가서 인사했다.

"안녕하세요. 저는 천나루입니다. 결국 이렇게 만나는군요. 신원 선생님이시죠?"

멧돼지를 때려잡은 신원이 나루를 보고 깜짝 놀라면서 말했다.

"아니 왜 거기서 나오는가?"

신원의 놀란 얼굴을 보고 나루가 부끄럽게 대답했다.

"주인도 없는 방에 함부로 들어가서 죄송합니다. 멧돼지를 피하느라 그만……."

그제야 상황을 이해했다는 표정이 된 신원은 혀를 차며 말했다.

"내가 빨리 온다고 온 건데……. 조금만 더 늦었으면 큰일 날 뻔했구면."

그리고는 마당에 갈기갈기 찢겨 있는 나루의 배낭을 보면서 어이없는 듯 말했다.

"이놈이 배가 몹시 고팠던 모양이야. 배낭까지 먹으려 한 걸 보면……. 허허……."

나루도 너덜너덜해진 그것을 보고 등골이 서늘해지는 것을 느끼며 말했다.

"네 그러네요……. 그런데 선생님은 어떻게 하신 거예요? 지금 이 녀석을 직접 잡으신 건가요?"

신원은 부끄러운 표정을 보이며 대수롭지 않다는 듯이 말했다.

"멧돼지 정도야……. 그것보다 나를 좀 도와주겠나? 이놈이 무너뜨린 장작더미를 다시 쌓아야 할 것 같아. 덕분에 오늘은 고기를 먹을 수 있겠구먼. 자네가 좀 해 주겠나? 나는 멧돼지 고기를 손질함세. 그리고 방도 좀 치워주게. 그래야 나중에 잠을 잘 수 있지 않겠는가!"

"네, 알겠습니다."

나루는 부끄러움에 얼굴이 붉어져서 얼른 마당으로 내려오면서 대답했다. 이제야 그는 자신이 급하게 멧돼지에게 쫓기면서 운동화를 벗지도 않고 방에 들어갔다는 것을 깨달았다. 아닌 게 아니라 덕분에 방 안은 그의 운동화에서 뿌려진 흙과 모래로 지저분했다.

신원이 이야기한 대로 나루는 장작을 다시 쌓고 방을 청소했다. 그 시간에 신원은 멧돼지 고기를 손질했다. 나루가 곁눈질로 보니 신원의 칼 다루는 솜씨가 보통이 아니었다. 마치 예전부터 익숙하게 해 온 일처럼 보였다. 그는 아주 빠른 속도로 뼈와 고기를 분리해 내고 있었다.

나루는 가슴이 설레었다. 지금 만나고 있는 사람은 보통 인간과는 다른 천인이라는 존재였다. 멧돼지를 맨손으로 때려잡을 만큼 강한 힘과 능숙한 칼 솜씨를 가진 사람이었다. 격투기에 관심이 있는 나루로서는 그에게 많은 것을 배울 수 있을 것 같았다. 하지만 묵묵히 고기를 다듬고 있는 사람에게 그런 말을 꺼내기는 어려웠다. 그는 적당한 기회를 찾기로 했다.

얼마 후 마당에서 두 사람은 드럼통 화로에 장작불을 붙여 그 위에 돌 판을 놓고 멧돼지 고기를 구워 먹었다. 전형적인 산속의 식사였다.

"마침 딱히 먹을 것도 없었는데 잘됐네. 이렇게 고기라도 대접할 수 있게 되었으니……. 자네가 먹을 복이 있나 봐. 허허……."

"네, 감사히 먹겠습니다."

식사 준비를 하는 동안 해는 한참 전에 넘어가서 늦은 저녁식사였다. 배가 많이 고팠던 나루는 궁금증의 해소보다는 허기를 먼저 달래기로 했다. 신원도 같이 먹었지만 그리 많이 먹지 않았다. 그는 허겁지겁 고기를 집어 먹는 나루의 모습을 바라보면서 흐뭇한 표정이었다. 마침내 자신의 앞에 나타난 나루를 무척 대견해하며 마치 아버지 같은 눈길을 보내고 있었다.

산속의 밤은 여름이라도 쌀쌀했다. 칠흑같이 검은 하늘은 세상의 모든 것을 삼켜버린 듯 적막만을 내려주고 있었다. 나무도 풀도 아무것도 잘 보이지 않았다. 다만 풀숲 속의 벌레들만이 요란하게 울어 적막을 깨고 있었다. 정말 그런 소음이라도 없었다면 세상은 어둠의 심연에서 빠져 헤어 나오지 못할 것만 같았다.

식사를 마친 후 두 사람은 아직 반쯤 불기가 남아 있는 화로 옆에 찻잔을 들고 앉아 있었다.

"산속에서 이렇게 밤을 지내 본 적이 있는가? 젊은 사람들은 이런 산골을 별로 좋아하지 않지?"

나루는 잠시 생각한 후에 대답했다.

"아주 어렸을 때 가족들과 캠핑을 가서 텐트를 치고 잔 적은 있습니다. 하지만 그곳은 여기처럼 완전한 자연은 아니고 캠핑장으로 꾸며진 곳이었던 것 같아요. 전기도 들어오는 곳이니까 여기와는 많이 다르죠. 그래요, 정말 이런 곳은 처음인 것 같아요."

"그렇지 여기는 전기가 안 들어오지. 수도도 없고…… 사는 것이 그렇게 편한 곳은 아니야."

나루가 차를 한 모금 마셔 속을 덥힌 후에 물었다.

"그런데 선생님께서는 왜 이런 곳에 계시는 거죠? 불편하지 않으신가요?"

신원은 계속 대견한 표정으로 나루를 응시하면서 물었다.

"내가 왜 이런 곳에 산다고 생각하나?"

"글쎄요. 멧돼지를 맨손으로 잡으실 정도로 강한 분이신데 수련을 위해서 계시는 것 아닌가요?"

신원은 빙그레 웃으며 말했다.

"그럴 수도 있겠지. 하지만 더 중요한 일이 있어."

"더 중요한 일이요? 그게 무엇인지 말씀해 주실 수 있나요?"

나루는 호기심에 억양이 조금 높아졌다

"원래 나는 이곳에서 살지는 않는다네. 자네가 이곳으로 와야 하기 때문에 여기서 기다린 거야. 그래서 난 자네가 이곳에 와 준 것에 많이 감사하고 있어."

신원의 대답에 나루가 의아한 표정으로 되물었다.

"저도 선생님을 뵙게 되어 반갑습니다. 그런데 제가 이곳에 와야 한다는 것은 무슨 뜻인가요?"

신원은 온화한 표정으로 대답을 해주었다.

"차차 알게 될 거야. 물론 그 이유를 알 필요가 없을 수도 있겠지만……."

나루는 계속 알 수 없는 이야기만 하는 신원을 아무 말 없이 바라보았다. 그러자 신원이 미안해하면서 말했다.

"지금은 많이 어리둥절하겠지만 조금만 참아 주게나. 시간이 지나면서 내 의미를 알게 될 거야. 내가 특히 반가운 이유는 자네가 '하늘밝은눈'을 가진 사람이라는 확신이 있기 때문이네!"

나루는 신간의 이야기를 전혀 이해할 수 없었다. 그래서 조금 주저하다가 다시 물었다.

"'하늘밝은눈'이 뭔가요?"

신원은 다시 질문에 대한 대답 대신 엉뚱한 이야기를 하였다.

"얼마 전에 YCI그룹이라는 회사에서 입사 제의를 받은 적이 있지 않은가?"

나루는 그 질문에 당황하면서 물었다.

"아니, 그걸 어떻게 아시죠?"

신원은 계속 대견한 표정으로 나루를 보면서 말했다.

"자네가 그들의 요구를 받아들이지 않았다는 것이 바로 '하늘밝은눈'을 가졌다는 의미일세!"

"제가 YCI그룹에 입사하지 않은 것이 '하늘밝은눈' 때문이라는 말씀인가요?"

"그렇다네. 그것이 있으면 선천적으로 선과 악을 구별하여 결코 악한 것을 택하지 않게 되네!"

신원이 확신에 찬 목소리로 대답했다. 그 목소리에는 간절함마저 깃들어져 있었다. 하지만 나루에게 그것이 중요한 것은 아니었다.

"그런데, 좀 더 여쭈어 봐도 될까요?"

한 가지 대답을 듣게 되자 나루는 지금까지 궁금했던 것들을 폭포수처럼 쏟아 내었다.

"저에 대해서는 어떻게 알고 계셨던 건가요? 저에게 큰 잠재력이 있다는 것이 사실인가요? 멧돼지도 못 이기는 제가 어떻게 그 역천인들이라는 악당들과 싸울 수 있나요? 선생님을 만나러 이곳까지 와야 했던 이유는 뭔가요? 그리고……"

쉴 새 없는 나루의 질문을 들으며 신원은 빙그레 웃음을 지었다. 그는 두 손을 저으며 물었다.

"자네가 나를 보고 싶었던 이유는 무엇인가?"

나루가 머뭇거리며 대답했다.

"그거야…… 저를 구해주신 분이기도 하고……"

"그리고?"

"선생님 같은 고수한테 무술을 배우고 싶기도 했죠!"

나루가 내뱉듯 대답하자 신원이 유쾌한 목소리로 이야기했다.

"그래, 그래 잘 왔어. 내가 다 가르쳐 줄 거니까…… 그리고 다른 질문도 다 대답해 줄 거야!"

신원의 이야기에 나루는 반가운 표정으로 물었다.

"정말인가요?"

"그런데 그 전에 먼저 몇 가지 확인할 일이 있네. 자네 이곳에서 며칠 더 머물 수 있겠나?"

나루는 당황했다. 며칠 머무는 것은 그의 예정에 있었던 것이 아니기 때문이었다. 김 원장과 이 선생이 이곳을 알려주면서 신원을 만나 자신이 세상을 구할 수 있는 능력에 대한 가능성을 시험해 보라고 할 때 이곳이 험한 곳이니 준비를 철저히 하라고 하여 하루 정도는 준비하고 왔지만, 그것이 며칠씩 걸릴 것이라고는 전혀 생각하지 못했던 것이다. 더구나 아까 멧돼지가 배낭을 물어뜯어 버려서 그나마 챙겨 온 간단한 옷가지들도 괜찮은지 확인해 봐야 했다.

나루의 걱정을 눈치챘는지 신원이 말했다.

"그렇게 오래 걸리지는 않을 거야. 길어야 삼사 일정도? 나도 자네가 내가 생각한 사람이 맞는지 다시 한 번 확인을 해봐야 한단 말이지. 그리고 자네에게 허락을 받을 일도 있고…… 지금은 자네가 내게 궁금한 것이 많겠지만 모든 것은 확인이 끝나면 이야기해 주겠네."

신원은 드럼통 화로에 나뭇가지를 조금 더 넣었다. 작았던 불꽃이 확 하고 크게 올랐다가 다시 줄어들었다. 하늘이 구름에 가려서 그런지 오두막 주변에 빛이라고는 드럼통 화로 주변밖에는 없었다. 어둠 속에서 서로의 얼굴도 잘 보이지 않았지만, 장작불의 불꽃이 솟아 타오를 때 보이는 신원의 표정은 무척 기대에 차 있는 것 같았다. 마지막으로 넣은 나뭇가지마저 불에 타서 점점 사그라지는 것을 보면서 신원은 말했다.

"자네가 키는 크지만 나랑 체격이 비슷한 것 같은데? 괜찮으면 내 옷을 입어도 좋아. 그래 봤자 모두 산에서 입는 등산복이나 운동복이지만. 그래도 내가 빨래는 깨끗이 하는 편이거든?"

나루는 도대체 신원이 자신에게 무엇을 확인한다는 것이고 무엇을 이야기해 준다는 것인지 궁금하지 않을 수 없었다. 그런데 이상하게 그것이 시간 낭비가 된다 하더라도 꼭 확인해 보고 싶은 마음이 들었다.

그것은 YCI그룹과는 절대로 함께할 수 없다는 마음과는 정반대의 느낌이었다.

"알겠습니다. 말씀대로 며칠 신세 지도록 하겠습니다."

신원의 표정이 환하게 밝아지며 말했다.

"그래, 며칠 동안 나의 손님이 되어 주게나. 하지만 내 집에 있는 이상 나의 규칙을 따라 주어야 하네. 알겠는가?"

나루는 손님이라는 말에 벌떡 일어나서 정중하게 대답했다.

"손님이라니요? 그냥 제자라고 생각해 주세요! 규칙은 말씀해 주시면 따르도록 하겠습니다."

신원은 웃으면서 나루의 손을 잡았다.

"제자라니, 하하……. 규칙이 뭐 대단한 것은 아니고 아까도 보았겠지만, 이곳은 간혹 산짐승들이 지나다니니 함부로 돌아다니지 말고 특히 밤에는 나와 꼭 함께 다녀야 하네. 그리고 작은 방에서 다 큰 남자 둘이 있으려면 특히 깨끗이 지내야 하겠지? 그 정도야. 지킬 수 있겠지?"

"알겠습니다. 문제없습니다!"

나루가 자신 있게 대답하자 신원은 만족스러운 표정으로 말했다.

"먼저, 우리 계곡에 가서 몸이나 감고 오세. 보다시피 여긴 더운물이 나오는 샤워 시설 같은 것은 없어. 괜찮겠지?"

잠시 후 나루는 신원이 주는 수건을 들고 그와 함께 산길을 걷고 있었다. 식사와 이야기를 나누는 동안 시간이 많이 흘러 밤이 깊었는지 벌레들조차 소리를 내지 않고 있었다. 산모퉁이를 돌자 산에 가려 보이지 않던 작은 그믐달이 나타나서 그나마 주변이 좀 밝아졌다. 하지만 검은 하늘은 떠 있는 달의 모습은 그 빛조차 어둠에 빨리고 있는 듯 처량한 모습이었다.

길을 걸으면서 나루가 물었다.

"그런데 선생님, 아까 멧돼지는 어떻게 하신 거예요?"

신원은 재미있는 표정으로 나루를 쳐다봤지만 안타까운 듯 말했다.

"나에게 달려들어서 머리를 삼단봉으로 내리칠 수밖에 없었네. 불쌍한 녀석이야……."

하지만 나루는 감탄한 표정으로 말했다.

"정말 대단하시네요. 저도 선생님처럼 강해질 수 있을까요?"

그러자 신원이 문득 짓궂은 표정으로 물었다.

"자네는 왜 방에 들어가서 숨었나? 자네가 멧돼지와 싸울 능력이 없다고 생각하나?"

나루가 부끄러움에 어깨를 으쓱하며 대답했다.

"사람이 멧돼지를 당하지 못하는 것이 당연한 것 아닌가요? 총이라도 있으면 모르지만요. 멧돼지는 사람보다 빠르고 힘도 세니까……"

그러자 신원은 의미심장한 표정으로 나루를 쳐다보면서 말했다.

"글쎄 그 말이 맞겠지. 하지만 어떤 사람은 멧돼지 정도는 우습게 여길 정도의 힘을 가진 사람도 있다네. 힘이 있어도 스스로 그걸 모르고 있을 수도 있고…… 자네가 강해질 수 있는가에 대한 질문의 대답은 아마 자네가 내가 생각하는 사람인가의 여부에 달렸어. 하하……. 그 대답도 지금은 하기 어렵군. 시간이 지나면 스스로 알게 될 테니 좀 기다려 주게."

나루는 할 수 없이 가장 궁금한 부분에 대한 대답은 참고 남겨둘 수밖에 없었다.

'하긴 며칠만 지나면 다 알게 될 텐데……. 조금 참지 뭐. 그런데 저분이 생각하는 사람이 나인지 확인한다니……. 도대체 저분은 나를 누구라고 생각하는 거지?'

마침내 다시 도착한 금룡 계곡은 아까 밝을 때 본 것과는 또 다른 모습이었다. 계곡 사이로 보이는 하늘과 양쪽 골짜기는 어둠 속에서 전혀 구별되지 않아 희미한 달빛에 비치는 조약돌을 보고서야 그것이 물인지 돌인지를 간신히 구별할 수 있을 정도였다.

신원은 이곳이 아주 익숙한지 보이지도 않는 곳을 성큼성큼 걸어가더니 계곡 물이 모여서 웅덩이를 이루는 곳에 멈춰 서서 옷을 벗기 시작했다. 그리고 나루를 향해서 말했다.

"자네도 옷을 벗게나. 설마 옷을 입고 물에 들어가지는 않겠지?"

옷을 다 벗은 신원은 천천히 웅덩이 안으로 걸어 들어갔다. 흐린 달빛에 비친 그의 뒷모습은 날렵한 실루엣을 보여주고 있었다. 아까 낮에도 한기를 느꼈던 계곡 물이었다. 아무리 여름이라도 밤에는 상당히 차가울 법도 한데 그는 아무런 주저함도 없이 물속으로 몸을 담갔다.

다음은 나루의 차례였다. 나루도 옷을 벗어서 가지런히 정리하여 웅덩이 옆의 돌무더기 위에 놓았다. 그리고 자신을 바라보고 있는 신원을 향하여 조심스럽게 걸어가기 시작했다. 잠시 후 발에서부터 계곡 물의 느낌이 올라왔다. 역시 차가웠다. 발목까지밖에 적시지 않았는데도 그 냉기가 올라와 머리카락 한 올, 한 올이 곤두서는 느낌이었다.

하지만 나루는 신원에게 약한 모습을 보여주기 싫었다. 표정을 감추며 아무렇지도 않은 듯이 물속으로 계속 걸어 들어갔다. 물이 허리에서 가슴으로 올라갈 때쯤에 하마터면 '앗 차가!'라고 소리를 지를 뻔하였다. 하지만 표정을 바로 잡고 바로 주저앉아 목까지 물에 잠기게 하였다. 어둠 속에서 신원이 빙그레 웃으며 그의 모습을 지켜보고 있었다. 그는 어떻게 해야 할지 몰라서 물속에 몸을 담그고 잠자코 신원을 바라보았다.

"잠시 그러고 있게나."

신원의 말에 두 사람은 물 밖에 목만을 내놓은 채 서로 마주 보고 있었다. 신원은 처음에 미소를 지으며 나루를 보았지만, 그 미소는 점차 진지한 표정으로 바뀌어 갔다. 물의 온도는 생각보다도 더 찼다. 나루는 차가운 냉기를 온몸으로 참았다. 그리고 신원이 일어나 물 밖으로 나가자고 하길 기다렸다. 하지만 상당한 시간이 지나도 신원은 아무 말을 하지 않았다.

하마터면 나루는 차가움을 참지 못하고 중간에 일어설 뻔하였다. 하지만 이런 것을 이겨내지 못한다면 정말 강한 사람이 되겠다는 자신의 다짐을 지킬 수 없을 것 같아 이를 악물고 참았다.

'저분이 참을 수 있다면 나도 참을 수 있다. 더구나 나는 저분보다 더 젊다.'

하지만 시간이 좀 더 지나자 점점 냉기는 더해지는 것 같았다. 나루는 차가움을 잊기 위해서 신원을 응시하던 시선을 올려 하늘을 쳐다보았다. 별도 없는 하늘에 가늘게 떠 있는 가느다란 그믐달이 검은빛 하늘에 물들어 처연하게 보였다. 한참을 쳐다보고 있는데 어느 순간 갑자기 달빛이 마치 오로라처럼 주변으로 퍼져 나가는 것처럼 보였다.

'어? 내가 환상을 보는 걸까?'

처음에 미약했던 달빛은 점점 강해져서 마치 물결의 파동처럼 주변으로 길게 황금빛 테를 만들면서 퍼져 갔다. 나루는 확실하지는 않지만, 그 달빛의 커다란 황금빛 테가 자신에게로 다가오는 것으로 느꼈다.

"저, 저기……"

나루는 이 사실을 신원에게 이야기하려고 그를 쳐다보았다. 하지만 신원은 눈을 감고 뭔가를 중얼거리고 있어서 나루의 이야기를 듣지 못하는 것 같았다.

달빛으로부터 확산되는 황금빛 테는 점점 나루에게로 다가오고 있었다. 황금빛 테가 계곡 바닥을 스칠 때마다 조약돌들이 황금빛으로 변했다. 그는 황금빛 테가 자신에게 다가오는 것을 보고 있자니 이상하게 온몸이 경직되어 움직일 수도, 소리를 지를 수도 없었다. 신원은 눈을 감고 뭔가를 중얼거리고만 있었다. 황금빛 테가 점점 나루에게 가까이 오다가 마침내 그 테 속으로 자신을 휘어 감는 순간 겁에 질린 마루는 눈을 감아 버렸다.

잠시 후 나루가 다시 눈을 떴을 때 달빛의 황금빛 테는 사라지고 없었다. 다만 그렇게 차가웠던 계곡 물이 더 이상 차갑지 않게 느껴졌다. 아니 오히려 따뜻한 느낌마저 들었다. 실제로 그의 주변에는 마치 온천 같은 수증기가 올라오고 있었다. 그는 놀라서 신원 쪽을 바라보았다. 신원은 이미 눈을 뜨고 온화한 미소를 띤 채 그를 바라보고 있었다. 하지만 상당히 피곤한 모습이었다.

"이제 그만하고 돌아가세나."

신원이 물 밖으로 나와 수건으로 물기를 닦고 옷을 입었다. 나루는 조금 전의 이상한 현상에 대해 신원에게 물어보고 싶었지만, 그의 심각한 표정을 보고 입을 닫고 신원을 따라 물 밖으로 나올 수밖에 없었다. 그런데 나루는 신원을 따라나서면서 자신의 몸속 어디엔가 말로 표현하기 어려운 뜨거운 기운이 치밀어 오르는 것을 느꼈다.

두 사람은 다시 움막으로 돌아왔다. 신원은 아까보다 더 말수가 줄었지만, 몹시 긴장한 모습이었다. 그는 그저 필요한 말만을 하면서 서둘러 잠자리를 준비했다. 나루는 그의 옆에 누워 잠을 청하면서 지금 자신이 겪고 있는 일의 의미에 대하여 생각해 보았지만 아무리 생각해도 그 해답을 찾을 수는 없었다. 신원이 말해 줄 때까지 기다릴 수밖에 없을 것 같았다. 종일 산을 걸어 피곤했던 나루는 복잡한 생각에도 불구하고 곧 깊은 잠에 빠져들었다.

다음 날 나루가 눈을 떴을 때는 사방은 이미 밝아 있었다. 신원은 벌써 일어났는지 그가 자고 있던 자리는 깨끗이 정리되어 있었다. 나루도 잠자리에서 나오려고 몸을 움직였다. 그런데 어떤 이유에서인지는 모르겠지만, 몸이 매우 가볍다는 느낌이 들었다. 어제 종일 산을 걸은 것을 생각하면 다리나 몸이 좀 부자연스러울 법도 한데 전혀 그렇지 않았다.

'산의 공기가 맑아서 그런가?'

나루는 그저 신기하게 생각하면서 일어나서 잠자리를 정리하고 밖으로 나갔다. 마침 신원은 막 부엌에서 나오고 있었다.

"잘 잤는가? 피곤할 텐데 좀 더 누워 있지 그러나?"

나루는 툇마루에 걸터앉아 신발을 신으면서 대답했다.

"벌써 날이 밝았는데 저도 일어나야죠. 선생님께서는 일찍 일어나셨나 봐요?"

신원은 아침 준비를 하고 있는 모양새였다.

"이 나이가 되면 점점 새벽잠이 없어진다고 하지? 잠자는 시간이 아까워지는 거지. 나에게 어울리는 말은 아니지만……"

신원은 어젯밤 심각하게 보였던 표정과는 다르게 유쾌하게 말했다.

"조금만 기다리게나. 밥이 거의 다 됐으니까. 오늘은 금방 지은 밥을 먹도록 하세. 이제야 손님한테 따뜻한 밥을 대접하는구먼. 이건 예의가 아닌데. 허허……"

나루가 느끼기에 신원은 어쩐지 어제보다 상당히 조심스럽게 자신을 대하는 것 같은 느낌이 들었다. 이상하게 바로 보면서 이야기하지 않고 자꾸 눈도 피하는 것 같았다. 그 이유에 대해서 물어볼 수는 없었다. 어차피 지금은 대답해 줄 것 같지도 않았다.

아침 밥상은 금방 지은 밥과 고사리, 도라지, 더덕들의 산나물과 어제 잡은 멧돼지 고기를 넣은 김치찌개였다. 나루는 맛있게 먹었다. 신원의 요리 솜씨는 나무랄 데가 없었다. 혼자 살아서 제대로 된 아침식사를 차려 먹어 본 일이 없는 나루로서는 오랜만에 맛보는 아침의 진수성찬이었다. 신원은 숭늉까지 끓여 주었다. 산에서 먹기 힘든 훌륭한 아침식사가 끝났다.

"선생님은 이곳에 살지도 않으시면서 이곳 생활이 굉장히 익숙해 보이세요."

나루가 이야기하자 신원은 고개를 끄덕이며 말했다.

"그런가? 자네 눈썰미가 있군. 맞아. 지금은 아니지만, 예전에는 오랫동안 이곳에 살았어."

"아, 그러셨군요!"

나루가 자신의 예감이 맞은 것에 대해 기뻐하자 신원은 한마디를 더 해 주었다.

"이곳은 우리 천인들이 꼭 지켜야 하는 곳이거든? 오래전에 천 년을 이곳에서 보냈지……"

"처, 천 년이나요?"

나루가 놀라서 물었지만 신원이 싱긋 웃고는 입을 다무는 바람에 더 이상 이야기를 할 수 없었다. 잠시 후 나루가 자신이 설거지를 하겠다고 하자 신원이 손사래를 쳤다.

"여기는 물이 귀해서 설거지하는데도 요령이 필요하거든. 내가 하는 것이 편해. 더구나 자네는 내 손님이니까 잠시 쉬고 있게."

"그럴 수는 없죠. 이렇게 맛있는 음식을 먹었는데 저도 뭔가 해야죠."

나루도 지지 않고 이야기했다. 그러고는 빈 그릇들을 들고 성큼성큼 부엌 쪽으로 걸어갔다. 그러자 신원은 곤란한 표정으로 말했다.

"그러지 말라니까. 알았네, 알았어. 그럼 계곡에서 물을 좀 길어다 주겠는가? 차라리 그러는 게 도움이 될 거 같아. 여기서 설거지를 잘못하면 내가 오히려 불편하거든."

신원의 이야기를 듣고 나루는 물을 길어 오기로 했다. 생각해 보니 식사 후 아침 운동으로도 괜찮을 것 같았다. 나루는 커다란 흰색 물통 두 개를 양손에 들고 계곡으로 향했다.

'이틀 동안 벌써 이 계곡을 세 번이나 가는구나.'

나루는 이런 생각을 했지만 그곳으로 가는 길은 그때마다 다른 느낌을 주는 것 같았다. 오후, 한밤중, 그리고 아침의 모습과 그 느낌이 모두 달랐다. 지금은 아침 햇살을 받은 나뭇잎들이 더욱 반짝거렸고 늙은 침엽수의 오래된 잎들조차 선명하고 윤기가 있어 보였다.

그런데 사실, 나루는 아까부터 자신의 몸에서 이상한 열기가 나온다는 것을 느끼고 있었다. 깊은 산속의 아침 공기가 전혀 차지 않았다. 그렇다고 해서 덥거나 땀이 나는 것도 아니었다. 아주 쾌적한 기분이었다. 이상한 느낌은 그것만이 아니었다. 지금 들고 있는 물통들의 무게감이 느껴지지 않았다. 몸과 발걸음 모든 것이 너무나 가벼웠다. 계곡까지도 어제의 반도 안 되는 시간에 도착한 것 같았다. 일부러 시간을 재지 않았지만 틀림없이 그런 것 같았다.

계곡에 도착한 나루는 깨끗한 물을 받기 위해 물줄기의 위쪽에서 물을 담았다. 잠깐 만에 두 개의 물통이 가득 채워지자 뚜껑을 닫고 물통을 들어 올리기 위해 힘을 주었다. 그런데 다시 이상한 느낌을 받았다. 물론 빈 통과는 다른 느낌이었지만 자신이 생각하는 물통의 무게감이 아니었다. 뭐랄까 빈 물통에 대해서 전혀 무게감을 못 느꼈다면 물을 채운 물통의 느낌은 마치 음료수 병 하나를 든 무게감밖에 느껴지지 않았다.

나루는 지금 자신에게 나타나고 있는 현상에 당황했다.

'이제 무슨 일이지? 내가 갑자기 힘이 세진 건가?'

그는 자신의 변화를 확인해 보려고 물통을 바닥에 놓고 옆에 있는 바위를 두 손으로 잡았다.

'혹시 이것도 들 수 있을지 몰라…….'

나루는 앞에 있던 무릎 높이의 바위를 두 팔로 안고 힘을 써 보았다. 그러자 놀랍게도 그 바위가 움직였다! 물론 그것은 물통보다는 훨씬 무거운 느낌이었지만 그가 힘을 더 주자 결국 들어 올려졌다. 분명 이 정도 크기의 바위는 사람이 들 수 없었다. 도대체 어떻게 된 일인가? 그는 자신에게 어떤 변화가 있다는 것을 느꼈다. 그리고 그 변화는 어제 달빛의 황금빛 테가 자신을 통과한 이후라는 생각이 들었다.

나루는 마치 저글링을 하는 것처럼 두 개의 물통을 공중으로 던졌다 받았다 하면서 움막으로 돌아왔다. 설거지를 마치고 움막 마당에 있던 신원이 그 모습을 보고 웃으면서 말했다.

"역시 기의 순환이 빠르군. 기문을 열어주자마자 효력이 나오고 있어. 자네도 벌써 느끼는가?"

신원의 웃는 모습을 본 나루는 기회라고 생각하고 진지하게 물었다.

"제가 갑자기 힘이 세진 것 같습니다. 어떻게 된 일인지 설명해 주실 수 있습니까?"

하지만 신원은 웃음을 감추고 다시 굳은 표정으로 말했다.

"아직은 아닐세. 확인할 것이 더 있으니 그 후에 전부 말해 주지. 조금만 더 기다리게나."

나루는 실망했지만, 조용히 가져온 물통을 부엌에 두고 나올 수밖에 없었다. 그의 실망한 모습을 본 신원이 기운을 북돋으려는 듯 장작 패는 것을 부탁했다. 이제 그에게 도끼질은 아무것도 아니었다. 얼마 안 되어 한 아름의 장작이 부엌 옆 처마 밑에 쌓였다.

그런 나루의 움직임을 신원은 주의 깊게 관찰하는 모습이었다. 그리고 무언가를 생각하기도 하고 또 뭔가를 중얼거리기도 하였다. 나루는 답답했지만 참았다. 지금 자신에게 일어나고 있는 일이 뭔지는 모르지만 해롭지 않다는 것은 알 수 있었다. 능력이 강해진다는 것은 오히려 좋은 일이었다. 나루는 신원을 믿고 그의 말대로 좀 더 기다려 보기로 했다.

정작 궁금한 것을 참고 있으려니 대화가 이어지기 힘들었지만 그래도 나루는 신원과 많은 이야기를 하려고 노력했다. 신원이 자신에 대해서는 거의 말을 하지 않았기 때문에 나루가 주로 이야기할 수밖에 없었다. 신원은 나루의 이야기를 들으면서 뭔가 해답을 찾아보려고 하는 모습이었다. 신원은 특히 나루가 살아온 과정에 대해서 많이 물었다.

아버지가 몇 년 전에 사고로 돌아가셔서 지금 혼자 살고 있다는 것, 할머니가 계시다는 것밖에는 가족에 대해 이야기는 할 것이 없었다. 대신 어릴 때 친구들에게 괴롭힘을 당해서 그것을 극복하기 위해서 권투를 배웠고 나아가 격투기까지 하게 되었으나 처음 출전한 대회에서 사람들이 승부를 조작하는 비리를 보았기 때문에 다시 그런 데 나가고 싶지 않다는 것, 어릴 때 약자의 설움을 경험했기 때문에 자신이 강해지면 힘없는 다른 사람들을 돕고 싶다는 것, 특히 힘없는 약자를 괴롭히는 자를 응징하고 싶다는 등, 성장 과정에 대한 이야기를 좀 길게 했다.

신원은 특별하게 질문을 하거나 맞장구치는 일 없이 나루의 이야기를 조용히 들어 주었지만 어떤 이야기는 이미 알고 있는 듯한 표정이었다. 두 사람은 이야기하다가 점심을 먹었고 오후에는 고구마를 구워 먹기도 하였다. 하지만 신원은 계속 초조한 표정으로 시간이 빨리 가기를 바라는 것 같았다. 마침내 다시 해가 기울어 가는 시간이 되자 신원의 표정이 밝아졌다.

"자, 잠시 또 다녀오도록 하지."

기대에 찬 모습으로 신원이 앞장서자 나루는 다시 영문도 모르고 따라나섰다.

"자네도 이제는 나를 따라올 수 있겠지? 자, 그럼 가세!"

신원은 말을 마치자 산 정상을 향해서 내질러 달리기 시작했다. 그것은 거의 일반인들이 평지를 전력 질주하는 속도였다. 사람이 오르막 산길을 그렇게 뛴다는 것을 상상하기 어려운 속도였다. 나루가 잠시 놀라는 사이 신원은 이미 저만큼 시야에서 멀어지고 있었다.

나루는 정신을 차리고 신원을 따라 달렸다. 스스로 몸이 가볍다고 생각되었지만, 그의 팔과 다리는 그가 생각보다도 더 가볍게 움직여 주었다. 빨라진 순발력과 반사 신경으로 앞에 있는 장애물들을 피하면서 앞으로 나아갔다. 그가 의식해서 장애물을 피한다기보다는 몸이 알아서 피해간다고 하는 편이 옳을 정도였다. 미처 피하지 못하고 부딪치는 잔가지들은 나루의 몸에 부딪히면서 속절없이 부서져 갔다.

귓가에 '쉭쉭!'거리는 소리를 들으면서 달려간 나루는 잠시 후 신원을 따라잡았다. 신원도 조금 놀라는 표정이었다. 하지만 신원은 다시 속도를 높여 앞장서 나아갔고 그는 신원과 보조를 맞추어 뒤를 따라갔다. 일반적인 사람이 등산을 하여 올라왔다면 3시간 이상 걸릴 거리를 두 사람은 30분도 안 되어 도착했다. 그곳은 금룡산의 정상이었다.

그곳은 연성산의 정상과는 달리 넓은 공간이 없었다. 몇 사람들만이 겨우 서 있을 수 있을 정도의 공간이었다. 나루는 이런 속도로 뛰어 올라왔는데도 전혀 힘들다는 생각이 들지 않는 자신의 모습에 다시 한 번 놀랐다.

정신을 차려 주변을 바라보니 근처의 낮은 봉우리들이 마치 이곳을 호위하듯이 둘러싸고 있었다. 그리고 봉우리마다 구름이 걸려 있어서 그 아랫부분을 가리고 있었다. 나루가 정상에서 본 광경은 그야말로 장관이었다. 산허리 아래가 솜이불 같은 구름에 가려진 채 그 위로 솟은 형형색색 봉우리들의 초록 물결과 바위들에 반사된 석양의 붉은 빛이 어우러져서 마치 이곳은 인간의 세계가 아닌 것 같은 착각이 들 정도였다.

"이곳은 산세가 험해서 일반인들의 출입을 제한하고 있는 곳이라네."

신원이 짧게 설명해 주었다.

"자, 이쪽으로 오게."

신원은 별로 넓지도 않은 정상에서 나루에게 반대편으로 오라고 했다. 그 아래도 마찬가지로 구름바다와 그 위로 솟은 봉우리들이 펼쳐져 있었다. 나루는 신원이 알려주는 대로 정상의 바로 밑을 보았다. 그곳에는 직각으로 깎인 절벽이 있었다. 그리고 그 절벽의 10m 정도 아래에는 선반같이 평평한 부분이 있어 그곳을 구름이 감싸고 있는 것이 보였다. 내려가는 길은 없었다.

"저곳으로 내려가게나."

신원은 선반같이 평평한 곳을 손으로 가리키면서 굳은 표정으로 이야기했다. 나루는 아무 말 없이 절벽의 돌부리를 잡으며 그곳으로 내려갔다. 수직 절벽을 타는 일이라 힘들 것이라 생각했는데 손의 힘이 생각보다 강해져서 전혀 힘들이지 않고 내려갈 수 있었다. 스스로 놀랄 정도였다. 평평한 곳으로 내려와서 위를 올려 보니 신원은 이미 정상에 가부좌로 앉아 있었다.

"정면을 향해서 나처럼 앉게!"

나루는 절벽을 등에 지고 정면을 향해서 가부좌로 앉았다. 다시 신원의 목소리가 들렸다.

"시선을 정면을 향하고 앞에 있는 구름들을 보며 집중하게!"

나루는 그 말대로 정면에 보이는 구름들을 뚫어지게 보면서 집중했다. 그가 있는 곳이 바로 구름에 싸여 있는 곳이기 때문에 주변은 안개가 낀 것처럼 뿌옇게 보였다. 정면을 응시하라고 해서 절벽을 등에 두고 앞을 보기는 했지만, 시야에 보이는 것은 아무것도 없었다.

그때 갑자기 위에서 신원이 주문을 외우는 소리가 들렸다. 어제 계곡에서와 비슷한 내용의 주문이었다. 무슨 뜻인지 도저히 알 수 없는 내용이었지만 그 주문을 들으면서 그는 마음이 편해지고 갑자기 시야가 밝아지는 느낌이 들었다.

시야는 점점 더 밝아져서 뿌연 안개 너머로 석양이 지는 것까지 느낄 수 있었다. 그리고 잠시 후에는 안개가 완전히 걷히고 석양은 그의 시야를 처음에는 푸른 잿빛으로, 다음에는 노란색으로 그리고 마침내 온통 붉은색으로 물들여갔다. 생각해 보니 그가 보고 있는 곳은 서쪽이었다. 그의 시야에 해가 지는 장관이 아주 선명하게 나타나고 있었다.

그런데 갑자기 나루의 시야를 채우던 석양이 저녁노을의 붉은색에서 분홍색으로 변했다. 그리고 시야 가득하던 분홍색이 점점 한군데로 모이기 시작하더니 결국 동그랗게 모여서 마치 분홍색의 구름 덩어리같이 변하면서 점점 커졌다. 결국 집채만 해진 분홍색 구름의 덩어리는 이제는 색깔이 점점 짙어져서 점점 더 빨간색에 가까운 진분홍색으로 변해 버렸다.

모양이 갖추어진 분홍 구름 덩어리는 천천히 앞으로 움직여 나루에게 다가왔다. 하지만 나루는 그 커다란 구름 덩어리가 자신에게 가까이 다가오고 있음에도 불구하고 어젯밤 달빛의 황금 테를 경험해서 그런지 전혀 위협적으로 생각되지 않았다. 단지 그 구름 덩어리 안에 들어가면 자신도 붉게 물들지도 모르겠다는 느낌이 들었을 뿐이었다.

결국 구름 덩어리는 나루에게로 와서 그를 감싸버렸다. 구름에 부딪히는 순간 그는 엉겁결에 눈을 감아버렸지만, 자신의 몸에 순간적으로 무엇인가 뜨거운 기운이 닿았다는 생각이 들었다. 그리고 잠시 후 그의 머릿속에 무엇인가가 마구 쏟아져 들어오는 것 같았다. 마치 순식간에 지나가는 모니터의 화면을 계속 읽어 내고 있는 느낌이었다.

나루는 갑자기 쏟아져 들어오는 정보를 감당하기 어려워서 자신도 모르게 몸을 떨면서 어쩔 줄을 몰랐다. 그러자 위에서 신원의 외침이 들렸다.

"움직여서는 안 되네! 제발 이 과정을 이겨내 주게!"

나루는 그 말을 듣고 안간힘을 다해서 머리가 깨지는 고통을 참아내었다. 그 이유는 모르겠지만, 이 순간을 이겨내야 자신의 목숨을 구해 준 신원에게 보답이 될 것 같았다. 하지만 이제 고통은 머리가 아픈 것을 넘어서 온몸에 전기가 통하는 것처럼 얼얼해지고 있었다. 그가 이 고통을 계속 참을 수 있었던 것은 어제부터 강해진 체력 덕분이기도 했다. 만약 예전의 몸이라면 견딜 수 없는 고통이었다. 그렇게 그는 얼마간의 시간을 더 보냈다.

얼마나 지났을까 나루는 갑자기 고통이 씻은 듯이 사라지는 것을 느꼈다. 머릿속으로 더 이상 뭔가 들어오는 느낌도 없어졌다. 눈앞에 뭔가 보이는 환상도 사라졌다. 신원이 주문 외우는 소리도 더 이상 들리지 않는 것을 확인하고 그는 눈을 떴다. 이미 눈앞에는 해가 지고 어둠이 내려오고 있었다. 그는 어떻게 해야 할지 몰라서 계속 가부좌로 앉아 있었다. 잠시 후에 위쪽에서 움직이는 기척이 있더니 신원의 목소리가 머릿속을 울렸다.

"내 말이 들리는가?"

나루는 위를 쳐다보았다. 하지만 앉은 채로는 신원의 모습을 볼 수 없었다.

"네, 들립니다."

나루가 소리쳐 대답했다.

"그래 수고했네. 이제 올라오게"

나루는 절벽을 기어 정상으로 올라갔다. 신원의 얼굴은 무척 수척해져 있었다.

"선생님 괜찮으신가요? 안색이 안 좋으신데요?"

"내 걱정은 필요 없네. 난 괜찮아. 그보다 저녁 시간이 다되었어. 시장하지? 빨리 내려가세!"

신원이 앞장서서 산을 내려가기 시작했다. 피곤해 보이는 모습과는 달리 여전히 민첩하고 빠른 속도였다. 나루도 신원의 뒤를 따랐다. 하지만 그는 어제와는 달리 자신에게서 달라진 것을 발견할 수 없었다. 고통이 컸던 만큼 뭔가 기대가 컸던 그로서는 조금 실망할 수밖에 없었다.

그런데 산에서 내려가는 나루의 머릿속에 갑자기 수많은 영상이 떠오르기 시작했다. 지금 앞에서 뛰어가는 신원이 고대 군인의 복장을 하고 있는 모습이 떠올랐다. 비슷한 복장의 이 선생과 김 원장의 모습도 보였다. 그 안에는 그가 이미 아는 얼굴도 있었고 모르는 얼굴도 많았다. 그는 갑자기 이렇게 이상한 모습들이 머릿속에 마구 떠오르자 정신을 차리기 어려울 정도였다. 하지만 신원은 아무 말도 없이 앞서서 뛰어가고 있었다.

뛰어서 정상을 다녀오느라고 허기가 질 법한데도 나루는 저녁식사를 많이 하지 못했다. 머리에 갑자기 떠오르기 시작하는 영상들 때문에 식사에 집중할 수 없었던 것이다. 신원은 아직도 아무런 설명을 해주지 않고 있었다. 다만 표정은 기대감에 가득 차 있었다. 비록 말은 하지 않았지만 계속 그를 관찰하면서 뭔가를 기다리고 있는 표정이었다.

식사 후에 나루가 드럼통 화롯가에 앉아서 머리를 식히려고 노력하고 있자 신원이 다가왔다. 그의 손에는 주전자와 잔이 두 개 들려져 있었다. 신원은 나루에게 차를 한 잔 따라주며 말했다.

"자 마셔 보게. 국화차라네. 머리를 맑게 해 줄 걸세"

나루가 놀란 표정으로 바라보자 신원이 인자한 표정으로 말했다.

"물론이지, 나는 지금 자네가 혼란스러워하는 것을 알고 있다네. 당연히 혼란스럽겠지. 기억 속에 갑자기 신시의 역사를 한꺼번에 집어넣었으니 그렇지 않은 것이 이상한 일이지……"

"신시의 역사를 기억 속에 넣어요?"

"그래, 자네가 '하늘밝은눈'이란 사실을 확인하고 나는 더 이상 시간을 낭비하지 않기로 했네!

신원은 차를 한 모금 마시더니 말했다.

"'하늘밝은눈'을 가진 자라면 자신의 사명을 저버리지 않을 것이거든……"

나루는 그의 말을 이해할 수 없어서 잠자코 그가 하는 말을 듣고 있었다.

"어제 나는 자네의 기문을 열어줬네. 그것도 가장 정교하다는 '달빛테'의 방법으로 말일세. 그것은 몸 끝 구석구석의 기문을 하나도 남김없이 연다고 하는 고대의 비술이야."

나루가 마침내 입을 열었다.

"그래서 저의 체력이 그렇게 강해진 것인가요?"

신원은 나루를 따뜻한 눈길로 보면서 말했다.

"강해진 것만이 아니라 정의로워졌다고 믿네. 자네는 자네의 힘을 결코 사사롭거나 불의한 일에는 사용하지 않을 것이야. '달빛테'로 기맥을 다스리면 그렇게 된다고 들었네."

나루는 놀란 눈으로 신원을 바라보았다. 신원이 이야기를 계속했다.

"물론 '달빛테'의 방법으로 기문을 여는 경우는 아주 드물다네. 나를 포함한 대부분은 기문을 다스릴 때 '달빛테'로 할 수는 없네. 우리는 그저 여는 사람의 강한 기력과 주변의 기운을 이용할 뿐이지. 이 역시 자네가 절대기맥의 소유자이기에 가능한 일일 거야."

"제가 절대기맥의 소유자라고요? 그게 무엇이죠? 아니, 잠깐만요. 그게 뭔지 알 것 같아요."

이상하게도 나루는 난생처음 들어보는 절대기맥이란 말의 뜻이 뭔지 알 것 같았다. 나루는 스스로 놀라면서 신원을 바라보았다. 신원은 빙그레 웃으며 나루를 보며 말했다.

"이제 머릿속이 혼란스러운 것은 괜찮아졌는가?"

그러고 보니 신원의 이야기를 들으면서 머릿속이 복잡한 것은 나아진 것 같았다. 나루는 신원을 갑자기 뚫어지게 쳐다보면서 이야기했다.

"그런데 저 갑자기 선생님이 누군지 알 것 같아요. 신시에서 황제 호위대에서 근무하셨죠?"

말을 마친 나루는 스스로 깜짝 놀랐다. 지금 자신도 모르는 말을 하고 있는 것이 아닌가? 그는 신원을 다시 한번 놀라서 쳐다보았다. 신원이 웃으면서 입을 열었다.

"오늘 금룡산 정상에서는 오천 년 동안 그곳에 보관해 놓았던 신시의 역사 기록을 자네의 기억 속에 넣어주었네. 이제 자네는 나와 천인, 그리고 역천인들에 대한 모든 것을 알게 된 거지!"

나루는 신기한 듯 눈을 몇 번 깜빡였다. 아닌 게 아니라 머릿속에 어제까지 없었던 새로운 지식이 가득 찬 느낌이 들었다. 이제 그것들은 모두 자기 자리를 찾아갔는지 더 이상 머리가 아프거나 혼란스러운 느낌이 들지는 않았다. 그는 손에 들고 있던 국화차를 한 모금 더 마셨다. 머리가 더욱 맑아지는 느낌이었다.

"이제는 자네가 지금까지 알고 있었던 단군 신화의 원래 내용을 알 수 있겠지?"

신원이 궁금한 표정으로 물었다. 그러자 나루가 고개를 끄덕이며 대답했다.

"네, 그러네요. 또 선생님이나 다른 천인들께서 왜 이곳에 계신지도 알 것 같아요."

신원은 만족스러운 표정이었지만 덧붙이는 말을 잊지 않았다.

"지금 자네가 아는 것은 정식 역사 기록이네. 그러니 개인의 사생활 같이 역사로 기록되지 않는 부분은 자네도 알 수 없다는 것을 알아 두게. 자네가 신시의 역사와 고대의 예언에 대해서 이해할 필요가 있어서 그것들을 자네의 머릿속에 넣어 준 것이야. 하지만 인물들의 외모에 대해서는 주의해야 하네. 나와 천인들도 시간이 지남에 따라 모습이 변하긴 했지만, 특히 많은 역천인들은 변신술을 써서 모습을 바꾸어 버렸으니 말이야."

나루는 이제 천인들과 역천인들의 관계에 대해서도 모두 이해가 되고 있었다.

"YCI그룹의 이태선이란 역천인이 자네를 채용하려고 한 이유도 자네가 절대기맥의 소유자였기 때문이네. 그들이 자네를 납치하려고 한 것을 내가 막은 거지."

그 부분에서 나루는 다시 한 번 놀랐다.

"이태선 실장이 역천인이라고요? 그래서 저를 채용하려 한 것인가요?"

신원이 고개를 무겁게 끄덕이며 대답했다.

"그렇다네. 그들도 절대기맥을 가진 자가 필요하거든!"

나루가 고개를 갸웃거리며 중얼거렸다.

"그래서 그런가? 이상하게 그 사람들이랑 같이 일하기가 싫었어요. 그렇게 조건이 좋았는데⋯⋯"

신원이 다행스럽다는 표정으로 대답했다.

"그건 아까도 말했듯이 자네가 '하늘밝은눈'을 가지고 있기 때문이야."

"제가 태생적으로 선악을 구별할 수 있는 능력을 갖춘 눈을 가졌다는 말이죠?"

나루는 다시 한 번 자신이 알지 못했던 것을 아는 듯이 이야기했다. 신원이 다시 한 번 그를 보면서 흐뭇하게 웃었다. 그리고 오늘은 충분하다는 표정으로 말했다.

"오늘도 부산하게 다녔으니 씻어야겠지? 먼저 계곡에 가 있게. 난 조금 있다가 따라갈 테니."

말을 마친 신원은 화로의 불씨를 줄였고 나루는 수건을 챙겨 계곡으로 향했다. 한참을 걸어갔지만, 아직 신원이 따라오는 기색은 없었다. 그는 신원이 따라올 수 있도록 일부러 천천히 걸었다. 이제는 익숙해진 깊은 산 속의 밤 정취를 느끼고도 싶었다.

그런데 아무리 천천히 걸어도 신원의 모습은 보이지 않았다. 그러다 보니 어느새 계곡에 도착하고 말았다. 나루는 잠깐 서서 그를 기다렸다. 한참 동안 기다려도 그가 오지 않자 잠시 계곡 바위에 앉아 있었다. 그래도 그는 오지 않았다. 기다리는 것이 지루해질 무렵 갑자기 신원의 목소리가 들렸다.

"계곡에 도착했는가?"

"네, 도착했습니다!"

나루는 반갑게 대답하면서 바위에서 일어나 주변을 살폈다. 하지만 그의 모습은 보이지 않았다.

"선생님께서는 어디 계신 겁니까?"

나루는 어둠 속을 두리번거리며 신원을 찾았다. 역시 그의 모습은 찾을 수 없었다.

"나? 나야 지금 여기 움막에 있지. 허허……"

"네? 그게 무슨 말씀이십니까? 제가 선생님의 목소리를 들을 수 있는데요."

나루는 계속 움막 쪽의 오솔길을 바라보면서 이야기했다. 그리고 혹시 그가 어디서 숨어서 이야기할까 봐 나무 위의 인기척도 부지런히 살폈다. 하지만 그곳에는 다람쥐의 미동조차 없었다. 하지만 그의 목소리는 계속 들렸다.

"이제 자네는 나와 '생각말'을 할 수 있게 되었네. 어서 씻고 오게나. 허허……"

"무슨 말씀인가요? '생각말'이라니요? 그건 또 뭔가요?"

잠시 침묵이 흘렀다.

"'생각말'이란 멀리서도 서로 이야기를 할 수 있는 거지. 이것은 자네와 나 사이에서만 가능한 거야. 하지만 본인이 원하는 경우만 되는 거니 걱정 말게. 이제 거의 끝나가니 조금만 참게. 빨리 씻고 오라니까……. 나 먼저 잠자리에 들겠네."

나루는 다시 멍해졌다. 이것은 또 무슨 소리인가? 내가 이분과 생각으로 이야기할 수 있는 능력이 생겼다는 말인가? 그럼 나는 이분과는 전화기 같은 것이 더 이상 필요 없게 된 것인가? 잠시 머뭇거리던 나루는 옷을 벗고 계곡 물로 들어갔다. 전혀 냉기가 느껴지지 않았다. 마치 그의 몸에 보이지 않는 얇은 막이 생겨서 냉기를 막아주는 것 같았다. 그는 다시 어제처럼 달을 응시하고 앉았다. 어제오늘의 일을 돌이켜 생각해 보았다.

자신에게 뭔가 큰 변화가 생기고 있음이 분명했다. 하지만 그 속에서 알 수 없는 불안감도 느껴졌다. 그러나 불안한 마음속에서도 이상하게 신원은 믿을 수 있다는 확신이 들었다. 그리고 그는 자신과 함께 큰일을 할 사람이라는 생각이 들었다. 하지만 그 이유는 알 수 없었다.

나루는 목욕을 마치고 움막으로 향했다. 움막으로 돌아와 보니 이미 불은 꺼져 있고 신원은 잠이 들어 있었다. 그의 옆에는 나루를 위한 잠자리가 준비되어 있었다. 나루는 그곳에 누워서 잠을 청했다. 아직까지도 모든 것이 어리둥절한 두 번째 밤이 지나가고 있었다.

다음 날 아침도 나루가 잠에서 깨었을 때 신원은 이미 일어나 있었다. 그의 잠자리는 이미 정리가 되었고 방에 없었다. 나루도 일어나려고 몸을 움직였다. 어제보다 더 몸이 가벼워지고 마음이 맑아진 것을 느꼈다. 뭐라고 해야 할까 온몸의 피와 기의 순환이 전혀 막힘이 없는 느낌이었다. 잠자리를 정리하고 밖으로 나와 보니 이미 계곡에서 물을 다 길어다 놓은 상태였다.

"이런 것은 저를 시키시지……"

나루가 객쩍게 말하며 밖으로 나왔다.

"안녕히 주무셨어요?"

신원은 기분이 좋은지 밝은 목소리로 대답해 주었다.

"그럼 잘 잤지. 이곳은 공기가 좋아서 항상 푹 잘 수 있거든?"

나루도 신원의 밝은 목소리에 기분이 좋아져서 즐거운 목소리로 물었다.

"오늘은 무슨 일을 하게 되나요?"

그러자 신원은 여전히 밝지만 조금 어색한 표정이 되어 나루를 보며 말했다.

"오늘은 정말 중요한 날이네. 우리 천인들이 자네의 허락을 받아야 하는 날이니까!"

"제 허락이요?"

나루가 놀라서 물었지만, 신원은 대수롭지 않다는 듯 이야기를 계속했다.

"자네가 허락해 준다면 저녁 식사 후에 나와 잠깐 어디를 가게 될 거야. 그런데 그 일이 좀 힘들 수도 있으니 미리 푹 쉬어 두는 게 좋을 거야."

신원은 드럼통 화로에 불을 붙이면서 말했다.

"특히 잘 먹어야 할 것 같아서 내가 이것저것 좀 준비하고 있어."

신원은 잔뜩 기대에 부풀었는지 즐거운 표정으로 부산하게 아침식사를 준비했다. 어디서 구했는지 어제까지는 보이지 않았던 배추김치도 있었고 생선을 굽는 냄새도 났다. 지하 저장고에 있는 것들을 다 꺼낸 모양이었다. 나루는 맛있게 먹었다. 정말 뭔가 기념일 같은 느낌이 들었다.

식사를 마치고 나루는 마당을 거닐고 뒷산에 오르기도 하였다. 이미 가득 쌓여 있었지만 장작을 패기도 하였다. 그는 그러면서 신원이 무엇인가 이야기해 주기를 기다렸다. 하지만 오전 시간이 다 지나도록 신원은 나루에게 아무것도 시키지 않았고 별다른 이야기도 해주지 않았다. 대신 신원은 어제처럼 어떤 때를 기다리는 것 같았다.

신원은 점심 식사도 맛있게 차려 주었다. 하지만 역시 나루가 기다리는 이야기는 해주지 않았다. 하지만 나루는 끈기 있게 기다렸다. 지루한 시간은 오후에도 계속되었다. 그러나 아무리 지루한 시간도 결국 끝은 있게 마련인 법이었다. 저녁 시간이 되어 해가 서산에 걸리자 신원은 뭔가 결심한 표정을 하고 있었다. 그 모습에서 용기를 얻은 나루가 신원에게 물었다.

"벌써 저녁 시간이네요, 그런데 오늘 저에게 뭔가 허락을 받는다고 하지 않으셨나요?"

신원은 질문하는 나루를 귀엽다는 듯 보면서 빙그레 웃으며 대답했다.

"아직 오늘이 가려면 한참 남았어. 금강산도 식후경이니 무엇을 하든 저녁은 먹어야 하지 않겠나? 내가 저녁을 바로 준비할 테니 배부터 채우고 이야기하세."

즐거운 표정이었다. 신원은 저녁 요리로 다시 멧돼지 고기를 준비했다. 지금까지와는 다르게 김치와 함께 볶았다. 나루는 무료한 하루를 보낸 탓에 별로 배가 고프지는 않았지만, 저녁 식사만 끝나면 지금까지의 궁금증이 풀릴 것이라는 기대감에 음식의 맛도 느끼지 못하면서 배를 채웠다. 사실 며칠 동안 멧돼지 고기를 너무 자주 먹었기 때문에 맛도 처음 같지는 않았다. 문득 나루는 지하 저장고에 아직 멧돼지 고기가 가득한 것이 생각났다.

'내가 돌아가면 이 아저씨 혼자서 저 고기를 다 드셔야겠군. 아마 1년이 넘게 걸릴지도 몰라. 김 원장님이나 이 선생님께서 좀 도와주시려나?'

두 사람은 저녁을 먹는 동안에는 거의 이야기를 하지 않았다. 말없이 식사하는 두 사람 사이에 이상한 긴장감이 돌았다. 나루는 나루대로, 신원은 신원대로 식사가 끝나고 나서 일어날 일에 대해서 생각하고 있는 것 같았다. 하지만 간혹 눈이 마주치면 서로 웃음을 지었다. 그것은 그들이 서로를 믿는다는 표정이었다. 사흘도 안 되어 둘 사이에는 알 수 없는 신뢰감이 흐르고 있었다.

식사를 마치고 두 사람은 다시 드럼통 화롯가에 앉았다. 이제는 정말 시간이 되었는지 신원이 몹시 긴장한 표정으로 이야기를 시작했다. 그의 목소리는 조금 떨리기까지 하였다.

"내가 자네를 만난 것은 정말 환인 천제의 천은이시네. 나의 실수를 이렇게 만회해 주시다니……"

신원의 뜻 모를 이야기를 조용히 들으며 나루는 마음이 설레고 있었다. 지금까지 알 수 없었던 의문들이 이제 잠시 후면 풀릴 것이라는 기대감 때문이었다. 신원이 기쁜 표정으로 이야기했다.

"우리는 자네 같은 사람이 태어나는데 적어도 만 년은 걸릴 거라고 생각했네. 그런데 그 절반도 아닌 오천 년 만에 태어난 거야! 이것이 정말 환인 천제의 천은이 아니고 무엇이겠는가?"

신원은 흥분을 가라앉히려는지 차를 한 모금 마시고 말을 이었다.

"이제 기문이 열렸기 때문에 자네의 몸은 충분히 그분의 강한 기와 혼을 받아들일 수 있을 걸세. 그리고 그 힘을 천인과 인간들을 위해서 사용해주길 바라는 것이야!"

신원의 이야기에 나루는 잠깐 대답을 하지 못했다. 그가 하는 말이 이해가 될 듯하면서도 아직 혼란스러웠기 때문이었다. 그러자 그가 엄숙한 표정으로 입을 열었다.

"아직은 자네 머릿속에 들어간 기억을 쉽게 받아들이기는 어려울 걸세. 내가 자네의 이해를 돕기 위해서 이야기를 해줄 테니 좀 길더라도 들어 주게나. 그럼 우리가 자네에게 바라는 것이 무엇인지 알게 될 걸게."

신원은 잠깐 마음의 준비를 하는 듯하더니 이야기를 하기 시작했다.

"이 세상에는 역천인이라고 부르는 자들이 있네. 우리가 싸워야 할 대상들이지……"

역천인이라는 이야기를 꺼내기도 괴로운 듯 신원은 무거운 표정이 되었다.

"이름에서 알 수 있듯이 그들도 원래는 천인이었다네. 하지만 헛된 야망과 야욕에 사로잡혀 어둠의 기운에 자신들의 영혼을 판 이후 역천인이 되어 버린 것이라네."

"네, 알 것 같습니다. 생각나요."

나루가 대답하자 신원은 미소를 지으면서 이야기를 계속했다.

"그들은 스스로 세상의 주인이 되려는 야망을 가졌지. 세상의 천인들을 없애버리고 모든 인간들을 자신들의 노예로 삼으려고 하고 있어."

"인간들을 자신들의 노예를 삼아요?"

몰랐던 이야기라서 나루가 놀라서 묻자 신원이 단호하게 고개를 끄덕였다.

"그렇다네. 자네가 아는 단군 신화에도 나와 있듯이 원래 천인들의 마음가짐은 인간들을 모두 이롭게 한다는 홍익인간을 기본으로 하고 있네. 환인 천제께서 주신 가르침이지. 그를 위해서 그분께서는 자신의 아들인 환웅 폐하를 인간 세상으로 보내신 것이야."

신원은 차를 한 모금 마시고 다음 이야기를 이었다.

"그런데 환웅 폐하 이전에도 인간 세상으로 보내진 천인들이 있었으니 바로 그들이 역천인들이야. 원래 그들은 천국에서 추방된 자들이었어. 신시가 세워지기 천 년 전에 환인 천제를 몰아내고 천국을 차지하려는 반란 음모가 발각되어 인간 세상으로 추방을 당한 존재들이었네. 환인 천제께서는 그들을 인간 세상으로 추방하면서 혈도를 닫아버려 신선술을 쓰지 못하게 하셨어!"

"네, 맞아요. 생각나네요!"

나루가 맞장구를 치자 신원은 계속 이야기를 이었다.

"더 이상 악행을 저지르지 못하게 한 것이지. 신선술을 쓰지 못하는 그들은 인간들과 다름없이 지상에서 어렵게 살아야만 했지. 그러나 신시를 건설하기 위해 환웅 폐하와 함께 온 천인 중에서 환웅 폐하를 배신하고 자신이 신시의 황제가 되고자 했던 화천이란 자가 있었어. 신시군의 대장군이었던 그는 음골이란 사악한 역천인의 꾐에 빠져 모든 역천인들의 혈도를 열어주어 버렸네. 그리고 그 스스로 가장 위험한 역천인의 괴수가 되어 버린 거야."

신원은 이야기하면서도 그 순간이 떠오르는 듯 몸을 떨었다. 나루 역시 신원의 이야기를 들으면서 자신의 머릿속에 들어 있는 기억들이 정리되는 것 같았다. 신원의 이야기가 쉽게 이해가 되었다. 나루는 자신의 원래 기억으로는 알 수 없는 질문을 했다.

"맞아요! 무고한 병사 50명이 그 역천인들의 혈도를 열기 위해 희생되었죠!"

"그렇지…… 그자가 그런 천인공노할 짓을 저질렀지……"

나루가 자신의 기억을 이야기하자 신원이 가슴 아픈 듯 대답했다.

"그 화천의 봉인이 해제되었나요?"

나루의 이야기에 비통한 표정을 짓고 있던 신원이 정신을 차린 듯이 눈을 떴다.

"아, 모든 기록이 잘 전달되었군. 하지만 정리를 위해 이야기를 좀 더 하겠네."

잠시 숨을 멈춘 신원은 계속 이야기를 이었다.

"다행히 화천과 역천인들이 일으킨 반란은 환웅 폐하와 신시군의 대장군이었던 해루 장군에 의해서 진압이 되었지. 화천은 주변에 있던 호족국의 군사까지 동원하였는데 해루 장군의 지략과 웅족국의 도움으로 물리칠 수 있었어. 환인 천제께서 도우신 거지!"

신원은 다시 승리의 장면이 연상되는지 감격 어린 표정을 지으면서 이야기를 계속했다.

"하지만 화천은 이미 음골을 통해 죽은 역천인들의 음기를 모아 주는 사령제를 받았기 때문에 천인들이 죽일 수 없는 몸이 되어서 반란의 주동자임에도 불구하고 사형시킬 수가 없었네……"

"죽지 않는 몸이라면…… 그렇죠. 그래서 천부검에 봉인해 버렸잖아요!"

나루가 침을 꿀꺽 삼키고 엉겁결에 말했다.

"그렇다네. 그랬지. 그런데……"

신원이 말을 잇지 못하고 말끝을 흐렸다. 나루가 답답한 표정으로 물었다.

"환웅 폐하께서 화천의 기혼과 육신을 분리하여 기혼을 천부검에 봉인해 버리셨잖아요. 그런데 지금 그것에 문제가 생긴 건가요?"

신원이 슬픈 표정으로 나루를 보면서 말했다.

"원래 세상의 선한 기운이 악한 기운을 누르는 한 그 봉인은 결코 깨질 수 없는 것이었네. 그런데 신시 건국 후 지난 오천 년 동안 한 번도 악에게 밀리지 않았던 선의 기운이 인간들의 심성이 점점 메말라가면서 지금 시대에 와서는 현저하게 약해져서 그것이 가능해지고 말았어!"

잠시 차를 한 모금 마신 신원은 안타까운 표정으로 말을 이었다.

"지금까지 이 세상에는 악한 인간이 나타나도 그들은 대다수의 선한 인간에 의해 응징될 수밖에 없었네. 그런데 지금은 인간들이 물질 만능주의에 빠져 스스로 선과 악에 대한 구별을 모호하게 하고 있네. 절대적인 선을 인정하지 않고 그저 자신에게 편한 것을 선이라고 말하는 세상이 되어 버린 거야. 그러니 사람마다 선의 기준이 달라지고 결국 자신에게 이익이 되는 것이 선이라고 떠드는 세상이 되어 버린 거지. 이제는 이익을 위하여 오히려 악을 추종하는 이들이 늘어나고 있네. 그런 어른들을 보면서 아이들도 닮아가고…… 이젠 점점 세상에서 선한 기운을 찾는 것이 어려워져 버리고 말았네!"

신원은 허망한 얼굴로 한숨을 한 번 쉬었다.

"그동안 우리 천인들은 나름대로 세상의 선한 기운을 지키기 위해 애를 썼지만, 소용이 없었어. 인간들의 이기심은 환인 천제께서 환웅 폐하를 통해 인간들에게 전해 주셨던 홍익인간이라는 가르침 따위는 잊은 지 오래되어 버렸어. 이제는 인간들 대부분은 모든 인간을 이롭게 하려 하지 않아! 그저 자신들만을 이롭게 하려 할 뿐이지! 정말 안타까운 일이 아닐 수 없어!"

"그럼 어떻게 되는 건가요?"

이야기를 듣던 나루 역시 안타까운 얼굴로 물었다. 동의하지 않을 수 없는 현실이었다.

"이런 악의 기운을 받아 화천이 봉인 해제 되어 이미 세상에 나와 버렸다네. 그자는 세상에 나오자마자 우리들의 은신처들을 습격하여 수많은 천인들을 살해했어!"

나루가 자신의 기억 속에 있는 내용을 확인하려고 물었다.

"그자를 막기 위해서 해루 장군이 봉인되었잖아요? 그분을 봉인 해제 하면 되지 않나요?"

나루의 새로운 기억 속에는 이 부분이 분명히 있었다. 그래서 앞에 있는 신원의 표정이 절망적인 것이 이해되지 않았다. 그러나 신원은 한층 더 슬픈 표정으로 힘없이 대답했다.

"나의 실수로 해루 장군의 육신을 잃어버리고 말았네!"

"네? 뭐라고요? 그분의 육신을 잃었다고요?"

나루가 어이없다는 표정으로 되묻자 신원은 힘없이 대답했다.

"그렇다네. 그분의 분묘를 아무도 찾을 수 없을 거라고 안심하는 사이에 역천인들이 파헤쳐서 그분의 육신을 태워버렸다네. 그러니 그분의 기와 혼이 돌아갈 육신이 없어져 버린 것이지……."

"그럼 이제 우리는 어떻게 해야 하죠?"

나루는 천인들이라는 이 이상한 사람들과 얽히면서 스스로 '우리'라는 표현을 쓰는 자신에 대해 놀랐다. 그는 이미 이 사람들과 동질감을 느끼고 있었다. 이것은 YCI그룹의 경우와는 전혀 반대의 경우가 아닌가! 신원도 그 부분을 느꼈는지 안도하는 얼굴로 대답했다.

"바로 그거라네. 그것이 바로 자네가 진성천인이라는 증거야! 진성천인은 강한 천인의 기운을 스스로 주체하지 못하는 사람이야. 그런 사람은 스스로 선악을 구별하는 '하늘밝은눈'을 갖고 있거든? 비록 인간으로 태어났지만 자네는 결코 악의 기운과 타협하지 않고 역천인들과 맞서려고 하는 사람이야! 그래서 나는 자네가 우리의 부탁을 들어줄 거라고 믿고 있네!"

나루가 놀란 표정이 되어서 말했다.

"하지만 저는 제가 역천인들과 싸워야 한다는 것이 실감 나지 않아요! 그리고 그들은 초능력을 가지고 있다면서요? 힘이 세지긴 했지만 그런 능력이 없는 제가 어떻게 그를 감당할 수 있나요?"

신원이 곤란한 표정이 되어서 타이르듯 말했다.

"그것이 자네의 운명이기 때문일세. 자네는 자네의 뜻과는 상관없이 절대기맥을 가지고 태어났기 때문이야. 그것도 만 년도 아닌 오천 년 만에……"

"그러니까 왜 제가 그렇게 태어난 거죠?"

나루의 당황하는 표정을 본 신원이 다시 차분하게 대답해 주었다.

"나도 정확한 것은 모르지만 유전적 이유가 아닐까 생각하네. 확실한 것은 아니야. 다만 그럴 가능성은 있다고 생각하고 있었지. 아마도 이것은 유전과 우연에 의한 일일 거야. 자네도 유전에 대해서는 알 거 아닌가? 조상의 특징을 후손들이 물려받는 거……"

신원은 잠시 이야기를 멈추고 나루의 표정을 살피더니 계속 말을 이었다.

"환웅 폐하께서 신시를 떠나신 후 대부분의 천인들은 천국으로 돌아갔지만, 일부는 계속 지상에 남았는데 그들의 숫자도 상당히 되었네.

그들은 주로 이미 인간들과 혼인하여 가족들을 천국으로 데려갈 수 없는 이들이었지. 하지만 별도의 임무나 사명을 갖고 지상에 남은 천인들도 있었네. 그러다 보니 천인들과 인간들 사이에서 많은 자손들이 태어났지. 예언에는 천인들의 혈통이 후손에 후손이 거듭되는 동안 언젠가 절대기맥을 가진 사람이 태어날 것이라고 했네. 우리는 적어도 그 시간이 만 년은 걸릴 거라고 생각했는데 자네가 오천 년 만에 나타난 것이지. 그러니 자네가 절대기맥으로 태어난 것은 어쩔 수 없는 하늘의 뜻이 아니겠는가? 누구나 자신의 역할을 가지고 태어나는 것이 아닌가? 그것이 운명인 것이지…… 그렇다고 자네가 이 일을 무조건 해야 한다고 하는 것은 아닐세. 지금 나는 자네의 기맥을 보고 적임자라고 생각해서 부탁하는 것이지 억지로 강요하는 것은 아니니까……"

신원의 말을 듣고 있던 나루는 이제 불안한 표정이 되었다.

"제가 허락한다고 해도 과연 제가 해낼 수 있을까요? 상대는 초능력을 가진 존재잖아요? 저는 김 원장님이나 이 선생님 같은 능력이 없는 보통 사람이잖아요? 그런 제가 화천 같은 초능력자와 싸울 능력이 될까요? 저는 도저히……"

하지만 신원은 나루의 말을 끊으며 조심스러운 표정으로 말했다.

"그건 걱정 말게. 신선술의 능력은 그분께서 가지고 계시니까. 자네는 그분에게 그 강력한 육신을 빌려주면 되는 거야. 절대기맥을 가진 자네 몸에 그분의 기와 혼이 합한다면 그 능력은 말로 다 못할 것이야. 더구나 자네와 해루 님 모두 불의를 보고 참지 못하는 성격이기에 그 조화가 잘 이루어질 거라고 생각하네. 허허허……"

잠깐 멋쩍은 웃음을 웃던 신원은 웃음을 멈추고 진지하게 말을 이었다.

"그것이 바로 자네에게 허락을 받아야 할 일이네. 만약 자네가 허락한다면 오늘 우리는 그분을 봉인 해제 하여 자네의 육신에 그분의 기와 혼을 담는 일을 할 걸세. 우리로서는 자네가 꼭 허락해주기를 바라고 있네. 자네가 아니면 그분을 봉인 해제 할 다른 방법이 없거든……."

"네? 뭐라고요? 내 몸에 그분의 기와 혼을 담는다는 것이 무슨 말이죠?"

신원은 놀란 나루를 진정시키려는 듯 두 손을 아래로 내리는 동작을 하며 말했다.

"그분의 능력을 자네의 육신을 통해 사용한다는 말일세."

신원이 어색하게 대답했다. 그 역시 예전에 그런 경험은 없었다.

"그분이 저의 몸을 사용한다면 그때 저는 어디에 있게 되나요?"

나루의 질문에 신원이 잠시 주저하다가 단호한 표정으로 말했다.

"자네도 그분과 같이 있게 될 걸세!"

나루가 놀라서 물렀다.

"같이 있다고요? 그러니까 제 몸속에 저와 다른 누가 같이 있게 된다는 말이죠?"

"그렇다네. 하지만 그분이 자네에게 어떤 해를 끼치리라고는 생각하지 않네. 왜냐하면, 내가 아는 그분은 다른 이를 해칠 분이 아니기 때문이야. 대신 익숙해지려면 시간은 필요하겠지……"

나루는 잠시 생각을 했다. 그런데 신원의 이야기를 듣는 동안 그는 이상하게도 신원의 이상한 이야기가 긍정적으로 들렸다. 자꾸만 이 모든 것이 YCI그룹의 경우와는 정반대라는 생각이 들었다. 받아들여야 할 것을 거절하고 싶었고 거절해야 할 것을 받아들이고 싶다는 사실……. 그는 순간적으로 이 제안을 받아들이는 것을 여울이 안다면 크게 화낼 것이라는 생각이 들었지만 역시 거부할 수가 없었다. 이것이 신원의 이야기처럼 자신에게 '하늘밝은눈'이 있기 때문일까? 그는 자신의 대답을 기다리고 있는 신원의 초조한 눈빛을 보면서 대답하였다.

"알았어요. 말씀에 따를게요. 그럼 어떻게 하면 되죠?"

신원은 나루의 대답을 듣고 얼굴이 활짝 펴졌다. 조금 전의 불안해하는 표정이 사라졌다.

"고맙네! 자네가 이 세상을 구하게 될 걸세!"

그는 환희에 넘친 표정으로 나루를 힘 있게 한 번 안더니 갑자기 급해져서 말했다.

"어서 가세나! 그분의 혼과 기를 자네에게 담는 의식을 치러야 하네."

나루도 스스로의 불안을 가리려고 일부러 자신 있는 목소리로 말했다.

"그래요. 빨리하시죠! 그런데 의식을 치르는 과정이 상당히 어렵나요?"

나루의 질문이 다시 신원을 긴장시킨 것 같았다. 갑자기 초조해진 표정으로 그가 대답했다.

"과정이 어렵지는 않지만, 그 과정이 잘못되면 기의 충돌로 인해서 자네가 위험해질 수가 있는 것은 사실이네…… 그래서 자네에게 필히 허락을 받고 하는 것일세."

"위험해진다는 것이 무슨 뜻이죠?"

나루는 그저 호기심 어린 표정으로 물어봤지만, 신원은 심각한 목소리로 대답했다.

"만약 자네의 기맥이 내가 생각한 만큼 강하지 못하면 그분의 기를 받는 도중에 자네의 정신이 육신 속에 갇혀버릴 수도 있다는 말일세. 그렇게 되면 자네 육신에는 그분의 정신만이 남게 되어 자네라는 사람이 세상에서 사라져버릴 수도 있다는 말이지. 물론 가능성은 아주 낮지만……"

나루는 자신의 정신이 사라진다는 말을 듣고 잠시 신원의 얼굴을 보았다. 신원은 그의 주저하는 모습을 보자 다시 불안해 보였다. 하지만 그는 모든 것을 알려주며 자신의 결정을 기다리는 신원의 모습에서 신뢰감을 느꼈다. 그런 생각이 들자 그가 물었다.

"제가 잘못되어도 제 몸에 그분의 정신은 남는다는 거잖아요?"

신원이 침통한 표정으로 대답했다.

"그거야 그렇게 되겠지……"

신원의 대답을 들은 나루는 담담하게 대답했다.

"그럼 됐어요. 제가 아니더라도 그분이 역천인들과 싸워 줄 테니까요."

나루의 대답을 듣자 신원은 놀라면서도 의심스러운 눈빛으로 말했다.

"정말 그렇게 생각하는가?"

나루가 단호한 표정으로 말했다.

"네, 그렇게 할게요. 무엇보다도 저는 선생님의 판단력을 믿어요. 제가 할 수 있다고 생각하신 거잖아요. 그럼 됐어요."

나루의 대답을 들은 신원이 엷은 미소를 보였다. 자신을 신뢰하는 것에 대한 감사와 스스로에 대한 일말의 불안함이 교차하는 표정이었다. 그 순간 신원은 나루를 한 번 바라보고 기쁜 표정이 되어 하늘을 향해 소리쳤다.

"감사합니다. 세상에 아무리 악의 기운이 가득해도 이렇게 구원의 문을 열어주셨습니다!"

갑자기 큰 소리에 놀란 나루를 바라보며 신원이 멋쩍게 말했다.

"그럼 이제 모든 준비가 끝났네! 어서 나가세!"

잠시 후 두 사람이 움막을 나섰다. 신원은 다시 굳어진 얼굴이었다. 그런 신원을 보니 나루 또한 긴장되었다. 솔직히 긴장하지 않을 수 없었다. 신원에 의하면 오늘 의식을 마치고 난 후에 그 자신, 천나루라는 사람이 세상에서 사라질지도 모르는 일이었다.

비록 몸이 있다 하더라도 정신이 없다면 그것은 없는 것이나 마찬가지일 것이다. 지금까지 자신에 대한 것을 모두 잊게 될 것이다. 자신에 대한 모든 것을 잊게 되고 주변에 대한 기억도 없어질 것이다. 특히 여울을 알아보지 못하게 된다. 그는 순간 온몸에 오한이 느껴졌다.

신원을 믿긴 하지만 그 역시 불안한 모습이 아닌가. 나루는 일부러 활기차게 물었다.

"이제 가는 건가요?"

나루의 생각을 읽었는지 신원이 그의 눈을 똑바로 보면서 말했다.

"그렇다네. 하지만 지금이라도 생각이 바뀌었다면 이야기하게."

"아니에요. 어서 가시죠."

나루는 결심을 굳히기 위해서 자신이 앞장서서 집을 나섰다. 신원이 긴장한 얼굴로 억지로 웃음을 보이며 다시 앞으로 나섰다. 나루는 그의 뒤를 따랐다. 일의 위중함 때문인지 신원은 뛰지 않고 걸었다.

주변은 이제 많이 어두워져 있었다. 그들은 길을 따라 걷기도 하였지만, 대부분은 덤불과 나무들을 헤치고 갔다. 나루는 신간이 이렇게 어두운 밤에 길을 잃지 않고 찾아가는 것이 놀라웠다. 밤에도 보이는 눈을 가진 것 같았다. 그들은 거침없이 밤의 산길을 걸었다.

걸어가다 보니 어제보다는 시간이 오래 걸렸다. 한 시간을 넘게 걸었을까 마침내 신원이 멈춰선 곳은 어느 산기슭이었다. 어두워서 잘 보이지 않았지만 나루가 보기에 특별한 곳은 아니었다. 다만 주변에 돌무더기와 바위가 많이 있는 것이 눈에 띄었다.

그곳에서 신원은 주변을 살피기 시작했다. 잠시 두리번거리던 그는 무릎 높이의 돌무더기 옆에 있는 커다란 바위를 찾아냈다. 바위는 사람 키보다 더 컸다. 신원은 아무 말 없이 두 팔로 바위를 옆으로 밀었다. 엄청난 크기의 바위였지만 조금씩 움직이기 시작했다.

신원이 긴장해서인지 평소답지 않게 힘들어 보였다. 나루는 아무 말 없이 옆에서 신원을 도와 바위를 밀었다. 두 사람이 힘을 합치자 바위는 쉽게 옆으로 밀려갔다. 바위가 움직여지는 순간 나루는 깜짝 놀랐다. 바위 뒤에서 동굴의 입구가 나타났기 때문이었다.

신원이 앞장서며 말했다.

"왜 금룡산에서 만나자고 했는지 궁금하다고 했지? 여기가 그 이유일세. 어서 들어가세나."

동굴로 들어가자 신원은 조그만 손전등을 꺼내어 앞을 비췄다. 안은 앞이 전혀 안 보일 정도로 칠흑 같았다. 더구나 바닥은 평평하지 않은 바위들로 덮여 있어 걷기가 힘들었다. 나루는 조심스럽게 한 걸음씩 떼면서 신원을 따라갔다. 어디서인지 스며들어오는 바람 소리가 '휘익-'하는 휘파람 소리를 냈고 두 사람의 발소리가 나지막이 동굴 안을 울렸다.

하지만 불편한 길은 오래 가지 않았다. 10분 정도를 걸으니 갑자기 그 다음부터는 바닥이 평탄해졌다. 동굴 벽도 다듬어져서 걷는 것이 편해졌다. 나루가 보기에 이 평탄한 바닥이나 정비된 동굴 벽과 천정은 자연적인 것 같지 않았다. 분명히 사람들의 손으로 다듬은 것이었다.

이것을 생각하는 순간 나루는 말로 표현하지 못할 놀라움을 느꼈다. 도대체 누가 이런 강원도 산속에 있는 동굴에 입구도 아니고 입구를 한참 들어 온 곳을 다듬어 놓았단 말인가? 더구나 동굴의 입구는 바위로 덮여 있었다. 혹시 이곳은 비밀 군사시설이 아닐까? 하지만 그럴 리는 없었다. 주변에는 군사시설은 물론 어떤 표식도 없는 벽과 바닥만이 이어지고 있을 뿐이었다.

"이곳은 오천 년 전에 이미 준비된 곳일세!"

이런 나루의 마음을 읽었는지 신원이 이야기해 주었다. 하지만 더 이상의 말은 없었다. 그는 말없이 손전등을 비추며 앞장서 갔다. 나루도 긴장했는지 조용히 그를 따라가기만 했다. 다시 얼마를 걸어가자 두 사람 앞에 막다른 벽이 나타났다. 동굴의 끝에 도착한 것이다.

그곳에 도착하자 신원은 익숙하게 벽면을 더듬었다. 나루도 손전등 불빛을 따라 그의 손이 더듬는 곳을 보았다. 그의 손이 뭉툭한 돌이 돌출된 부분에 멈추더니 그것을 꾹 눌렀다. 갑자기 벽의 귀퉁이 부분에서 조그만 문이 열렸고 그곳에서 아주 밝지는 않지만, 빛줄기가 흘러나왔다.

문의 크기가 작아서 고개를 숙여야 했지만 들어가는 것에는 문제없었다. 신원은 손전등을 끄고 안으로 들어갔다. 언제부터인지 신원은 더 이상 나루에게 지시하지 않았고 나루도 알아서 신원을 따라 하고 있었다. 나루가 따라 들어가자 신원은 벽의 한 곳을 눌러 돌문을 다시 닫았다.

문의 안쪽은 지금까지와는 전혀 다른 곳이었다. 이곳은 빛이 있는 방이었다. 천정에는 커다란 수정 같은 것이 매달려서 그곳에서 나오는 빛이 방을 비추고 있었다. 그 빛은 은은하여 어두운 곳에서 들어온 나루도 심하게 눈부시지 않았다. 그러나 둥근 모양의 그 방 하나를 밝히기에는 충분한 빛이었다. 방에는 천정의 등을 제외하고는 벽이나 바닥에 아무 장식이 없었다. 다만 방의 가운데 바닥에는 동그란 모양의 구덩이가 있었다.

구덩이는 사람 하나가 들어갈 넓이에 무릎 높이의 깊이였는데 주변은 반짝이는 대리석으로 둘려 있었다. 아무런 장식이 없는 방에 유일하게 있는 장식이었다. 나루의 머릿속에는 이 방에 대한 기억은 없었다. 하지만 그는 이곳이 굉장히 오래전에 만들어졌다는 느낌이 들었다.

신원은 주머니에서 무슨 약봉지 같은 것을 꺼냈다. 그리고 그 안에서 하얀 가루를 구덩이에 털어 넣었다. 그리고 그 앞에 무릎을 꿇고 앉아서 뭔가 주문을 외웠다. 그러자 그 가루에서 조금씩 연기가 나기 시작하더니 금방 '화르르-' 하고 불꽃이 피어올랐다.

피어오르는 불꽃은 보통의 불과는 달라 보였다. 그 타오르는 기세는 더욱 맹렬했고 색깔도 붉은색이나 노란색이 아닌 파란색이나 흰색에 가까웠다. 불은 금방 둥근 구멍을 가득 채워 거세게 타올랐다. 나루는 신원의 뒤에 서 있었지만, 그 열기를 느낄 수 있었다.

신원은 바로 자신의 앞에서 타오르는 열기에도 불구하고 상기된 얼굴에 땀을 흘리며 계속 주문을 외우고 있었다. 나루는 방안이 그 불꽃의 열기로 점점 가득 차고 있음을 느꼈다. 불꽃은 잠시 후에 모두 꺼졌다. 불꽃이 꺼지자 신원은 품속에서 작은 책자를 꺼내어 소중하게 두 손에 들고 나루에게 말했다.

"저 구덩이 안으로 들어가게!"

나루는 시키는 대로 아무 말 없이 구덩이 안에 들어갔다. 신원이 나루에게 작은 책자를 주었다.

"해루 님의 분신 같은 책이네. 이것이 자네와 그분 사이의 유일한 열쇠네. 소중히 가슴에 품게."

신원이 간청하는 목소리로 이야기하자 나루는 책을 가슴에 품었다. 그러자 신원은 다시 주머니에서 천부령을 꺼내어 나루의 머리에 대며 주문을 외웠다. 그때 나루는 어제까지 무슨 소리인지 몰랐던 이해되지 않았던 주문의 의미를 알 수 있었다. 그것은 오천 년 전 신시의 언어로 간절하게 해루의 기와 혼을 부르는 말이었다. 방울 소리가 조용히 딸랑거렸다.

'딸랑딸랑~'

적막했던 방 안이 청아한 방울 소리와 해루의 기와 혼을 부르는 신원의 주문 소리만으로 가득 차게 되었다. 나루는 기분이 이상해지고 겁이 났지만 참고 가만히 있었다. 그 순간 갑자기 그가 들어가 있는 구덩이에서 다시 불꽃이 피어오르기 시작했다. 그는 발밑에서 연기와 불길이 올라오는 것을 보고 겁을 먹고 몸을 움직이려 하였다. 그러자 신원이 간절함이 묻어 나오는 목소리로 소리쳤다.

"가만히 있게! 거의 다 되어 가네!"

나루는 몸 아래로부터 뜨거운 열기에 몸이 타 들어가는 고통을 느꼈지만 신원을 믿고 참았다. 더구나 머릿속이 누가 쥐어짜는 것처럼 아프기 시작해서 그것도 참아야 했다. 신원 역시 자신의 앞에 불꽃이 피어오르는 것에 아랑곳하지 않고 천부령을 나루의 머리에서 떼지 않고 주문을 계속 외우며 움직이지 않았다. 나루는 안간힘을 다하여 뜨거움과 고통을 참았다.

그때 구덩이 아래의 불꽃이 커지면서 나루의 가슴에 있던 책자에 불이 붙어 버렸다. 하얗게 보일 정도로 푸른 불꽃이었다. 하지만 그는 이상하게 책을 놓지 않았다. 절대로 놓으면 안 될 것 같았다. 그때 마침 신원의 외침이 들렸다.

"절대로 그 책을 손에서 놓으면 안 되네!"

신기한 것은 다음 순간에 일어났다. 나루의 손은 하나도 데지 않고 책자만 다 타버렸다. 이제 그의 손은 비어 있었다. 그 순간 그는 타버린 책자에서 무엇인가가 나와 입과 코로 들어간 것 같은 이상한 느낌을 받았다. 더 이상한 것은 다음이었다. 주변의 불꽃이 전혀 뜨겁지 않았다. 지금 그는 온몸이 푸른 불꽃에 싸여 있었지만, 물처럼 공기처럼 부드럽고 포근함이 느껴질 뿐이었다. 하지만 나루의 앞에 있는 신원은 달랐다. 그는 머리카락과 피부가 타는 냄새를 낼 정도의 고통에 얼굴이 일그러진 채로 주문을 멈추지 않았다. 이러다가는 그가 타 죽을 것 같았다. 나루는 순간적으로 자신도 모르게 그의 손에서 팔찌를 빼앗고 뒤로 밀어내 버렸다.

신원이 뒤로 밀려났다. 그런데 나루는 팔찌를 잡는 순간 정신이 아찔함을 느꼈다. 뭔가가 자신을 아득한 과거의 어느 곳으로 끌고 가는 느낌이었다. 머릿속이 혼란스러웠다. 누군가 자신의 머릿속 생각을 보고 있는 것 같았다. 그는 그것을 막아 보려 했지만, 그 힘은 너무 강했다.

"아악!"

결국 나루는 소리를 지르며 그 자리에 쓰러져 정신을 잃고 말았다. 순간 구덩이 안의 불꽃이 갑자기 꺼졌다. 뿐만 아니라 천정의 수정 등도 함께 빛을 잃었다. 그러자 방 안에 빛이라고는 전혀 없게 되었다. 그 사이 신원은 뒤로 밀렸던 자세를 바로잡아 이마를 바닥에 대고 조용히 엎드려 있었다. 모든 빛이 사라지는 것을 확인하자 그는 주문을 멈췄다. 그러자 이제 그곳은 빛도 소리도 적막한 암흑의 공간이 되어버렸다.

얼마를 흘렀을까? 어둠 속에서 조그만 움직임이 있었다. 그것은 구덩이 속에 쓰러졌던 나루가 보여주는 움직임이었다. 그는 아주 천천히 조금씩 팔과 다리를 움직이고 있었다. 그리고 마침내 손으로 구덩이 주변의 턱을 짚고 일어났다.

나루는 자신의 얼굴과 몸을 만져 보았다. 아까 분명히 굉장히 뜨거운 느낌을 받았기 때문에 어딘가 화상을 입었을 것이라고 생각했지만, 몸 어느 곳도 고통을 느끼는 곳은 없었다. 오히려 뭔가 알 수는 없지만, 전보다 나아진 느낌이 들었다. 예를 들면 피부 같은 것이 좀 강해진 것 같은…… 뭔지 모르지만 그의 신체 기능이 향상된 것은 분명했다. 아까 신원에게서 빼앗은 천부령은 어느새 그의 왼쪽 손목에 끼워져 있었다. 더구나 그의 시야는 지금 이 어두운 방 안에서도 별로 불편함을 느끼지 않고 있었다.

나루가 일어서자 천정에 있던 수정 등이 다시 빛을 내기 시작했다. 방 안이 다시 환해지자 그가 무사한 것을 확인한 신원도 일어섰다. 신원을 본 그는 천천히 구덩이 밖으로 나왔다. 그의 팔에 천부령이 채워진 것을 본 신원이 갑자기 엎드려 큰절하면서 외쳤다.

"소신, 신원 인사드리옵니다!"

나루가 얼떨떨한 마음에 신원을 내려다보고 왜 이러냐고 하려는 순간 갑자기 자신도 모르는 사이에 그의 입이 말을 했다.

"태 조장, 고생 많았어요. 내가 너무 늦게 온 것은 아니겠죠? 그동안 일에 대해 궁금한 것이 너무 많네요. 어서 듣고 싶어요."

나루는 자신의 의지와는 상관없이 움직이는 자신의 입을 보고 놀라서 어쩔 줄을 몰랐지만 신원은 그런 그의 이상한 표정을 보면서도 감격에 겨운 것 같았다

"소인 같은 것이야 어떻게 되어도 좋으나 환웅 폐하께서 개천 하신 이래 이어 오던 선의 기운을 지켜내지 못하고 저 사악한 역천인들의 흉계를 막지 못함이 송구하올 따름입니다. 부디 그놈들의 악행을 막아 홍익인간의 이념이 이 땅에 다시 펼쳐질 수 있도록 하여 주십시오!"

"이게 무, 무슨……"

나루가 답답함을 호소하려고 하자 신원이 다급히 말했다.

"나루 군! 잠시 가만히 있어 주게! 지금 자네의 육신에는 해루 님께서 거하시고 계시네!"

이야기를 마친 신원은 다시 나루를 향하여 머리를 조아리며 말했다.

"해루 님, 저의 불찰로 당신의 육신을 잃게 되어 이 젊은이의 육신을 사용하게 되었습니다. 소인의 죄를 죽음으로 다스려 주옵소서!"

나루는 이 상황이 혼란스러웠지만 지켜보기로 했다. 그의 다른 목소리가 인자하게 대답했다.

"그것이 태 조장의 탓은 아니에요. 모든 것이 하늘의 뜻이지요. 나의 기와 혼이 이 나루란 젊은이의 육신을 사용해야만 하는 것도 다 하늘의 뜻일 거예요."

신원은 고개를 숙이고 아무 말도 하지 못하고 있었다. 나루의 다른 목소리가 계속 말을 이었다.

"천인들의 선한 기상이 역천인들의 사악함을 당하기는 어려운 법입니다. 지금의 상태는 이미 오래전에 예언된 일이지 않습니까? 지금 역천인들의 위협은 인간들이 스스로 만든 결과이기도 하고요. 이것을 태 조장이나 다른 누구의 잘못이라고 할 수 없는 일이죠."

그러자 신원은 머리를 흔들며 대답했다.

"아니, 아니옵니다. 모두 저희의 불찰이죠, 환웅님과 해루 님께서 남겨 주신 유지를 잘 지켰어야 하는데…… 모두 저희가 어리석어서 일어난 일이었습니다."

무릎을 꿇고 있는 신원의 두 뺨에는 굵은 눈물 줄기가 흘렀다. 나루는 말없이 신원을 내려다보았다. 하지만 곧 단호한 표정으로 다시 돌아왔다. 그리고 신원을 일으켜 세웠다.

"여기서 지금 이런 이야기를 하는 것은 소용없는 일이에요. 앞으로의 일에 관해서 이야기해야죠. 자, 여기서 이럴 게 아니라 밖으로 나가시죠. 그동안의 이야기를 듣고 싶군요."

그들은 동굴을 빠져나왔다. 동굴을 나와서 신원은 옆으로 옮겨 놓았던 바위를 밀어 다시 동굴 입구를 막았다. 그리고 그들은 움막으로 향했다.

하늘에는 며칠 사이에 조금 커진 달이 그들을 내려 보고 있었다. 이상하게 금룡산의 어느 곳에도 어떠한 움직임이 없었다. 산 벌레들의 울음소리조차 들리지 않는 밤이었다. 계곡 물은 언제나처럼 변함없이 흐르고 있었지만 물 흐르는 소리조차 어둠에 삼켜지고 있었다. 산 주변의 모든 것이 오천 년 전 신시의 영웅이었던 해루가 세상에 다시 온 것을 숨죽이며 지켜보는 것 같았다.

나루는 혼란스러운 가운데에도 자신의 몸속에 다른 누군가가 들어와 있다는 것을 느끼고 있었다. 하지만 신원이 이야기한 최악의 경우는 일어나지 않은 것 같았다. 비록 자신의 몸속에 다른 누군가가 있는 것은 분명하지만, 자신은 지금 분명히 생각을 하고 있었다. 그렇다면 이것은……?

"우리 의식은 성공한 건가요?"

나루가 참지 못하고 신원에게 물었다. 그는 조금 당황한 표정으로 나루를 보더니 말했다.

"아직까지는 그런 것 같네…… 좀 더 지켜봐야 하겠지만……"

"그게 무슨 말입니까?"

갑자기 나루 속의 다른 이가 물었다. 그러자 신원은 어쩔 줄 모르고 대답했다.

"아, 사실은 해루 님의 봉인 해제 의식을 하면서 이 젊은이에게 잘못될 수도 있다고 설명해 주었더니 아마 그것에 대해 묻는 것 같습니다."

나루 속의 인물은 신원의 설명을 듣고 이해하는 표정이 되었다.

"맞아요. 저의 기와 혼을 다른 육신에 합일시키는 것은 쉬운 일이 아니었을 거예요. 태 조장이 정말 수고했어요. 그리고 젊은이에게도 고맙다는 말을 해야겠네요. 젊은이 덕분에 내가 세상에 다시 돌아올 수 있게 되었어요."

나루의 얼굴이 진지한 표정에서 갑자기 부끄러운 표정이 되어서 말했다.

"뭘요. 해루 님은 세상을 구하실 분이라면서요. 세상 사람들이 악인들에게 당하는 것을 막기 위해서 제가 할 수 있는 일을 했을 뿐이에요."

나루의 표정이 반가운 표정으로 바뀌더니 말했다.

"젊은이도 이미 모든 것을 아는군요. 그래요. 함께 힘을 합쳐서 세상을 구하도록 합시다!"

그때 나루는 이야기를 시작한 김에 가장 궁금했던 것을 물었다.

"그런데 해루 님은 항상 제 몸에 계시는 건가요? 혹시 해루 님과 제가 떨어져 있을 수는 없는 건가요? 항상 함께 계시면 목욕탕이나 화장실에 갈 때는 불편할 것 같은데요?"

이 질문에는 신원이 대답해 주었다.

"자네가 천부령을 찼을 때만 해루 님께서 자네의 육신에 계실 수 있네. 자네가 그 팔찌를 벗는다면 해루 님께서는 팔찌 속에 머무시게 될 걸세. 그럼 자네의 육신은 자네 혼자 사용할 수 있겠지."

나루가 알아들었다는 듯 고개를 끄덕였다. 나루의 육신 안에서 이 이야기를 같이 듣고 있는 해루는 오천 년 만에 다시 보는 세상의 밤 풍경에 도취한 듯 아무 말도 하지 않고 있었다. 그들은 더 이상 이야기는 하지 않은 채 산길을 걸어 내려왔다.

나루는 사실 이 상황이 굉장히 어색했다. 마치 외투 위에 외투를 하나 더 끼어 입은 느낌이었다. 하지만 세상을 구하는데 조그만 힘이라도 보탰다는 자부심이 드는 것도 사실이었다. 지난 사흘을 돌이켜 보면 놀랍고도 신비로웠던 여러 가지 일이 일어났던 시간들이었다. 이제 결정은 이미 내려진 것이다. 그는 이미 선택한 일에 대해서 후회하지 않기로 했다. 자신이 한 선택을 믿고 앞으로 천인들을 도와 세상을 구하는 일에 익숙해져야 한다고 생각했다. 그중에서도 가장 먼저 익숙해져야 할 일은 그의 육신을 다른 누구와 함께 사용하는 일이었다.

그런데 나루는 조금씩 다른 누군가의 감정을 공유하는 느낌이 들었다. 어제 머릿속에 집어넣었던 신시의 기록이 그냥 단순한 사실이 아니라 뭔가 주관적인 관점으로 보였다. 내 기분이 아닌 다른 사람의 기분이 자연스럽게 느껴지는 것은 정말 이상했다. 하지만 그조차도 점점 자연스럽게 변하고 있었다. 주변에 대한 마음도 갑자기 너그러워지는 느낌이었다.

그 과정에서 나타나는 어떤 불편함이나 고통은 없었다. 다만 주변의 경치가 갑자기 신기하다는 이상한 느낌이 솟아났다. 나루는 그것이 자신의 것은 아님을 알고 있었다. 자신 속에 있는 해루라는 천인의 것이 분명했다. 모처럼 피곤하다는 생각이 들었지만, 그것도 자신이 아닌 다른 사람의 피로를 대신 느끼는 기분이었다. 나루는 그를 위해 움막으로 돌아가서 쉬기로 했다.

'딸랑딸랑-'

나루가 걸을 때마다 손목의 천부령에서 맑은 소리가 나지막이 울렸다.

영웅의 활약

　금룡산을 다녀오고 얼마 후 나루는 김 원장, 이 선생 그리고 신원과 함께 집 근처의 햄버거 가게에 앉아 있었다. 나루가 한입 가득 커다랗게 햄버거를 먹는 모습을 김 원장과 이 선생이 대견스러운 듯이, 그리고 경이로운 표정으로 쳐다보고 있었다.

　"그렇게 계속 쳐다보시면 제가 먹을 수가 없잖아요."

　나루가 햄버거를 우물거리며 말했다. 모처럼 좋아하는 음식을 맛있게 먹는 중인데 뚫어지게 쳐다보는 눈길이 그를 불편하게 만든 것이다. 두 여자는 미안한 미소를 지으면서 말했다.

　"미안, 미안, 쳐다보지 않을 테니까 편하게 먹어요. 근데 진짜 잘 먹는다……"

　이렇게 말하면서도 두 여자의 시선은 나루에게서 떨어질 줄을 몰랐다. 그 옆에서 이들을 보고 있던 신원도 안쓰러운 듯이 말했다.

　"그러게……. 주변에 사람들도 많은데 두 분 인제 그만하시죠?"

　김 원장이 시선은 돌렸지만 살짝살짝 옆 눈으로 나루를 보면서 말했다.

　"그러게, 그렇지만 이 젊은이의 몸 안에 해루 님이 계신다니 얼마나 신기해요?"

그 말을 들은 나루가 퉁명스럽게 말했다.

"지금은 안 계시거든요? 지금은 손목에 천부령을 차지 않았잖아요."

그러자 두 여자는 멋쩍은 표정으로 웃더니 말했다.

"아! 그렇구나. 그럼 천부령을 언제 찰 거예요? 빨리 보여 줘요. 우리도 그분을 만나고 싶어요!"

나루는 햄버거를 씹다 말고 고개를 흔들면서 말했다.

"저도 노력했어요. 되도록 이분과 함께 있으려고요. 하지만 해루 님이 옛날 분이셔서 그런지 모르는 것이 너무 많더라고요. 같이 다니면서 세상 물정도 알려 드리려고 했는데……"

나루는 입안에 있던 햄버거를 꿀꺽 넘기고 말했다.

"너무 잔소리가 심해요!"

앞에 있던 세 사람의 표정이 굳었다.

"잔소리라 하면……?"

"매사가 다 잔소리예요. 음식 좀 천천히 먹어라. 걸음을 품위 있게 걸어라. 말투가 경망스럽다. 고운 말을 써라……"

세 사람이 서로 얼굴을 마주 보고 어리둥절해 하자 나루가 내뱉듯이 말했다.

"자꾸 잔소리하니까 짜증나서 같이 못 있겠어요."

김 원장이 달래듯이 말했다.

"그게 다 나루 군이 잘되라고 하는 말씀 아닐까요?"

옆에서 이 선생도 거들었다.

"맞아요. 내가 아는데, 해루 님이 틀린 말씀을 하시는 분이 아닌데…… 정말 좋은 분이거든요."

신원도 그 말을 듣고 말했다.

"그래, 나도 너무 자네를 타박하지 마시라고 잘 말씀드릴 테니까 해루 님께서 되도록 오래 나와 계시도록 도와주게. 그분께서도 이 시대에 적응이 되면 나아지실 걸세."

햄버거를 다 먹고 휴지로 입과 손을 닦은 후 나루가 입을 삐죽 내밀며 말했다.

"그렇지 않아도 이제 다 먹었으니 나오시게 하려고 했어요."

나루는 가방에서 천부령을 꺼내 왼쪽 손목에 끼워 넣었다. 그러자 순간적으로 온몸을 떠는 듯하더니 금방 안정을 찾았다. 다음 순간 나루는 순간순간 다른 모습을 보여줬다. 한 번은 원래 나루의 눈빛이더니 다음에는 상대의 마음을 읽을 듯한 강렬한 눈빛이 되었다. 입 모양도 반쯤 벌린 입이었다가 다시 야무지게 다문 입이 되기도 하였다.

세 사람이 정신없이 신기한 듯 그런 나루를 쳐다보자 그들을 보면서 그가 말했다.

"아마 저를 보고 있으면 헷갈리실 거예요. 여러분께서 해루 님이랑 이야기하실 수 있도록 저는 잠시 생각 없이 가만히 있을게요. 이제부터 대화하시면 돼요. 해루 님, 제 흉은 보지 마세요!"

나루의 말대로 그다음부터는 그의 얼굴에서 나루 본래의 모습은 나타나지 않았다. 조금 전과는 완전히 달라진 표정이 되었다. 차분한 눈매, 가벼운 미소를 띠면서 양쪽 꼬리가 올라간 입술, 그리고 두 손을 가볍게 모아서 식탁 위에 올렸다.

그 모습을 본 김 원장의 눈이 휘둥그레지면서 물었다.

"정말 해루 님이신가요?"

나루가 깊은 눈길로 김 원장을 보면서 말했다.

"오랜만이군요. 영란, 그동안 잘 지냈어요?"

그 목소리는 나루의 것과 비슷하긴 하지만 뭔가 다른 울림이 있는 것이었다. 그것은 마치 나루가 다른 사람의 목소리를 성대모사를 하는 것 같기도 하였다. 그러나 앞에 있는 두 여자에게는 지난 오천 년 동안 한시도 잊지 못한 사람의 목소리였다.

"아! 해루 님……"

김 원장이 감격하여 눈물을 흘리면서 그를 바라봤다. 옆에 있던 이 선생도 급히 끼어들었다.

"해루 님, 저는 알아보시겠어요?"

나루가 다시 고개를 돌려 이 선생을 맑은 표정으로 바라보았다.

"아, 천인대의 전령이었던 막내 선영이군요? 정말 오랜만이에요."

마치 사랑하는 여동생에게 이야기하듯 다정하고 따뜻한 목소리였다.

"소녀 같은 것도 알아봐 주시는군요! 예, 소녀 선영 인사드리옵니다."

이 선생도 김 원장과 함께 울먹이기 시작했다. 젊은 남자 하나를 앞에 두고 중년의 여인과 젊은 여자가 같이 훌쩍이며 있는 모습은 햄버거 집에 어울리지 않는 구경거리였다. 가게에 있던 손님들이 그들을 흘끔흘끔 쳐다보자 신원이 두 사람을 말렸다.

"여기서 이러시면 사람들이 이상하게 쳐다봅니다. 장소를 옮겨서 이야기하도록 하시죠."

김 원장과 이 선생이 고개를 끄덕이며 손수건으로 눈물을 훔치고 일어섰다. 그 다음에 신원이 곤란한 표정으로 주변을 살피며 일어났고 근엄하지만 밝은 얼굴의 나루가 마지막으로 일어섰다. 그들은 모두 일렬로 서서 햄버거 가게를 나갔다.

"남자가 너무 잘생기고 멋있긴 했어. 그런데 그 나이 든 아줌마는 너무한 것 아니야? 자기 아들 같은 남자한테 뭐 하는 거야?"

그들이 나간 후 바로 뒷자리에 있던 여자가 말했다.

"그래 존대를 하는 것을 보니 아들은 절대 아니야. 저들은 도대체 무슨 관계일까?"

그녀와 함께 있던 일행이 맞장구쳤다. 그들이 가게를 나간 후에도 사람들은 그들의 관계를 궁금해하면서 한참 동안 수군거렸다.

햄버거 가게를 나간 나루와 천인들은 장소를 옮겨 아예 다른 사람들과 완전히 분리될 수 있는 노래방으로 갔다. 나루의 아이디어였다. 비교적 밀폐된 공간에서 남의 눈치를 볼 필요 없는 장소를 찾은 것이다. 그들은 가장 조용한 음악의 반주를 틀어놓은 채 지난 이야기를 하면서 정신없는 시간을 보냈다. 천인들이 많은 이야기를 할 수 있도록 나루는 되도록 가만히 있었다.

특히 김 원장과 이 선생이 많은 이야기를 했다. 그들은 마치 고자질하듯이 해루에게 그동안의 이야기를 해주었다. 주로 역천인들에 대한 이야기였다. 그들이 천인들을 습격했던 일들과 화천이 봉인 해제 되어 은신처들을 습격한 일들을 두 사람이 주고받듯이 알려주었다. 대부분의 이야기가 신원에게 이미 들은 것들이었지만 조용히 해루는 경청했다. 특히 많은 천인들이 희생되었다는 부분에서는 다시 한 번 가슴 아파했다.

그들은 앞으로의 계획에 대해 논의도 했다. 여러 가지 이야기를 나누었지만 지금 가장 시급하게 처리해야 할 부분은 나루의 육신에 해루가 있을 때 말과 행동이 누구의 것인지 쉽게 구별하는 방법을 찾아야 한다는 것이었다. 그들은 표정이나 말투보다는 더 확실한 방법을 원했다. 불필요한 실수를 피하자는 의미였다.

또한 그들은 나루의 육신을 통해서 해루의 능력이 나타날 때 나루의 신분이 드러나지 않도록 해야 한다는 것에 모두 동의하였다. 나루의 얼굴을 드러낸 채로 해루가 초인적인 능력을 사용했을 때 누군가 그를 알아볼 경우 평범한 일상생활이 어려울 것이라는 생각에서였다.

모두 그 방법에 대해서 고민하고 있을 때 김 원장이 자신에게 맡겨달라고 했다. 원래 신궁의 시녀 출신이었던 그녀는 바느질 실력이 뛰어났고 천국에서부터 가져온 신비한 재료도 많이 가지고 있었다. 모든 천인들도 김 원장이라면 그들이 원하는 것을 만들어 낼 수 있다고 믿었다. 나루 또한 관심을 가지고 계획을 물었지만, 그녀는 기다려 보라며 미소 지었다.

해루가 가장 염려한 것은 역천인들이 인간들의 재벌인 YCI그룹과 결탁하여 일을 꾸미고 있다는 사실이었다. 그들이 인간들에게 미치고 있는 영향력이 생각보다 심각하다고 생각한 것이다. 그들은 향후 YCI그룹이 벌이는 범죄에 대해서도 예의주시하기로 하였다. 그중에는 틀림없이 역천인들과 관계있는 것이 있을 것이라는 판단에서였다.

천인들과 이야기를 나누고 헤어진 며칠 후 나루는 택배를 하나 받았다. 발신자가 표시되지 않은 것이었다. 풀어 보니 꾸러미 하나와 편지가 들어 있었다. 편지를 보고서야 김 원장이 보낸 것임을 알았다. 급하게 만들어서 마음에 들지 모르겠다는 내용의 편지와 함께 있던 꾸러미에서 나온 것은 머리에 쓰는 두건이었다. 그것에는 눈 주변을 가리는 눈가면이 붙어 있었다. 착용이 편하고 한 손에 뭉쳐질 정도로 작고 가벼웠다. 그녀가 약속을 지킨 것이다.

편지에는 이 두건과 눈가면은 천국에서 가져온 천으로 만들어서 천인의 기운이 닿게 되면 그 색이 원래의 잿빛에서 연한 쪽빛으로 변한다는 설명도 함께 있었다. 즉 나루의 육신을 해루가 사용하는 순간에는 두건과 눈가면이 연한 쪽빛으로 변한다는 설명이었다. 천의 촉감은 정말로 나루가 지금까지 처음 느껴 본 것이었다. 또한 질겨서 쉽게 찢어지지 않을 것 같았다.

김 원장은 두건과 천부령을 보관할 수 있는 주머니도 따로 만들어 주었다. 가방에 넣고 다니다 자칫 잊어버릴 것을 걱정한 것 같았다. 같은 재질로 만들어졌고 입구가 끈으로 연결되어 목에 걸 수 있도록 되어 있었다. 나루는 두건과 눈가면을 쓰고 거울 앞에 서 보았다.

"좀 유치한 것 같기는 한데⋯⋯. 하지만 나름 멋있는 것 같기도 해!"

나루는 거울을 보면서 엄지를 스스로 쳐들었다. 갑자기 여울과 이 장면을 함께 못하는 것이 아쉽다는 생각이 들었다. 하지만 아쉬움도 잠시, 가슴에 뭔가 치미는 것이 있었다. 이제야말로 자신과 해루라는 영웅과 함께할 것이라는 실감이 들기 시작한 것이다.

며칠 후 늦은 밤, 나루는 경기도 북부의 외곽 산길을 뛰어오르고 있었다. 고르지 않은 길임에도 불구하고 뛰어가는 속도는 정말 빨랐다. 누군가 보았다면 들짐승이라고 여길 정도였다.

'퍽, 팍, 우지끈~'

하지만 무엇이 문제인지 나루는 자꾸 나무 그루터기에, 돌부리에 발이 걸리고 있었다. 그의 발에 걸린 돌과 나무뿌리는 깨지고 찢어졌다. 만약 보통 사람들이 그렇게 부딪치면 큰 부상을 입을 것이겠지만 지금은 반대로 그와 부딪치는 것들이 산산조각으로 부서지고 있었다.

"좀 보조를 맞추면 안 되나요? 우리 연습 많이 했잖아요?"

정신없이 뛰어가면서 나루가 볼멘소리를 했다.

"나도 노력 중이야! 하지만 자네도 함께 노력해 주었으면 좋겠어! 나도 힘들다네!"

나루의 입을 통해서 낮은 목소리의 해루가 말했다.

"저도 최선을 다하고 있거든요? 해루 님이 보조를 맞추지 못하니 자꾸 부딪치잖아요!"

나루가 다시 투덜거렸다. 그런데 목소리가 달라지면서 이야기를 할 때마다 그의 두건과 눈가면의 색깔이 변하고 있었다. 나루의 목소리에는 원래의 잿빛 그대로였지만 해루의 목소리가 나올 때는 연한 쪽빛으로 변하고 있었다. 김 원장이 만들어 준 두건과 눈가면이었다.

"처음이라 그럴 거야. 좀 더 참고, 서로의 호흡을 맞춰 보세. 화를 낸다고 될 일이 아니야. 이것은 우리가 꼭 극복해야 할 일이니까."

해루가 달래듯이 말하는 순간 두건과 눈가면은 연한 쪽빛이 되었다.

"저도 그것은 알지만 마음은 급한데 자꾸 발에 장애물이 걸리니까 짜증이 나서 그래요. 차라리 잠깐만 서서 의논을 한 후에 출발할까요?"

나루가 제의를 했지만 해루는 단호하게 말했다.

"그럴 수는 없어! 지금 한 사람의 목숨이 경각에 달려 있다고 했어!"

나루가 할 수 없다는 목소리로 대답했다.

"그럼 할 수 없죠. 그 대신 다음에는 이 부분을 더 많이 연습해야겠어요. 대신 오늘은 가는 동안은 잠시 쉬고 계세요. 아무리 강한 몸이라도 이러다가는 성하지 못할 것 같아요!"

나루는 갑자기 왼쪽 손목에 있던 천부령을 쑥 빼버렸다.

"아니, 자, 자네 그럼 안 돼!"

순간적으로 해루가 말리려고 해서 손의 자세가 엉킬 뻔했지만 나루가 재빠르게 벗어버렸다. 나루는 천부령을 목에 걸린 주머니에 집어넣으며 말했다.

"안 되겠어요. 가는 동안에는 잠시 쉬고 계세요. 일단 저 혼자 가서 도착하면 다시 해루 님이 나오도록 할게요. 그럼 되죠?"

나루의 몸이 순간적으로 부르르 떨리는 듯하더니 다시 온전한 모습이 되었다.

"참, 몸 하나에 정신이 두 개가 되니 너무 혼란스러워. 특히 장애물을 피할 때……"

나루가 혼잣말을 하고 다시 뛰기 시작했다. 그러자 이번에는 조금 전과는 달리 순식간에 장애물을 피하면서 달려나갔다. 장애물에 걸리지 않으니 달리는 속도가 훨씬 더 빨라졌다. 어둠 속에 앞도 잘 보이지도 않았지만, 그는 전혀 상관없이 달려나가고 있었다.

그랬다. 팔찌를 빼기 전까지 나루의 몸에는 나루와 해루의 정신이 함께 있었던 것이다. 하나의 몸속에 두 사람의 정신이 같이 있다 보니 방향 전환을 하거나 장애물을 피할 때에는 서로의 다른 습관 때문에 호흡이 맞지 않아 계속 충돌을 하게 되었다. 그러다 이제 나루만의 의식으로 달려가니 더 이상 충돌 없이 집중하여 갈 수 있었다. 그는 계속해서 산길을 달리고 또 달렸다. 목적지는 저 고개를 넘으면 도착할 수 있는 폐차장이었다.

경기도 외곽 산길 끝에 있는 폐차장에는 자정이 넘은 밤인데도 불구하고 환한 조명이 켜져 있었다. 이곳은 가장 가까운 민가에서도 아주 멀리 떨어졌고 주변의 야산으로 가려져 불빛이 밖으로 나가지 않는 지형적 특징이 있어서 태선이 선호하는 곳이었다.

하지만 오늘 이곳에 태선은 없었다. 대신 그녀가 가장 신뢰하는 TST 1조장이 일을 처리하는 중이었다. 요즘 YCI그룹에서 가장 바쁜 부서는 TST였다. 무상이 자신의 야망을 실현하기 위해 하고자 하는 일들이 많아지면 많아질수록 비밀리에 해야 할 일들이 많아지고 TST의 임무가 바로 그것들을 처리하는 일이었기 때문이었다.

그야말로 TST는 무상으로 하여금 모든 것을 가능하게 해주는 부서였다. 무상에게 반대하거나 위협이 되는 대상에 대한 살인, 납치, 감금, 협박 등 모든 일을 처리해 주었다. 더구나 최근 들어서는 TST 내부에서 생기는 배신자들까지도 감시하고 처리하는 일까지 생겨서 그들의 업무는 더욱 많아지고 바빠질 수밖에 없었다.

TST의 인원 중에서는 엄청난 보수의 유혹 때문에 입사하였다가도 하는 일들이 불법이라는 사실에 양심의 가책을 느껴 팀을 떠나거나 무상과 YCI그룹의 비밀을 폭로하려는 조직원들이 간혹 있었다. 그것은 정상적인 사람에게는 충분히 있을 수 있는 일이었다. 하지만 대부분의 조직원들은 그를 처리하는 과정을 통해서 조직의 배신자가 어떤 결과를 맞는지를 보았기 때문에 감히 자신이 그런 일을 할 생각은 감히 하지 못하고 있었다.

오늘 그들은 YCI 건설의 하청업체 사장인 조만석을 납치하여 이곳에 데리고 왔다. 그는 YCI 건설의 공사 하청을 맡으면서 YCI 건설에서 요구한 과도한 리베이트에 항의하여 수주를 포기하고 불공정 계약에 대해 경찰에 신고하겠다고 한 사람이었다. 최근 대통령 출마를 위해 자신과 회사 이미지 관리에 신경 쓰고 있던 무상으로서는 위협이 될 수밖에 없었다.

정말 별것도 아닌 일이었다. 리베이트 액수만 관행 수준으로 낮추면 서로 원만하게 해결될 일이었다. 하지만 무상은 자신에 대한 아무리 사소한 도전도 용납하지 않았다. 사소한 도전을 허용하면 자신을 우습게 보고 훗날 더 크게 덤빌 것이라는 이유였다.

굳이 마약 같은 약물이 아니더라도 중독이 될 수 있었다. 처음에는 법으로 해결할 수 없는 일을 처리하기 위하여 불가피하게 투입되던 TST는 이제는 무상을 귀찮게 하거나 기분 나쁘게 하는 거의 모든 일에 투입되고 있었다. 그 스스로가 TST의 해결 방법에 중독된 것 같은 모습이었다. 태선이 무상을 그렇게 만든 것이었다. 그녀는 무상의 요구를 아주 깔끔하게 처리했다. 세상에서는 그들의 범죄가 있었던 사실조차 모를 정도였다. 협박과 납치를 당한 사람은 입을 다물게 했고 살인은 시신조차 발견되지 않도록 했다. 그들의 희생자들은 아무도 찾을 수 없는 곳에 숨겨졌다. 시신이 없으니 살인 사건이 성립되지 않았고 경찰에서는 본격적인 조사를 할 수 없었다. 대부분의 경우는 살인의 사실 자체도 모른 채 단순 실종으로 지나가 버리기 일쑤였다.

1조장이 할 일은 간단했다. 조만석 사장에게 YCI그룹의 리베이트 과다 요구에 관한 것을 다른 사람에게 이야기했는지 확인한 뒤 그가 탄 차를 그와 함께 폐차장의 압착기로 눌러서 정육면체의 덩어리로 만든 후 고철용 용광로에 넣어서 녹여 버리는 일이었다. 만약 리베이트에 대해 아는 다른 사람들이 확인된다면 그들은 다음 작업의 대상이 될 것이다.

1조장은 지금까지 태선의 바로 뒤에서 이런 작업이 진행되는 것을 수없이 많이 지켜보았기 때문에 처리에 자신이 있었다. 그는 먼저 온몸이 엉망이 되도록 얻어맞은 조 사장을 뼈대만 남은 차의 운전석에 앉히고 그의 팔뚝에 액체를 주사했다. 그리고 잠시 기다렸다가 그의 손발이 떨리며 눈의 초점이 사라지는 것을 확인하고 태선이 항상 하던 말투를 흉내 내어 물었다.

"조 사장님, 혹시 이번 리베이트 지급 건에 대해서 다른 누구와 이야기하셨나요?"

약 기운이 온몸에 퍼져 눈자위가 하얗게 뒤집힌 조만석이 입에 침까지 흘리며 이야기했다.

"네……. 강남……. 경, 경찰서……. 경제팀……. 김기정……. 형사와 의논, 했어요……"

그는 띄엄띄엄 말했지만 정확하게 대답을 해주었다. 좀 귀찮게 되었다. 경찰이 이 내용을 안다는 것이다. 이런 일은 태선에게 보고하고 지시를 받아야 했다. 김기정이라는 형사의 윗선부터 돈으로 막을 것인지 아니면 김 형사 그자도 이곳으로 데려와서 조 사장과 똑같은 절차를 진행할 것인지는 그녀가 판단해서 지시할 것이다. 그것이 그들의 업무 처리 방식이었다.

1조장은 다음 질문을 했다.

"그리고 또 다른 사람은 없나요?"

"아뇨……. 더……. 없……. 어……. 요……"

조 사장은 약 기운이 더욱 올랐는지 아까보다 더 많이 더듬거렸다. 의식이 점점 없어지는 것 같았다. 하지만 상관없었다. 어차피 이 사람은 오늘 저녁 세상에서 없어질 존재였다. 다행히 이 일을 아는 사람이 더 있는 것 같지는 않았다. 이제 더 이상의 이야기는 필요는 없었다. 나머지는 이제 절차대로 처리하면 되었다.

1조장이 눈짓을 하자 부하가 철제 기둥에 붙어 있는 스위치를 올렸다. '윙-' 요란한 굉음을 울리며 컨베이어 벨트가 움직이기 시작했다. 그러자 그 위에서 조 사장이 앉아 있는 뼈대만 남은 차체가 서서히 움직였다. 차는 저 앞에서 커다랗게 입을 여닫고를 반복하면서 차들을 삼키고 있는 프레스를 향해서 서서히 다가갔다.

컨베이어 끝에 있는 프레스는 세 가지 동작을 하고 있었다. 첫 번째는 상하로 누르는 것이고, 두 번째는 좌우로, 그리고 마지막 세 번째는 앞뒤로 누르는 것이다. 그래서 차체는 프레스를 통과하고 나면 커다란 정육면체 모양의 덩어리가 되었다. 차 안에 있는 모든 것들도 그 육면체 안에 포함되어 버렸다. 그리고 그것은 트럭에 실려 어느 제철소로 가서 녹여질 것이다.

1조장은 오늘은 일이 평소보다 빨리 끝났다고 생각하며 압착기 쪽으로 천천히 움직이는 차체에 앉아 있는 조 사장의 얼굴을 보았다. 그는 의식이 없어서인지 상황도 모르고 기분 좋은 듯 웃고 있었다. 좋은 꿈을 꾸는 모양이었다. 그 모습이 어이가 없었는지 1조장도 피식하고 웃어 버렸다.

그때 1조장은 잠깐 방울 소리를 들은 것 같았다. 하지만 컨베이어의 굉음이 워낙 컸기 때문에 그것이 정말 방울 소리인지 구별은 되지 않았다. 1조장은 고개를 저었다. 이 밤중에, 이런 폐차장에서, 그런 소리가 날 리가 없다고 스스로를 일깨웠다.

그 순간 갑자기 '텅!' 하는 소리와 함께 컨베이어가 멈춰 섰다. 조 사장의 승용차가 압착기에 들어가기 직전이었다.

"무슨 일이야?"

1조장은 스위치를 맡고 있는 부하를 쳐다보았다. 하지만 그는 이미 스위치 옆의 땅바닥에 쓰러져 있었다. 침입자였다. 1조장은 순간적으로 뭔가 잘못되었다는 불안한 생각이 들었다. TST 인원들은 자체 서바이벌 격투기 대회까지 개최해서 뽑은 사람들이었다. 만약 그런 사람을 저렇게 소리 없이 그리고 빨리 처리할 수 있을 정도라면 그 침입자는 보통이 아니었다.

"모두 이곳으로 집합해!"

1조장은 무전기를 통해 주변에 흩어져 있는 부하들을 불렀다. 폐차장의 입구, 후문, 그리고 사무실에서 대기하고 있던 사람들이 빠르게 달려와 1조장 앞에 모였다.

"지금 이곳에 누군가 있다. 빨리 찾아봐!"

부하들 역시 쓰러져 있는 동료를 보고 긴장했다. 유니폼인 듯한 검은 양복을 입은 사람들이 부산하게 움직이면서 주변을 돌아보기 시작했다. 그 순간 컨베이어의 소리가 멈춰져 적막에 싸인 폐차장에 다시 작은 방울 소리가 들렸다. 컨베이어의 소음이 없어지자 아까와는 달리 아주 선명하게 들리는 소리였다.

"이게 무슨 소리지?"

1조장이 소리쳤다. 옆에 있던 대원들이 일제히 소리 나는 곳을 향했다.

"저쪽입니다!"

대원 하나가 산처럼 쌓여 있는 자동차 더미 위를 손가락으로 가리켰다. 그곳에는 어두워서 잘 보이지는 않았지만 희미하게 사람의 그림자 같은 것이 있었다.

"저놈을 잡아!"

1조장이 소리쳤다. 그다음 순간 그 그림자가 10m가 넘어 보이는 자동차 더미에서 가볍게 지상으로 뛰어내렸다. 바닥으로 내려와 불빛으로 확인된 그의 모습은 머리에는 잿빛 두건과 눈가면을 쓴 나루였다. 그가 안정된 모습으로 착지하자 손목의 천부령에서 맑은 방울 소리가 조그맣게 딸랑거렸다. 1조장을 비롯한 부하들은 그 높이에서 뛰어내리고 아무렇지도 않은 그를 보고 놀라 한 걸음 뒤로 물러났다. 1조장이 긴장한 목소리로 소리쳤다.

"누구냐? 정체를 밝혀라!"

착지했던 나루가 자세를 잡고 일어서며 태연한 표정으로 말했다.

"내 모습을 숨길 필요는 없지."

다음 순간 두건과 눈가면의 색깔이 연한 쪽빛으로 변하더니 성난 목소리가 소리쳤다.

"나는 저 사람을 구하러 온 사람이다! 사람을 이렇게 함부로 해치다니 하늘이 두렵지 않으냐?"

이 말이 끝나자 두건과 가면이 다시 잿빛이 되더니 부드러운 목소리가 이야기했다.

"너무 흥분하지 마세요. 요즘 TV나 영화 때문에 나쁜 놈들이 보통 이 정도는 되요."

다시 연한 쪽빛의 목소리가 입술을 깨물며 안타깝다는 듯이 말했다.

"그래도 그렇지, 어떻게 사람의 탈을 쓰고……"

앞에 있는 침입자가 두건과 가면의 색깔이 변하면서 서로 다른 목소리로 이 소리 저 소리를 하는 것을 얼이 빠져 보고 있던 1조장이 정신을 차리고 큰 소리로 외쳤다.

"뭣들 하느냐? 시간 없다. 이 미친놈을 빨리 처리해 버려라!"

1조장 지시가 떨어지자 마찬가지로 그의 뒤에서 정신없이 있던 부하들이 앞으로 나와 나루의 앞에 섰다. 그들의 손에는 체인, 쇠파이프, 야구 배트, 손도끼들이 들려 있었다.

해루의 목소리가 갑자기 신기한 듯이 말했다.

"요즘은 무기의 모양도 정말 많이 달라졌구나. 방망이와 봉 같은 것은 알아보겠는데 저기 저자의 손에 들려 있는 저 기다란 쇠붙이 줄이 무엇이라고 하는 거냐?"

"저건 체인이라고 하는 거예요. 휘둘러서 상대를 공격하죠. 쇠라서 맞으면 아파요."

"아! 채찍 같은 것이로구나. 알겠다."

자신을 공격하기 위해 사람들이 다가오는 것을 보면서도 태평하게 혼잣말을 하는 상대를 보자 대원들은 기분이 섬뜩해지는 것을 느꼈다. 그들은 혼자이면서도 자신들에게 전혀 위축되지 않는 상대가 두려웠지만, 그것을 극복하기 위해서도 더욱 무자비하게 공격하려고 했다.

"뭐라고 혼자 헛소리를 하는 거냐?"

대원 중 하나가 크게 소리치면서 먼저 쇠파이프를 휘둘렀다. 하지만 그것은 크게 허공을 가를 뿐이었다. 이미 그곳에는 아무도 없었다. 나루는 이미 공중으로 뛰어올라 있었다. 하지만 뛰어올랐다가 내려오면서 엉거주춤하다가 두 무릎을 땅에 찧고 말았다.

"오른쪽 발로 땅을 짚었어야죠!"

나루가 얼굴을 찌푸리며 일어서면서 말했다.

"나는 항상 왼발로 짚었다!"

두건의 색이 변하며 해루가 말했다. 그러자 나루가 포기한 목소리로 말했다.

"알았어요. 아무래도 저보다 해루 님이 더 강하니까 직접 하시는 것이 더 낫겠죠?"

"그래 맡겨 보아라!"

"알았어요. 그럼 저는 잠깐 아무 짓 안 하고 있을게요. 하긴 그게 더 어렵지만……"

"그렇게 할 수 있겠느냐? 그래 그럼 잠시 그러고 있어라!"

"알았어요. 어! 벌써 놈들이 공격하잖아요. 이제 알아서 하세요!"

"알았다!"

나루가 넘어진 틈을 타서 다시 대원들이 공격하기 시작했다. 1조장이 소리쳤다.

"한꺼번에 덤벼라! 상대는 하나다!"

'압-, 헉!, 윙-, 윽!, 픽-'

하지만 그들은 해루의 상대가 되지 못했다. 그는 첫 번째의 쇠파이프를 피하면서 정권으로 인중을 가격하고 두 번째의 체인을 피하면서 그의 옆구리를 걷어차 버렸다. 두 사람이 순식간에 쓰러져서 일어서지 못했다. 순식간에 일어난 이 장면을 보고 놀라서 멍청히 서 있는 세 번째는 공중 점프해서 무릎으로 명치를 가격해서 쓰러뜨렸다. 순식간에 혼자 남게 되자 놀라서 등을 보이고 도망가던 네 번째를 향해서는 첫 번째가 떨어뜨린 쇠파이프를 던졌다. 쇠파이프는 밤하늘을 빙글빙글 돌면서 날아가다가 네 번째의 뒤통수를 정통으로 맞췄다.

'텅-'

네 번째도 쓰러졌다.

부하들이 순식간에 쓰러지는 것을 본 1조장의 안색이 창백해졌다. 그 역시 무술에 능하다고는 하지만 앞에 있는 침입자가 조금 전에 부하들을 처리하면서 보여 준 모습은 도저히 자신이 맞설 수 있는 상대가 아니었다. 부하들을 모두 쓰러뜨린 해루가 천천히 자신을 향해 다가오자 그는 품에서 권총을 꺼냈다. 회사에서 조장 급에게만 특별히 지급되는 장비였다.

"가, 가까이 오지 마!"

1조장이 겁에 질려 소리쳤다. 그는 해루에게 권총을 겨누었다. 하지만 해루는 전혀 두려운 표정 없이 다가가려고 했다. 그때 급히 나루가 말했다.

"지금 뭐 하는 거예요? 저자가 권총을 겨누고 있잖아요!"

"권총? 저자가 손에 든 것이 권총이라고? 그게 무엇이냐?"

"아이 참, 저기에서 총알이라는 것이 나오는데 그 속도 엄청 빨라요. 빨리 몸을 숨겨야 해요!"

"그래? 알았다!"

하지만 갑자기 나루는 몸을 버둥거리기 시작했다.

"가만히 있어라! 도대체 어쩌려고 그러느냐?"

"어서 몸을 피해야 한다니까요!"

"어, 어……"

나루는 몸을 급하게 앞으로 숙였다. '탕-' 그 순간 1조장이 총을 발사했다. 총은 숙인 나루의 머리 위를 아슬아슬하게 지나갔다. 해루와 나루가 하나의 몸을 서로 다른 방향으로 움직이려다 생긴 사고였다. 놀란 나루가 순식간에 자동차 더미 위로 뛰어올랐다. 1조장이 나루의 움직임을 따라 또 총을 발사했다. 나루는 자동차 더미 위를 이리 뛰고 저리 뛰면서 총알을 피했다. 야간의 희미한 그림자를, 그것도 빠르게 움직이는 그림자를 권총으로 맞추기는 쉽지 않은 일이었다. 하지만 1조장은 공포심으로 마구 총을 쏘아대고 있었다. 잠시 후 총에서는 철컥철컥 소리만 나게 되었다. 총알이 떨어진 것이다.

"봤죠? 총이 얼마나 빠르다고요!"

나루가 이야기하자 해루가 놀란 목소리로 대답했다.

"그런 거 같구나! 그동안 정말 많은 것이 세상에 생겼구나. 네가 아니었으면 큰일 날 뻔했다. 그런데 저자는 왜 더 이상 총을 쏘지 않는 게냐?"

"그거야 총알이 떨어져서 그런 거죠. 이젠 안심해도 돼요. 그런데 저 사람은 어떻게 할까요?"

"어떡하긴, 저자도 우리처럼 힘들게 해줘야지."

해루가 손을 앞으로 뻗었다. 손에서 파란 불꽃이 피어오르더니 파란색의 불꽃검이 나타났다.

"와우! 대단하네요!"

나루는 감탄의 소리를 질렀다. 하지만 불꽃검을 보고 놀란 것은 나루만이 아니었다. 아래에서 자동차 더미 위를 올려다보고 있던 1조장의 얼굴도 공포로 새파랗게 질렸다. 해루는 불꽃검의 끝을 어쩔 줄을 모르며 떨고 있는 1조장이 있는 방향으로 향했다.

"합!"

기합소리와 함께 불꽃검의 끝부분이 분리되어 그 불꽃조각이 1조장의 발밑으로 날아갔다. 1조장이 펄쩍 뛰면서 피했다. 다시 불꽃조각들이 날아왔다. 1조장은 또 뛰면서 피했다. 잠깐 1조장은 발밑으로 떨어지는 불꽃조각을 피하려고 껑충거리며 춤을 추어야 했다. 한참을 뛰다가 지쳐서 다리에 힘이 빠질 무렵 1조장의 앞에 갑자기 해루의 얼굴이 보이는가 싶더니 다음 순간 자신의 얼굴을 향해 날아오는 커다란 주먹이 보였다. 그는 정신을 잃고 말았다.

"와, 정말 대단했어요. 방금 보여주신 거, 그게 뭐였어요?"

쓰러진 1조장을 확인하면서 나루가 아직도 흥분에서 벗어나지 못한 목소리로 물었다.

"불꽃검과 불꽃조각 공격이다. 내가 할 수 있는 신선술이지."

해루가 차분한 목소리로 1조장의 얼굴을 살피면서 대답해 주었다.

"해루 님 정말 대단하네요. 이제 우리가 호흡만 좀 맞추면 누구라도 상대할 수 있겠는데요?"

해루의 능력을 확인한 나루가 흥분을 진정시키지 못하고 말했다.

"그렇게 되도록 해야 하겠지. 그런데 이곳에 쓰러져 있는 저들은 어떻게 해야 하느냐?"

"그거야 경찰에 신고하면 되죠. 제가 알아서 할게요."

말을 마친 나루는 1조장의 품에서 스마트폰을 꺼내 전화번호를 눌렀다.

"112입니다. 무슨 일이시죠?"

"네, 여기 의정부 근처에 있는 폐차장인데요, 여기서 사람을 죽이려고 하던 사람들을 잡아놨거든요. 오셔서 잡아가시라고요. 참 오실 때 구급차도 부탁해요. 피해자가 부상이 심하거든요. 전화기를 여기 두고 갈 테니 이 위치를 추적해서 오면 될 거예요."

나루는 수화기에서 뭐라고 떠드는 전화기를 켜 놓은 채 1조장의 가슴 위로 던져버렸다.

"이렇게 하면 경찰들이 찾아올 거예요. 그리고 우린 그냥 이곳을 벗어나면 되요."

나루가 빙긋이 웃으며 속삭였다. 하지만 속으로 스스로 어이없다고 생각했다.

'내가 지금 누구와 이야기하는 것이 맞나?'

다음 날 나루는 침대 위에서 TV를 틀어 놓고 '생각 없이 가만히 있는 연습'을 하고 있었다. 해루와 함께 있을 때 그에게 모든 것을 맡기는 순간을 위한 것이었다. 쉽게 되지 않는 행동이라서 TV를 켜놓은 산만한 분위기에서 이 '연습'을 하고 있었다.

그런데 TV 뉴스에서 지난밤 폐차장에 있었던 살인미수 사건에 대한 소식을 전하기 시작했다. 피해자는 중소건설회사의 사장으로 폐차장의 압착기 바로 앞의 차체 안에서 발견되었는데 온몸에 폭행당한 흔적이 있고 약물에 취해 있어 지금도 의식 불명으로 병원에서 치료 중이라고 했다.

그 뉴스를 무시할 수 없었던 나루는 어쩔 수 없이 '연습'을 멈추고 생각을 하게 되었다. 그런데 그가 가장 이상하게 생각한 부분은 그 다음이었다. 당연히 나와야 하는 검은 양복을 입은 사람들에 관한 이야기가 하나도 없었던 것이다. 그는 혹시 다른 방송에는 나올까 해서 TV의 채널을 돌려보기도 하고 스마트폰까지 꺼내 인터넷뉴스까지 검색해 봤지만, 그가 찾고 있는 내용은 전혀 없었다. 추가로 알아낸 것은 신고한 전화기가 대포폰이라 추적이 어렵다는 것이 전부였다.

그제야 나루는 자신의 실수를 깨달았다. 경찰들이 도착할 때까지 현장을 지키고 있어야 했던 것이다. 용의주도한 그들은 패거리들에게 문제가 생긴 것을 알고 현장으로 와서 동료들을 데려간 것이 분명했다. 생각해 보면 피해자를 그냥 두고 간 것도 큰 실수가 될 뻔한 일이었다. 그들이 피해자를 해치지 못하고 자기 인원들만 데리고 현장을 떠난 것이 그나마 다행이었다. 그렇지 않았다면 어젯밤의 모든 일이 허사로 돌아갈 뻔했던 것이다.

일단 조 사장이란 사람의 목숨을 구했으니 가장 중요한 목적은 이루었다고 생각했지만, 나루는 앞으로 모든 것을 끝까지 확인해야 실수를 막을 수 있음을 느꼈다. 처음 임무를 통해 얻은 깨달음이었다. 역천인들을 비롯한 악인들을 막는 것이 그의 운명이라면 앞으로도 많은 일을 해야 할 것이다. 어제의 경험은 앞으로 일을 처리하는 데 있어서 좋은 교훈이 될 것이라고 자신을 위로했다. 지나간 실수에 몰두하여 너무 자책하지는 않기로 했다.

'처음부터 완벽할 수는 없지. 아니 처음치고는 잘한 거지 뭐……'

어느 순간부터 침대에 누워 뒤척이던 나루는 주머니에서 팔찌를 꺼내 가만히 보았다. 이것을 통해 자신이 해루라는 영웅과 하나가 되었을 때를 생각해 보았다. 어젯밤에 경험한 해루의 능력은 정말 대단했다. 지금까지 그가 경험할 수 없었던 초인적인 것이었다. 그중에서도 가장 놀라운 것은 손에서 불로 된 칼을 만들어 내는 능력이었다.

이런 능력자와 함께라면 세상의 어떤 악당도 상대할 수 있을 것 같았다. 하지만 곰곰 생각해 보니 멧돼지를 한 손으로 때려잡는 신원도 역천인들, 특히 그 괴수 화천이란 자는 두려운 자라고 했다. 그렇다면 그들도 만만한 존재는 아닐 것이다. 도대체 역천인들, 그리고 신원도 두려워하는 화천이란 자의 능력은 어느 정도일까? 자신의 기억 속에 화천이라는 덩치가 큰 사람에 대한 이미지는 있었다. 하지만 그의 능력이 무엇인지는 없었다. 신선술에 대한 부분은 기억에 없는 것 같았다.

생각이 꼬리에 꼬리를 물고 있었다. 그런 초능력자에게 자신의 육신을 빌려주고 있다는 사실이 믿어지지 않았다. 자신이 절대기맥의 소유자이고 진성천인이라니! 그는 자신에게 갑자기 다가온 이 모든 일을 어떻게 받아들여야 할지 혼란스러웠다. 그리고 이 모든 것을 여울과 의논해야 할 것인가 하는 부분까지 생각이 닿자 그는 고개를 급히 저었다.

이렇게 말도 안 되는 것을 의논하는 것은 그녀에게도 혼란만을 줄 뿐이라고 생각했다. 그렇지 않아도 자신에 대한 걱정이 많은 여울에게 이런 걱정까지 하게 할 수는 없었다. 역천인들과 싸우는 자신의 안전은 보장할 수 없었다. 자신이 그런 위험 속에 있다는 것을 알려서 그녀를 불안하게 하는 것은 사랑하는 그녀에 대한 배려가 아니라는 생각이었다.

나루는 다시 한 번 어젯밤을 떠올리자 가슴이 뛰었다. 어제 자신은 한 사람의 소중한 목숨을 악당으로부터 구했다. 그것은 소매치기를 잡거나 선로에서 노인을 구해내는 것과는 차원이 다른 일이었다. 살아오면서 간혹 상상은 해 보았지만, 영화에서 보고, 책에서 읽었던, 영웅의 일을 자신이 하고 있었다. 그리고 앞으로 이와 같은 일들을 더 많이 하게 될 것이다. 정말 자신은 선택받았다는 느낌이 피부로 느껴졌다. 최선을 다하겠다고 생각했다. 자신을 선택한 이들을 실망시키지 말아야겠다고 다짐했다. 그런데 그 순간 갑자기 그에게 엉뚱한 생각도 들었다.

'그런데 해루 님이란 분은 원래 어떻게 생겼는지는 모르지만, 목소리가 나와 나이 차가 그렇게 나지는 않아 보이던데……. 젊은 거 같던데? 이십 대 후반이나 삼십 대 초쯤? 그런데 왜 그렇게 사고방식은 구식일까? 오천 년 전 사람이기 때문에 그런 건가?'

지금 나루의 머리는 여러 가지 상념으로 가득 차서 복잡했다. 갑작스럽게 자신에게 엄청난 능력이 찾아온 사실과 이것 때문에 앞으로 닥칠 일들을 생각하면 머리가 뒤죽박죽되는 기분이 들었다. 하지만 낙천적인 그는 자신만의 방법으로 흥분을 진정했다.

'그래, 지금 너무 걱정할 필요는 없어. 상황에 따라 맞게 행동하면 되겠지.'

나루는 생각을 멈추고 침대에 바로 앉아 '생각 없이 가만히 있는 연습'을 다시 시작했다. 그에게 이 연습은 큰 의미가 있었다. 해루가 활동을 할 때 그런 행동을 해야 하는 순간이 있다는 것을 경험에서 깨달았던 것이었다. 두 사람 모두의 안전을 위한 연습이었다.

은감시는 한창 도시 개발이 진행되는 지역이었다. 곳곳에서 커다란 건설 장비들이 굉음을 울리면서 땅을 다지는 작업을 하고 있었다. 하지만 밤이 되어 작업 인력들이 모두 퇴근해 버리면 낮의 소음만큼이나 밤의 침묵이 더욱 적막하게 느껴지는 곳이었다.

소음 뒤의 침묵은 뭔가 불안함을 느끼게 했다. 밤마다 빈 건설 현장을 바라보는 김인문 노인은 요즘 그런 불안함을 더욱 느껴야 했다. 그는 지금 사는 곳은 개발 건설 현장에서 불과 50m도 떨어지지 않았다. 그는 현장 주변에 무허가 판잣집에서 살고 있었다. 김 노인뿐만 아니라 그와 처지가 비슷한 몇몇 노인들이 그의 주변에 살았다. 그들은 10년 전부터 한 명씩 늘어나기 시작하여 지금은 10여 명까지 늘어난 것이다. 대부분 가족이 없거나, 있어도 생사를 모르는 사람들로 폐지를 주워 하루하루를 근근이 사는 사람들이었다.

최근에 그들에게 새로운 고민이 생겼다. 얼마 후 그들의 판잣집들을 철거하겠다는 통보를 받은 것이다. 자기 땅이 아닌 곳에 집을 짓고 사는 것이 잘못이라는 것은 알았지만, 이곳을 떠나서는 살 곳이 없는 그들에게 아무 대책도 없이 집을 비우고 나가라는 것은 죽으라는 이야기였다. 그나마 당분간은 날씨가 괜찮아서 노숙이라도 할 수 있겠지만 이제 곧 겨울이 되면 얼어 죽을지도 모르는 일이었다. 김 노인을 비롯한 그곳의 노인들은 철거를 통보받고 난 후에는 이러지도 저러지도 못하는 불안한 나날을 보내고 있었다. 사는 것도 어렵지만 이런 식으로 살다가는 불안한 마음에 제 명에 죽기도 어려울 판이었다.

최근 이곳 시유지를 매입하여 진행되는 도시 개발은 YCI 건설에서 추진하는 일이었다. 시에서도 적극적으로 도와줘서 모든 것이 순조롭게 진행되어 지금은 건설 부지에 대한 정리 사업이 진행되는 중이었다. 표무상 회장은 예전 YCI 공장 부지에 대규모 아파트를 건설함과 동시에 그 주변 시유지까지 매입하여 대규모 상업 단지와 위락 시설을 건설하고자 했다. 완공 시기에 맞춰 지하철까지 들어온다니 YCI그룹으로서는 또 한 번 큰돈을 벌 절호의 기회를 잡은 셈이었다.

지역 개발 이익과는 전혀 상관없는 무허가 주택 노인들은 YCI 건설의 현장 소장을 만나서 자신들이 철거 후 살 수 있는 방도를 마련해 달라고 했다. 그는 회사와 의논해 보겠다는 대답을 주긴 했지만, 그 눈빛에는 공사를 방해하는 귀찮은 존재에 대한 경멸의 느낌만이 보일 뿐이었다. 하지만 노인들은 그가 회사에 보고한다고 하니 그의 대답을 기다릴 수밖에 없는 처지였다.

그날 밤 걱정에 잠을 못 이루고 밖에 나와 현장을 바라보며 한숨짓던 김 노인의 흐릿한 시야에 판잣집 주변으로 검은 그림자들 몇 개가 움직이는 것이 보였다. 그렇지 않아도 심약한 그에게 불안감이 엄습했다. 자기 몸을 운신하기도 어려운 그가 그들을 따라잡는 것은 무리였다.

"누, 누구요?"

김 노인은 큰 소리를 내 보려고 하였지만, 목이 잠겨서 소리가 크게 나지를 않았다. 다른 노인들은 이미 잠이 들었는지 그의 목소리를 듣고 나와 보는 기척은 어디에도 없었다. 하지만 괴한 중의 하나가 그 소리를 들었는지 움직임을 멈췄다.

"누구냐고 묻지 않소? 이 밤중에 이곳에서 뭐 하는 거요?"

김 노인은 다른 사람들이 들어주길 바라면서 가장 큰 소리로 절박하게 외쳤다. 그러자 몇 명의 괴한들이 자신을 향해 서둘러 다가오는 것이 보였다. 위협적인 모습이었다. 그는 두려움에 떨면서 다시 소리쳤다.

"뭐, 뭐요? 나를 어떻게 하려고…… 사, 사람 살려!"

그들 중의 하나가 빠르게 다가와서 그의 배를 발로 찼다. 김 노인이 헉 하는 소리와 함께 땅바닥에 고꾸라지고 말았다. 쓰러진 김 노인 근처로 괴한들이 모두 모이자 그중 우두머리가 말했다.

"그러게 노인네가 괜히 밤에 잠이나 잘 것이지, 밖에는 나와 가지고……"

김 노인이 정신을 잃은 것을 확인한 우두머리는 다른 이들에게 조용히 속삭였다.

"알았지? 이 일은 절대로 사고처럼 보여야 해. 아무 집에서나 거기 있는 것을 이용해서 불을 내야 한다는 말이야. 일단 한 곳에 불을 붙이면 다닥다닥 붙은 판잣집들이라 금방 다 타버릴 거야!"

그리고 기절해 있는 김 노인을 잠시 본 우두머리는 다른 이들에게 말했다.

"이 늙은이는 저 판잣집 옆에 갖다 놔. 불이 나면 같이 타 죽게 해야지."

괴한들이 소리 낮춰 대답하며 일사불란하게 흩어졌다. 두 명은 김 노인을 부축하여 일어섰고 다른 두 명은 판잣집이 있는 쪽으로 갔다. 우두머리도 판잣집 쪽으로 움직였다.

노쇠한 김 노인을 옮기는 것은 어려운 일이 아니었다. 그들은 실신한 김 노인을 양쪽으로 잡고 조금 이동하여 판잣집의 벽 옆에 기대 놓았다. 그리고 자신들도 다른 두 명을 따라 판잣집 쪽으로 움직이려고 하였다. 그런데 그 순간 눈앞에 자신들과 비슷한 검은 그림자가 하나 오는 것이 보였다. 하지만 그 그림자가 자신들의 동료가 아니라는 것은 분명했다. 그는 동료들과는 다른 방향에서 다가오고 있었기 때문이다.

둘은 순간 긴장했다. 그때 그림자가 말했다.

"비겁한 놈들…… 어떻게 노인에게 그렇게 함부로 할 수가 있어?"

그들에게 모습을 드러낸 이는 잿빛 두건과 눈가면을 쓰고 있는 나루였다. 두 괴한은 갑작스러운 그의 등장에 긴장했지만, 곧 자신들은 훈련을 받았고 또 두 명이라는 사실을 깨닫고 힘을 내기로 했다.

"얍!"

"핫!"

두 괴한은 눈짓을 통해 호흡을 맞춘 후 동시에 나루를 공격했다. 하지만 그것은 무모한 짓이었다. 이미 보통 사람보다 훨씬 빠르고 강한 그가 그들에게 당할 리가 없었다. 그는 가볍게 그들의 공격을 막아 버리고 엄청나게 빠르게 그들의 턱과 배를 공격하여 쓰러뜨렸다. 땅바닥에 넘어진 그들은 고통에 몸을 비틀며 나루를 올려다보았다.

"너희들은 내 상대가 안 돼. 기다려 줄 테니 빨리 다른 놈들도 불러와. 한꺼번에 처리하게."

나루가 이야기하자 괴한 중 하나가 서둘러 스마트폰을 조작하더니 얼굴에 대고 속삭였다.

"나와 보셔야겠습니다. 여기 방해하는 자가 있습니다!"

잠시 후 판잣집 쪽에서 세 명이 서둘러 달려 나왔다. 그중 우두머리가 물었다.

"넌 누구냐?"

나루는 한심하다는 듯 말했다.

"아니, 그 돈 많은 회사에서 여기 계신 노인들 좀 챙겨드릴 생각은 안 하고 이렇게 끔찍한 짓을 저지르려 하고 말이야. 내가 다시는 이런 짓 못 하게 해주겠어!"

"뭐라고?"

그는 바로 현장 소장이었다. 나루가 갑자기 여유를 부리며 말했다.

"뭘 잘했다고 큰 소리야? 그건 그렇고 다 녹화하셨죠?"

"뭐, 뭘 녹화해?"

소장은 놀라서 소리쳤다. 그때 뒤에서 신원이 손에 든 스마트폰을 들여다보면서 나타났다.

"응, 녹화는 아주 잘되었다네. 얼굴도 잘 나왔어. 이놈들이 노인을 공격하는 장면, 집 부엌들을 뒤지는 장면까지 모두 했어. 이제 이걸 경찰서에만 갖다 주면 될 것 같아."

그 모습을 본 소장이 약이 바짝 오를 목소리로 소리쳤다.

"뭣들 하느냐? 이놈들을 빨리 없애고 저 스마트폰을 뺏어버려!"

부하들이 품에서 칼을 꺼내어 신원에게 달려들자 신원은 여유롭게 그들을 피하면서 삼단봉을 휘둘러 한 놈의 머리를 내리치고 또 다른 하나의 명치를 찔렀다. 둘은 그 자리에서 쓰러졌다. 이미 나루에게 당하여 땅에 쓰러져 있던 두 놈은 그럴 줄 알았다는 표정으로 그 장면을 바라보고 있었다. 나루는 겁에 질려 말도 하지 못하는 소장을 보면서 말했다.

"네놈들이 이곳에 불을 지르려고 한 짓은 모두 녹화되었어. 너희들이야 시키는 대로 하는 것들이니 뭐라고 하지는 않겠지만 돌아가서 너희들에게 이 일을 시킨 놈에게 똑똑히 전해라. 만약 일주일 내에 여기 계신 노인들의 이주 대책을 발표하지 않는다면 이 동영상이 세상에 나갈 것이라고 말이야. 그렇게 되면 소장 당신은 물론이고 YCI 건설도 타격이 클 거야. 아마 노인들을 챙기는 것이 훨씬 싸게 들걸? 어쨌거나 그건 알아서 해!"

그리고 신원에게 넘겨받은 동영상 화면을 보면서 나루가 덧붙였다.

"혹시라도 여기 노인들에게 무슨 일이 또 생기면 그땐 너희들 모두 그냥 두지 않을 거야. 특히 당신은 말할 것도 없고……."

소장을 비롯한 다른 괴한들이 아무 말도 못 하고 주춤주춤 뒷걸음으로 물러나려고 했다. 그러자 나루가 생각났다는 듯이 먼저 쓰러져 있던 두 놈에게 말했다.

"너희 둘은 저 영감님을 댁에 모셔다드리고 가야 해. 저분이 너희 얼굴을 못 본 것이 다행인 줄 알아!"

소장이 서둘러서 두 사람에게 눈짓하자 그들은 김 노인을 집안으로 옮기고 서둘러서 그곳을 도망쳤다. 그들이 사라지자 신원이 물었다.

"저들이 순순히 말을 들을까?"

나루가 자신 있는 목소리로 대답했다.

"그렇게 할 거예요. 이곳을 개발하여 얻는 이익에 비하면 그 정도는 아무것도 아니거든요. 아마 지금까지 하던 버릇대로 하려고 한 것 같은데 우리 같은 사람이 있다는 것을 알았으니 이제 함부로 하지 못하겠죠. 만약 다시 뭘 하려 해도 우리를 먼저 해결해야 한다는 것은 알 거예요!"

신원이 나루를 대견한 듯 바라보면서 물었다.

"그런데 오늘은 왜 해루 님을 소환하지 않은 건가?"

"그거야 내가 이들과 싸우는 동영상을 찍으려면 몸이 따로 있어야 하니까요. 그래서 신원 님께 도움을 청한 거예요. 신원 님도 계신데 오늘같이 간단한 일에는 해루 님도 좀 쉬셔야죠. 그렇지 않아도 지금 머리가 많이 복잡하실 거예요."

신원이 눈이 휘둥그레 해져서 걱정스러운 얼굴로 물었다.

"아니, 해루 님이 왜 머리가 복잡하다는 말인가?"

나루는 씩 웃으며 신원을 바라보고 말했다.

"오천 년 만에 세상에 나오셨으니 공부할 것이 얼마나 많겠어요? 제가 시간 날 때마다 가르쳐 드리고 있지만, 많이 힘드실 거예요."

신원이 무슨 말인지 알겠다는 표정으로 말했다.

"그렇군. 하지만 워낙 총명한 분이니 금방 따라오실 거야."

혜성대학병원 12층에는 주로 1인실 위주의 병실들이 있었다. 이곳 병실들은 경호가 필요한 VIP 환자들이 많이 사용했다. 그중에서도 1212호실은 복도의 가장 끝 방이어서 경비와 방문객의 출입 통제가 쉬워 가장 많이 이용이 되고 있는 병실이었다.

지금 1212호실에 입원하고 있는 사람은 장석한 의원이었다. 54세의 장의원은 야당인 발전한국당의 유력한 차기 대통령 후보로서 그 온화한 인품 덕분에 당내에서는 물론 각 지역과 모든 연령대에서 고른 지지를 받고 있는 현역 의원이었다. 앞으로 대통령의 피선거권과 관련한 헌법 개정안이 국민투표를 통과한다면 대권 도전에 뛰어들 것으로 예상되는 YCI그룹의 표무상 회장의 가장 강력한 경쟁자로 여겨지고 있었다.

그 장 의원은 며칠 전 국민과의 간담회 도중 자리에서 쓰러지고 말았다. 항상 국민들의 고충을 듣고자 밤낮없이 뛰어다니던 그였기에 과로에 의한 것이었다. 주치의의 강력한 권유로 며칠 동안 병원에 입원하게 되었지만, 그 덕분에 몸을 아끼지 않는 정치인으로 부각되어 대선 후보로서의 인기는 더욱 높아지고 있었다. 일이 이렇게 되고 보니 그의 입원이 오히려 그에게 유리하게 작용했다고 생각하는 사람들이 많이 있었다. 그중 하나가 바로 무상이었다.

무상은 이 사실을 알고 분개했다. 그의 눈에는 장 의원이 과로로 쓰러진 것도 지지율 상승을 위한 교활한 술수로만 보였던 것이다. 위기감을 느낀 그는 태선에게 장 의원의 처리를 주문했다. 그는 지시를 받고 물러나는 태선의 뒤에 대고 그는 빈정거리듯 말했다.

"과로로 쓰러진 중년 남자라면 병원에서 사고도 생길 수 있는 거 아니야? 이 실장의 상상력이면 그 정도는 쉽게 처리하겠지?"

혜성대학병원의 12층은 경호를 위하여 오후 9시부터 복도의 모든 등을 소등하고 벽에 붙어 있는 비상등만으로 조명을 하고 있었다. 이때부터는 외부 면회가 금지되었고 조명은 복도 중앙에 있는 간호사실 부근에만 들어왔다. 간호사실 앞에는 승강기가 두 대가 있었다. 그런 구조를 이용해서 야간 근무자는 간호사실과 승강기 사이에 의자를 하나 놓고 근무를 했다. 그렇게 하면 한눈에 층 전체를 통제할 수 있기 때문이었다.

그날도 오후 9시에 조명이 꺼지자 12층은 초록빛 비상등의 흐릿한 불빛 속에 감싸였다. 어스름한 불빛과 병원 특유의 소독약 냄새에 싸여 있는 그곳은 마치 전체가 무거운 침묵 속에 빠져드는 유령 마을 같은 분위기가 되었다. 흐릿한 어둠 속에서 아무 움직임이나 소리가 나지 않은 채 간혹 간호사 실에서 컴퓨터 자판 두드리는 소리만이 정적을 깨울 뿐이었다.

'땡- 12층입니다.'

승강기의 안내음이 들렸다. 누군가 이 시간에 12층에 올라온 것이다. 의자에 앉아 두꺼운 추리소설을 읽고 있던 근무자는 근무를 교대하는 간호사들이라고 생각했다. 그는 고개를 들어 문이 열리는 승강기를 보았다.

어두운 복도에 빛을 밝히면서 승강기에서 내리는 세 사람의 복장은 연한 청색의 간호사복이 아닌 짙은 회색의 작업복이었다. 그들은 모두 챙이 큰 모자를 깊숙이 눌러쓰고 있었다. 한 사람은 허리에 전기를 측정하는 장비를 차고 있었고 다른 한 사람은 공구함을 들고 있었다. 그리고 마지막 여자의 손에는 몇 장의 서류가 끼워져 있는 체크리스트가 있었다.

근무자가 의자에서 일어나 읽고 있던 소설책을 놓고 그들에게 다가가서 물었다.

"누구시죠? 여긴 야간통제구역인데 무슨 일이시죠?"

작업복의 여자가 체크리스트의 서류를 보면서 금속성의 목소리로 말했다.

"12층의 배전반이 이상하다고 해서 확인하러 왔습니다."

근무자가 의심스럽다는 표정으로 말했다.

"저는 그런 연락 받은 적 없는데……. 확인해 봐야겠습니다. 기다리세요."

"네, 그러시죠."

여자가 어깨를 으쓱하면서 한 걸음 뒤로 물러섰다. 하지만 근무자가 중앙 통제실로 인터폰을 하려 뒤로 도는 순간 체크리스트를 든 여자는 갑자기 주머니에서 전기 충격기를 꺼내 근무자의 목에 대었다. 근무자의 목에서 치직거리는 소리가 났다. 순식간이었다.

"으윽-."

근무자가 낮은 비명을 지르며 부르르 떨더니 입에 거품을 물고 쓰러져 버렸다.

"어, 이 순경님 왜 그러세요?"

근무자의 비명을 들은 간호사들이 놀라서 뛰어나오려는 순간 어느새 입구를 지키고 있던 다른 두 명의 작업복들도 각각의 간호사의 목에 전기충격기를 댔다. 두 간호사는 소리도 지르지 못하고 부르르 떨더니 쓰러져 버렸다.

여자는 쓰러진 근무자와 간호사들을 확인하고 작은 소리로, 하지만 단호하게 말했다.

"시간 없어! 교대 근무가 오기 전에 빨리 처리해야 해."

세 사람은 신속하게 흐린 불빛의 복도를 지나 1212호실 앞으로 이동했다. 그리고 소리가 안 나도록 천천히 문을 열고 입원실 안으로 들어갔다. 방안은 어두웠지만, 그들은 방의 한쪽 벽에 붙어 있는 1인용 침대를 볼 수 있었다. 그 위에는 링거를 손목에 연결한 채 잠이 든 장석한 의원이 누워 있었다. 약 기운 때문인지 아주 곤히 자는 모습이었다.

여자는 냉정한 표정으로 주머니의 검은 상자에서 하얀 액체가 담긴 주사기를 꺼내 장 의원의 가슴을 겨누었다. 그런데 그녀가 주사기를 장 의원의 가슴에 내리꽂으려고 하는 순간 갑자기 어디선가 파란빛이 튀어나와 그녀의 손목을 때렸다.

"악-"

그녀는 그 충격으로 주사기를 놓치고 말았다.

"누구냐?"

세 침입자가 일제히 긴장하며 자세를 취하였다. 그러자 그들의 옆에 있는 유리창의 커튼 뒤에서 움직임이 일어났다. '딸랑딸랑' 하는 소리와 함께 속삭이는 사람의 말소리가 들렸다.

"정말 신원 님의 이야기가 맞네요. 하지만 이렇게 오래 기다리는 것은 정말 지루해요."

"그러게 태 조장은 틀림없는 사람이라고 하지 않았느냐?"

침입자 중의 한 남자가 빠르게 커튼을 걸어 버리자 그곳에는 두건과 눈가면을 한 나루가 서 있었다. 침입자들은 아차 싶었다. 커튼 뒤를 미처 신경 쓰지 못한 것이다.

"이들이 바로 그 표무상이란 자의 부하들이란 거냐?"

"맞아요. 그 사람이 저기 아파서 누워 계신 분을 해치려 하는 것 같아요. 굉장히 나쁜 사람이에요. 자기 목적을 위해서 사람들을 함부로 해치는 사람이니까요."

"그런 자들이 세상의 악의 기운을 키우는 것이지. 참, 어쩌다 세상이 이리되었는지……"

커튼이 걷힌 것에도 전혀 당황하지 않고 혼자서 주절거리고 있는 나루를 보고 침입자들은 잠시 맥이 풀렸다. 방해자가 있을지 모르니 조심하라는 이야기는 들었지만 직접 마주한 그의 모습은 도대체 이게 뭔가 하는 생각이 들게 하는 것이었다. 어둠 속에서 희미하게 보이는 그 모습은 잿빛 두건과 눈가면을 하고 청바지에 후드 티를 입고 있는 이상한 복장으로 혼자서 주절거리고 있는 정신병자 같은 모습이었다. 특수 훈련까지 받은 자신들의 상대는 아닌 것 같았다.

"너는 도대체 누구냐?"

여자는 자신의 발 밑에 떨어져 있는 주사기에 시선을 주면서 말했다.

"누구긴요, 여기 장 의원님을 지키고 있는 사람이죠. 왜 이렇게 늦었어요? 2시간을 기다렸어요."

나루가 대답하며 성큼 걸어와서 긴 다리로 주사기를 차서 침대 밑으로 밀어 넣어 버렸다.

"너희들은 표무상이란 자가 보낸 놈들이냐? 이 사람을 해치려고 온 것을 알고 있다!"

해루가 갑자기 엄한 목소리로 꾸짖자 그들은 어이가 없었지만 빨리 처리하기로 했다.

"그것을 안다면 살려 둘 수 없지!"

여자가 앙칼진 목소리로 말하며 전기충격기로 나루를 빠르게 공격했다. 하지만 나루를 상대하기에 그녀의 동작은 너무 늦었다. 나루는 전기충격기를 간단히 피했다. 하지만 여자를 함부로 때릴 수 없어 당황한 얼굴로 그녀의 공격을 몇 번 피하기만 하였다. 그러자 남자 두 명이 같이 공격에 합세했다. 하지만 그것은 여자를 공격하지 못하고 있었던 나루를 오히려 도와주었다. 그들은 나루의 상대가 되지 않았다. 남자 두 명은 공격하다가 순식간에 명치와 뒤통수를 한 대씩 맞고 병실 바닥에 나가떨어졌다. 그들은 그대로 그 자리에 쓰러져 정신을 잃었다.

여자가 그것을 보고 당황한 표정으로 변했다. 나루도 공격을 멈추고 여자에게 말했다.

"이제 얌전히 나와 함께 경찰서로 가시죠? 그곳에서 표무상 회장이 이 일을 지시했다는 것을 자백한다면 정상이 참작될 수가 있을 거예요!"

나루가 자수를 권유하자 여자는 뭔가 생각하는 듯하더니 갑자기 고개를 숙이고 아무 움직임 없이 서 있었다. 나루는 여자의 갑작스러운 행동에 놀랐지만, 그녀가 싸울 생각을 포기했다고 생각했는가 싶어서 조심스럽게 지켜보았다.

하지만 몇 분 동안 계속 그녀의 움직임이 전혀 없자 나루는 조심스럽게 그녀에게 다가가서 그녀를 살펴보며 물었다.

"뭐 하는 거예요?"

그때 움직임이 없던 여자가 갑자기 팔을 휘둘러 나루를 공격했다. 나루는 그녀의 공격을 피해 재빠르게 뒤로 물러섰다. 그녀의 팔에 스친 나루의 후드 끝이 살짝 잘려 나갔다. 팔을 휘두르느라 모자가 벗겨진 그녀의 얼굴은 조금 전의 그 모습이 아니었다. 그녀의 얼굴은 어느새 초록색의 사마귀 비슷한 곤충의 머리 모양으로 변해 있었고 팔과 손은 커다란 갈퀴 모양으로 바뀌어 있었다. 후드가 잘린 이유가 설명되었다. 나루는 잠시 놀라는 표정을 지었지만, 곧 알겠다는 표정을 지었다.

"당신이 바로 역천인이로군요! 역시 보통 사람들과는 많이 다르네요?"

괴물로 변한 여자는 나루의 말에는 대답하지 않고 갑자기 누워있는 장석한의원을 향하여 몸을 날렸다. 그 순간 나루도 솟아올라 공중에서 몸을 부딪쳐 괴물을 밀어냈다. 괴물이 나루에게 막혀 나가떨어지면서 벽에 부딪혔다. 하지만 괴물은 포기하지 않았다. 벌떡 일어나더니 다시 몸을 날려 장 의원의 침대 위로 뛰어올랐다. 그리고 갈퀴 손을 올려 그대로 장 의원의 목을 내리치려 하였다. 막 내리치려는 순간 괴물의 배에 무엇인가가 푹 하는 소리와 함께 깊숙이 박혔다.

그것은 나루의 손에서 나온 불꽃검이었다. 괴물이 동작을 멈추자 나루는 괴물을 장 의원이 침대에서 밀어냈다. 바닥에 떨어진 괴물은 불꽃검에 찔린 배를 움켜쥐고 괴로운 표정으로 꿈틀거리고 있었다. 하지만 다음 순간 괴물은 뭔가 할 일이 남았는지 안간힘을 다하여 기절해 있는 자신의 부하들이 쓰러져 있는 곳으로 비틀거리며 기어가기 시작했다.

나루는 괴물이 침대에서 멀어지자 가장 먼저 장 의원이 무사한지 확인했다. 다행히 다친 곳 없이 깊은 잠에 빠져 있었다. 하지만 다음 순간 괴물의 행동을 보고 나루는 경악하고 말았다. 괴물이 자신의 부하들에게 다가가서 마지막 힘을 내어 갈퀴손으로 그들의 배를 그어 살해해 버린 것이었다. 해루가 그 즉시 불꽃검을 꺼내어 괴물의 목을 날려 버렸다. 목이 잘린 괴물은 잠시 버둥거리더니 원래의 모습으로 변해 몸이 굳어져 버리고 곧 검은색 가루가 되어 바닥에 우수수 떨어져 버렸다.

나루는 아차 싶었다. 괴물은 자신이 죽은 후 부하들이 깨어나 범행을 자백할 것이 두려워 그들을 죽여서 아예 입을 막아 버린 것이다. 그는 눈앞에서 벌어진 그 잔악함에 치를 떨었다.

"역천인들이 이런 존재들이다. 자신의 목적을 위해서는 다른 이들의 생명 정도는 아무렇지도 않게 생각한다. 저들은 이런 식으로 우리 군사 50명을 살육했다!"

해루가 분노에 가득 찬 목소리로 말했다. 나루도 자신이 앞으로 상대해야 할 존재들이 얼마나 잔인한지 충분히 깨달은 표정이 되어 대답했다.

"알겠어요. 이런 자들이 세상을 지배한다면 엄청난 재앙이 될 거예요. 우리가 꼭 막아요!"

장 의원은 자신의 병실에서 어떤 일이 일어나는지 전혀 모른 채 아직도 잠에 취해 있었다. 나루는 그 얼굴을 잠깐 물끄러미 바라보더니 자고 있는 그를 보며 중얼거렸다.

"의원님의 편안한 잠은 저희가 지켜 드렸으니 국민들의 편안한 잠은 의원님이 지켜 줘요!"

나루는 엉망으로 피투성이가 된 방안을 둘러보았다. 그는 고개를 혼들며 말했다.

"저들은 이곳에 표 회장의 짓이라는 어떤 증거도 남기지 않았을 거예요. 이번에도 그자를 잡을 수는 없을 것 같아요. 일단 경찰을 믿어보죠. 다음에는 우리가 꼭 결정적인 증거를 잡아요!"

두건과 눈가면이 연한 쪽빛으로 변한 후 해루가 고개를 끄덕이며 말했다.

"그래야겠구나. 오늘은 다른 누가 오기 전에 빨리 이곳을 벗어나기로 하자."

나루는 병실을 나왔다. 그는 승강기 입구 부근에 쓰러져 있는 간호사들과 경비원을 보고 잠시 긴장했지만, 그들이 생명에 지장 없이 단순히 정신을 잃은 것임을 확인하고 그냥 지나가기로 했다. 그들은 조금후 근무 교대자가 발견할 것이다.

다음 날 나루는 TV 뉴스를 통해 어제의 사건을 확인했다. 역시 이 사건은 뉴스의 앞부분을 장식하고 있었다. 유력 정치인인 장석한 의원의 병실에서 일어났고 대담하게 경비원과 간호사 두 명을 기절시키고 침입한 사건으로 특히 잔인하게 복부에 치명상을 입은 두 구의 시신이 나왔다는 점에서 사람들의 관심을 끌기에 충분한 내용이었다.

하지만 경찰은 어지러운 범행 현장에 비해서 사건의 진상을 파악하는 데 상당한 어려움을 겪고 있었다. 감시 카메라가 모두 고장 났을 뿐 아니라 정신을 차린 간호사와 경비원들에 의하면 살해된 사람들이 바로 침입자라고 했다. 또 그들에 따르면 침입자 중에는 여자가 한 명 더 있었다고 하는데 그녀는 흔적조차 찾을 수가 없었다. 게다가 정작 당사자인 장석한 의원은 잠에 취해 있어서 무슨 일이 일어났는지 전혀 알지 못하고 있었다.

경찰은 유일한 단서로 장 의원의 침대 밑에서 독극물이 들어 있는 주사기를 발견했는데 그것을 통해 누군가가 장 의원을 암살하려고 시도했다는 추측만 할 수 있을 뿐이었다. 하지만 고장 난 감시 카메라, 살해된 침입자, 사라진 여자 등 여전히 설명할 수 없는 부분이 많아 일단 사망자들의 신원을 확인하고 사라진 여자 침입자를 찾는 데 수사를 집중하고 있다는 소식이었다.

나루는 괴물로 변하여 검은 가루로 사라져 버린 여자를 생각하며 그녀를 찾아서 사건의 실마리를 찾으려는 경찰이 사건을 해결하기는 힘들 것이라 생각했다. 뉴스에서도 전혀 이야기가 나오지 않았듯이 경찰이 이 사건을 YCI그룹의 표무상 회장과 연결하기는 어려워 보였다. 사망자들의 신원은 이미 YCI그룹과는 전혀 상관없도록 해 놓았을 것이며 여자는 이미 괴물로 변해 죽었으니 경찰이 찾는 것은 불가능하기 때문이었다.

그나마 어제 일의 가장 큰 성과는 YCI그룹과 역천인들의 관련성을 확실히 파악한 것이었다. 장석한 의원은 표무상 회장의 정적이었고 그를 암살하기 위해서 역천인이 동원되었다는 것은 표 회장과 역천인들이 어떤 형식으로든 관련이 있다는 증거였다. 예상대로 태선과 표 회장의 관계는 사악한 초능력을 가진 역천인들과 한국의 재벌의 결탁이었다. 그것은 황금만능주의인 현대 사회에서는 너무나 위험한 조합이었다. 악의 세력이 이 시대에서 무엇이든 가능하게 한다는 돈까지 얻은 것이었다. 나루는 반드시 이 위험한 조합을 막아야 한다는 막중한 책임감을 느꼈다.

무심코 스마트폰을 확인하다가 나루는 어제 장 의원의 병실로 들어가기 전에 전원을 꺼놓은 후 아직까지 켜지 않은 것을 깨닫고 급하게 전화기의 전원을 켰다. 다른 곳에서 온 전화는 크게 중요하지 않았지만 여울에게서 온 여러 차례의 부재중 전화는 달랐다. 그는 난감한 표정이 되어 서둘러 여울에게 전화를 했다. 잠시 신호음이 가더니 여울의 퉁명스러운 목소리가 들렸다.

"오빠, 어제는 왜 그렇게 연락이 안 됐어? 계속 전화기는 꺼져 있고……"

"아, 미안, 미안…… 내가 급한 일에 신경 쓰느라 전화기 배터리가 다 된 것을 몰랐어."

나루 변명에 여울은 더 화가 나는 것처럼 보였다.

"뭐라고? 내가 전화할 거라는 생각을 못 했단 말이야?"

"미안, 내가 어제는 정말 정신이 없었나 봐. 다시는 그런 일 없을 테니 한 번만 용서해 줘."

전화 속의 여울은 한동안 말이 없더니 결심한 듯 말했다.

"요즘 오빠 좀 이상해. 요즘은 도서관도 자주 비우고…… 혹시 나한테 할 말 없어?"

나루는 순간 당황했지만 서둘러 변명했다.

"뭐가 이상하다고 그래…… 알았어, 오늘은 학교로 갈 테니까 만나서 이야기하자."

하지만 여울은 지금 당장 뭔가를 확인해 보고 싶어하는 것 같았다.

"아니야, 지난번에 강원도에 다녀온 이후부터 이상해진 것 같아. 얼굴 보기도 힘들고……"

그건 사실이었다. 강원도에서 해루를 봉인 해제 시키고 온 이후에 나루는 이제 자신의 몸을 함께 써야 하는 해루와 이야기할 시간이 많이 필요해서 집에 있는 시간이 많았다. 육신을 원활하게 함께 사용하기 위해 서로의 행동 습관에 대하여 알아야 했고 해루에게 과거에 비해서 확연하게 달라져 버린 현대의 상식과 사는 방법에 대해서도 알려줘야 했다. 하지만 그런 이야기를 여울에게 할 수는 없었다. 남자친구의 몸 안에 다른 사람이 있다고 하면 얼마나 놀라겠는가?

"내가 취업 준비 때문에 이곳저곳 다니느라 그런 거지. 쓸데없는 오해하지 마. 그건 그렇고 오늘 내가 그동안 소홀한 것 보상하는 셈 치고 맛있는 거 사 줄게. 조금 이따 학교에서 봐."

여울의 목소리는 아직도 의심으로 가득했다.

"이것 봐. 먹을 거 사준다는 거 보니까 진짜 뭔가 있네. 오빠는 걸리는 거 있으면 항상 먹을 거로 해결하려 하지?"

결국, 나루는 여울의 의심을 완전히 가시지 못한 채 만나서 이야기하기로 하고 전화를 끊었다. 나중에 만나서 또 한참 질문 공세를 받을 것이 걱정되긴 하였지만, 나루는 그래도 입가에 미소가 지어졌다. 그녀는 돌아가신 부모님 대신에 항상 자신을 걱정해주는 사람이었다. 이런 그녀가 있다는 것이 그에게 얼마나 행복한 일인가? 그런 그녀에게 지금 자신에게 일어나고 있는 일들을 숨겨야 하는 것이 마음에 걸리기는 하였지만, 그것은 어쩔 수 없는 일이라고 생각했다. 절대로 그녀에게 새로운 걱정거리를 만들어 줄 수는 없었다.

태선은 정신이 아득해지는 것을 느꼈다. 최근처럼 계속되는 실패는 지금까지 처음 경험하는 것이었다. 무상에게 어떻게 보고를 해야 할지 막막했다. 그렇지 않아도 최근에 화천의 봉인 해제 이후 뭔가 불안한 의혹의 눈길을 보내고 있는 그였다. 그 스스로 뭔가 그녀에게 이용당했다고 느끼는 것 같았다.

무상도 최근의 실패에 대해서 알고 있을 것이었다. 더구나 조만석 사장과 장석한 의원의 사건의 경우는 이미 TV 뉴스까지 나왔으니 모를 리가 없었다. 비록 뒤처리는 깨끗하게 해서 자신들이 의심받는 일은 없었지만 그것이 중요한 것은 아니었다. 무허가주택 철거 문제는 오히려 약점을 잡히는 바람에 그들에게 거처를 제공한다는 약속을 하고 나서야 거주자들에게 퇴거 동의를 받았다. 지금까지 쉽게 처리되던 일들이 모두 이상하게 꼬여 버리고 있었다.

장석한 의원의 경우에는 투입되었던 인원들이 모두 사망하기까지 했다. TST 인원들은 물론이고 함께 갔던 역천인 역선까지 돌아오지 않았다. 현장에서 발견된 TST 인원들의 상태를 볼 때 그들은 역선에 의하여 살해된 것이 분명했다. 그렇다면 그들의 입을 막아야 할 정도로 상대가 강했다는 이야기였다. 태선은 분노가 치미는 것을 참을 수 없었다. 얼굴이 창백해지고 있었다.

마침 태선은 그동안 기절하고 있었던 TST 인원이 정신이 들었다는 보고를 받았다. 조만석 사장을 처리하러 갔던 TST의 1조장이었다. 그 팀 역시 누군가의 방해로 조 사장을 제거하는 데 실패하고 모두 현장에서 정신을 잃은 채로 발견되었다. 다행히 현장 확인을 위해 간 인원들에 의해서 구조가 되었는데 한동안 정신을 잃고 있다가 이제야 하나씩 깨어나고 있었다.

태선은 1조장이 정신이 들었다는 이야기를 듣고 즉시 호출했다. 그녀는 이미 정신이 든 다른 인원들도 직접 면담하면서 그날 밤 폐차장에서 일어난 일에 대하여 알아내려고 노력하는 중이었다. 하지만 그들의 이야기는 너무 산만했고 두서가 없었다. 누군가 그들의 일을 방해한 것은 분명했는데 그 내용은 도저히 상식적으로는 받아들이기 어려웠다.

그들은 방해자가 10m의 높이를 뛰어서 오르내렸다고 했다. 몸이 보이지 않을 정도로 동작이 빠르다고 했다. 또 앉은 자리에서 2m 이상의 공중 점프를 한다고 했다. 건장한 젊은 남자로 보이는데 머리에 두건을 쓰고 눈가면을 하고 있다고도 했다. 그런데 이상한 것이 누구는 그것이 잿빛이라 하고 누구는 연한 쪽빛이라고 했다. 또 어떤 이는 그 색깔이 자꾸 변했다고 말했다.

가장 이상한 부분은 그 침입자는 마치 혼자서 대화하는 것처럼 계속 떠들었다고 하는 부분이었다. 마치 다중인격자와 같은 모습이었다고 했다. 태선은 무슨 소리인지 알아들을 수가 없었다. 더구나 TST 대원들도 충격을 받았는지 횡설수설하고 있어 그들의 말을 그대로 믿기도 어려웠다. 마침내 직접 면담을 하게 된 1조장의 말은 더욱 놀라웠다. 인간의 한계를 넘어설 만큼 높이 뛰고 동작이 빠른 것을 넘어서 그 방해자는 손에서 파란 불 칼을 만들어서 그것으로 자신에게 파란 불 조각을 쏘아댔다고 말하는 것이었다. 그러면서 정말 불에 그슬린 자신의 구두를 직접 가져와서 보여주기까지 했다. 도대체 이건 또 무슨 소리인가?

태선은 그의 이야기를 들으면서 파란 불꽃검과 관련된 그 옛날의 천인이 하나 떠올랐다. 하지만 그녀는 곧 고개를 저었다. 그의 육신은 이미 세상에 없었다. 육신이 없는 그가 어떻게 세상에 나올 수가 있다는 말인가? 그 방해자가 혹시 다른 천인일지도 모른다는 생각도 해 보았다. 하지만 그녀가 아는 범위에서는 그런 외모나 능력을 갖춘 천인은 없었다.

태선은 지금 일어나는 사건들이 단순히 자신들의 일을 방해하는 것뿐만 아니라 언젠가는 자신들에게 굉장히 큰 위협이 될 것 같은 느낌이 들었다. 어떻게 해서든지 사건의 진상을 알아내지 않으면 큰 화근이 될 것 같았다. 이리저리 궁리하던 그녀는 자신의 실패에 대해 문책을 당할까 봐 가슴 졸이며 눈치를 보고 있던 1조장에게 물었다.

"그 폐차장에 감시 카메라는 없었나?"

"있었습니다."

1조장의 대답에 태선은 반갑게 말했다.

"그럼 거기에 그놈이 찍히지 않았을까?"

그러자 1조장이 안타까운 얼굴로 머뭇거리며 대답했다.

"그게 그렇지 않은 것이…… 작업하기 전에 저희가 모두 고장 내 버렸습니다."

그것은 맞는 말이었다. 그들은 작업을 시작하기 전에 항상 주변의 감시 카메라를 우선적으로 고장 내는 것이 업무 진행 순서였기 때문이었다. 겨누기만 하면 감시 카메라를 무력화할 수 있는 전파 장치가 있기 때문에 쉽게 처리할 수 있는 일이었다. 태선은 입술을 깨물었다. 상대가 누구인지 알 방법이 없는 것인가? 그때 문득 떠오르는 생각이 있어서 1조장에게 물었다.

"너희들 이번 일을 진행하면서 타고 갔던 차가 몇 대지?"

"네, 두 대입니다."

"그 차들에 달려 있는 블랙박스 영상들을 다 가지고 와 봐!"

태선의 의도를 읽은 1조장이 부하들을 보내어 블랙박스의 메모리를 꺼내 가지고 왔다. 태선은 컴퓨터에 메모리를 연결하여 녹화된 장면을 주의 깊게 보았다. 다행히 메모리에는 당시의 모습이 비교적 선명하게 녹화되어 있었다. 하지만 방향이 맞지 않았는지 멀리서 들리는 기합과 비명 그리고 총소리만 들릴 뿐 움직이는 사람들의 모습은 잘 나오지 않았다. 태선과 1조장은 끈기 있게 녹화화면을 응시하였다. 한참을 지나자 갑자기 화면이 밝아졌다.

"제게 불 칼을 보여주며 위협하였고 그것으로 저를 쏘는 장면입니다!"

1조장이 흥분해서 소리쳤다. 과연 화면 옆 부분에 불꽃이 튀는 장면이 조금 보였다. 침입자의 얼굴은 보이지 않았다. 하지만 태선은 마지막 부분에 그의 얼굴이 나오는 것을 찾아내고야 말았다. 어두운 밤이라 영상이 선명하지 않았고 두건과 눈가면을 쓰고 있어서 누군지는 확인할 수 없지만, 그가 해루의 불꽃검을 쓰고 있는 것은 분명했다. 저놈은 도대체 누구란 말인가? 신경을 너무 많이 썼는지 그녀는 비틀거릴 뻔하였다.

그때 전화벨이 울렸다. 무상이었다. 몹시 흥분한 목소리였다.

"이 실장 어디야?"

"네. 제 방에 있습니다."

머뭇거리며 태선의 대답하자 무상이 소리쳤다.

"당장 내 방으로 와!"

"네 알겠습니다!"

태선은 1조장을 내보내고 은감시의 현장소장과 전화 통화를 한 후 무상의 방으로 갔다.

그녀가 무상의 방에 들어서는 순간 옆으로 무엇인가 날아와 벽을 맞고 산산이 부서졌다.

'쨍그랑-.'

그것은 무상이 던진 유리잔이었다.

"무슨 일을 그따위로 하는 거야!"

실성한 것 같은 무상의 고함이 유리의 파열음과 함께 사무실을 울렸다. 태선은 아무 말도 못 하고 고개 숙여 방바닥만을 바라보고 있었다.

"내가 TST에 들인 돈이 얼만지 알아? 그런데 그까짓 일 처리를 못 해서 방송에까지 나게 해?"

고개 숙인 태선이 짧게 대답했다.

"죄송합니다."

무상으로서는 TST의 실패는 참을 수 없는 일이었다. TST가 실패한다는 것은 자신이 스스로 신이라고 자부하는 절대 권능, 즉 그의 적들에 대한 생살 여탈권을 상실한다는 의미였기 때문이었다. 그는 부모 형제라도 상관없이 자기가 없애기로 마음먹은 대상은 틀림없이 없어져야 한다고 생각했다. 그래야 세상이 그를 위하여 존재하게 되기 때문이었다. 한참을 씩씩거리던 무상이 물었다.

"누구야?"

"네?"

갑작스러운 질문에 놀란 태선이 물었다.

"우리 일을 방해한 놈이 누구냐고?"

태선은 잠시 주저하다가 대답했다.

"장석한 의원 건은 목격자가 없어서 확인할 수가 없었지만 조 사장과 재개발 건은 그곳에서 돌아온 대원들의 증언으로 확인할 수 있었습니다. 그런데 그게……. 아직 누군지는 모릅니다."

"뭐라고?"

무상의 눈꼬리가 날카롭게 올라갔다.

"누군지 모른다니 얼굴은 봤다는 이야기야?"

"그, 그렇습니다. 하지만 두건과 가면을 쓰고 있어서 신원을 확인할 수 없었습니다."

태선이 침통한 듯이 대답했다.

"그래도 인상착의가 확인되었다니 아주 성과가 없는 것은 아니군. 시간을 얼마나 주면 그놈을 잡을 수 있겠어? 내가 내 일이 방해를 받는 것을 제일 싫어하는 것은 이 실장 당신도 알고 있잖아? 그러니까 빨리 없애 버리란 말이야! 알았어?"

무상은 최근 태선이 화천에 집중하는 것에 불만이 많았던 것을 모두 퍼붓는 것 같았다.

"요즘 말이야. 내 지시에 대해서 열심히 하지 않는 것 같기도 하고, 이 실장 좀 이상한 거 알아?"

태선이 서둘러 눈치를 살피며 변명했다.

"그럴 리가 있겠습니까? 빠른 시간에 그놈을 잡아 일을 해결하겠습니다."

"지금까지는 잘해 오더니……. 예전과는 많이 달라졌어!"

무상이 계속 못마땅한 표정으로 말했다.

"죄송합니다. 드릴 말씀이 없습니다. 더 열심히 하겠습니다."

무상의 성격과 생각을 잘 알고 있는 태선은 지금 그에게 맞춰야 한다는 것을 알고 있었다. 그는 잠시 생각하는 듯하더니 그녀에게 물었다.

"그래도 우리 인원들이 훨씬 많았는데 그놈이 그걸 혼자서 다 해치웠다는 거야?"

태선은 무상에게 자세한 이야기를 하는 것은 어렵다고 생각하며 말했다.

"그, 그런 것 같습니다."

"그 녀석이 그렇게 강해?"

태선은 대답을 못하고 고개만 숙이고 있었다. 씩씩거리던 무상은 태선을 노려보면서 말했다.

"그럼 이런 일이야말로 우리가 살려낸 화천인가 하는 초능력자에게 맡기면 되잖아! 그자가 그렇게 강하다면서? 그러라고 살려낸 것 아닌가? 다시 실패하면 아무리 이 실장이라도 그냥 놔두지 않을 테니까 각오해!"

태선이 긴장한 얼굴로 허리를 숙이며 대답했다.

"회장님 죄송합니다. 다시는 이런 실수를 하지 않도록 하겠습니다. 말씀대로 화천에게 그놈을 처리하도록 요청하겠습니다."

태선이 빠르게 대답했다. 그러자 무상이 눈을 부라리며 소리쳤다.

"누가 요청을 하래? 명령을 하란 말이야! 그자는 내가 구했으니 내 명령을 들어야 한다고!"

그리고 무상은 계속 태선을 쳐다보면서 말했다.

"이 세상에서 내가 요청할 대상은 없어! 오직 명령할 대상만이 있는 거야! 그 화천이란 자를 포함해서 말이야! 알겠어?"

"네, 네. 알겠습니다. 화천에게 명령하도록 하겠습니다."

태선은 그 뒤에도 한동안 무상의 호통을 들을 후에야 그의 방을 빠져나올 수 있었다. 무상에게 야단맞는 것이 큰 문제는 아니었다. 하지만 그 방해자의 문제는 단순한 방해자의 의미를 넘어서서 무상과 자신의 사이까지 금 가게 하는 존재가 되고 있었다. 아직까지는 무상이 필요한 태선이었다. 언젠가 필요가 없어진다면 언제든지 제거할 수 있지만 아직은 아니었다. 그때까지 그녀는 그와의 관계를 잘 유지할 필요가 있었다.

그러기 위해서는 하루빨리 방해자의 문제를 해결해야 했다. 결국 태선도 지금 이 문제를 해결하기 위해서는 다른 방법이 없다고 생각했다. 화천이 나서야 했다. 해루의 신선술을 쓰는 방해자라면 화천이 아니고는 상대가 될 역천인은 없기 때문이었다.

지 교수의 발명

나루는 여울과 함께 학교에 있었다. 학생회관 옆 옥외 매점 주변에 긴 의자들이 있는 휴게 공간이었다. 그곳은 학교에서 제일 높은 곳이어서 학교 전체가 한눈에 내려다보였다. 여름이 거의 지나가고 있었다. 얼마 전만 해도 이곳에 앉아 있는 것이 덥기만 했는데 이제 저녁에는 견딜 만했다. 두 사람은 저녁노을이 길게 드리워져 있는 늦은 여름의 캠퍼스 전경을 바라보고 있었다.

학교는 아직 방학 중이었지만 취업을 준비하는 나루와 지도교수이자 아버지인 지동석 교수의 발표 준비를 돕고 있는 여울에게는 상관이 없는 이야기였다. 학교와 도서관을 벗어날 수 없는 두 사람이었다. 더구나 최근에 여울로부터 자신에게 소홀하다는 불평을 들었던 나루로서는 꼭 취업준비가 아니더라도 시간이 나는 대로 그녀와 함께 학교에 있으려 노력했다.

두 사람은 한참 동안 그냥 말없이 그저 붉게 물든 노을이 펼쳐져 있는 하늘을 보며 그 아름다움에 탄복하고 있었다. 그러는 중에도 나루는 여울의 눈치를 보고 있었다. 먼저 말을 꺼내지 못했다. 금룡산을 다녀온 후 변화된 자신에 관하여 이야기하지 않은 것에 대한 미안함이었다. 그녀를 위한다고 하지만 뭔가를 숨긴다는 것이 마음 편하지 않았다.

노을의 아름다움에 빠져 있던 여울이 귀엽게 하품을 하고 이야기를 시작했다.

"아……. 정말 오랜만에 이렇게 쉬어 보는 것 같아. 요즘 정말 바빴어……."

여울은 나루의 얼굴을 다정하게 바라보다가 뭔가 깨달은 듯이 물어봤다.

"어? 그런데 오빠 목에 걸려 있는 그 작은 주머니는 뭐야? 귀엽게 생겼네?"

나루는 잠시 당황했지만 서둘러 둘러 말했다.

"아! 할머니께서 챙겨주신 행운의 주머니야. 이렇게 목에 메고 있으면 복이 들어온다고 하셨어!"

여울은 신기한 듯 주머니를 보고 한 번 만지기도 하더니 기원하듯 말했다.

"그렇구나……. 정말 할머니 말씀대로 이 주머니 덕분에 오빠 취직이 빨리 되면 좋겠다!"

그리고 여울은 다시 정면을 보더니 말했다.

"그래도 뭐, 나에게는 오빠가 행운의 부적이야. 그렇지?"

"그건 또 무슨 말이야?"

나루는 여울에게 거짓말을 한 것에 죄책감을 느끼며 힘없이 물었다.

"오빠가 챙겨 주지 않으면 이렇게 나와서 밥 먹을 시간도 없잖아. 그동안 항상 배달시켜 먹었다니까! 그러니 오빠야말로 내게는 행운 덩어리가 아니고 뭐야?"

그녀의 피곤한 모습에 나루는 걱정스럽게 이야기했다.

"이번 지 교수님 발표가 굉장히 중요하다고 하더니…… 그렇게 일이 많아?"

여울이 어깨를 으쓱하며 대답했다.

"그럼, 아빠를 돕느라고 내가 얼마나 고생했는지 알아? 이번에 하시는 발표 중에는 나의 피땀도 아주 많이 포함되어 있다는 사실만 알아줘."

나루는 손에 있는 발표회 초청장을 보면서 말했다.

"교수님께서는 정말 대단하신 것 같아. 자연 속에서 발생하는 에너지를 탐색하고 또 그 에너지를 증폭하는 기술이라니 말이야. 나는 무슨 소리인지 하나도 모르겠던데…… 이렇게 되면 인간의 자연 속 에너지 활용이 지금보다 훨씬 더 쉬워지는 건가?"

여울이 눈을 반짝이며 나루의 얼굴을 대견한 듯이 보면서 말했다.

"발표회 내용을 읽어 봤구나! 오빠는 내 남자친구 자격이 있어. 역시 가르친 보람이 있네!"

나루가 어이없다는 듯이 여울을 보면서 대답했다.

"이 정도는 상식이거든? 더구나 너와 관련된 일이니까……."

여울은 나루의 대답에 기뻐하다가 갑자기 심각한 얼굴이 되어 물었다.

"그런데, 오빠, 나한테 뭔가 잘못한 것 있지?"

"뭐, 뭐야? 그게 무슨 소리야?"

나루는 여울의 갑작스러운 질문에 덜컥 놀라서 물었다. 그녀가 혹시 나에 대해서 알게 된 걸까?

"그러니까 오늘 저녁도 사주고 그런 거 아니야. 그것도 학생식당에서 제일 비싼 것으로…."

역시 여울이었다. 그녀는 자신만만한 표정으로 나루를 똑바로 보며 말했다.

"내가 오빠를 몰라? 이유는 모르지만 나에게 뭔가 걸리는 게 있는 게 틀림없어. 아까 식당에서도 그렇고 조금 전에 차를 주문할 때도 그렇고…… 나를 굉장히 챙기던데?"

나루는 이것이 눈치 빠른 여울의 단순한 넘겨짚기임을 알고 서둘러 둘러댔다.

"무슨 소리하는 거야? 내가 원래 너에게 잘 대했거든? 무슨 그런 섭섭한 이야기를……."

여울은 계속 뭔가 찾는 표정으로 나루를 뚫어지게 쳐다보면서 말했다.

"거봐, 이렇게 당황하고 있잖아. 빨리 말해. 나한테 뭐가 미안한 건데?"

"아니야 난 미안한 거 없다니까…… 제발 부탁인데 자꾸 사람 이상하게 만들지 말아 줘."

나루가 짐짓 진지한 표정으로 딱 잘라서 말하자 여울이 나루의 표정을 살피면서 말했다.

"그래, 그건 맞는 말이지. 오빠는 항상 나에게 최선을 다해서 잘 해 줬지. 나도 알아……."

나루는 갑자기 자기 말에 동의하는 여울을 경계하는 눈빛으로 쳐다보며 말했다.

"그걸 안다는 말이지? 그러면서 왜 그래?"

그러자 여울이 부드러운 표정으로 나루를 바라보면서 말했다.

"그러니까 걱정하지 말라는 거야. 나도 오빠가 나를 생각하는 만큼 오빠를 좋아하고 있거든?"

나루는 이해가 되지 않는 얼굴로 물었다.

"무슨 소리야? 그게?"

다시 더욱 부드러운 표정이 된 여울이 나루의 뺨을 쓰다듬으며 말했다.

"요즘 전화도 못 받으면서 밤늦게 다니는 것이 야간에 아르바이트하고 일자리 알아보느라고 그런 거지? 나 다 알아. 그런데 말이야. 난 오빠가 돈을 잘 벌든 못 벌든 상관없어. 오빠는 어떻게 해서든지 나를 행복하게 해주려 노력한다는 걸 믿거든? 취업이 잘 안 된다고 기죽을 거 없어. 걱정 마. 오빠가 힘들어지면 내가 오빠를 먹여 살리면 되지."

나루는 눈이 휘둥그레졌다. 여울이 오해를 한 것이었다. 나루가 취업이 안 되어 자격지심에 여울에게 자신 없어 한다고 생각한 것 같았다. 그는 자신이 그녀에게 소홀한 상황에서도 그를 끝까지 믿어주고 좋은 방향으로 이해해 주려 노력하는 그녀에게 감동하고 말았다.

세상이 이미 악의 기운으로 덮여 있다고 천인들이 이야기했고 많은 부분을 자신도 동의할 수밖에 없었지만, 자신과 여울에게는 해당하지 않는 이야기라고 생각했다. 그들이 해 준 또 다른 이야기처럼 세상이 아무리 악의 기운이 가득해도 소수의 선한 사람에 의해서 정화될 수 있다고 한다면 자신들이 바로 그 소수의 선한 사람들일 거라고 생각했다.

나루는 정말 여울에게 무엇이라도 해주고 싶은 마음에 이야기했다.

"여울아, 너 먹고 싶은 거 없어?"

나루의 갑작스러운 질문에 여울이 잠시 놀라더니 웃으면서 말했다.

"오빠 또 왜 그래? 우리 지금 금방 저녁 먹고 차 마시고 소화하느라 여기에 온 거잖아."

"아, 그랬구나. 미안 내가 딴 생각을 하느라고……"

나루는 아차 싶었다. 누군가에게 잘 대해준다고 하면 항상 먹는 것으로만 해석하는 단세포적인 자신이었다. 그는 말도 안 되는 실수를 만회하고자 여울을 보면서 다시 부드럽게 물었다.

"그럼 혹시 갖고 싶은 거 있어? 혹시 너도 다른 여자들처럼 가방이나 신발 같은 거 갖고 싶니?"

나루의 이야기를 들은 여울은 오히려 나루를 더욱 의심스럽게 쳐다보며 말했다.

"정말 뭔가 있나 보네. 다 털어놔."

"웅? 뭐라고?"

"다 털어놓으라고."

"그게 무슨 소리야?"

"오빠, 나한테 뭐 잘못한 거 있잖아. 그러니까 선물까지 하겠다는 거 아냐?"

나루는 여울의 날카로움에 다시 한 번 깜짝 놀랐지만 잡아떼었다.

"무슨 잘못? 네가 너무 사랑스러워 뭔가 해주고 싶어서 그런 거지. 넌 그렇게 모르냐?"

여울이 다시 눈이 동그래져서 나루를 보다가 그의 머리를 쓰다듬으며 말했다.

"와우 우리 오빠가 언제 이렇게 철이 들었지? 아이고 기특해라……"

나루는 여울이 계속 캐묻지 않는 것이 다행이었지만 약간 토라진 체하면서 말했다.

"너 자꾸 내 말을 농담 식으로 듣는다면 나도 이제 너에게 진지한 이야기는 하지 않을 거야."

토라진 표정의 나루를 보자 여울이 다시 또랑또랑한 눈으로 나루의 손을 잡으며 말했다.

"아니야 오빠 마음만 있으면 돼. 나중에 취직할 때까지 그 마음 잘 간직해 둬. 고마워."

'착한 녀석……'

나루는 여울을 보면서 정말 사랑스러운 여자라고 생각했다.

항상 이런 식이었다. 여울도 여자로서 자기 남자친구에게 선물 받고 싶은 마음이 왜 없겠는가? 하지만 나루의 처지를 알고 부담을 주지 않으려 노력하고 있었다. 그는 자신의 입장을 이해하고 진정으로 생각해 주는 그녀를 만난 것에 감사했다. 그녀를 세상에서 가장 행복한 여자로 만들어 주겠다고 다짐했다.

하지만 아무리 그래도 나루는 스스로 여울에게 너무하다는 생각이 들었다. 두 사람이 사귄 지도 벌써 1년이 훨씬 넘었는데 그 흔한 커플 링 하나도 해주지 않은 것을 깨달은 것이었다. 정말 무심했다.

"혹시 말이야……"

노을이 거의 사라지고 푸른 어둠이 내려오는 하늘을 보며 나루가 조 심스럽게 말을 꺼냈다.

"응? 오빠, 뭔데?"

여울이 유난히 귀엽게 대답했다.

"음, 네가 괜찮으면 말이야……"

나루가 뜸을 들였다. 한참을 말을 못하고 우물쭈물하니까 여울이 답 답한 듯이 물었다.

"도대체 무슨 이야기인데 그래? 나 빨리 말 안 하면 연구실로 돌아 간다?"

여울이 조금 기다리는 시늉을 하더니 나루가 계속 말을 하지 않자 벤치에서 일어서 버렸다.

"알았어. 나 갈래."

당황한 나루가 급하게 가려는 여울의 손을 잡으며 말했다.

"우리 커플링 할까?"

나루의 말에 여울이 멈칫 서 있다가 뒤를 돌아 나루를 보았다. 가늘 게 떨리는 눈빛은 세상을 다 가진 것 같은 행복한 표정이었다. 마치 그 의 이 말을 오랫동안 기다려 왔던 것 같았다. 그녀는 조금 전의 화난 모습은 간데없이 그에게 잡힌 자신의 조그만 손을 내려다보며 말했다.

"오빠와 함께 반지를 한다면 정말 행복할 거야!"

여울이 꿈꾸는 듯 행복한 표정으로 말했다. 나루는 그녀가 항상 예쁘다고 생각해 왔지만, 지금은 더욱 아름답다고 느꼈다. 그런 그녀를 바라보는 그 또한 꿈꾸는 표정이 되었다. 그녀의 얼굴이 갑자기 그에게 가까이 다가와서 뺨에 입을 맞추었다. 지나던 학생들의 따가운 시선이 느껴졌지만 상관없었다.

나루는 당황했지만, 여울의 입술이 닿은 느낌에 몸을 움직이지 못하고 있었다. 얼굴 위의 불꽃! 세상이 멎는 느낌! 하늘에서 터지는 폭죽! 한순간에 그의 머릿속에는 너무 많은 것들이 떠올랐다. 그녀와의 스킨십이 처음은 아니었지만, 그것은 언제나 새로운 감동을 주고 있었다.

잠시 후 그가 정신 차려 보니 그녀가 저만큼 뛰어가고 있었다. 그는 뒤를 따라갔다. 잠시 만에 그녀를 따라잡았다. 그녀는 부끄러움에 고개를 숙이고 그를 쳐다보지도 못했다. 그런 그녀가 너무 예뻐서 꼭 껴안아주었다. 두 사람은 잠시 그러고 있었다.

"표 회장이 하는 일이 자꾸 실패하고 있다고? 그거와 내가 무슨 상관인데?"

조심스럽게 이야기를 하고 있는 태선에게 화천이 퉁명스럽게 대꾸했다. 최근에 진행되는 일들에 대해 이야기를 하는 중이었다. 그녀는 요즘 자신이 하는 일에 방해자가 있음을 알리고 그의 도움을 얻으려고 했지만, 그의 반응은 시큰둥했다. 그 역시 그만큼 무상에 대해 우호적인 감정을 갖지 않고 있음을 나타내는 것이었다.

태선은 함께 있던 상호가 자신을 돕기 위하여 뭔가 이야기하려는 것을 막았다. 혹시라도 성질 급한 상호가 불손한 태도를 보여 화천의 기분을 상하게 하면 더 큰 문제가 될 것이라고 생각한 것이었다. 상호가 실망한 표정으로 뒤로 물러서자 태선이 계속 이야기했다.

"그 실패의 배후에 천인들이 있는 것 같습니다."

화천의 주의를 이끌기 위한 이야기였다. 역시 그는 조금 전과는 달라진 표정이 되었다.

"뭐라고? 천인들? 그들이 왜 표 회장의 일을 방해하는 거지?"

화천의 반응을 확인한 태선이 잠시 난감한 표정을 보이면서 말했다.

"아무래도 우리가 YCI그룹과 관련이 있다는 사실을 알고 있는 것 같습니다."

화천의 관심이 더 커진 것 같았다. 그는 불쾌한 표정으로 말했다.

"그럼 그놈들이 표 회장을 방해하는 것이 아니라 우리 일을 방해하려고 그랬단 말이냐?"

거친 억양으로 하는 화천의 질문에 태선이 그의 눈치를 살피면서 대답했다.

"확실하지는 않지만, 그럴 가능성이 높습니다."

화천이 숨을 거칠게 쉬며 이해가 안 간다는 표정으로 말했다.

"지난번에 내가 그놈들의 본거지들을 박살을 냈는데도 아직까지 날뛴단 말이지?"

태선은 화천이 미끼를 문 것을 확인하고 좀 더 확실하게 자극적으로 대답을 했다.

"그렇습니다. 더구나 그놈들 중 누군가 불꽃검을 쓰는 것으로 확인되었습니다."

그 말에 화천은 충격을 받은 것 같았다. 그는 당황한 표정이 되어 급히 되물었다.

"뭐라고? 그게 틀림없느냐? 그것은 해루의 신선술인데, 그놈이 누구냐?"

태선이 기다렸다는 듯 대답했다.

"바로 그놈이 지금 우리들의 일을 방해하고 있는 놈입니다."

"대체 그놈이 어떻게 해루가 쓰던 불꽃검을 쓴다는 말이냐?"

"그것은 저도 잘 모르겠습니다. 어쨌거나 일이 이렇게 된 이상 장군께서 그놈을 처리해 주셔야 할 것 같습니다. 저희로서는 상대하기가 벅찬 것이 사실입니다."

화천은 잠시 생각을 하는 듯하다가 말했다.

"그렇다면 내가 나서야겠군! 그놈이 불꽃검을 쓴다면 해루와 뭔가 연관이 있다는 이야기가 된다. 그런 놈이라면 결코 그냥 두어서는 안 된다. 반드시 내가 처리할 것이다!"

태선은 화천이 자기 뜻대로 움직이는 것을 보면서 만족한 미소를 지었다. 그때 화천이 뭔가가 생각난 듯한 표정으로 그녀에게 물었다.

"그런데 음골, 내가 찾아보라고 한 것은 어떻게 되었느냐?"

갑작스러운 화천의 질문에 태선은 곤란한 표정으로 머뭇거리며 대답했다.

"그 동천이란 자는 정말 찾기 어렵습니다. 살아 있는지도 의심스러울 정도입니다. 만약 살아 있다면 아무도 모르는 곳에 숨어 있는 것 같습니다. 지금까지 YCI그룹의 가능한 인력과 정보망을 모두 동원해 봤지만 허사였습니다."

태선의 대답을 들은 화천 역시 실망한 표정으로 말했다.

"나도 어려울 것이라고 생각은 했다. 아무런 단서를 잡지 못했다니…… 하지만 그자는 틀림없이 살아 있다. 아내와 함께 살기 위해 인간 세상으로 온 자니까."

화천은 답답한 표정으로 태선을 다시 보면서 물었다.

"어떻게, 그자를 찾을 방법이 전혀 없는 것이냐?"

그러자 태선은 뭔가를 생각하는 듯하더니 천천히 대답했다.

"아직 확실하지는 않지만 제가 희망을 걸고 있는 방법이 하나 있긴

합니다……."

그 대답을 들은 화천이 반가운 기색으로 물었다.

"아! 뭔가 방법이 있다는 말이냐? 무엇이냐? 어서 말해 보아라."

태선이 천천히 고개를 끄덕이더니 이야기를 했다.

"그 동천을 직접 찾기 어려우니 그가 내뿜는 강력한 기맥을 찾는 방법입니다."

화천이 고개를 갸웃거리며 물었다.

"그자의 기맥이 다른 이에 비해 강하긴 하지. 하지만 어떻게 그것을 찾아낸다는 말이냐?"

태선이 눈을 반짝이며 대답했다.

"대학교수 하나가 자연 속의 에너지를 탐지하는 장치를 발견했다고 합니다. 표무상 회장이 이미 그것을 탐내고 있습니다. 만약 그 기계가 동천의 강한 기맥을 에너지로 읽어서 탐지해 낸다면 그를 찾아낼 수 있을 것입니다!"

화천도 반가운 표정이 되어서 말했다.

"그런 것이 있단 말이냐? 빨리 그 기계를 가져오너라! 그것으로 동천만 찾아낼 수 있다면 우리의 계획을 바로 실행에 옮길 수 있을 것이다!"

갑자기 자신감으로 가득 찬 화천은 이야기를 덧붙였다.

"그자만 찾아낸다면 세상이 내 발밑에 무릎을 꿇는 것은 시간문제가 될 것이다! 으하하하……."

화천이 갑자기 통쾌하게 웃기 시작했다. 그것을 보고 태선이 함께 기뻐하며 말했다.

"만약 그렇게 된다면 더 좋은 일도 있을 수 있습니다."

"그건 또 무엇이냐?"

화천이 반갑게 묻자 태선이 음흉한 미소를 띤 얼굴로 대답했다.

"그 기계로 다른 천인 놈들의 위치도 찾을 수가 있을 것입니다. 아무래도 인간들보다 천인들의 기맥이 강하지 않겠습니까? 그렇게 되면 세상의 천인 놈들을 마지막 하나까지 찾아내어 다 없애버릴 수 있을 것입니다. 그렇지 않습니까?"

화천이 기뻐하며 대답했다.

"과연 그렇겠구나! 그럼 어서 빨리 그 기계를 가지러 가자! 한시가 급한 일이 아니냐?"

마음이 급해져 서두르는 화천을 만류하며 태선이 이야기를 덧붙였다.

"그 교수는 에너지 탐지기와 함께 에너지를 증폭하는 장치도 발명했다고 합니다. 그것까지 가져올 수 있다면 동천의 능력을 증폭시켜 그를 더욱 잘 활용할 수 있을 것입니다."

화천의 눈이 더욱 커지며 반갑게 말했다.

"과연 그렇겠구나! 그렇게 된다면 그의 능력 범위를 더 넓히고 강도를 더욱 높게 할 수 있겠구나. 그런 생각까지 해내다니! 과연 음골 너는 나의 귀한 보배다!"

태선이 과장된 몸짓으로 허리를 숙여 인사하며 말했다.

"모두 장군께서 하루빨리 우리 역천인들의 세상을 만들어 주시기를 바라는 마음에서입니다."

화천은 태선의 인사를 보면서 더욱 흡족한 표정으로 말했다.

"그래, 알겠다! 내가 하루속히 우리 역천인들이 온 세상을 호령하는 세상을 만들어 주마!"

만족스러워하는 화천을 보며 이번에는 태선이 물었다.

"그런데 장군, 천나루는 언제 만나 보시겠습니까?"

화천의 얼굴에서 웃음이 가시고 잠시 생각하더니 대답했다.

"아, 그 절대기맥의 아이 말이냐? 음, 그렇지. 하지만 그 아이 보다는 그 기계들을 먼저 찾는 것이 좋을 것 같다. 지금은 동천을 찾는 것이 더 급하다. 그 아이는 동천을 찾고 나서 만나도 될 것이다. 더욱 강력한 우리의 모습을 보여주면 그 아이를 설득하기도 편할 것 아니냐?"

태선은 고개를 끄덕였다. 그들이 동천을 찾아낸다면 그것은 세상에서 가장 강력한 무기를 갖는 것이 분명했다. 자신들의 상황을 가장 유리하게 만든 후에 천나루를 설득한다면 일이 더 쉬워질 것이다. 그런 생각이 들자 그녀의 입가에 미소가 떠올랐다.

만족스러운 표정의 태선과 함께 화천의 방에서 나오면서 상호가 물었다.

"그런데 우리 일을 방해하는 그놈은 어떻게 우리 계획을 알고 방해할 수 있었을까요?"

질문을 받은 태선의 얼굴이 순간 굳어졌다. 아차, 싶은 표정이었다.

"그게 무슨 말이야?"

상호가 뭔가 의심스러운 표정으로 대답했다.

"그 자는 우리가 가는 곳에서 미리 기다리고 있었습니다. 혹시 우리 중에 첩자가 있는 것이 아닐까요?"

태선은 상호의 말이 일리가 있다고 생각했다. 미처 생각하지 못한 부분이었다. 그동안 그녀는 누가 그들의 일을 방해하고 어떻게 그가 불꽃검을 쓰는가 하는 의문에 집중했지만 생각해 보니 더 큰 의문은 어떻게 그가 조만석 사장, 장석한 의원, 은감시 재개발 지역 등 그들이 일을 저지르는 곳마다 나타나서 방해할 수 있었는가 하는 점이었다.

그것은 누군가 자신들의 계획을 그에게 알려주고 있을지도 모른다는 의미였다. 돌이켜 보면 지난번 천부령과 천부검을 도둑맞을 때 경비원들이 모두 잠들어 있었던 것도 혹시 내부의 누군가가 도둑을 도와 그들을 재운 것인지도 모를 일이었다.

태선은 심각한 표정으로 상호에게 말했다.

"그래, 네 말이 일리가 있어. 이제부터는 일하면서 보안에 특히 신경 써야 하겠어. 모든 것이 확실해지기 전까지는 당분간 우리끼리도 조심해야 할 것 같아!"

상호가 무겁게 고개를 끄덕였다. 잠시 태선과 함께 걷던 그가 다시 질문을 했다.

"그런데 그 동천이란 자는 정말 무서운 자 아닙니까? 화천 장군은 그런 사람을 왜 찾으려 하는 것입니까? 잘못 하면 우리까지 다칠 수 있지 않습니까?"

그러자 태선이 잔인한 미소를 보이며 대답했다.

"오천 년 만에 깨어난 화천 장군이 동천의 위력을 어찌 알겠어? 모두 내 생각이야!"

"네? 동천을 찾는 것이 태선 님의 생각이란 말입니까? 그게 무슨 말입니까? 그가 얼마나 무서운 자인지는 잘 알고 있지 않습니까? 그는 천년 전에 나라를 하나 없애버린 자입니다!"

태선의 얼굴에서 미소가 사라지고 차가운 표정이 되어 말했다.

"그러니 그 능력을 우리가 이용한다면 얼마나 큰 힘이 되겠어? 그자는 그 힘을 우리 역천인들을 위해 쓸 거야. 상호, 너도 그자에게 치명적인 약점이 있는 것을 알고 있잖아?"

"그, 그자의 약점이라면……."

상호가 이해가 안 된다는 표정으로 묻자 태선이 물었다.

"그자가 왜 백두산을 분화시켰는지 잊었어?"

"그, 그렇다면……."

상호가 겁먹은 표정으로 대답하자 태선이 빙긋 웃으며 말했다.

"그때 그자는 자신의 아내를 빼앗으려는 발해의 귀족을 응징하기 위하여 백두산을 분화시켜 버린 거야. 그 덕분에 발해라는 나라가 망해 버린 거지. 동천 그자는 자기 아내를 위해서는 무슨 일이라도 하거든? 아내와 함께 살려고 천국에서 인간 세상으로 온 사람이니까."

상호가 고개를 끄덕이면서 말했다.

"저도 그자가 천국에서 대장장이였는데 고귀한 집안의 여인을 사랑하게 되어 그 사랑을 이루기 위하여 함께 지상으로 내려왔다는 이야기는 들었습니다."

그 말을 들은 태선이 이야기를 했다.

"그 두 사람은 신시에서 대장장이로 행복하게 살았어. 둘의 사랑에 감동한 환웅의 배려로 영생의 신선술까지 터득하게 되었지. 그런데 그렇게 세상 끝까지 사랑하며 살려는 두 사람의 사랑을 방해하는 그 못된 귀족에게 분노한 동천이 자신의 능력을 사용한 거야."

태선은 아무 대답을 못 하고 듣고 있는 상호를 한 번 쳐다보고는 말을 이었다.

"그자는 백두산의 분화로 사람들이 정신없는 틈에 자신의 아내를 구해 낸 후 아무도 모르는 곳으로 숨어 버렸지. 그래서 지금 우리가 그들을 찾으려 하는 거야. 그자는 스스로 강한 자는 아니지만 능력은 최고거든? 그것을 이용해 세상을 지배하자는 것이 내 생각이야!"

이야기를 한참 듣고 있던 상호가 아직도 이해가 되지 않는 표정으로 다시 물었다.

"그런데 그자의 약점이 무엇입니까?"

그의 질문에 태선이 한심하다는 표정으로 대답했다.

"아직도 모르겠어? 바로 그자의 아내잖아! 그자의 아내만 잡으면 그는 우리 말에 복종할 거야!"

상호는 그제야 눈을 반짝이며 말했다.

"아, 그렇군요. 역시 태선 님의 지혜는 정말 대단하십니다! 무슨 말씀인지 알겠습니다."

그러나 태선은 아직 냉정한 표정으로 말했다.

"하지만 이 일에 대해서는 누구에게도 말해서는 안 돼. 네가 말했듯이 지금 우리 중에 배신자가 있을지 몰라. 확실해질 때까지 모든 것을 조심해야 해. 알았지?"

"네, 알겠습니다!"

상호가 허리를 깊이 숙이며 대답했다.

"오늘 인류 에너지 개발에 신기원을 여는 발명품을 소개하고자 합니다. 이제 인류는 이것을 통해 자연환경의 훼손이나 공해 문제를 더 이상 걱정하지 않아도 됩니다. 더욱 매력적인 것은 이 에너지원은 자연자원의 고갈을 전혀 걱정할 필요가 없다는 점입니다. 이런 획기적인 장치를 세계 최초로 개발해 주신 우리 혜성대학교물리학과 지동석 교수님을 소개하겠습니다! 모두 힘찬 박수로 맞이해 주시기 바랍니다!"

사회자의 소개가 있자 객석에서는 우레와 같은 박수가 터져 나왔다. 그 박수를 받으며 지 교수가 무대 중앙으로 걸어 나왔다. 그는 청중들에게 인사한 후 바로 설명을 시작했다. 그와 함께 무대 뒤의 스크린에서는 그의 설명을 돕는 화면이 나타났다.

"방금 소개받은 지동석입니다. 사회자께서 말씀하셨듯이 저 역시 이 발명품에 대하여 큰 자부심을 가지고 있습니다. 하지만 중요한 것은 이것이 저 혼자만의 작품이 아니라는 것입니다. 저는 이 자리에서 가장 먼저 지금까지 저를 도와 에너지 탐지기와 증폭기를 만드는 데 크게 이바지한 저의 물리학과 에너지 연구팀원들을 소개하고 싶습니다."

지 교수는 팀원들의 이름을 하나하나 호명했다. 그러자 한 사람씩 지 교수의 옆으로 나와서 청중들에게 인사를 했다. 다섯 사람의 이름들이 호명되었다. 모두 지 교수 연구실의 박사나 석사 과정에 있는 사람들이었다. 여울은 연구실의 막내로서 가장 마지막에 소개되었다. 그녀가 이야기한 '피와 땀'의 보답인 셈이었다. 수줍게 인사하는 그녀를 객석에서 보며 나루는 그녀답지 않다는 생각이 들어 빙긋 웃었다. 역시 그녀도 부끄럼 많은 아가씨였다.

소개를 마치고 팀원들이 무대에서 내려가자 지 교수는 본격적으로 발명품에 대해 설명을 하기 시작했다. 객석에는 학생들이나 학계 사람들뿐 아니라 기자들도 많이 와 있었다. 발표하는 내내 카메라의 플래시가 이곳저곳에서 터졌고 객석 앞자리에는 수첩에 뭔가 열심히 적고 있는 사람들이 있었다. 기업체에서 온 사람들도 많이 있는 것 같았다. 나루는 객석에서 뜻밖의 얼굴을 보았다. 중앙의 귀빈석에 표무상 회장이 앉아 있었던 것이다. 이태선 실장과 함께였다.

나루는 그들이 그 자리에 있는 것이 어리둥절했지만 그들의 정체를 알고 있던 터라 기분이 좋지 않았다. 다행히 그들은 아직 그를 보지 못한 것 같았다. 그는 발표가 끝나면 빨리 자리를 떠나야겠다고 생각했다. 그들과 마주치기 싫었기 때문이다.

무대에서는 지 교수의 설명이 이어지고 있었다. 아무것도 모르는 나루가 보기에도 그의 발명품은 대단했다. 그는 슬라이드를 보여주면서 에너지 탐지기와 증폭기의 작동 원리에 대해서 설명했다. 설명이 끝나자 그는 무대 뒤에 신호를 보냈다. 그러자 여울이 테이블을 하나 밀고 나왔다. 그 위에는 노트북과 조그만 레이더 모양의 장치가 놓여 있었다. 지 교수는 레이더 모양의 장치를 들고 객석을 향해 소리쳤다.

"이것이 바로 에너지 탐지기입니다!"

객석에서 박수가 터지고 여울은 무대 뒤로 사라졌다. 지 교수가 노트북에 레이더 모양의 장치를 연결하고 뭔가 조작을 하자 노트북의 화면이 무대 뒤의 스크린에 나오기 시작했다. 그는 레이더 장치를 들어 관객에게 보이면서 말했다.

"원래 이 탐지기는 지구 궤도를 돌고 있는 인공위성의 레이더와 연결됩니다. 하지만 지금은 설명을 위해서 이 휴대용 레이더 장치에 연결했습니다!"

객석에서 웅성거리는 소리가 나기 시작했다. 지 교수가 다시 설명을 시작했다.

"네, 조금 전에 말씀드렸듯이 자연에서는 항상 에너지가 발산되고 있습니다. 그리고 대부분 그냥 자연에서 소멸하고 말죠. 이 장치는 그런 자연 에너지를 모아서 활용할 수 있게 합니다!"

지 교수는 잠시 말을 멈췄다가 재미있는 표정이 되어 말했다.

"우리 인간에게서도 미약하나마 에너지가 발산됩니다. 물론 사람마다 정도의 차이가 있어 그 발산하는 양의 차이는 있지만 말입니다."

지 교수가 장난스럽게 빙긋 웃더니 말을 이었다.

"그럼 이 자리에서는 어떤 분의 에너지가 가장 강한지 한 번 알아볼까요?"

관객들이 웃음을 터뜨리자 지 교수는 웃음에 대답하듯 레이더 장치를 객석으로 향했다. 그러자 스크린에서는 크고 작은 점들이 무수히 나타나기 시작했다. 어떤 점은 미약하고 어떤 점은 밝고 크게 나왔다. 그는 레이더 장치를 이리저리 돌려가며 말했다.

"여기 보시는 점들은 모두 개인들이 발산하는 에너지를 보여주고 있습니다. 저희는 이렇게 자연에서 나오는 에너지를 탐지해 내고 채집하여 미래의 자원으로 활용하려는 것입니다!"

객석에서 다시 한 번 큰 박수가 나왔다. 지 교수가 레이더를 돌리면서 다시 무대 뒤로 신호를 보내자 이번에는 남자 연구원 하나가 깔때기같이 생긴 장치를 하나 가지고 나왔다.

"이것은 에너지 증폭기입니다!"

지 교수가 이렇게 말하고 레이더 장치가 자신을 향하게 하자 모니터에 미세한 점 하나가 떴다.

"이것이 저의 에너지 크기입니다. 정말 보잘것없죠?"

청중들이 킥킥거리며 웃었다. 그러자 지 교수는 깔때기 모양의 장치를 자신의 머리 위에 올렸다. 우스꽝스러운 모양의 기계를 머리에 얹자 객석 이곳저곳에서 더 큰 웃음이 터져 나왔다. 하지만 다음 순간 그 웃음소리는 탄성으로 바꼈다. 증폭기 주변에 불이 들어오면서 스크린 속에 나타난 점이 처음보다 열 배가 넘게 커지고 밝아졌기 때문이었다.

"보셨죠? 이 증폭 장치는 발산하는 에너지의 크기를 열 배가 넘게 증폭시켜 줍니다. 그래서 우리가 그것을 활용할 수 있도록 도와주죠!"

지 교수가 눈짓을 주자 증폭기를 가지고 나온 연구원은 모니터에 연결된 선을 꼬마전구에 갖다 댔고, 전구는 미약하나마 깜빡이기 시작했다. 청중들이 긴장하면서 그의 입을 주목했다.

"보셨습니까? 이것은 제게서 자연 발산되는 에너지를 증폭하여 전구의 불을 켠 것입니다!"

객석에서 우레와 같은 박수가 터져 나왔다. 지 교수가 손을 들어 화답하며 감격한 듯 외쳤다.

"감사합니다! 이제 인류는 더 이상 에너지 부족으로 고통받지 않아도 될 것입니다!"

다시 객석에서 박수가 터져 나왔다. 사진 기자들이 증폭기를 머리에 쓴 지 교수와 불이 켜진 꼬마전구의 마지막 장면을 사진에 담느라고 정신이 없었다. 지 교수는 장치를 벗고 객석을 향해 인사한 후 연구실 팀원들을 다시 한 번 무대 위로 불러들였다. 팀원들이 다시 나와서 객석을 향해 인사했다. 그렇게 발표회가 끝나고 그들은 무대를 정리하기 시작했다.

여울은 에너지 탐지기를 챙기고 있었다. 노트북과 무대 스크린의 연결을 끊은 그녀는 갑자기 장난스러운 마음이 생겼다. 그래서 레이더 장치를 들고 객석의 가장 위쪽 구석에 있던 나루를 향했다. 남자친구가 발산하는 에너지의 크기를 보고 싶었던 것이다. 그런데 그다음 순간 그녀는 깜짝 놀라고 말았다. 모니터 가득 크고 밝은 점 하나가 나타났기 때문이었다. 그 점 때문에 주변의 다른 점들은 보이지도 않을 정도였다. 그녀는 황급히 레이더 장치를 돌렸다. 모니터에서 크고 밝은 점이 사라졌다. 돌린 방향에 있는 사람들의 조그만 점들이 나타났다. 잠시 놀란 가슴을 진정시킨 그녀가 다신 한 번 레이더 장치를 나루 쪽을 향했다. 하지만 그 밝은 점은 더 이상 볼 수 없었다. 그는 이미 표 회장 일행을 피해서 자리를 떠나고 없었다.

발표회를 마친 지 교수는 기자들의 요청으로 간단한 보충 회견을 하였다. 그들의 반응이 폭발적이어서 예정된 시간보다 길게 질문에 답해야 했다. 연구실 팀원들은 무대를 정리한 후 객석의 구석에서 지 교수를 기다리고 있었다. 지 교수가 그들의 노고를 위로하기 위해 삼겹살 파티를 해 주기로 한 것이었다.

마침내 지 교수가 기자들과의 문답을 간신히 마무리 짓고 팀원들에게 가려는데 누군가 그를 막아섰다. 이태선이었다. 의아한 표정의 지교수에게 태선이 상냥하게 말했다.

"안녕하세요. YCI그룹 비서실의 이태선 실장입니다. 오늘 발표회를 인상 깊게 잘 봤습니다."

지 교수는 간단히 인사하고 팀원들에게 서둘러 가려 했다.

"네, 와 주셔서 감사합니다. 그럼 저는 저희 연구원들과 약속이 있어서 그만……."

하지만 태선은 지 교수를 집요한 눈빛으로 보면서 말했다.

"저희 회장님께서 뵙고 싶어 하시는데 잠시 시간을 내시면 안 될까요?"

무상은 강당에 붙어 있는 응접실에서 기다리고 있었다. 곤란한 표정의 지 교수는 응접실로 들어가기 전에 손짓하여 저쪽에서 자신을 지켜보고 있는 여울을 불러 이야기했다.

"여기 YCI그룹 회장님과 잠시 이야기하고 따라갈 테니 식당에 먼저 가 있어. 금방 따라갈게."

"네, 먼저 가서 기다릴게요. 교수님."

여울은 학교에서 부르는 호칭으로 아버지에게 대답했다. 그녀는 지 교수의 옆에 있는 태선과 자리에 앉아 있는 무상을 보고 가볍게 인사한 후 연구실 팀원들에게 돌아갔다.

"아! 교수님, 정말 대단한 발표회였습니다."

지 교수가 응접실에 들어서자 무상이 자리에서 일어나서 반갑게 맞았다.

"감사합니다. 그런데 어쩐 일로 저를 보자고 하셨는지……."

무상과 악수를 나눈 후 지 교수가 자리에 앉으면서 물었다.

"우리 연구실 팀원들과 약속이 있어서 말씀을 길게 나눌 수 없을 것 같습니다."

지 교수가 함께 들어 온 태선의 얼굴을 쳐다보며 말했다. 그러자 무상이 대답했다.

"예, 갑자기 시간을 뺏어서 죄송합니다. 저도 본론만 말씀드리겠습니다."

무상이 눈짓하자 태선이 말을 이었다.

"저희 YCI그룹에서는 박사님의 발명품의 권리를 사고 싶습니다. 보상은 원하시는 대로 해드릴 예정입니다. 많은 곳에서 이런 제의를 받으시겠지만, 저희는 그들의 두 배 이상을 드릴 것입니다."

그 말을 들은 지 교수가 어이없는 표정이 되어 물었다.

"저의 발명품을 산다는 것이 무슨 말씀이신지……"

태선이 빙긋 웃으면서 말했다.

"말씀드린 대로 그 발명품의 독점적 사용권을 사고 싶다는 말입니다. 계약된다면 향후 3년 동안은 그 기술을 저희 YCI그룹에서만 사용하게 해 주십시오."

그 말을 들은 지 교수가 불쾌한 표정이 되어서 말했다.

"저와 우리 연구팀은 이 장치를 돈을 벌기 위해서 발명한 것이 아닙니다. 저희는 이 장치로 세계의 많은 사람들을 에너지난으로부터 구하길 원하는 것입니다. 저는 개인이나 기업의 사적 목적을 위해서 이 에너지 장치들을 팔 생각이 없습니다. 제 뜻을 전해드린 것 같으니 저는 이만 돌아가 보겠습니다!"

지 교수의 반응에 당황한 무상이 끼어들어 말했다.

"뭔가 오해가 있으신 것 같습니다. 저희도 물론 교수님의 뜻은 잘 알고 있습니다. 하지만 교수님께서도 더 많은 연구를 하시기 위해서는 자금 지원이 필요하지 않으시겠습니까? 저희는 그런 부분에서 도움을 드리고자 하는 것뿐입니다."

지 교수가 억지로 불쾌한 표정을 감추며 말했다.

"알겠습니다. 그 뜻은 감사하지만 어떤 경우에도 저의 발명품을 사적인 목적으로 사용할 생각은 없습니다. 정부와 이야기해서 공공 목적으로만 활용할 예정입니다."

이야기를 마친 지 교수는 자리에서 말했다.

"조금 전에도 말씀드렸지만 약속이 있어서 먼저 일어서겠습니다."

지 교수는 무상에게 간단하게 인사하고 방을 나갔다. 지 교수가 나가자 태선이 말했다.

"역시 회장님 말씀대로 이 방법은 통하지 않는군요."

무상이 잔뜩 인상을 찌푸린 채 말했다.

"예상은 했지만 역시 거절은 내 체질이 아니야. 나름 똑똑한 것 같아서 좋게 대해 주려고 했는데 말이 통하지 않는 사람이네. 어쨌거나 그 장치들이 탐나는 것이 사실이잖아? 이제 어떻게 그것들을 가져올 거지?"

태선 역시 긴장한 표정으로 말했다.

"말이 통하지 않는다면 다른 방법을 사용해야 하겠지요. 잠시 기다려 주시면 처리하겠습니다."

그 말을 들은 무상이 태선을 의심스러운 눈으로 쳐다보며 말했다.

"이번에는 믿어도 되는 거지? 최근의 일들처럼 날 다시 실망하게 하지 말란 말이야."

"네 알겠습니다. 이번에는 실수 없이 처리하겠습니다."

태선이 자신 있게 대답하며 무상에게 고개를 숙였다. .

벌써 밤 10시가 넘어 버렸다. 나루는 아직 학교 도서관이었다. 취업 준비를 하는 것도 이유였지만, 오늘 늦게까지 있는 더 큰 이유는 여울의 얼굴을 한 번이라도 더 보고 싶어서였다. 그녀는 지금 연구소 팀원들과 저녁 식사를 하는 중이었다. 지동석 교수의 발표회를 마치고 그동안의 노고를 위로하고자 연구원들에게 사는 저녁이었다. 9시까지 온다고 하던 여울이 10시가 되도록 안 오는 것을 보고 나루는 회식의 분위기가 무척 좋은 것 같다고 생각했다.

"지난 몇 주 동안 그렇게 고생했으니 오늘 같은 날은 좀 놀아야지……"

나루는 여울이 오늘 회식을 통해 그동안의 스트레스를 다 날려버리기를 바랐다.

잠시 후 나루가 책을 보고 있는데 갑자기 목 뒤에 차가움이 느껴졌다. 그는 크게 놀라지는 않았지만, 뒤를 돌아보니 여울이 음료수 캔을 들고 뒤에서 비틀거리며 서 있었다. 그녀가 음료수 캔을 목 뒤에 갖다 대는 바람에 차가움을 느꼈던 것이다. 그녀는 좀 취한 것 같았다.

"뭐야? 놀라지도 않고……. 재미없게!"

여울이 실망한 표정으로 투덜거렸다.

"술 많이 마셨어?"

나루가 걱정스러운 얼굴로 묻자 여울이 발그레한 얼굴에 반쯤 감은 눈으로 대답했다.

"많이 마시긴. 그까짓 거 끄떡없어!"

여울의 목소리가 너무 커서 주변 사람들의 시선이 모두 쏠렸다. 그나마 늦은 시간이라 사람들이 많지 않은 것이 다행이었다.

"오빠는 취직 걱정 안 해도 돼! 내가 먹여 살릴 수 있다니……"

나루는 당황해서 뭐라도 계속 떠들려고 하는 여울의 입을 막고 서둘러 열람실 밖으로 데리고 나왔다. 몸부림치고 소리 지르는 그녀를 끌고 나오면서 그는 주변 사람들에게 계속 죄송하다고 사과해야 했다. 도서관 밖으로 나와 보니 그녀는 생각보다도 훨씬 더 취한 것 같았다. 비틀거리면서 혀가 꼬부라진 발음으로 횡설수설하고 있었다.

"내가 오빠를 얼마나 좋아하는 줄 알아? 난 오빠가 직장을 못 구해도 상관없어…… 오빠에게서 발산되는 에너지가 얼마나 큰데……. 히히…… 그건 나만 알지……"

여울은 히죽거리며 웃더니 또 떠들기 시작했다.

"아빠가 뭐라고 했는지 알아? 글쎄 YCI그룹에서 우리 발명을 사겠다는 것을 거절했다고 하지 뭐야? 그 회사는 오빠한테 거절당하고 우리 아빠한테도 거절당하고…… 왜 맨날 거절만 당하는 거지? 그래도 우리 발명품을 상업적으로 쓰는 것은 안 될 말이지. 안 그래? 우리 아빠 멋있지? 아마 오빠 다음으로 멋있을 거야. 그런데 YCI그룹은 왜 맨날 거절만 당하냐……."

나루는 아까 발표장에 나타난 표무상 회장과 이태선 실장의 목적이 무엇인지 그제야 알 수 있었다. 하지만 그는 그것을 깊이 생각할 겨를이 없었다. 많이 취한 여울을 돌보아야 했다. 얼마 동안 그는 계속 같은 내용을 반복해서 하는 그녀의 이야기를 들어 주었다. 그녀가 정신차리길 기다린 것이다. 중간중간 그녀는 그가 잘 듣고 있는지 확인까지 해서 그 대답도 해줘야 했다. 그러기를 몇 차례 하더니 잠시 후 그녀는 그의 어깨에 머리를 기대고 잠이 들었다.

"자식…… 그동안 얼마나 피곤했으면……"

나루는 자신의 겉옷을 벗어 여울을 덮어 주었다. 아직 8월 말이지만 밤공기에 그녀가 감기라도 걸릴까 걱정됐다. 몇 분 후 그녀가 문득 잠에서 깬 것 같았다. 갑자기 눈을 뜨더니 말했다.

"오빠, 나 추워! 집에 갈래."

"그래 알았어. 내가 집까지 데려다줄게."

나루는 여울을 부축해서 일으켜 세웠다.

"근데 내 가방이 연구실에 있어서 그거 가지러 가야 해."

나루는 여울을 부축하면서 도서관 뒤에 있는 과학관 건물로 향했다. 그곳 3층에 지 교수의 에너지 연구실이 있었다. 나루가 입구를 지나며 보니 경비실에는 순찰 중이라는 푯말이 있고 경비 아저씨는 자리에 없었다. 그들은 승강기 홀로 갔다. 오후 11시가 가까운 시간이라서 그런지 인적이 없는 건물에는 대부분 조명이 꺼지고 군데군데 희미한 보조 전등만이 켜져 있었다. 승강기의 층 표시를 보니 3층에 멈춰 있었다. 여울이 속삭이며 말했다.

"조심해야 해. 아빠도 아까 연구실로 가신다고 하셨거든? 우리 아빠를 마주칠지도 몰라."

나루가 어이없는 표정으로 대답했다.

"우리가 사귀는 것을 교수님께서 모르시는 것도 아니고 왜 그러냐? 우리가 같이 있다가 교수님을 만난 것이 어디 한두 번이야? 새삼스럽게 왜 그래?"

여울이 취기 오른 얼굴로 싱글거리며 대답했다.

"그런가? 아니야. 그래도 지금은 다르잖아. 지금은 밤이잖아. 깜깜한 밤…… 깜깜한 밤에 다 큰 남녀가 같이 있으면 많이 수상하지 않겠어? 그러니까 그러는 거지. 근데 왜 수상한 거야?"

그런데 그 순간 갑자기 어디선가 뭔가 부서지는 소리와 함께 남자의 짧은 비명이 들렸다. 나루는 순간 뭔가 일이 생겼다는 것을 느꼈다. 하지만 여울은 소리를 듣지 못했는지 정신을 차리지 못하고 비틀거리면서 계속 킥킥거리며 웃고 있었다. 그는 순간 불길한 느낌이 들었다. 그녀의 이야기에 따르면 이 건물에 그녀의 아버지 지동석 교수가 있다고 했다.

나루는 아직 취기에서 벗어나지 못하고 있는 여울을 혼자 둘 수가 없어 걱정하고 있었는데 승강기 홀 귀퉁이에 누군가 버리려고 놔둔 철제 캐비닛이 있는 것이 보였다. 그는 캐비닛을 바닥에 눕힌 후 그녀를 안아 들어 그곳에 집어넣은 후 말했다.

"여울아, 저 위에서 무슨 일이 있는 것 같아. 내가 보고 올 테니 이 안에 꼼짝 말고 있어!"

여울은 취해서 그런지 나루가 안아 든 순간부터 다시 잠이 든 것 같았다. 아무 대답이 없었다. 그는 그 모습을 확인하자 캐비닛의 문을 닫았다. 이상하게 승강기는 아직도 3층에 머무르고 있었다. 그는 결심한 듯 옆에 있는 비상계단을 통해 빠르게 뛰어오르기 시작했다. 순식간에 3층에 도착했다. 승강기를 확인해 보니 역시 낮은 경보음이 울리면서 문 사이에 경비원이 쓰러져서 문이 열렸다 닫혔다 하는 것이 보였다.

나루는 급히 에너지 연구실 쪽으로 향했다. 지 교수의 사무실 옆에 있는 그곳은 이미 문이 열려 있었고 불도 켜져 있었다. 그는 잠시 주저했지만 다른 방법이 없었다. 안에 누가 있을지도 모르지만, 그는 일단 문 안으로 들어갔다. 다행히 연구실 안에는 아무도 보이지 않았다. 대신 그곳은 엉망이 되어 있었다. 침입자는 이미 떠난 것 같았다. 책상과 의자들이 쓰러져 마구 뒹굴고 있었고 서랍들은 모두 열려 있었다. 서류들이 어지럽게 떨어져 있는 바닥의 한가운데 지 교수가 배에 피를 흘리며 쓰러져 있었다. 나루가 급히 그에게 달려갔다.

"교수님! 괜찮으세요?"

다행히 지 교수는 아직 살아 있었다. 그는 꺼져 가는 목소리로 말했다.

"괴, 괴물이 나타나서…… 가져갔어……. 손에서 불을 내뿜는 사람……"

"교수님, 잠시만 참으세요! 제가 구급차를 부를게요!"

나루는 스마트폰을 꺼내 급히 119로 연락했다.

"여기 빨리 구급차 좀 보내 주세요! 교수님이 다쳤어요!"

그 순간 나루는 자신이 뭔가를 놓쳤다는 느낌이 들었다. 아까 비명 후에 아무도 나가는 것을 보지 못했다는 것을 깨달은 것이다. 그렇다면 침입자는 지금 이 방 어딘가 숨어 있을 수도 있다는 것 아닌가? 순간 그는 등 뒤가 서늘해지는 것을 느꼈다.

그때였다. 연구실 출입문 뒤에서 누군가 나오는 것이 느껴졌다. 뒤를 돌아보지 않았지만, 체격이 굉장히 큰 것 같았다. 나루는 재빨리 몸을 돌려 뒤를 보았다. 그때 상대의 손바닥에서 붉은 불꽃이 생기는가 싶더니 불덩어리 하나가 자신을 향해 날아오고 있었다.

보통 사람이라면 피하기 힘든 거리였지만 나루는 재빠르게 몸을 굴려 그것을 피했다. 일어서서 출입문이 있는 곳을 바라보니 그곳에는 온몸을 검은색의 옷으로 감싼 험악하게 생긴 남자가 서 있었다. 그는 손에 붉은 불꽃을 일으키며 위협적인 목소리로 말했다.

"제법 빠른 인간이구나! 하필이면 이때 여기를 와서 죽는 것이니 나를 탓하지 마라!"

나루는 순간적으로 상대가 자신의 기억 속에 있는 누군가를 닮았다는 느낌이 들었다. 그는 그 느낌을 확인하고 싶어서 물었다.

"당신은 보통 사람은 아닌 것 같은데, 누구죠?"

상대는 자신을 보고도 겁내지 않는 나루를 보고 재미있다는 표정을 지으면서 대답했다.

"뭐라고? 참 재미있는 놈이로구나! 그래 네가 누구한테 죽는지 알아 두는 것도 좋겠지. 나는 화천이라고 한다. 곧 이 세상의 주인이 될 분이시다!"

나루는 자신의 짐작이 맞았음을 확인하고 적지 않게 놀랐다. 역시 상대는 신시의 역적 화천이었다. 천인들이 가장 걱정하는 역천인을 지금 눈앞에서 마주한 것이었다. 그는 목에 걸린 천부령을 손으로 만지작거렸다. 하지만 지금 그것을 화천의 앞에서 착용할 수는 없었다. 지금은 두건도 눈가면도 하지 않은 상태였다. 화천 앞에서 해루를 송환할 수는 없었다.

　화천은 일을 빨리 끝내려는 듯 손에서 붉은 불꽃을 튀기면서 다가왔다. 그의 얼굴이 험악해지더니 천천히 손을 올려 나루를 겨누었다. 그리고 그다음 순간 그의 손에 불이 번쩍하더니 나루를 향해 불덩어리가 쏘아졌다. 나루는 다시 재빠르게 몸을 움직여 피했다. 불덩어리는 나루를 지나서 바닥을 맞았다. 나루가 피한 것을 확인한 화천은 다시 불덩어리를 발사했다. 나루는 그것도 피했다. 자신의 공격을 자꾸 피하자 당황한 화천은 마구 불덩어리를 발사했다. 나루는 재빠르게 움직이며 그것마저 피해버렸다. 불덩어리는 연구실의 사방에 불꽃을 일으키며 터지다가 책상 위의 서류에 옮겨붙어 연구실에 불이 나기 시작했다.

　'도대체 이 녀석은 누구기에 나의 공격을 다 피하는 것이냐?'

　화천은 놀랐다. 연기가 피어오르자 천정의 스프링클러가 터졌다. 그리고 잠시 후 멀리서 소방차의 사이렌 소리가 들렸다. 건물의 자동 화재 경보 장치가 소방서로 알린 것이다. 화천은 이곳에 계속 있을 수 없다는 것을 깨달았다.

　"내가 지금 너를 죽이지 못하는 것이 안타깝지만 이만 떠나야 겠다. 하지만 언젠가 다시 만난다면 꼭 너의 목숨을 가져가고 말 것이다!"

　화천은 옆에 있던 에너지 탐지기와 증폭기를 그 큰 손으로 한꺼번에 감아쥐더니 문밖으로 뛰어나갔다. 아까 지 교수가 설명할 때는 작지 않게 보였던 장치들이 체격이 큰 그에게는 작게 보였다. 연구실을 나간 그는 복도로 나가 복도 끝에 있는 창을 깨고 밖으로 뛰어나갔다. 나루는 그가 나가자마자 소화기를 찾아 급하게 지 교수 주변의 불을 껐다. 스프링클러 덕분에 다행히 큰불로 번지지는 않았다. 지 교수는 아직 바닥에 쓰러진 채 피를 흘리고 있었다.

　잠시 후 구급대원들과 소방대원들이 들어왔다. 나루는 그들이 지 교수를 응급처치 후에 들것으로 옮기는 것을 확인하자마자 여울을 찾기 위해서 1층으로 급히 내려갔다. 그녀는 아직도 캐비닛 속에서 세상모르고 자고 있었다. 그는 그녀가 무사한 것을 보고 안도하며 안아 들어 올렸다.

"내가 잠이 든 거야? 그런데 무슨 일이야? 오빠 옷이 엉망이잖아?"

잠에서 깬 여울이 정신이 들었는지 나루의 품속에서 물었다.

"아니, 나는 괜찮아. 그런데 연구소에 침입자가 있었어."

"뭐라고? 그래서 어떻게 됐어?"

주변에서 소방관과 구급대원들이 부지런히 움직이는 것을 본 여울이 나루의 품에서 내려왔다. 순간 머리가 아픈지 얼굴을 찡그렸던 그녀는 갑자기 걱정스러운 표정이 되어 물었다.

"아빠는? 우리 아빠는 괜찮은 거야?"

나루는 아무 말 못 하고 힘없이 여울을 바라보았다. 그 모습을 본 그녀가 울음을 터뜨렸다. 그녀는 그의 가슴에 얼굴을 묻으며 무너졌다.

'역시 표 회장의 짓이야. 지 교수님이 에너지 탐지기를 순순히 주지 않으니까 이렇게 뺏어 가버린 거야. 이제 화천까지 나타나서 그를 돕고 있어. 빨리 막아야 해!'

흐느끼는 여울을 부축하면서 나루는 생각했다. 역천인들과 화천이 이제는 가까운 곳에서 그가 아는 사람까지 해치고 있었다. 그는 어금니를 꽉 깨물었다.

화천과 태선은 YCI 연구소의 지하 10층 중앙 통제실에서 요란한 소음을 내면서 작동하고 있는 여러 가지 첨단 장비들 앞에 있었다. 그들 앞에서는 상호와 화선이 복잡한 장치들을 신중한 표정으로 작동하고 있었다. 화천과 태선도 긴장한 표정으로 그들 앞의 커다란 화면에 온 신경을 집중하고 있었다. 상호와 화선은 스틱 모양의 도구를 조금씩 움직이며 화면에서 나타나는 변화에 신경을 집중하고 있었다. 그때였다.

"찾았습니다!"

상호가 소리치며 모니터의 한 부분을 손가락으로 가리켰다. 태선과 화천은 서둘러 손가락이 향하는 방향으로 얼굴을 돌렸다. 검은 화면 속에 노란색의 밝은 점이 보였다. 자세히 보니 큰 노란색 점의 옆에 그것보다는 작고 희미한 다른 흰 점 하나가 더 있는 것이 보였다.

"저곳이 틀림없습니다! 강한 반응과 약한 반응이 함께 나오고 있습니다!

상호가 흥분하여 소리치자 태선도 반가워하며 말했다.

"우리의 예상이 맞았네요. 에너지 탐지기로 동천을 찾아냈습니다!"

하지만 화천은 아직도 의심스러운 표정으로 물었다.

"저것이 동천이라는 것을 무엇으로 알 수 있느냐?"

상호가 설명을 해주었다.

"저곳은 다른 사람들이 전혀 살지 않는 곳입니다. 보십시오. 주변에 아무런 에너지의 반응이 없지 않습니까? 저런 곳에 강한 에너지의 반응과 상대적으로 약한 에너지의 반응이 함께 있다는 건 동천과 그의 아내일 가능성이 높습니다. 저는 이 점들이 그들이라고 확신합니다!"

상호의 설명을 들은 화천이 그제야 고개를 끄덕이며 말했다.

"그 말이 일리가 있다. 음 결국 찾았구나. 그래, 그자는 도대체 지금 어디에 있는 것이냐?"

상호의 옆에 있던 화선이 좌표를 계산하더니 알려 주었다.

"남해안의 어느 곳입니다. 지도에도 안 나오는 무인도 같습니다."

태선이 화천을 보면서 말했다.

"그렇게 깊이 숨어 있으니 아무도 못 찾은 것이지요. 그들은 그곳에서 외부와 교류 없이 지난 천 년을 살아온 것입니다."

화천이 그 말을 듣자 얼굴이 밝아지며 소리쳤다.

"이제는 그들도 세상으로 나올 때가 된 것이다! 나와서 내가 세상을 지배하는 것을 도와야지!"

이야기를 잠시 멈췄던 화천이 태선을 비롯한 모든 역천인들에게 다시 소리쳤다.

"모두 준비해라! 당장 그곳으로 떠나야겠다!"

폐광의 비밀

마침내 국회에서 대통령의 피선거권 40세 연령 제한에 대한 헌법 개정안이 통과되었다. 법률에 정한 절차에 따라 헌법 개정안은 30일 이내에 국민투표에 부쳐지게 되었다. 언론과 방송에서는 사전 여론조사를 통해서 그 결과를 예측하느라 정신이 없었다. 대통령의 자격에 관한 것인 만큼 당연히 모든 국민들의 관심을 끄는 사안이었기 때문이었다.

국민들의 관심이 있는 곳에 당연히 시청률이 있었고 신문과 방송은 이런 기회를 놓칠 수 없었다. 갖가지 방법으로 국민투표를 주제로 한 프로그램을 제작하여 독자와 시청자들의 관심을 끌기 위해 사활을 걸고 있었다. 그중에 가장 관심을 끄는 것은 만약 피선거권 40세 연령제한 폐지가 통과된다면 차기 대통령으로 가장 유력한 후보는 누구인가 하는 여론조사였다.

나루는 보통의 취업 준비생들이 그렇듯 헌법 개정이라든지 대통령의 피선거권이라든지 하는 정치와 관련된 내용에 크게 관심을 둘 수는 없었다. 아니, 오히려 정치에 관한 뉴스는 머리 아파하고 일부러 피하기도 하였다. 이미 취업 준비로 복잡한 머리를 더 복잡하게 하고 싶지 않았기 때문이다.

하지만 지금의 TV 뉴스 내용은 나루의 관심을 끌 수밖에 없었다. 그로서는 상상할 수 없는 일을 목격한 것이다. 뉴스에서 대통령 피선거권의 연령 제한에 관한 소식 중 하나로 젊은 남자 기자가 최근의 여론 조사 결과를 보도하고 있었다. 그것은 만약 40대 연령 제한이 폐지된다면 누가 대통령이 되기를 바라는가에 대한 연령별 선호도 조사 결과였다.

후보 중에는 나루가 구해준 장석한 의원도 있었다. 그를 포함한 대부분의 후보들이 50이 넘는 사람들이었다. 아무리 연령 제한이 폐지되었다고 하더라고 역시 30대 대통령은 국민들도 받아들이기 어려운 것 같았다. 하지만 유일하게 포함된 30대 후보가 바로 표무상 회장이었다.

나루가 놀란 것은 바로 그 표 회장의 선호도였다. 그는 20대, 30대 그리고 60대 이상 연령대의 선호도에서 압도적인 1위로 무려 40% 이상의 선호도를 보이고 있었다. 뿐만 아니라 40대, 50대에서도 3, 4위를 기록하여 전체 연령대에서 35%에 가까운 선호도를 보이면서 1위를 차지했다. 2위인 장석한 의원에 비해 10% 이상 높은 압도적인 지지율이었다. 사람들은 표 회장의 서민들과 어울리는 친근한 이미지가 신뢰감을 주었고 많은 기부 활동을 통해 부를 사회에 환원하는 모습이 좋았다고 인터뷰를 하고 있었다.

나루는 처음에는 잘못 들었다고 생각했다. 뉴스에서 나오고 있는 표무상이 자신이 알고 있는 그 사람이 맞는지 다시 한 번 확인했다. 하지만 다시 봐도 그는 YCI그룹 회장, 바로 그 표무상이었다. 그가 젊은 층에게 선풍적인 인기를 끌고 있었다. 나루는 믿을 수가 없었다.

젊은 기자가 보도를 마치자 선량하고 신뢰감을 주는 인상의 앵커는 여론이란 변하기 쉽고 헌법이 개정되어도 아직 대선까지는 1년 이상이 남아 있어 확실하지는 않지만, 헌법 개정안이 국민투표에서 가결된다면 표 회장이 상당히 유력한 대통령 후보가 될 것이라고 정리하면서 뉴스를 마쳤다.

학생 휴게실에서 이 뉴스를 마주친 나루는 급히 여울을 찾아가 다짜고짜 표 회장을 어떻게 생각하느냐고 물었다. 그가 갑자기 엉뚱하게 표 회장 이야기를 하는 것에 대하여 그녀는 조금 놀라는 것 같았지만, 그의 표정이 심상치 않은 것을 보고 자기 생각을 솔직하게 이야기해주었다.

"요즘 사람들이라면 그 사람을 좋아할 수밖에 없을 것 같아."

"그게 무슨 말이야? 그 사람을 좋아할 수밖에 없다니? 그 사람이 어떤 사람인지나 알아?"

나루가 정말 어이없다는 표정으로 따지듯이 물었다. 여울은 화가 난 듯한 그의 태도가 거북했지만, 그것을 따지기보다는 자기 생각을 먼저 정확히 알려주었다.

"하지만 그럴 수밖에 없을 거야. 우리는 TV를 볼 시간이 없어 잘 모르지만, 주변 이야기를 들으면 요즘 TV나 신문에서 거의 매일, 어떤 때는 거의 매 시간 표무상 회장에 대한 뉴스가 나오는 것 같아. 그러니 사람들의 눈에 자꾸 익숙해질 거 아니야. 그러다 보니 좋아하게 되고……."

설명하며 나루의 표정을 보던 여울이 잠시 말을 멈추고 물었다.

"그런데 오빠는 그 사람이 인기가 있다는데 왜 그렇게 불만스러운 얼굴이야? 오빠도 그 사람 알잖아? 만난 적도 있다면서? 그 사람이 오빠를 채용하려고 했던 YCI그룹 회장이잖아?"

나루가 심드렁하게 그녀에게 대답했다.

"그 사람을 아니까 불만인 거지!"

그리고 더욱 흥분한 얼굴로 물었다.

"그런데 표 회장에 대한 뉴스가 TV에서 매일 나온다는 말이 사실이야?"

"응, 그렇다니까. 생각해 보니까 그것도 좋은 모습만을 주로 내보내는 것 같아. 내가 본 것만 해도 다국적 기업 CEO 회의에서 연설하는 장면 이라든지 어려운 사람들을 찾아 봉사 활동을 하는 장면이나 젊은 대 학생들과 함께 운동하는 장면들이었던 것 같아. 아, 그리고 얼마 전에 우리 아빠가 발표회 할 때도 직접 학교까지 왔잖아. 그런 것이 다 좋게 보이는 거지. 뭐."

여울은 나루가 흥분하는 것에 당황하면서도 천천히 잘 설명해 주었다.

"그런 모습들을 보여주니 학생들도 좋아할 수밖에 없지 않아? 더구 나 그 사람은 젊고……"

여울의 대답을 들으면서 나루는 지금 세상이 뭔가 잘못되고 있다는 것을 느꼈다. 대중은 너무나 쉽게 속는 존재들이었다. 미디어를 통해서 일단 대중들은 표무상이라는 이름을 기억하게 되고 철저하게 연출된 모습으로 그에 대한 좋은 기억을 갖게 되었다. 그런 상태에서 여론 조 사를 하니 정확한 상황을 모르는 대중들이 그를 대통령으로 선호하는 것은 당연한 일이었다.

모든 것이 TV와 신문 등 미디어를 통해 교묘하게 진행되고 있었다. 그 결과로 개헌이 되기도 전에 아직 출마 자격도 없는 표 회장이 현직 대통령보다 선호도가 높은 조사 결과가 나오는 기현상이 벌어지고 있 었다. 미디어는 헌법이 개정되기도 전에 이미 모든 분위기를 만들어 가 고 있었다.

나루는 그것을 보고 기가 막혔다. 자신의 목적을 달성하기 위해 살 인과 같은 불법도 서슴지 않는 사람이 대한민국의 대통령이 될 판이었 다. 표 회장은 지금 전 국민들을 대상으로 사기극을 벌이고 있었다. 거 짓된 모습으로 국민들을 속여 대통령이 되려는 것이었다. 그런 사람이 대통령이 된다면 그 후의 행동은 뻔했다. 자신의 사리사욕을 위해 권력을 사용할 것이다. 국민을 기만하여 대통령이 되려는 것은 표 회장이 나라와 국민을 우습게 생각하기에 가능한 행동이었다.

나루는 표 회장의 당선을 막기 위해서는 모든 국민들에게 그의 정체를 알려야 한다고 생각했다. 그의 본 모습, 나라와 국민을 우습게 생각하고 자신의 목적을 위해서 수단과 방법을 가리지 않는 범죄자의 모습을 국민들에게 알릴 방법을 찾아야 한다고 생각했다.

'위험한 일이지만 해루 님과 함께한다면 가능할 거야. 아무리 위험해도 국민을 기만하여 대통령이 되려는 표 회장을 막는 일이라면 해야해. 어서 그자가 자신의 목적을 위해서 살인과 납치를 일삼는 사람이란 것을 온 세상에 알려야 해!'

그때 여울의 날카로운 목소리가 나루를 정신 차리게 했다.

"도대체 왜 그러냐고 묻잖아? 오빠가 언제부터 정치에 관심이 많아서 그런 것을 묻는 건데?"

정신이 든 나루가 멍한 얼굴로 여울을 보면서 대답했다.

"내 생각에는 표무상 회장이란 사람은 좋은 사람이 아닌 것 같아!"

여울 역시 조금 당황했다. 평소에 다른 사람을 함부로 이야기하지 않는 나루였다. 그런 그가 이렇게 이야기하는 것은 뭔가 이유가 있다고 생각했다.

"왜? 그 사람이 뭘 잘못한 일이 많아?"

여울에게 어디까지 이야기할까 고민하던 그는 잠시 생각한 후 대답했다.

"지난번 지 교수님 발명품을 훔쳐간 일 말이야…… 내 생각에는 표회장의 짓인 것 같아."

자신의 아버지 이야기가 나오자 여울이 놀란 것 같았다.

"뭐라고? 표 회장이? 그 사람이 뭐가 부족해서 그런 짓을 해?"

"글쎄 이유는 잘 모르지만, 그것을 이용해서 돈을 더 많이 벌려거나 뭐 그렇겠지."

여울은 아직 이해가 안 가는 표정으로 나루를 보면서 물었다.

"그래? 하지만 오빠는 아주 확실하지 않으면 다른 사람에 대해 나쁘게 이야기하지 않잖아?"

나루가 아무 말을 못 한 채 얼굴이 붉어졌다.

"오빠, 혹시 그 사람에 대해서 뭔가 아는 거 있어? 나한테 말하기 어려운 뭔가가?"

여울이 눈을 똑바로 바라보며 묻자 나루는 간신히 그것을 피하면서 말했다.

"아니, 내가 뭘 아는 게 있겠어. 하지만 나는 표 회장이 그 침입자와 관련이 있다고 봐."

여울은 뭔가를 생각하는 표정이었다. 그때 표 회장이 아버지에게 발명품을 팔라고 제안한 것은 사실이었다. 아버지가 직접 이야기해 준 것이었다. 그 때문에 표 회장은 경찰의 조사를 받기도 했다. 물론 능력이 부족한 것인지 의지가 부족한 것인지는 확실하지 않지만, 경찰은 지 교수의 발명품 도난 사건과 표 회장을 연결할 어떤 단서도 찾지 못했다.

그 사건에 대해서도 몇 주째 경찰은 수사의 아무런 진전을 보지 못하고 있었다. 유일한 희망은 목격자였던 나루가 알려 준 침입자의 인상착의로 공개 수배 하는 것이었으나 아직 그런 사람을 봤다는 제보는 어디에서도 들어오지 않고 있었다. 그나마 다행인 것은 지 교수가 심각한 부상에도 불구하고 생명을 구했다는 것이었다. 그는 여러 차례의 수술을 받은 후에 간신히 안정을 찾았지만, 아직도 병원에 입원 중이었다. 지난 몇 주 동안 여울은 생명이 위태로운 아버지 걱정에 무척 힘든 시간을 보냈었다. 그것은 그녀를 옆에서 지켜보는 나루도 마찬가지였다.

여울은 고개를 끄덕이며 말했다.

"그래 맞아. 어떤 때는 정확히 이유를 설명할 수 없어도 그런 느낌이 오는 경우가 있지. 오빠가 지금 그런 상황인 것 같아. 하긴 나도 발표회 때 표무상 회장과 이태선 실장이란 사람을 봤는데 인상이 그렇게 좋아 보이진 않았어."

"뭐? 너도 그 사람들을 봤다고?"

"응, 아빠가 그 사람들을 만나느라 먼저 식당에 가 있으라고 하실 때 나를 불러 말씀하셨거든."

나루는 여울을 홀린 듯한 얼굴로 바라보았다. 스스로가 생각해도 부족하기만 한 설명에도 불구하고 자신을 믿어주는 그녀에게 한없는 고마움을 느꼈다. 그녀는 그가 표 회장에 관해 이야기한 것에 대하여 그 이유를 끝까지 요구하지 않았다. 그녀는 어떠한 상황에서도 항상 그를 믿어주고 지지해 주고 있었다. 이런 여자가 세상에 또 있을까? 정말 고맙고 사랑스러웠다.

그 반면에 나루는 여울이 걱정되었다. 그녀야말로 절대로 표 회장이나 이 실장을 만나게 하고 싶지 않은 사람이었다. 그들은 결코 자신이 사랑하는 사람이 알고 지낼 만한 사람이 아니었다. 그리고 그렇게 만나는 것조차 꺼림칙한 표 회장이 대한민국의 대통령이 된다는 것은 더욱 참을 수 없는 일이었다. 그것은 대한민국과 국민에게는 재앙이 될 것이기 분명했다.

며칠 후 나루는 신원이 스마트폰으로 보내 준 안내를 보면서 어떤 곳을 찾아가고 있었다.

"이건 뭐……. 서울 근처라도 강원도 금룡산을 가기만큼이나 어렵네……."

나루가 투덜거릴 수밖에 없었다. 강원도 금룡산이야 거리가 있으니 시간이 걸려도 당연하다고 생각하고 참을 수 있지만, 서울의 근처인 이곳에 오면서 걸린 시간은 너무하다는 생각이 들 정도였기 때문이었다. 버스와 지하철을 갈아타면서 이곳까지 오는 데는 두 시간 이상이 걸렸다.

"다음에는 좀 교통이 편리한 곳에 자리를 잡으라고 말씀드려야겠어."

신원의 안내에 따라 나루가 결국 도착한 곳은 경기 남부의 커다란 저수지 부근이었다. 이곳은 서울과 거리는 가깝지만, 아직 개발이 되지 않아 교통이 불편한 곳이었다. 지하철은 없고 버스 정류장과도 멀리 떨어져 있었다. 대중교통을 이용해야 하는 그로서는 힘들 수밖에 없었다.

하지만 좋은 점도 있었으니 바로 주변의 경치였다. 가을로 접어들면서 들판은 조금씩 황금빛으로 물들어 가고 근처 산야에는 붉은 단풍의 기운이 살짝 드리워지고 있었다. 이런 곳을 혼자서 걸어야 하는 것이 아깝다는 생각이 들 정도로 아름다웠다. 나루는 비록 오랜 시간이 걸리긴 했지만, 모처럼 교외의 경치를 즐기면서 이곳까지 온 것이 전혀 헛된 일은 아니라고 생각했다. 고즈넉한 물결이 살랑거리는 저수지 주변은 한적해서 더욱 아름다웠다.

한낮의 더위는 아직도 따가워서 오랫동안 걷고 있는 그의 이마에 땀이 배었다. 나루는 손수건으로 이마를 한 번 훔치고 다시 스마트폰 문자에 있는 신원의 안내를 보았다. 저수지 뒤쪽에 있는 커다란 두 그루의 소나무를 찾으라고 되어 있었다. 아닌 게 아니라 저쪽으로 큰 나무들이 보였다. 가까이 가보니 주변에는 가시가 있는 관목들이 있어 접근이 어렵게 되어 있었다.

"하긴 사람들이 함부로 가까이 오면 안 되겠지……"

나루는 혼잣말하며 가시 관목들을 발로 밀어가며 그곳으로 가까이 갔다. 가시가 발을 찔렀지만 별로 상관하지 않았다. 마침내 그는 두 그루의 소나무 옆에 도착했다.

"이 저수지 옆의 커다란 소나무가 두 그루 있는 곳이라면 여기가 맞는데……"

나루는 스마트폰으로 받은 소나무들의 사진을 다시 보았다. 역시 자신의 앞에 있는 것들과 닮은 모양이었다. 그는 신원의 안내를 다시 한 번 보았다.

"주변의 사람들이 없는 것을 확인하고 큰 나무 아래 비어 있는 부분을 세 번 치라고?"

나루는 두 그루의 소나무 중에서 큰 쪽의 아래를 내려다보았다. 과연 그 아래는 움푹 파진 곳이 있었다. 주변을 살펴보았다. 아주 멀리서 낚시를 하는 사람이 한 명 있긴 했지만, 이곳에 신경 쓰는 것 같지는 않았다. 확인을 마친 후 그는 심호흡을 한 번 하고, 파진 곳에 주먹을 넣고 툭툭툭 세 번을 쳤다.

그러자 놀라운 일이 일어났다. 순식간에 나루 앞에 커다란 바람구멍 같은 것이 나타난 것이다. 그것은 주변을 강력한 바람이 둘러싸고 있는 입구 같은 모양이었다. 그가 놀라서 어쩔 줄을 모르고 보고 있으려니 구멍 안에는 손이 하나 나와서 그를 잡아끌었다. 그는 엉겁결에 끌려 들어가 버렸다. 그가 안으로 들어가자마자 바람구멍은 사라져 버렸다.

바람구멍을 통해서 나루가 들어간 곳은 보통의 건물 입구 같은 곳이었다. 그를 잡아끈 손의 주인은 신원이었다. 그의 뒤로 복도가 보였고 복도의 양 옆에는 여러 개의 방이 있었다. 신원은 어리둥절해 하는 그를 이끌고 복도를 걷기 시작했다. 복도를 걷던 다른 사람들이 신원을 보고 인사했다. 신원이 그들에게 나루를 소개하자 그들은 경이로운 표정으로 쳐다보았다.

"아, 이 젊은이가 바로 그 절대기맥의 소유자군요!"

"함께 일하게 되어 반가워요!"

사람들이 나루를 보고 인사했다.

"지금은 간단히 하세. 나중에 해루 님과 함께 모두 인사하도록 하지."

신원은 왠지 급해 보였다. 두 사람은 사람들과 헤어져서 나루를 복도 끝에 있는 회의실이라고 쓰인 방으로 향했다. 방에는 커다란 회의용 탁자와 의자들이 있었다. 그곳에서 기다리던 김 원장과 이 선생이 나루를 반갑게 맞았다. 나루는 이곳에 들어오는 방법에도 놀랐지만, 버스도 들어오지 않은 오지의 저수지 주변에 이런 현대식 시설이 있다는 것이 더욱 놀라워서 물었다.

"야! 굉장한 곳이군요! 그런데 제가 지금 이곳을 어떻게 들어온 건가요?"

이 선생이 웃으면서 대답해 주었다.

"나루 씨는 공간이동 통로를 통해서 여기로 들어온 거예요."

"공간이동 통로요?"

나루가 이해가 안 된다는 표정으로 묻자 신원이 대답해 주었다.

"이곳은 아까 자네가 본 저수지 밑에 지어진 은신처라네. 보안을 위해 출입은 이렇게 공간이동을 통해서 하고 있지. 우리에게는 이런 은신처가 몇 군데 더 있다네."

갑자기 신원이 가슴 아픈 표정이 되어 말을 이었다.

"원래 우리들의 주 은신처는 관악산에 있었는데 화천의 습격으로 파괴되고 말았네. 그때 몇 군데가 같이 습격을 당했어. 그때 살아남은 천인들이 이곳에 다시 모여서 그들이 음모를 막으려 하고 있다네. 하지만 아직 생사를 알 수 없는 천인들이 아주 많아……"

신원의 말에 김 원장과 이 선생이 숙연한 표정이 되었다. 나루 역시 그 분위기에 눌려 괜한 질문을 했다는 생각을 했다. 분위기를 바꾸고 싶었던 그는 신기한 표정으로 주위를 두리번거렸다. 그런 나루의 의도를 눈치챘는지 이 선생이 짐짓 목소리를 높여 이야기했다.

"아이, 왜 신원 님은 나루 씨 앞에서 우울한 이야기를 하시고 그래요? 우리가 그러려고 모인 것이 아니잖아요? 오늘 모인 목적이 뭐죠?"

그제야 신원도 표정을 가다듬고 대답했다.

"그러게, 내가 쓸데없는 이야기를 했네요. 죄송합니다. 먼저 차부터 한 잔씩 하죠!"

김 원장과 이 선생이 일부러 분주히 움직이며 차를 준비해 왔다. 나루는 이들이 비록 내색하지 않고 있으나 화천의 침입으로 희생된 많은 천인들을 안타깝게 여기고 있음을 알 수 있었다. 그는 조용히 이 선생이 가져다 준 차를 마시며 그들의 이야기를 들을 준비를 했다.

"먼저 해루 님을 소환해 주게."

신원의 이야기를 듣고 나루는 먼저 두건을 쓴 후에 목에 걸고 있던 주머니에서 천부령을 꺼내어 손목에 찼다. 잠시 그의 몸이 떨리는가 싶더니 눈빛이나 자세가 달라졌다. 두건이 잿빛에서 연한 쪽빛으로 변했다. 신원을 비롯한 천인들이 해루가 온 것을 확인하고 일제히 인사했다.

"해루 님, 인사드립니다!"

나루의 자세가 갑자기 곧아지며 맑고 낮은 목소리가 대답했다

"네, 모두 그동안 잘 지냈죠? 나는 그동안 이 젊은이에게 이 시대에 대해 배우느라 시간을 보냈어요. 이 젊은이가 낮에는 주로 학교에 있어야 해서 밤에만 공부를 하다 보니 좀 더 시간이 걸린 것 같아요."

이 선생이 장난스러운 표정으로 물었다.

"공부는 잘되시던가요?"

해루는 잠시 당황한 표정이 되었지만 미소를 띠며 대답해 주었다.

"내가 예전부터 배우는 것을 즐겼던 까닭에 힘들지는 않습니다. 더구나 지금 시대에는 컴퓨터라는 기계가 있어서 자판이란 것을 익힌 후에는 별 어려움 없이 배우고 있습니다."

그때 두건이 잿빛으로 변하더니 나루의 원래 목소리가 말했다.

"해루 형은 정말 천재에요. 한글을 일주일 만에 깨우치고 컴퓨터 사용법도 며칠 만에 터득하셨어요. 그래서 지금은 컴퓨터로 혼자서 공부하시고 계세요. 이 시대의 정치, 사회, 경제, 문화에 대해서는 이젠 저보다 더 많이 아실 거예요. 원래 제가 그런 것에는 별로 관심이 없거든요? 요즘은 외국어를 공부하고 계신데 그것도 금방 저보다 더 잘하실 거예요!"

신원을 비롯한 천인들이 고개를 끄덕이며 미소를 지었다. 신원이 반갑게 이야기했다.

"역시 해루 님의 총명함은 따를 자가 없군요."

모두가 선망의 눈초리로 쳐다보자 진지했던 얼굴이 부끄러움에 붉어지며 말했다. 어느새 두건은 연한 쪽빛이 되어 있었다.

"아닙니다. 컴퓨터라는 기계가 정말 도움이 되어 그런 것입니다. 궁금한 것을 모두 찾을 수 있으니까요. 말씀이나 책으로만 공부하던 예전 시대에 비해서 지금은 정말 좋아진 것 같습니다."

이 선생이 대답했다.

"공부하기는 좋은 세상인 것이 분명한데 많은 학생들은 공부하기를 정말 싫어하죠!"

이 선생의 이야기에 나루가 불쑥 한마디 보탰다.

"그런 학생들의 대표적인 하나를 여러분들께서 보고 계시잖아요."

나루의 말에 모두 웃음을 터뜨렸다. 잠시 후 웃음이 가라앉자 신원이 말했다.

"그럼 본격적인 의논을 시작하겠습니다. 김 원장님, 모두 오셨으니 말씀해 주시죠."

김 원장의 얼굴에서 웃음기가 사라졌다. 그녀는 뭔가 정리하는 표정을 짓더니 입을 열었다.

"어제 또 제가 문자를 받았어요!"

나루가 의아한 표정으로 물었다.

"어제 또라고 하시는 것은 전에도 문자를 받으셨다는 의미인가요?"

나루가 말을 마치다 해루가 신원에게 물었다.

"태 조장, 나와 이 친구는 아직도 전체적인 상황을 이해하지 못하고 있어요. 혹시 처음부터 내용을 설명해 줄 수 없을까요?"

신원이 대답을 하려 하자 김 원장이 먼저 입을 열었다.

"아무래도 이 부분은 제가 말씀드리는 것이 나을 것 같아요. 시작은 몇 개월 전에 우리 천인들에 대한 의문의 습격이 시작될 때부터일 거예요. 그때 이미 세상은 악의 기운이 워낙 흉흉해서 천인들은 모두 세상을 걱정하며 다시 선의 기운을 세울 방법을 고민하고 있었지요.

하지만 인간들의 본성이 너무 빠르게 탐욕스럽고 이기적으로 변해서 손쓸 수 없게 된 것을 안타까워하고 있었어요. 인간들은 과학 문명으로 기계를 만들어 마치 천인들의 신선술처럼 능력을 늘려가고 있었지만, 오히려 그들의 영혼은 물질에 지배되면서 세상은 점점 악의 기운으로 가득 차고 있었던 거예요. 악의 기운이 강해지면 역천인들이 다시 창궐한다는 예언을 알기 때문에, 우리 천인들은 어떻게 해서든지 그것을 막아 보려고 했지만, 몇 명 안 되는 우리만으로 모든 인간들의 심성을 변화시키는 것은 무리였죠. 하지만 그래도 포기할 수는 없는 일이어서 천인들 모두가 각자 자신의 자리에서 나름대로 노력하고 있었는데……"

김 원장의 목소리가 더욱 침울하게 변하며 이야기가 이어졌다.

"결국 피하고 싶었던 일이 일어났죠. 어느 날부터 천인들이 누군가에게 습격을 당하기 시작한 거예요. 그 누군가가 역천인이라는 것은 자명한 사실이었죠. 악으로 가득 찬 세상의 기운 속에서 역천인들이 힘을 되찾아 행동을 시작한 거예요. 몇 명의 천인들이 희생되기 시작하면서 모두가 불안해하고 있을 때 저에게 첫 번째 문자가 왔어요. 누군가 저를 노리고 있다는 문자였어요. 반신반의했지만 그래도 미리 경계한 덕분에 저는 그들의 기습 공격을 막아낼 수가 있었어요. 하지만 누가 무슨 이유로 저에게 문자를 보내는지는 아직 몰라요. 발신인 표시 제한의 문자였거든요. 그 후에도 그 문자는 몇 번 더 우리를 도와주었어요."

그때 갑자기 해루가 물었다.

"문자? 그게 뭔가요?"

"네, 전화기로 짧은 편지를 보내는 거예요. 해루 님. 이 시대에 대해 많이 공부하셨다면서요?"

김 원장이 해루의 갑작스러운 질문에 당황하자 이 선생이 대신 대답을 해주었다.

"전화기는 또 뭔가요? 제가 모르는 것이 아직도 너무 많네요. 빨리 배워야 할 텐데……"

해루가 주변의 어색한 분위기를 눈치챈 듯 미안한 얼굴이 되어 말했다. 그 다음 순간 나루가 달래듯이 이야기했다.

"해루 형은 정말 이상하네요? 핵융합의 원리같이 훨씬 어려운 건 다 알면서…… 오히려 쉬운 걸 잘 모르네요? 나중에 제가 알려 드릴 테니까 지금은 원장님 설명을 듣도록 하죠."

"알았다. 그러자꾸나."

나루의 목소리가 다시 미안해하며 말했다. 그러자 김 원장이 손을 혼들며 말했다.

"아니에요. 해루 님, 궁금하신 것이 있으면 언제든지 물어보세요."

해루가 알았다는 표정을 짓자 김 원장은 계속 설명하기 시작했다.

"네, 그때부터 오기 시작한 문자는 정말 많은 정보를 알려주었어요. 지금까지 그 정보를 토대로 지금까지 우리가 활동할 수가 있었지요."

해루의 목소리가 이번에는 궁금해하는 목소리로 물었다.

"다른 문자의 내용은 무엇이었나요?"

그러자 이 선생이 끼어들어 대답을 했다.

"가장 중요했던 것은 바로 천부령의 위치를 알려준 거였어요. 문자는 우리가 찾고 있다는 것을 어떻게 알았는지 천부령이 있는 위치와 연구소가 언제 경비가 가장 허술한지도 알려 주었어요. 그래서 저와 김 원장님이 쉽게 가져 나올 수가 있었지요. 천부검도 함께요! 그 후에도 많은 정보를 알려 주었어요. 해루 님과 나루 씨가 했던 활약들이 모두 그 정보에 의한 것이었어요. 폐차장, 은감시의 재개발 지역, 그리고 혜성병원에서 그들의 범죄가 일어날 것을 미리 알려 주었거든요!"

김 원장이 이야기를 덧붙였다.

"사실 우리는 역천인들과 YCI그룹이 관련이 있다는 것을 이미 알았기 때문에 전체 상황을 이해하는 데는 어려움이 없었어요. 문자의 정보는 대부분 YCI그룹과 관련된 내용이었거든요."

잠자코 듣고 있던 신원이 입을 열었다.

"예 제가 김 원장님에게서 들은 그들의 음모를 나루 군에게 이야기해서 막도록 한 것입니다. 은감시 재개발 지역의 일은 해루 님 없이 저와 나루 군이 처리하기도 했지요."

그때 나루가 끼어들어 질문했다.

"그런데 저희와 싸웠던 사람들은 도대체 누구인가요? 역천인을 만난

적도 있었지만, 대부분은 보통 사람들이었거든요? 그런데 뭔가 싸움을
전문적으로 하는 사람들이라는 느낌이 들었어요."

그 질문에는 이 선생이 대답해 주었다.

"그들은 TST라는 이름의 표 회장의 해결사 조직이에요. 합법적으로
할 수 없는 일을 처리하기 위해서 만든 거예요. 그들은 살인 납치 고문
등의 폭력적인 방법으로 표 회장이 원하는 것을 얻으려 하죠. 이 조직
의 관리는 이태선 실장이 맡고 있어요."

"이태선 실장이요?"

나루가 놀란 표정으로 말했다.

"지난번에 신원 님께서 이태선 실장이 역천인이라고 말씀하셨지만 이
렇게까지 깊숙이 관여하고 있을 줄은 몰랐네요."

그 말을 들은 이 선생이 말했다.

"똑같은 사람들끼리 만난 거죠. 표 회장과 이태선 실장 같은 악인들
끼리 의기투합한 거예요."

"정말 그래요. 악덕 재벌과 역천인이 같이 한다는 것은 결코 좋은 일
이 아닐 거예요. 그죠?"

나루가 신원을 쳐다보자 신원은 무겁게 고개를 끄덕였다.

"제 생각으로는 이태선이 표 회장이란 사람을 조종하여 많은 악행을
저지르고 있는 것 같습니다. 아니, 누가 먼저인지는 모르지만, 그들은
서로를 이용하여 자신들의 목적을 이루려 하고 있어요."

나루는 놀랐다는 표정으로 말했다.

"와우, 제가 그 여자를 몇 번을 만났는데. 저를 채용하겠다며 굉장히
애를 썼거든요!"

나루는 앞에 놓인 찻잔을 들고 한 모금 마시더니 말했다.

"정말 그 순간을 생각하면 소름이 끼쳐요. 하마터면 그들과 한패가

될 뻔했어요!"

해루가 낮은 목소리로 말했다.

"역천인들도 기맥을 숨기고 있으면 알아보기 쉽지 않지. 나도 그런 경험이 있었어……"

그는 신원을 슬쩍 쳐다보았다. 그 역시 이해한다는 표정으로 고개를 끄덕이며 말했다.

"하지만 나루 군은 다행히 '하늘밝은눈'을 가지고 있어서 그들과 휩쓸리지 않을 수 있었지요."

신원의 이야기를 들은 나루가 이제야 알았다는 표정으로 말했다.

"맞아요. 그 여자가 저를 여러 번 찾았어요. 표무상 회장까지 만나게 하고…… 저도 그 사람들이 왜 이러나 싶었어요. 정말 이상하다고 생각했어요!"

"그러다가 잘 안되니까 자네를 납치하려고까지 했지."

신원이 나루를 보면서 넌지시 이야기했다. 나루는 다시 한 번 신원에게 감사의 미소를 보냈다. 그리고는 갑자기 떠오른 듯이 말했다.

"그런 사람이 지금 우리나라의 대통령이 되려고 하고 있어요! 그게 말이 되나요?"

신원을 비롯한 천인들도 이미 알고 있었는지 침통한 표정이 되었다. 하지만 대답은 하지 않았다. 그들이 대답하지 못하자 나루가 답답한 듯이 이야기했다.

"이것은 정말 중요한 문제예요. 빨리 표 회장이 대통령이 되는 것을 막아야 해요!"

나루가 흥분하자 해루가 단호한 목소리로 말했다.

"그것이 중요한 문제라는 것은 알고 있지만, 우리가 감정적으로 처리할 수는 없는 일이야!"

해루의 목소리에 움찔한 나루가 변명하듯이 말했다.

"알아요. 저도 흥분하기는 싫지만 그런 나쁜 사람이 국민들을 속이고 대통령이 되려고 한다니 분통이 터져서 그렇죠! 지금 그 사람한테 속고 있는 사람들이 얼마나 많은지 아세요?"

"흥분하지 말라니까? 이제부터 천천히 좋은 방법을 생각해 보면 되지 않겠느냐? 그리고 그 말을 우리에게 해도 소용이 없는 것이 천인들은 인간들의 일에 직접 관여할 수 없다는 것을 알아야 해. 단지 우리는 자네를 도울 수 있을 뿐이라는 것을 명심해야 할 거야."

해루가 달래듯이 이야기하자 나루가 흥분을 가라앉히고 김 원장에게 말했다.

"죄송해요. 제가 흥분해서…… 너무 오래 방해했죠? 계속 말씀해 주세요."

많은 사람들이 각자 이야기하는 것을 조용히 듣고 있던 김 원장이 기다렸다는 표정을 지으며 자신의 스마트폰을 회의 탁자 위에 올려놓았다. 스마트폰에는 아주 짧은 문장이 쓰여 있었다.

'연구소 옆의 폐광을 조사해 볼 것'

"연구소 옆의 폐광을 조사해 보라니 이게 무슨 말일까요?"

나루의 질문에 신원이 한참을 생각하다가 말했다.

"제 생각에는 연구소가 워낙 들어가기가 힘드니까 그 옆의 폐광을 통한 비밀통로가 있다는 것을 알려주는 것이 아닌가 싶습니다."

"아, 그럼 그 연구소 옆에 실제로 폐광은 존재하나요?"

나루가 묻자 신원이 지도 한 장을 탁자 위에 올려놓으며 말했다.

"이것이 YCI 연구소 부근의 지도입니다. 이것에 의하면 이 지역은 원래 여러 개의 석탄광이 있던 곳이었습니다. 연구소는 그중 한 곳을 이용해 지하에 지어진 것이지요."

잠깐 나루를 한 번 쳐다본 신원은 이야기를 계속했다.

"그런데 조사해 보니 지하의 갱도들이 서로 연결된 것이 확인되었습니다!"

다른 사람들이 이해하지 못하는 표정으로 바라보자 신원이 말했다.

"그러니까 다른 입구로 들어가더라도 연구소 옆을 지나는 갱도로 갈 수 있다는 말입니다."

김 원장과 이 선생은 아직도 이해가 되지 않는 표정이었다. 그때 나루가 설명해 주었다.

"그럼 다른 폐광의 입구를 통해서 연구소 옆의 갱도를 지나갈 수 있다면 연구소의 비밀 입구를 찾을 수 있을지도 모르겠군요?"

나루가 자신의 이야기를 이해한 것을 보고 신원이 반가운 표정으로 말했다.

"맞아요! 경비가 심한 연구소 입구 대신 다른 폐광을 통하여 그곳으로 들어가자는 말입니다."

신원의 이야기를 들은 나루가 고개를 끄덕였다. 그리고 문득 사람들에게 물었다.

"그런데 김 원장님께 문자를 보낸 사람은 누구일까요?"

"글쎄 나도 그건 모르겠어요. 누군지 알면 더 물어보고 싶은 것도 많은데……"

일행 사이에 잠시 흘렀던 침묵은 해루의 목소리로 인해 깨졌다.

"그럼 우리가 지금 가장 먼저 할 일은 연구소 옆의 폐광을 조사해 비밀통로를 찾는 일이군요."

해루의 목소리에 모두가 고개를 끄덕였다. 그때 나루가 나섰다.

"네, 해루 형 말이 맞는 것 같아요. 빨리 가요! 어서 비밀통로를 찾아 그 연구소에 들어가서 표 회장의 범죄 증거를 찾아서 그가 대통령이 되는 것을 막아야죠!"

"형이라고?"

그제야 알아챈 듯 신원이 놀라서 물었다.

"아까도 잘못 들었나 싶었는데 자네, 해루 님을 형이라 부르는 건가?"

"네, 제가 물어보니까 해루 님이 봉인된 시기가 30대였다는데요 뭐. 30대면 저에게 형이 맞잖아요. 그런 젊은 분에게 해루 님이나 도인 님 같은 호칭은 저한테 너무 이상하거든요? 길에서 그렇게 부르면 모두 쳐다볼걸요? 그래서 해루 형이라고 부르기로 했어요. 형도 허락했어요!"

신원이 당황한 표정으로 나루, 아니 나루 속에 있는 해루를 보며 말했다.

"괜찮으십니까?"

"네, 나도 형이란 호칭이 훨씬 듣기 편합니다. 인터넷에서 보니 요즘 젊은이들은 나이 차가 조금 나도 손윗사람에게 다 그런 식으로 부른다고 하더군요."

"정말 인터넷에서 많은 것을 배우고 계시네요!"

이 선생이 눈이 동그래져서 말했다.

"제 덕분이죠. 제가 다 가르쳐 드리고 있어요."

나루가 으쓱거리며 대답했다.

지금까지 이야기를 듣고 있던 김 원장이 이 선생에게 말했다.

"그럼 젊은 이 선생도 해루 님에게 이제부터는 오빠라고 해야겠네. 해루 오빠 해봐……"

그러자 이 선생이 입을 삐죽이며 말했다.

"저에게는 원래부터 장군이셨던 분인데 어떻게 그래요? 그냥 해루 님이라고 할래요."

"하하하……"

역천인들과 YCI그룹의 본거지인 지하 연구소의 침입을 준비하기 위해 긴장하고 있던 이들은 해루의 호칭 문제 때문에 모두 한 번 크게 웃을 수 있었다. 그들의 웃음소리는 오랜만에 저수지 아래에 있는 천인들 은신처의 정막을 깼다. 그들의 높은 웃음소리에 저수지 주변의 너도밤나무에 앉아 있던 수리부엉이가 놀라서 허공으로 날아올랐다.

나루와 천인들이 지하 연구소에 잠입하는 방법에 대하여 궁리하고 있을 때 바로 그 지하 연구소에는 화천과 태선 그리고 상호와 화선이 있었다. 그리고 그들의 앞에는 체격이 작은 남자 하나가 의자에 묶인 채로 앉아 있었다. 머리가 반쯤 벗겨진 그는 옷도 제대로 챙겨 입지도 못한 채로 정신을 잃고 있었다. 그의 얼굴을 비롯한 몸 이곳저곳에 긁힌 자국이 나 있었다.

"생명에 지장이 있으면 안 된다."

화천이 그를 보면서 걱정스러운 얼굴로 말했다. 옆에 있던 태선이 안심시키려는 듯 대답했다.

"단지 기절을 했을 뿐입니다. 곧 정신을 차릴 것입니다."

태선이 눈짓을 하자 화선이 묶여 있는 남자의 코 주변에 뭔가를 뿌렸다. 남자가 게슴츠레하게 눈을 떴다. 깨어난 그는 지금 자신의 상황에 몹시 놀란 것 같았다. 두리번거리던 그가 화천을 비롯하여 그의 앞에 있는 사람들을 보았다. 그는 흥분한 목소리로 소리치기 시작했다.

"너희들은 도대체 누구냐? 누구기에 나를 이곳까지 잡아 온 것이냐?"

남자가 깨어난 것을 본 화천이 반갑게 말했다.

"동천, 깨어났느냐? 너는 여전한 모습이구나. 천 년이란 세월을 세상과 등지고 살았으니 변한 것이 별로 없겠지. 하지만 이렇게 달라진 나를 알아보기는 어렵겠지? 내가 바로 화천이다!"

화천이란 이름을 들은 동천은 무척 놀란 표정으로 말했다.

"뭐라고? 네가 역적 화천이라고? 네가 봉인이 해제되었다는 말이냐? 아! 오천 년 전의 예언이 실현되고 만 것이냐? 지난 천 년 동안 세상을 등지고 사는 동안 많은 것이 변했구나……. 그런데 도대체 왜 나를 이곳까지 데리고 온 것이냐? 나는 천인이든 역천인이든 상관없이 세상과 인연을 끊고 사는 사람 아니냐?"

화천은 동천의 외침에는 상관하지 않고 단호하게 말했다.

"그래, 지금까지 너무 오래 숨어 있었다. 이제 나를 좀 도와야겠다!"

화천의 말을 들은 동천이 어이없다는 표정으로 말했다.

"뭐라고? 내가 너를 돕는다고? 주군이신 환웅 폐하를 배신하여 반란을 일으키고 역천인들과 내통하여 수많은 우리 천인들의 생명을 해친 너 같은 놈을 내가 왜 돕는단 말이냐?"

동천의 이야기에 화천의 표정이 일그러졌다.

"뭐라고? 이놈이 좋은 말로 잘 타이르려 하였더니……"

화천이 눈짓을 하자 뒤에 있던 상호가 앞으로 나와서 동천의 얼굴을 세게 가격하였다. 동천은 의자에 묶인 채로 그대로 쓰러지고 말았다. 상호가 그를 다시 일으켜 세웠다. 일어선 그는 입술에서 피를 흘리고 있었다. 하지만 화천을 향해 눈을 부릅뜨고 말했다.

"그런다고 내가 너를 도울 듯싶으냐? 차라리 나를 죽여라!"

그러나 화천은 자신에게 거세게 반항하는 동천에게 빙글빙글 웃으며 말했다.

"나는 너를 죽일 생각은 없다. 네가 내 말을 듣지 않는다면 너 대신 다른 사람을 죽일 것이다!"

그 말을 들은 동천이 불안한 표정으로 물었다.

"그렇다면 설마……"

그의 불안함을 확인한 화천이 역시 능글맞은 표정으로 말했다.

"그럼 우리가 그 무인도에서 너만 데리고 왔다고 생각하느냐?"

화천의 말을 들은 동천은 절망적인 표정으로 소리쳤다.

"그것만은 안 된다! 절대로 설희 아씨를 해쳐서는 안 된다. 만약 그분에게 손끝 하나라도 댄다면 정말 너희들을 가만히 두지 않을 것이다!"

그러자 화천이 다시 부드러운 표정이 되어 말했다.

"네가 내 말만 듣는다면 네 아내는 안전할 것이다. 내가 보장한다! 하지만 내 말을 듣지 않는다면 그녀의 안전은 보장할 수 없다. 그녀의 생사는 전적으로 네게 달려 있다!"

동천의 눈동자가 흔들리며 고개를 떨어뜨렸다. 그러더니 하소연하는 목소리로 물었다.

"도대체 나에게 원하는 것은 무엇이오?"

고분고분한 태도로 변한 동천을 내려다보며 화천이 만족스럽게 말했다.

"네가 아주 잘할 수 있는 일이다. 내가 시키는 대로 화산과 지진을 일으키면 된다."

그 말을 들은 동천이 놀란 표정으로 말했다

"뭐요? 내가 왜 세상을 등졌는지 몰라서 그러는 거요? 천 년 전 나의 실수로 나라 하나를 멸망시키고 수십만의 사람들이 희생된 것을 모르시오? 아직도 그때 죽은 사람들의 모습이 꿈에 나오고 있소! 내가 다시는 그런 일을 하지 않으려고 세상을 등진 것을 모른단 말이오?"

그러자 화천이 비웃으며 말했다.

"흥! 뭐라는 거냐! 여자 하나 때문에 수십만의 사람을 죽인 주제에 나를 돕는 것은 못하겠다고? 그건 네 선택이다. 하지만 내 말을 듣지 않으면 설희가 죽는다는 사실을 명심해라!"

한참 동안 할 말을 잃고 화천을 원망스러운 표정을 쳐다보던 동천이 힘없이 말했다.

"알겠소. 그 대신 설희 아씨를 한 번 만나게 해 주시오. 무사하신지 확인하고 싶소!"

화천이 고개를 끄덕여 보이자 상호가 동천의 묶인 결박을 풀고 옆방으로 데리고 갔다. 그곳에는 한 여인이 초조한 표정으로 앉아 있었다. 그녀는 비록 오래되어 낡은 옷을 입고 있었지만, 얼굴과 몸짓에서 기품 있고 단아한 모습이었다. 그녀는 동천이 들어오는 것을 보자 반갑게 그의 품에 뛰어들었다. 천 년 동안 한 번도 떨어지지 않고 함께 있다가 지난 몇 시간 동안 헤어져 있던 그들이었다. 그들은 서로를 세게 안았다. 절대로 떨어지지 않으려는 모습이었다.

"서방님! 이게 어찌 된 일이에요? 저들은 누구에요?"

잠시 후 서로 얼굴을 마주하자 지금까지 의연한 모습을 보이던 설희 부인이 자신의 남자 앞에서 겁먹은 목소리로 물었다. 동천은 아내가 무사하다는 것을 확인하자 안심했다. 그의 모든 것을 바쳐서라도 지키고 싶은 여인이었다. 그저 감격스러운 표정으로 그녀를 바라보았다.

설희 부인이 그의 손을 잡고 말했다.

"저 사람들이 왜 우리를 여기에 데리고 온 거예요? 저 무서워요. 함께 있어 줄 거죠?"

동천은 자신이 예전에 그녀에게 한 맹세가 생각났다. 그는 설희 부인의 손을 힘 있게 잡고 말했다.

"물론이죠. 아씨, 제가 맹세했잖아요. 걱정 마세요. 제가 잠시 헤어져 있겠지만 아무도 아씨를 괴롭히지 못하게 할 겁니다. 세상이 끝나더라도 아씨는 제가 지킬 것입니다!"

동천의 이야기를 들은 설희 부인이 그에 대한 신뢰가 가득 담긴 눈빛으로 말했다.

"알아요. 서방님을 믿어요. 대신 빨리 돌아오셔야 해요."

설희 부인이 다시 동천의 품에 안겼다. 그는 그녀를 세게 안으며 무엇인가 결심하는 표정이었다. 잠시 후 상호가 와서 두 사람을 떼어 놓을 때까지 그들은 서로를 꼭 안고 있었다. 아내를 두고 끌려 나오는 그의 두 눈에는 눈물이 가득 고여 있었고 어깨는 가늘게 떨리고 있었다.

"준비됐습니다."

상호의 보고를 받은 화천과 태선은 기대에 가득 차서 상호를 따라나섰다. 잠시 후 그들은 기계 장치들이 가득 찬 방으로 들어갔다. 그 방의 한가운데에는 동천이 의자에 앉아 있었다. 그는 지난번과는 달리 아주 냉정하고 침착한 표정이었다. 화천과 태선이 들어오는 것을 보자 그는 굳은 얼굴로 말했다.

"한 가지 약속을 분명히 해주어야 하오."

화천이 기다렸다는 듯이 부드러운 얼굴로 대답했다.

"걱정 말아라. 나에게 협조한다면 무엇이든 들어 줄 것이다."

하지만 동천은 아직도 의심이 가득한 얼굴로 말했다.

"나는 당신을 절대로 믿지 않아! 하지만 설희 아씨의 안전을 보장한다는 약속은 받아야겠소!"

"물론이지! 일이 모두 끝나면 너와 네 아내는 무사할 것이다. 그때는 너희끼리 어디 가서 무엇을 하든지 상관하지 않을 것이야!"

화천이 호탕하게 대답했지만, 동천은 무서운 얼굴을 보이며 말했다.

"그래야 할 것이요! 그렇지 않는다면 당신은 정말 무서운 일을 당할 테니까! 내가 어떤 일을 할 수 있는지는 당신도 알고 있을 거요!"

태선이 나서서 화천 대신 대답했다.

"물론 알고 있지. 하지만 당신이 우리말을 듣지 않으면 우리가 당신의 아내를 어떻게 할지도 알고 있어야지!"

그러자 화천이 짐짓 태선을 야단치며 나섰다.

"음을! 그게 무슨 말이냐? 이미 모두 알고 있는 것을 다시 말할 필요 있겠느냐?"

그리고는 화천은 다시 동천에게 부드러운 목소리로 달래듯이 말했다.

"동천, 걱정하지 마라. 나는 꼭 약속을 지켜서 너와 너의 아내를 무사히 돌려보낼 것이다."

잠시 머뭇거리던 동천이 아내의 얼굴을 떠올리며 눈을 감았다. 다시 눈을 뜬 그는 힘없이 말했다. 그의 목소리는 심하게 떨리고 있었다.

"좋소, 그럼 무엇부터 하면 되는 거요?"

화천은 아주 만족스러운 표정이 되어서 부드럽게 말했다.

"그래 잘 생각했다. 나도 약속은 꼭 지킬 테니 걱정하지 마라."

지하 연구소에서 화천과 역천인들이 동천의 납치를 축하하고 있을 무렵, 나루와 천인들을 태운 승용차가 YCI그룹 연구소에서 멀지 않은 곳에 있는 폐광 입구에 섰다.

"여기가 연구소의 지하와 갱도가 연결되어 있다는 폐광인가요?"

해루가 묻자 신원이 차를 주차하며 대답했다.

"예, 이곳입니다. 연구소의 위치는 바로 저 고개 너머입니다. 아주 가까운 거리죠. 지도가 정확하다면 이 폐광이 연구소 옆의 갱도와 연결되어 있을 것입니다."

"그런데 그 지하 입구를 찾아도 안에서 잠겨 있을 텐데 우리가 쉽게 열 수 있을까요?"

이번에는 나루의 목소리가 걱정스러운 표정으로 물었다.

"그건 여기 있는 이 선생에게 맡기면 될 걸세."

신원이 대답했다. 나루가 놀란 표정으로 이 선생을 쳐다보자 그녀가
눈을 찡긋하며 말했다.

"이래 봬도 제가 할 줄 아는 게 좀 있답니다."

나루가 이 선생에게 엄지를 치켜 보여주었다. 그사이 신원은 김 원장
에게 말했다.

"원장님께서는 차를 지켜주세요. 혹시라도 누가 오면 알아서 처리해
주시고요."

"동작이 굼뜨니 차나 지키라 이거죠? 알았어요. 대신 무슨 일이 있으
면 바로 연락하세요."

김 원장이 짐짓 토라진 척 이야기하더니 혼자 픽 하고 웃었다.

다른 사람들은 차에서 내려 폐광 입구로 향했다. 다가가 보니 폐광
입구는 출입금지의 안내판과 함께 철조망이 쳐져 있었고 커다란 자물
통이 채워져 있는 철문으로 막혀 있었다. 그들은 안내판을 무시하고
철조망을 넘어 철문 앞으로 갔다. 이 선생이 자물통에 손을 대자 그것
은 철컥 소리를 내며 간단히 열려 버렸다. 신원이 가볍게 철문을 열자
폐광의 어두운 갱도가 보였다.

"모두 들어가시죠!"

신원이 앞장서서 들어가자 긴장된 표정의 이 선생과 나루가 그 뒤를
따랐다. 폐광 안은 암흑뿐인 갱도였다. 그들이 준비해 온 손전등을 켜
서 앞으로 비췄지만 갱도는 끝이 보이지 않았다. 그들이 가는 길에 석
탄을 나르는 탄차가 오가던 레일이 보였다. 오랫동안 사용하지 않은 레
일이 잔뜩 녹이 슬어 그 위에 먼지가 수북이 쌓여 있는 것이 보였다.

일행은 그 레일을 따라서 걸어가기 시작했다. 그들은 아무렇게나 버
려져서 널려져 있는 광부들의 안전모와 곡괭이 같은 장비들을 조심스

럽게 피하며 앞으로 걸어갔다. 갱도는 생각보다 길었다. 그들 모두 빨리 걸을 수 있었지만 어두운 갱도를 조심스럽게 걷느라 그 능력을 발휘할 수는 없어 시간이 걸렸다.

그들이 손전등에 의지하여 30분 이상을 지루하게 걷고 있을 무렵 앞에서 걷던 신원이 말했다.

"이곳인 것 같습니다!"

신원이 비춰 주는 곳은 지금까지 오면서 보아 왔던 검은 색 탄광의 벽면과는 달리 회색의 시멘트로 바른 구조물의 벽이었다. 그 한가운데에는 붉은색 페인트로 투박하게 칠한 철문이 있었다. 석탄 광산에 어울리지 않는 형태로 보아 최근에 지은 연구소로 통하는 문이 틀림없어보였다. 두꺼운 쇠로 만들어서 보기에도 묵직해 보였다.

신원이 문의 손잡이를 돌려 보았지만, 손잡이는 움직이지 않았다.

"안에서 잠긴 것 같습니다."

신원이 소리 죽여 말했다.

뒤에 있던 이 선생이 신원을 보며 말했다.

"잠깐 옆으로 나와 보세요. 제가 열어 볼게요."

신원이 자리를 내주자 이 선생이 문 앞으로 나와 손잡이에 손을 대고 정신을 집중하려고 했다. 그런데 그때 손전등으로 주변을 비춰 보던 나루가 낮은 목소리로 외쳤다.

"잠깐만 기다려요!"

이 선생이 철문에 손을 올려서 정신 집중을 하려다가 멈췄고 신원도 나루의 손전등이 비친 방향을 보았다. 손전등이 비친 그곳에는 구덩이를 파고 묻은 흔적들이 여러 개 있었고 그 옆에는 삽과 곡괭이같이 땅을 파는 도구들이 세워져 있었다.

"저는 이곳이 수상합니다. 문을 열면 이곳을 확인하기 어려울지 모르니 먼저 조사해 보는 것이 좋을 것 같습니다."

해루의 목소리였다. 신원이 고개를 끄덕이자 이 선생도 문을 여는 것을 멈추고 그들은 모두 구덩이의 흔적들이 있는 곳으로 갔다. 나루가 이 선생에게 손전등을 주면서 말했다.

"이쪽을 좀 비춰 주세요. 우리가 파 볼게요."

그곳에 놓여 있는 도구들을 이용해서 신원과 나루가 땅이 파헤쳐진 자리를 파기 시작했다. 잠시 후 나루가 땅을 무릎 정도의 깊이로 팠을 때 삽 끝에 뭔가 닿는 느낌이 있었다. 손으로 파헤쳐 보니 두꺼운 비닐에 싸인 무엇인가가 있었다.

"이, 이쪽에 손전등을 좀 비춰 봐요!"

나루가 이 선생을 다급하게 불렀다. 신원도 땅을 파던 손을 멈추고 나루에게로 왔다. 이 선생이 손전등을 가까이 비췄다.

"아-"

그들 모두 탄식에 가까운 비명을 질렀다. 놀랍게도 그 비닐들 안에는 사람의 시신이 들어 있었다. 예상하지 못한 것은 아니지만, 막상 시신이 나오자 그들 역시 놀랄 수밖에 없었다. 그러나 놀람도 잠시, 그들은 곧 그 시신을 보고 어느 정도 상황을 짐작할 수 있었다.

"아마 표무상 회장과 문제가 있었던 사람들일 거예요."

나루가 말했다. 그러자 해루의 목소리가 한탄의 말을 쏟아냈다.

"도대체 사람이 어찌 이리도 악할 수가 있단 말인가? 사람을 함부로 살해하여 이렇게 아무도 찾을 수 없는 곳에 몰래 묻어버리다니!"

이 선생도 입술을 깨물며 말했다.

"아마 이 사람의 가족들은 이렇게 죽어 있는지도 모를 거예요."

잠시 치를 떨면서 말을 멈춘 이 선생이 말을 이었다.

"지금도 계속 찾아 헤매고 있겠죠."

그때 나루가 흥분한 목소리로, 그러나 낮춰서 말했다.

"문자를 보낸 사람이 폐광을 살펴보란 의미는 이것이었어요! 우리는 고작 연구소로 들어가는 비밀 통로 정도로 생각했지만, 진짜 의도는 표 회장이 지금까지 저지른 악행의 증거를 우리에게 알려주려는 것이었어요!"

신원과 이 선생이 고개를 끄덕였다. 나루가 이야기를 계속했다.

여기 있는 사람들이 표무상 회장과 관련 있다는 것을 밝히려면 이 사람들이 누구인지 먼저 알아야 해요. 이 사람들의 신분을 알 수 있는 방법을 찾아보죠."

비닐 안의 시신은 속옷만을 입고 있었다. 이미 부패가 진행되고 있어 얼굴을 알아볼 수가 없었다. 그런데 시신을 조심스럽게 구덩이 밖으로 들어내자 그 옆에 또 다른 비닐 뭉치가 있는 것이 발견되었다. 그 안에는 시신의 것으로 보이는 옷과 소지품들이 들어 있었다.

"됐어요. 여기 신분증이 있어요. 이걸 보면 누군지 알 수 있을 거예요. 우리는 이 사람들이 누구인지 모르지만, 경찰이 확인해 주겠죠. 신분이 확인되면 그 관계를 금방 알아낼 수 있을 거예요."

그리고 이 선생에게 말했다.

"이 선생님께서는 이것들의 사진을 좀 찍어 주세요. 시신과 신분증을 함께 말이에요."

그리고 그는 신원을 보면서 말했다.

"나머지 구덩이도 모두 파 보죠."

나루와 신원은 다른 곳들도 모두 파 내었다. 모두 다섯 구의 시신들이 나왔다. 다른 곳들에서도 시신들과 함께 소지품이 든 비닐봉지가 나왔다. 묻은 시점이 모두 다른 것 같았다. 어떤 시신은 많이 부패가 되어 있었고 또 어떤 것은 아직 부패가 진행되지 않은 깨끗한 시신들도 있었다.

그런데 부패가 안 된 시신들은 온몸이 상처투성이인 것을 확인할 수 있었다. 그들은 죽기 직전에 폭행과 고문을 당한 것이 분명해 보였다. 이 선생은 얼굴을 찌푸리면서도 스마트폰의 카메라로 모든 시신들과 그들의 소지품에서 꺼낸 신분증의 사진을 찍었다. 나루는 이 선생이 사진을 찍는 모습을 조용히 보면서 분노로 치를 떨었다.

'표무상 회장…… 이제 대통령이 되겠다는 헛된 생각을 더 이상 할 수 없도록 해주겠어!'

"사진 다 찍었어요. 이제 돌아갈까요?"

이 선생의 목소리에 나루는 정신을 차리고 급하게 말했다.

"안돼요! 지난번 폐차장에서 배운 교훈이 있어요. 우리는 이곳을 경찰이 올 때까지 지켜야 해요. 안 그러면 이들은 지난번처럼 또 모든 증거를 모두 없애버릴 거예요!"

나루의 말에 모두 수긍하는 얼굴이었다. 그는 다시 신원을 보면서 말했다.

"이곳은 지하라서 전화와 인터넷이 되지 않아요. 신원 님께서 잠시 이곳을 지켜주실래요? 저와 이 선생님은 밖으로 나가서 경찰에 신고하고 올게요!"

신원과 이 선생이 고개를 끄덕였다.

"그래, 자네가 스마트폰을 잘 다루니 신고한 후 나에게 연락하게."

"네, 우리는 '생각말'로 이야기할 수 있잖아요. 끝나는 대로 알려 드릴게요."

나루는 신원에게 말하고 이 선생과 함께 급히 폐광 밖으로 나갔다. 서둘러 나온 탓에 나오는 데는 들어가는 시간의 반도 걸리지 않았다. 폐광에서 나와 차 있는 곳에 도착하자 김 원장이 걱정스러운 표정으로 그들을 맞아 주었다. 이 선생은 끔찍한 시신들을 본 충격이 이제야 떠오르는지 김 원장을 붙들고 펑펑 울기 시작했다. 김 원장은 이 선생을 달래며 우는 이유를 물었다.

그 사이에 나루는 스마트폰을 통해 인터넷으로 경찰청 사이트와 자신이 아는 모든 신문사와 방송국 사이트에 접속하여 이 선생이 찍은 사진을 전송하고 이곳의 위치를 알려 주었다. 혹시라도 자료가 한 언론사로만 갔을 때 사건이 은폐되는 것을 막기 위해서였다.

그것은 꽤 시간이 걸리는 작업이었다. 자신이 아는 모든 언론 기관에 자료를 보낸 후 나루는 차를 눈에 띄지 않는 곳에 숨겨 놓고 경찰과 기자들이 오는 것을 기다렸다. 산속의 폐광이었기 때문에 그들이 오는 데는 시간이 오래 걸렸다. 하지만 나루는 끈기 있게 기다렸다. 이번만큼은 경찰과 기자들에게 사건 현장을 고스란히 넘겨주려는 생각이었다.

"지금 시대는 생각보다 신기한 것들이 정말 많은 것 같아."

지금까지 나루를 방해하지 않기 위해 아무 소리 하지 않고 지켜보던 해루의 목소리였다.

"그렇죠? 이 스마트폰도 그렇고, 자동차도…… 해루 형의 시대에는 없었던 것이잖아요."

나루의 대답에 해루가 이야기를 이었다.

"그러게. 우리 시대에는 수련을 많이 한 뛰어난 개인들만이 능력을 갖출 수 있었는데 지금은 과학 문명의 기술로 수련하지 않아도 모든 이들이 같이 안락함을 누릴 수 있게 된 것 같구나."

하지만 해루는 안타까운 목소리로 이야기를 마쳤다.

"이런 안락한 삶 속에서 인간들이 왜 이렇게 이기적으로 되어 버렸을까?"

해루의 이야기에 나루는 대꾸할 수가 없었다. 자신도 이해가 되지 않았다. 예전보다 훨씬 삶이 편하고 쉬워졌는데 왜 인간의 심성은 더 메마르고 야박해진 것일까? 정말 모를 일이었다.

한 시간을 넘게 기다린 후에야 마침내 저 아래에서 올라오는 사이렌 소리를 들을 수 있었다. 나루는 그제야 안심하며 '생각말'을 통해 신원에게 연락했다.

"오래 기다리셨어요. 그동안 별일 없으셨죠?"

나루가 마음속으로 신원을 집중하여 말하자 신원의 대답이 들렸다.

"아직 별일 없었네. 억울하게 유명을 달리한 시신들과 있으려니 마음이 안 좋은 것만 빼면⋯⋯"

"이제 경찰이 오고 있어요. 그들의 눈에 띄기 전에 빨리 나오시면 돼요."

"알았네. 그럼 나가겠네."

'생각말'을 마치고 잠시 기다리자 폐광 입구에서 손전등을 켜고 걸어 나오는 신원이 보였다. 나루는 그를 불러 차에 오르게 했다. 그런데 신원이 나오자마자 도착한 경찰들이 폐광 안으로 들어가는 모습이 보였다. 그뿐만이 아니었다. 몇 개의 신문사와 방송국의 차들도 속속 현장에 도착했다. 그들은 경찰들과 옥신각신하며 서로 먼저 갱도 안으로 들어가려고 하고 있었다.

나루 일행은 멀리서 이런 모습을 모두 지켜보았다. 한참을 더 끈기 있게 자리를 지켜서 119대원들이 시신들을 구급차에 올리는 모습을 보고 나서야 나루가 말했다.

"이제는 떠나도 될 것 같아요."

그들은 경찰이나 다른 사람들의 눈에 띄지 않도록 조용히 현장을 벗어났다. 신원은 운전하면서 조수석에 앉은 나루를 곁눈질로 보면서 대견해했다. 나루가 점점 해루를 닮아간다는 생각을 하고 있었다. 모두가 오늘의 일이 나루에 의해서 완벽하게 마무리 지어졌다고 생각했다.

두건이 연한 쪽빛이 될 때마다 해루의 얼굴에도 흐뭇해하는 표정이 나타났다.

"으 으……"

무상은 공중에 매달려 버둥대고 있었다. 누군가의 손에 멱살을 잡혀 숨이 막혀 왔다. 그를 잡고 있는 것은 요즘 자신의 일을 방해하고 있는 미지의 괴한이었다. 괴한의 두건과 눈가면이 섬뜩하게 보였다. 분명히 조금 전까지 그는 대통령으로 당선되어 국회 의사당 앞에서 취임 선서를 하고 있었는데 어느 순간 괴한의 손에 멱살을 잡혀 공중으로 들어 올려 있는 것이다.

삼부 요인과 외국의 축하 사절 그리고 각계각층의 국민 대표들이 모여 있는 취임식에서 무상은 무기력하게 괴한의 손끝에 매달려 있었다. 그는 온몸을 흔들고 발을 구르며 멱살을 잡은 손을 빠져나가려고 했지만, 소용이 없었다. 이제는 울부짖으며 손을 놓으라고 소리쳤지만, 괴한은 그를 비웃을 뿐 잡은 손을 놓지 않았다. 갑자기 괴한이 재미있는 듯 통쾌하게 큰 소리로 웃었다. 그러자 취임식에 참석해 있던 수많은 관객이 함께 무상을 보고 비웃기 시작했다.

"회장님, 저 김민석입니다. 급히 일어나셔야 할 것 같습니다."

무상은 치욕과 고통에 발버둥 치고 소리 지르다가 조심스럽게 깨우는 비서의 목소리에 깨어났다. 악몽이었다. 그의 온몸은 땀에 젖어 있었다. 주변을 둘러보니 앞에는 집에서 그를 보좌해 주는 가내 비서인 김민석이 서 있었고 시간은 아직 새벽 4시였다. 왜 이렇게 이른 새벽에 깨운 것인가? 그는 잠에서 깬 것이 다행스러웠지만 바로 시치미를 떼고 물었다.

"무슨 일이야?"

"급한 전화입니다. 아무래도 받아보셔야 할 것 같아서……"

김민석이 창백한 얼굴로 건넨 전화기를 받아 든 무상은 아직 졸린 목소리로 짜증스럽게 말했다.

"여보세요? 누구야? 무슨 일인데?"

그러나 수화기 저편에서는 무상의 기분을 전혀 고려하지 않은 다급한 목소리가 들려왔다.

"회장님, 큰일 났습니다! 저는 우리신문사 편집장 나혁수입니다! 지금 저희를 포함한 모든 신문사와 방송국에 익명의 제보가 들어왔는데 그 내용이……"

두서없이 떠들어 대는 이야기에 무상이 참지 못하고 짜증 섞인 목소리로 물었다.

"아, 나 주필님! 도대체 무슨 일이기에 이렇게 다급하게 그러는 거예요?"

하지만 나 주필은 무상의 이야기는 아랑곳하지 않고 계속 떠들어 댔다.

"그 제보 내용이 글쎄, YCI그룹의 미래연구소와 연결된 폐광에서 살해된 것으로 보이는 시신들이 가득 나왔다는 내용이었습니다. 그 제보자는 그 시신들의 사진까지 보냈습니다!"

나 주필의 떨리는 목소리를 들은 무상은 잠이 확 달아나는 것을 느꼈다. 그것은 정말 청천벽력 같은 소식이 분명했다. 무상은 충격으로 아무 생각할 수 없었지만 김 비서의 어리둥절한 표정을 보고 간신히 정신을 차릴 수 있었다. 순간 정말 중요한 문제는 그 시신들의 신분이 밝혀지는 것이라는 것을 깨달았다. 만약 그것을 밝혀낼 수 없다면 자신과 YCI그룹은 별문제가 없었다. 그래서 가장 중요한 질문을 했다.

"그런데 그 시신들이 누군지는 확인이 되었어요?"

무상의 질문에 대해 나 주필은 절망적인 대답을 주었다.

"그, 그것이…… 그들 모두 지금까지 YCI그룹의 사업과 이해관계가 있었던 사람들로 확인된 것 같습니다. 경찰들이 시신을 부검하여 사망 원인을 밝히고 본격적인 살인 사건으로 수사를 시작한다고 합니다. 정보에 의하면 가장 유력한 용의자가 회장님이라고 합니다!"

순간 무상은 피가 거꾸로 흐르는 듯한 느낌을 받았다. 그래서 나 주필에게 소리쳤다.

"무슨 수를 써서든지 막아야 해! 이 일이 사람들에게 알려지는 것을 막으란 말이야!"

하지만 나 주필은 난처한 목소리로 말했다.

"그것이…… 아까도 말씀드렸지만 저희뿐만 아니라 다른 방송사와 신문사에도 다 제보가 들어간 사실이라서 저희만 방송을 안 한다는 것이 소용없는 일이 되어버렸습니다. 혹시 몰라서 제가 회장님의 이메일로 그들이 보낸 제보 내용과 사진들을 보냈으니 한 번 보시기 바랍니다."

무상은 힘없이 전화를 끊고 김 비서를 시켜 컴퓨터의 이메일을 열어 사진들을 보았다. 사진들을 보고 무상은 한 번 더 놀라고 말았다. 누군가가 시신들과 그들의 소지품을 아주 질서 있게 분류하여 사진을 찍어 보낸 것이었다. 사진 속의 시신들은 물론 자신이 태선과 TST를 시켜 제거하라고 한 사람들이었다. 이들에 대한 살인은 지금까지 시체가 발견되지 않아 사건 자체가 성립되지 않고 있었는데 오늘 누군가가 이것을 파헤쳐 세상에 알린 것이다.

무상은 바로 태선에게 연락했다. 그녀 역시 이미 소식을 듣고 놀라고 있었다. 그리고 그녀가 소식을 듣자마자 시신을 치우기 위해서 폐광으로 갔을 때 이미 그곳에 경찰과 기자들이 가득하여 아무것도 할 수 없었다는 말을 듣고 무상은 다시 실망해야 했다. 그녀가 다급하게 말했다.

"회장님, 현장은 이미 늦은 것 같습니다. 다른 방법을 찾아야 할 것 같습니다!"

태선에게 절망적인 대답을 들은 무상은 TV를 켜 보았다. 마침 새벽 뉴스 시간이었다. 우리 TV를 제외한 모든 방송에서 지난밤 발견된 시신에 대한 소식을 특집으로 전하는 중이었다. 이른 시간인데도 현장에 나가 있는 기자들과 생중계로 연결하며 사건을 알리고 있었다. 어떤 방송국에서는 모자이크 처리한 시신들의 사진까지 보여주며 시청자들의 시선을 끌려고 노력했다.

얼마 후 시신들의 신분들이 밝혀지면서 이들이 모두 YCI그룹 경쟁사의 사장, YCI그룹을 보도하려던 기자, YCI 화학의 공장 건설을 반대하던 환경보호 단체의 지도자 등 무상이나 YCI그룹과 관계 있던 사람들로 보인다는 소식이 있었고 경찰이 부검을 통해 사인을 조사 중이라는 보도도 나왔다. 봇물 터지듯 터지는 뉴스를 보며 무상은 얼빠진 모습으로 중얼거렸다.

"괜찮아, 나는 모르는 일이야. 나는 모르는 일이야……."

잠시 후 억지로 정신을 추스른 무상은 가장 먼저 변호사들을 준비시키고 그가 아는 모든 경찰과 검찰 그리고 정치인들에게 전화를 걸었다. 난감해하는 그들에게 자신은 상관없음을 주장했다. 하지만 그들 중에 그의 말을 믿어 주는 사람은 하나도 없어 보였다. 그는 아무도 자신을 믿어 주지 않는다는 불안감을 느끼며 전화를 끊을 수밖에 없었다.

무상은 앞뒤가 꽉 막힌 것 같은 답답함을 느꼈다. 빠져나갈 구멍이 없어 보였다. 그는 국회의사당 앞에서 대통령 취임 선서를 하다가 미지의 괴한의 손에 들려 모든 사람들의 비웃음을 받고 있는 자신의 모습이 다시 떠올랐다. 하지만 그는 머리를 흔들며 중얼거렸다.

"아냐, 난 극복할 수 있어…… 어디에도 내가 그들을 죽인 증거는 없어……"

그런 생각이 들자마자 무상은 옷을 제대로 챙겨 입지도 않고 주차장을 향했다. 주차장에 있는 차 중에서 가장 빠른 스포츠카를 선택한 그는 직접 차를 운전하여 강원도 지하 연구소로 출발했다. 이런 순간, 그가 의지할 수 있는 사람은 태선 밖에 없다는 생각이 들었다.

이미 그의 도착을 알고 있었는지 이른 아침임에도 불구하고 연구소 앞은 많은 기자들에게 둘러싸여 있었다. 그가 차에서 내리는 것을 본 기자들이 벌떼같이 달려들어 녹음기의 마이크를 들이대며 질문을 퍼부었다.

"회장님께서 발견된 시신들과 관련이 있는 것을 인정하십니까?"

"이곳 지하에 시신이 있었다는 것을 아셨습니까?"

"지금 심정을 말해 줄 수 있습니까?"

어제까지만 해도 대통령 출마를 염두에 두고 기자들에 대한 노출을 기꺼이 즐기는 무상이었지만 지금 그는 그럴 처지가 아니었다. 그는 아무 소리도 하지 못한 채 미리 대기하고 있던 TST 인원들의 보호를 받아 간신히 기자들을 뿌리치고 연구소 안으로 들어갈 수가 있었다.

승강기를 기다리며 무상은 다시 한 번 이제 모든 것이 끝났다는 것을 느꼈다. 이제는 시신과 관련된 혐의를 벗는다 하더라도 대통령에 당선되는 것은 어려울 것이다. 죽은 사람들 모두가 그와 YCI그룹과 관련이 있다는 것이 밝혀졌기 때문이었다. 그 오랜 시간 준비해 왔던 작업이 모두 물거품이 된 것이다. 어젯밤의 꿈이 현실이 되어 버린 것 같았다.

무상이 승강기에 오르자 TST 인원들은 기자들이 다가오지 못하도록 문 앞을 지켰다. 그는 급하게 지하 10층으로 향했다. 그곳에는 이미 태선이 화천과 함께 있었다. 지난번에 보았던 상호와 화선이 있는 것도 보였다. 그런데 그들은 생각보다 충격이 크지 않아 보였다.

그들의 얼굴은 지금 무상이 당하고 있는 심각한 사태에도 불구하고 뭔가 잔뜩 기대에 차 있었다. 그는 화천이 환생한 이후부터 태선이 이들과 항상 함께 다니는 것 같다는 생각이 들어 불쾌했다. 하지만 지금은 그것이 중요한 문제가 아니었다. 그는 그녀를 보자마자 소리쳤다.

"이게 어떻게 된 거야? 어떻게 저놈들이 시체들을 찾은 거야?"

"저도 모르겠습니다. 지금 알아보고 있는 중입니다."

태선의 무덤덤한 대답이 마음에 들지 않았는지 무상이 씩씩거리며 말했다.

"만약 내가 잘못되면 이 실장도 무사하지 못한 거 알잖아. 저들 모두 당신이 처리한 것이잖아! 이번 일에 대해서도 나는 별일 없을 거야. YCI그룹의 회장인 나를 누가 건드릴 수 있겠어? 만약 우리 중에 누가 책임을 지게 되면 그건 내가 아닌 당신이 될 거야!"

그리고는 무상은 다시 초점을 잃은 눈으로 음흉하게 웃으며 말했다.

"지금까지처럼 나는 괜찮을 거야. 나는 표무상이거든? 누가 감히 나를 건드려? 그럼, 괜찮을 거야. 괜찮고말고. 흐흐……"

느릿느릿하게 침울한 웃음을 웃는 무상의 모습은 마치 정신이 나간 것 같았다. 한참 동안 스스로 자신을 위로하며 이야기하던 그의 표정은 곧 다시 일그러지며 우울한 표정이 되었다.

"하지만 말이야, 난 이제 대한민국의 대통령 되기는 틀린 것 같아. 경찰이 내가 살인과 관련이 있다는 증거는 절대로 찾아내지 못하겠지만 국민들의 의심을 완전히 없앨 수는 없어. 그들은 내 연구소 옆에서 시체들이 나온 것을 계속 기억할 거야! 그렇게 되면 누가 나를 대통령으로 뽑아주겠어? 이제 나는 30대는 고사하고 영원히 대통령이 될 수 없을 거란 말이야!"

말을 마친 무상이 갑자기 털썩 주저앉아 눈물을 훌쩍이며 소리쳤다.

"이제 다 틀렸어! 이제 다 틀렸다고! 나는 이제 끝났다고!"

무상은 지금까지 살아오면서 처음 겪는 큰 좌절을 감당하기 힘든 것처럼 보였다. 역시 고난을 경험해 보지 못했던 적은 연륜을 그대로 드러내고 있었다. 갑작스럽게 보이는 그의 약한 모습에 화천조차 눈을 크게 뜨고 놀라고 있었다. 그때 태선이 조용히 무상의 뒤로 다가갔다. 그리고 주저앉아 있는 그의 어깨에 부드럽게 손을 얹으면서 말했다.

"회장님 아니에요. 국민들의 생각은 전혀 중요하지 않아요. 대한민국의 대통령? 회장님께서 원하신다면 대한민국이 아니라 전 세계가 회장님의 발아래 무릎 꿇게 해 드릴 수도 있어요."

태선의 말을 들은 무상이 그녀를 올려다보며 믿을 수 없다는 표정으로 물었다.

"뭐라고? 전 세계를 나에게 무릎 꿇게 해 줄 수 있다고? 그게 사실이야?"

태선이 눈을 가늘게 뜨고 아이를 어르는 표정으로 자신 있게 말했다.

"물론이죠. 지금 여기 계신 화천 장군과 저희가 회장님을 돕는다면 이 세상을 지배하는 것은 아무것도 아니에요. 당장 닥친 일부터 수습하기로 하죠. 저희가 회장님을 꼭 이 세상의 지배자로 만들어 드릴게요."

무상은 고개를 돌려 화천을 보았다. 그 역시 무상을 보면서 자신 있는 미소를 보여주었다. 함께 있는 상호와 화선도 그에게 안심하라는 표정을 지어 보이고 있었다. 태선과 역천인들이 자신에 찬 모습으로 자신을 위로하는 것을 본 그는 차츰 안도하는 표정이 되었다. 뭔지 모르지만, 이상한 기운을 받아 힘이 나는 느낌이었다. 갑자기 그에게 화천이 더욱 크게 느껴졌다.

'그래, 나에게는 아직 화천이라는 초능력자가 있지 않은가? 그의 능력이라면 어떤 일도 해낼 수 있을 것이다!'

눈물이 그렁그렁하던 무상의 입가에 다시 미소가 떠올랐다.

화천의 협박

 결국 모든 일은 무상의 계획대로 되었다. 살해된 시신들이 YCI 연구소의 바로 옆에서 발견되었고 그들이 모두 YCI그룹이나 표 회장과 이해 관계가 있었다는 것이 밝혀졌음에도 불구하고 경찰은 표 회장과 살인의 직접적인 연결 고리를 밝혀내는 데에는 실패했다. 나루는 며칠 후 TV 뉴스를 통해 표 회장이 증거 불충분으로 풀려 나왔다는 소식을 듣고 크게 놀랄 수밖에 없었다.

 경찰 발표에 의하면 피해자들이 YCI그룹과 이해 관계가 있는 것은 분명하지만, 표 회장이 그들의 살인과 연관된 직접적인 증거는 찾지 못했다는 것이었다. 경찰은 세간에 떠돌고 있는 TST의 실체를 찾아내지 못했을 뿐 아니라 그것을 직접 관리했다는 소문이 돌고 있는 이태선 실장을 체포하는 데도 실패했다. 그 사건 이후 아무도 그녀의 모습을 본 사람은 없었다. 경찰은 시신과 그들의 소지품에서도 범인의 흔적을 찾을 수 있는 단 한 조각의 지문도 찾지 못했다.

 정황상 범인임이 분명하고 세상 사람들이 모두 그의 짓이라고 믿고 있음에도 불구하고 경찰은 나루 일행이 어렵게 찾아 준 시신들과 표 회장의 관련성에 상관없이 그를 체포하지 못했다. 직접 일을 처리한 것으로 보이는 태선과 TST가 사라져 버려서 피해자들의 납치와 살인이 표 회장의 지시였음을 증언해 줄 결정적인 증인과 증거들이 찾을 수 없다는 이유였다. 더구나 표 회장은 전직 판검사 출신의 막강한 변호인단을 고용하여 자신의 무죄를 주장하고 있었다.

결국 수사 의지가 부족해 보이는 경찰과 우호적인 언론에 의해서 어느 순간부터 무상은 결백한 사람이 되어 버렸다. 심지어 어떤 방송은 오히려 표 회장이 갑작스러운 스캔들로 대통령 출마에 타격을 입은 것을 안타까워하는 방송까지 내보내고 있었다.

저수지 아래 은신처에 다시 모인 나루와 천인들은 모두 분개할 수밖에 없었다. 특히 나루는 크게 실망했다. 자신과 모든 국민들이 믿고 있던 국가 사법 시스템이 돈과 권력 있는 사람에게는 이렇게 허술하다는 것을 느꼈기 때문이다. 신원도 큰 한숨을 쉬며 탄식했다.

"정말 세상의 악한 기운이 가득하여 역천인의 기세가 하늘을 찌르는 이유를 알 것 같습니다. 이렇게 죽은 사람들의 억울함을 풀어 줄 생각은 하지 않고 자신들의 이익을 위하여 악행을 덮으려 하니 이 세상을 어찌 정의롭다고 할 수 있겠습니까?"

뉴스를 보면서 가장 흥분하던 이 선생도 입을 열었다.

"그래요. 인간들이 이렇게 진실을 감추는 것에 급급해하면서 이기적으로 행동하는 것을 보면 우리가 그들을 돕는 것이 맞는 것인지 혼란스럽기까지 해요. 이렇게 악한 인간들은 그냥 놔두는 것이 옳지 않을까요? 그들이 역천인들에게 어떤 화를 당하더라도 그것을 자초한 그들 스스로 감당하도록 해야 하는 것 아닌가요?"

신원과 김 원장조차 이 선생의 말에 고개를 끄덕였다. 나루는 흥분한 천인들 사이에서 그가 인간이라는 것에 부끄러움을 느껴 입을 다물수밖에 없었다. 그때 해루가 준엄한 목소리로 말했다.

"그것은 안 될 말이지요. 우리마저 이렇게 약해져서는 안 됩니다. 모르시겠습니까? 우리야말로 이런 인간들을 역천인들로부터 구해줄 수 있는 마지막 보루입니다. 우리마저 환인 천제의 홍익인간 이념을 잊어서는 안 됩니다! 세상에 단 한 명이라도 선한 인간이 세상에 남아 있다면 우리는 그를 구하기 위해 생명을 바쳐 싸워야 할 것입니다! 단 한 명의 선한 인간이 악으로 물든 온 세상을 교화할 수 있다는 것을 모두 아시지 않습니까?"

평소와 다른 준엄한 목소리로 해루가 강하게 질책하자 신원을 비롯한 천인들은 얼굴을 붉히고 고개를 숙였다. 신원은 당황하여 고개를 들지 못하다가 서둘러 무릎 꿇고 그에게 사죄했다.

"죄송합니다. 저희가 너무 실망스러운 나머지 말실수를 했습니다. 저희도 임무가 무엇인지 잘 알고 있습니다. 다시는 경거망동하지 않을 터이니 용서해 주시기 바랍니다."

김 원장과 이 선생도 신원의 옆에 무릎을 꿇고 고개 숙이며 말했다.

"저희도 잘못했습니다. 홧김에 실언했어요. 다시는 저의 본분을 잊지 않겠습니다."

그들의 사과를 들은 해루가 원래의 부드러운 목소리로 말했다.

"아닙니다. 여러분의 마음을 제가 왜 모르겠습니까? 다만 지금 이렇게 어렵고 실망스러운 때일수록 우리의 마음을 단단히 잡고자 드린 말씀이지요. 악의 기운과 싸우는 우리까지 그것에 휩쓸리면 안 되니까요. 모두 그러지 마시고 편히 앉으세요. 이러시면 제가 오히려 불편합니다!"

그들이 다시 의자에 앉자 해루가 김 원장에게 물었다.

"지금 우리의 문제는 저들의 움직임에 대해서 너무 아는 것이 없다는 것입니다. 혹시 원장님의 스마트폰을 통해서 다시 새롭게 전해진 정보는 없나요?"

김 원장이 힘없이 고개를 저으며 걱정스러운 표정으로 대답했다.

"그렇지 않아도 혹시 몰라서 제가 매일 확인하고 있는데 지난번 이후에 새로운 소식은 없어요. 저는 혹시나 그 제보자가 발각된 것이 아닌가 걱정하고 있어요."

한동안 모두 실망스러운 표정으로 침묵하고 있었다. 그때 TV의 방송 내용이 그들의 관심을 끌었다. 그것은 표 회장의 석방에 대한 피해자 유가족들의 인터뷰였다. 지금 인터뷰를 하는 사람은 몹시 야윈 여자로 표 회장을 이렇게 석방하는 것은 무책임한 행동이며, 사건의 전모를 확인하기 위해서는 YCI그룹 내의 TST라는 조직에 대해 좀 더 깊이 조사하고, 꼭 이태선 실장을 체포해야 한다고 주장하고 있었다.

나루와 천인들은 그 인터뷰 내용이 자신들의 관심을 끄는 것이기에 TV에 집중했다. 여자는 아직 젊었지만 거칠고 윤기 없는 얼굴을 통해 최근에 굉장히 마음고생이 심하였음을 알 수 있었다. 그들은 화면의 자막을 통해 그녀가 이번에 발견된 희생자 중 김문식 기자의 미망인이라는 사실을 알았다.

그녀는 지난 몇 개월 동안 행방불명이 되었다가 갑자기 시신으로 나타난 남편의 모습에 충격을 받은 듯했다. 하지만 남편의 죽음에 대한 진실을 밝히는 데 소극적인 경찰에 대해서 강한 반감을 보였다. 화면은 지금 수배 중인 이태선의 모습을 보여주었다.

나루는 이태선의 사진을 보면서 그녀가 이번 사건에서 어떤 역할을 했을지 궁금했다. 표 회장의 모든 악행은 역시 저 여자가 함께하는 것일까? 그녀는 그가 직접 만나 본 사람이었다. 만약 그녀의 제안을 수락하여 함께 일을 했다면 그 역시 그들의 악행에 가담했을 것이라는 데에 생각이 미치자 몸서리가 쳐졌다. 그 순간 불쑥 해루가 이야기했다.

"표 회장이 풀려난 것이 안타깝긴 하지만 그래도 그자가 대통령이 되는 것을 막은 것은 큰 성과라고 할 수 있습니다. 하지만 그 사람은 쉽게 포기하지 않을 겁니다. 아마 또 다른 음모를 꾸며 자신의 야망을 이루려 할 거예요. 더구나 역천인들이 그와 함께 있으니 더욱 위험합니다. 그러니 주의를 게을리하지 않아야 할 것입니다!"

모두 그의 말에 고개를 끄덕였지만, 나루는 분한 듯이 이야기했다.

"그래도 표무상 회장을 개인적으로 벌 줄 수는 없을까요? 해루 형 정도의 실력이면 그를 혼내 주는 것은 문제가 없을 거 아니에요? 그런 나쁜 사람을 그냥 둔다는 것이 용납이 안 돼요!"

나루의 말을 들은 이 선생이 씁쓸한 미소로 신원을 보았다. 그러자 신원이 힘없이 대답했다.

"그건 그럴 수가 없네……."

신원의 대답에 나루가 이해할 수 없다는 표정으로 물었다.

"왜 안 된다는 거죠? 그런 나쁜 사람을 그냥 두면 안 되잖아요?"

신원이 침통한 목소리로 대답했다.

"우리 천인들은 인간의 일에 상관할 수 없기 때문이지. 더구나 천인은 자신이나 타인을 구하는 목적이 아니고서는 인간들에게 위해를 가할 수가 없어. 그것은 우리를 이 땅에 남기신 환웅 폐하께서 가장 강조하여 지시하신 사항이네. 만약 그것이 없었다면 우리는 지금까지 우리 기준으로 악한 인간들을 징계할 수 있었을 거야. 그랬다면 우리 일이 좀 더 쉬워져서 지금처럼 악의 기운이 강해지지 않았을 수도 있었겠지. 하지만 환웅 폐하께서는 인간의 일은 인간에게 맡겨야 한다고 믿으셨네."

김 원장과 이 선생도 안타까운 표정으로 나루를 보았다. 신원의 이야기를 들은 나루가 흥분한 목소리로 투정하듯이 말했다.

"그건 좀 너무한 것 같은데요? 나쁜 놈을 뻔히 알고 그 나쁜 놈을 처단할 능력이 있으면서 그냥 두다니요? 그럼 저한테는 왜 여러분들을 도우라고 하신 거예요?"

그러자 해루가 엄한 목소리로 말했다.

"너는 인간이 자기 일도 스스로 처리하지 못해 선악에 관한 판단조차 다른 존재에게 의존하기를 바라는 것이냐?"

그 엄한 말투에 나루가 멈칫하자 해루가 이야기를 계속했다.

"환웅 폐하께서 진정으로 원하신 것은 인간들이 스스로 살기 좋은 세상을 만드는 것이었다. 이것은 오천 년 전에 신시를 통해 인간들의 삶에 관여하려 한 자신의 실수를 되풀이하지 않으려는 뜻이란 것을 왜 모르느냐? 인간뿐 아니라 그 어떤 것도 자신들의 잘못과 실수를 통해 느끼고 고통받으며 스스로 성장해야 더욱 성숙해지는 것이다!"

나루의 얼굴에 나타난 해루의 표정도 상당히 감정이 격앙된 것 같았다. 그의 뜻을 이해한 나루가 더 이상 불평하지 못하고 조용히 있자 신원이 나루를 달래듯이 말했다.

"우리 천인들은 할 수 없지만, 자네는 할 수 있다네. 자네는 천인이 아니니까. 인간인 자네는 같은 인간들의 악행을 응징하는 데 아무 문제가 없어. 물론 해루 님의 도움을 받을 수는 없겠지만."

그 말을 들은 김 원장이 신원을 책망하듯이 말했다.

"무슨 그런 말씀을 하세요? 그런 일을 나루 군 혼자 하는 것이 얼마나 위험한데요? 나루 군, 쓸데없는 생각하지 말고 때를 기다려요. 해루 님께서 말씀하신 것처럼 저 표 회장은 꼭 다른 음모를 꾸며서 사람들을 해치려 할 거예요. 그때 모두 함께 징계할 수 있을 거예요!"

해루의 목소리도 동의했다.

"그래, 지금 초조한 쪽은 오히려 대통령 출마가 좌절된 표 회장이 될 것이다. 그러니 틀림없이 무슨 행동을 하려 할 것이니 그때를 기다렸다 그를 잡을 수 있을 것이다. 그동안 우리가 그의 악행을 막은 것도 많지 않았느냐? 그러니 좀 기다려 보도록 하자."

나루는 천인들의 이야기를 듣고 참을 수밖에 없었다. 하지만 다시 표 회장의 악행을 맞닥뜨릴 기회가 온다면 결코 그를 가만히 두지 않을 것이라고 다짐했다.

무상은 태선을 따라 지하 연구소로 내려가고 있었다. 그는 그녀에게 계속 투덜거렸다.

"이곳은 예전의 그 초인을 부활시킨 곳이잖아. 난 이곳은 별로야. 여기서 또 화천이란 자를 같이 만나는 거야?"

무상의 불평이 뜻밖이라는 표정으로 태선이 물었다.

"저는 이곳에 당분간 숨어 있어야 하니 회장님께서 와 주셔야지요. 지난번에 연구소에서 시신이 발견되었을 때도 오시지 않았습니까? 그때도 화천 장군을 만나시지 않으셨나요?"

태선의 물음에 무상은 얼굴을 찌푸리며 말했다.

"그때야 워낙 정신이 없었을 때니까……. 하지만 폐광 시신에 대해서는 이 실장이 잘 마무리해서 이제는 사태도 진정되고 했으니 굳이 그 괴물 같은 사람을 만날 필요는 없을 것 같은데……"

무상은 계속 투덜거렸다.

"그런데 그 화천이란 자는 초능력자가 맞는 거야? 그런데 왜 내가 처리해 달라는 사람들을 그냥 두는 거야? 지금 내가 처치해야 할 놈들이 얼마나 많은 줄 알아?"

그 말을 들은 태선이 답답하다는 표정을 지으며 물었다.

"회장님께서는 세상을 지배하시겠다는 야망은 포기하신 겁니까?"

태선의 질문에 무상이 못 믿겠다는 얼굴로 말했다.

"그때 그 말은 나를 위로하려 한 말이 아니었나? 정말 그렇게 할 수 있다는 이야기야?"

태선이 자신 있는 미소를 지으며 말했다.

"그래서 지금 그 방법을 보여드리려고 이렇게 오시라고 한 것입니다."

무상은 잠시 어리둥절했지만, 얼굴이 환해져서 말했다.

"정말이야? 알았어! 그렇게 된다면야 잠자코 있어야지! 어서 가자고!"

잠시 후 그들이 통제실에 들어가자 그곳에는 이미 화천을 비롯한 역천인들이 기다리고 있었다.

"여러분들 안녕하셨소?"

무상은 무안함을 면하기 위하여 손까지 올리면서 우스꽝스럽게 인사하며 들어갔다. 상호와 화선은 인사를 받았지만, 화천은 얼굴을 찌푸리며 외면했다. 하지만 무상은 크게 개의치 않았다. 지난번 모두 앞에서 약한 모습을 보여서 그런지 지금 그는 예전보다는 많이 유순해 보였다.

무상은 어색한 분위기 속에서도 그곳에 처음 보는 사람이 있다는 것을 알았다. 그 사람은 통제실의 큰 모니터 앞에 앉아 있었다. 낡은 옷감을 몸에 두른 것 같은 이상한 옷차림으로 이런 첨단 시설로 가득 찬 통제실에는 전혀 어울리지 않는 사람이었다. 그의 마음을 읽은 듯 태선이 말했다.

"이 사람은 동천입니다. 우리 일을 도울 것입니다."

"이런 사람이 우리 일을 돕는다고?"

무상이 의심스러운 표정으로 중얼거렸다. 그가 주변을 돌아보니 이상한 것이 보였다.

"방 한가운데에 있는 저 쇠기둥은 뭐지?"

그러자 태선이 다시 빙긋 웃더니 말했다.

"지하 40km까지 연결한 기둥입니다. 여기 동천이 일을 하는 데 필요한 것이지요. 사실, 이런 장치를 몇 군데 더 했습니다. 얼마 후면 세상이 우리를 찾으려고 혈안이 될 것이기에 혹시라도 발각되지 않도록 장소를 옮겨가며 일할 생각이거든요."

그리고 태선은 상호와 화선을 보면서 말했다.

"준비는 다되었겠지?"

그러자 그들 대신 화천이 빙긋이 웃으면서 대답했다.

"웅, 오늘은 일단 간단한 실험을 먼저 할 생각이야."

대답을 하고 나자 화천은 동천에게 말했다.

"자, 그럼 내가 지시하는 곳부터 살짝 맛만 보여 주라고!"

화천의 이야기를 들은 동천이 힘없이 통제실 가운데 설치된 기둥을 잡았다.

"화면에 관악산을 비춰줘."

화천의 명령을 들은 상호가 통제실의 커다란 화면에 관악산의 전경을 보여주었다.

"천인 놈들이 있었던 곳이라서 내가 제일 싫어하는 곳이지. 하지만 너무 심하게 할 필요는 없어. 인간들이 겁만 먹도록 살짝만 보여 줘라!"

그 말을 들은 동천이 화면을 뚫어지게 보더니 기둥을 잡고 정신을 집중하였다. 뭔가 기운을 쓰는 것 같았다. 잠깐 그러는가 싶더니 그는 피곤한 얼굴로 눈을 뜨며 화천에게 말했다.

"다되었소."

무상은 이 광경을 옆에서 지켜보면서 이해가 되지 않아 태선에게 물었다.

"이 실장, 이자가 지금 뭘 한 거지?"

태선이 무상을 보고 빙긋 웃으며 천천히 리모컨을 집어 TV를 켜면서 말했다.

"아마 저 대신 TV가 설명해 줄 것입니다."

통제실의 커다란 화면에 TV 화면이 떴다. 주말 연속극의 재방송으로 가족이 식사하는 장면이었다. 그런데 잠시 후 그 화면 아래쪽에 커다랗게 붉은 글씨로 '서울 관악산 지역, 진도 3.5 지진 발생'이란 글씨가 떴다.

무상이 얼떨떨한 모습으로 태선을 바라보았다. 그러자 그녀가 말했다.

"이것이 지금 회장님 눈앞에 있는 동천이 한 일입니다."

태선이 이야기하는 동안 TV에서는 갑자기 장면이 바뀌어 정규방송을 중단하고 긴급 뉴스를 했다. 제대로 머리 손질도 하지 않은 아나운서가 화면에 나와 급히 준비한 원고를 읽기 시작했다.

"속보입니다! 조금 전 오후 2시 13분경 서울과 경기도의 경계 지역에 있는 관악산 부근에서 진도 3.5의 지진이 발생하였습니다. 아직 이번 지진으로 인한 피해는 없는 것으로 알려졌지만 그 지역의 거의 모든 사람들이 집안에서 물건이 흔들리는 정도의 진동을 느꼈다고 합니다. 자세한 내용은 소식이 들어오는 대로 알려 드리겠습니다. 다시 한번 말씀드립니다. 방금 전……"

아나운서는 지진 속보를 반복하여 읽고 있었다. 무상은 놀라서 모니터 앞에 앉아 있는 동천을 쳐다보았다. 동천은 피곤한지 고개를 숙이고 있었다. 무상이 입을 쩍 벌린 채 아무 말도 하지 못하고 있는 것을 본 화천이 위협적으로 말했다.

"보았느냐? 이것이 우리의 힘이다. 우리는 이런 힘으로 세상을 지배할 것이다!"

무상은 아직도 머리를 한 대 맞은 표정이 되어 아무 대답도 하지 못하고 있었다. 그는 화천의 이야기를 부인할 수가 없었다. 이렇게 자기 마음대로 지진을 일으키는 사람에게 그 누가 대항할 수 있겠는가? 지진은 천재지변 중에서도 가장 무서운 것이다. 그 무서운 것을 이들이 일으킨다는 것이었다. 그의 겁먹은 표정을 본 태선이 싸늘한 미소를 보이며 설명을 덧붙였다.

"동천의 위력은 이것이 전부가 아닙니다. 그가 마음만 먹는다면 관악산에 화산 폭발을 일으킬 수도 있습니다."

무상은 이제는 공포에 질린 얼굴이 되어 물었다.

"어떻게 그런 일을…… 관악산은 휴화산도 아닌데?"

태선이 대답했다.

"동천은 땅과 지열을 조종할 수 있는 능력을 갖추고 있기 때문입니다. 그가 지치지 않고 집중만 할 수 있다면 세계 어떤 곳이라도 땅을 가르고 용암을 내뿜게 할 수 있습니다."

무상은 다시 겁먹은 얼굴로 동천을 쳐다보았다. 하지만 그는 괴로운 얼굴로 말없이 앉아 있을 뿐이었다. 무상은 굉장한 능력을 갖춘 사람치고는 표정이 너무 우울해 보인다고 생각했다. 하지만 그런 그의 표정에는 관심 없다는 말투로 태선이 물었다.

"이제 우리가 세상을 정복할 수 있다는 말을 믿으시겠습니까?"

무상이 대답을 못 하고 있자 화천이 끼어들어 말했다.

"이제 알겠는가? 자네가 사람 몇 명을 죽여 달라는 부탁을 내가 왜 우습게 생각하고 있는지. 나는 그런 일을 할 사람이 아니거든! 뭣 때문에 내가 그런 사소한 일에 시간을 낭비하겠는가? 이런 지진 한 번만 일으키면 모든 인간이 모두 알아서 우리에게 굴복할 텐데!"

무상은 화천의 말에 반론을 제기할 수가 없었다. 그는 한참 머뭇거리다 대답했다.

"알겠소. 화천 장군의 지도에 따르도록 하겠소."

무상의 대답을 들은 화천이 득의만만한 웃음을 지으며 말했다.

"이제는 나를 주인으로 인정하는 것인가?"

무상이 말없이 고개를 숙였다.

"역시 계산이 빠른 자로구나. 잘 생각했다. 나에게 충성해라! 너는 나만을 섬기면 된다. 그렇게 되면 나를 제외한 세상의 모든 것들이 너에게 복종하게 될 것이다!"

무상은 지금 자신의 눈앞에서 일어난 상황으로 생각해 볼 때 자신은 도저히 화천을 넘어설 수 없다는 생각이 들었다. 계산이 빠른 그였다. 지금 화천에게 거역하는 것은 오히려 스스로 위험해질 것이라는 생각이 들었다. 상대는 지진을 일으키고 화산을 분화시킬 수 있는 능력자가 아닌가? 자신에게 아무리 돈이 많고 부하들이 많다고 한들 지진과 화산 폭발 앞에서는 아무것도 아니지 않은가? 지금은 화천에게 복종하는 것만이 최선의 선택이었다.

자신에게 굴복하는 무상의 표정을 본 화천은 기분이 좋아져서 동천에게 외쳤다.

"잘했어! 그럼 이런 식으로 몇 군데 만 더 해볼까? 이번에는 남쪽 지방으로 가 보자!"

통제실의 대형 스크린에 부산 해운대의 전경이 나타나자 동천은 그것을 보고 다시 봉에 손을 댄 채 눈을 감고 잠시 집중했다. 잠시 후 그가 눈을 뜨고 고개를 들었다. 그러자 몇 분 뒤 TV에서는 또 '부산 해운대에도 진도 3.5 지진 발생'이라는 자막이 떴다. 그리고 다시 속보를 전하기 위한 아나운서가 나왔다. 역천인들의 표정이 더욱 밝아졌고 무상의 표정은 더욱 창백해졌다. 하지만 그 또한 차츰 이 상황을 즐기는 표정으로 바뀌기 시작했다.

그날 하루에만 서울 관악산, 부산 해운대 그리고 광주 무등산 등 한반도의 세 지역에서 지진이 일어났다. 규모는 심하지 않아서 인명이나 재산 피해는 거의 없었지만 모든 사람들이 진동을 느끼기 충분한 진도였다. 한 군데도 아니고 같은 날 거의 전국적으로 일어난 지진은 모든 국민들에게 충격을 주었다. 기상대, 소방서, 경찰서의 전화는 종일 폭주했다

신문과 방송 뉴스에서는 그 후 며칠 동안 계속해서 지진 소식을 주요 내용으로 다루며 대한민국이 더 이상 지진의 안전 지역이 아니라는 보도를 하고 있었다. 하지만 학자들은 정확한 지진의 원인을 밝혀내지 못하고 있었다. 지진이 일어난 지역들은 모두 지금까지 어떤 지각 운동의 조짐도 보이지 않던 곳들이었기 때문에 원인을 분석하는 데 어려움을 겪을 수밖에 없었다.

원인을 모르니 예측하여 대응할 수도 없기에 사람들은 더욱 불안해할 수밖에 없었다. 재난대책본부에서도 지진에 대비하라는 경고를 하는 것 외는 다른 방법을 찾지 못하고 있었다. 군경과 소방구급대가 비상 대기하며 지진의 추이를 예의 주시한다고는 하지만 그것으로 예방을 할 수는 없었다. 다행히 그날 이후 더 이상의 지진은 발생하지 않았다.

일주일이 지났을 무렵까지도 지질학자들은 아직도 그 지진의 원인에 대해서는 아무것도 알아내지 못하고 있었다. 그 대신 사람들 사이에서는 각종 근거 없는 소문들이 퍼져 나가기 시작하였다. 지하에서 대규모 핵실험이 있었다는 둥, 지하에 외계인들이 살고 있다는 둥의 근거도 없는 이야기들이 마구 퍼져 나가서 사람들을 더욱 불안하게 했다.

하지만 그 후 몇 주가 지나면서 더 이상의 지진이 일어나지 않자 사람들은 차츰 지진이 일어났었다는 사실을 잊어갔다. 그것이 사람들의 속성이었다. 일이 터지면 금방이라도 세상이 끝날 것처럼 떠들다가도 조금만 시간이 흐르면 그때의 공포와 불안을 모두 잊고 지금 눈앞에 닥친 일에 집중하게 마련이었다. 그렇게 시간이 지나가고 있었다.

그러던 어느 날 오후 대한민국 대통령은 비상안보회의를 소집하였다. 국무총리, 국방부, 행정자치부 장관들과 비서실장과 민정, 안보수석 등 국가 안보 관련된 장관들과 비서관들이 참가하였다. 사전 의제도 받지 않은 참석자들이 급히 회의를 소집한 이유에 대하여 수군거리고 있을 때 대통령이 수심에 가득 찬 표정으로 회의실로 들어왔다. 참석자들을 안타까운 표정으로 한 번 둘러본 대통령은 무겁게 입을 열었다.

"오늘 저에게 편지가 한 통 배달되었습니다."

대통령은 손에 들고 있던 편지 한 통을 회의 탁자 위에 놓았다. 편지 겉봉에는 '대한민국 김봉갑 대통령 앞'이라고 쓴 글자들이 보였다. 컴퓨터를 통해 프린트한 인쇄 글씨였다. 회의 참석자들이 웅성거리기 시작하자 대통령이 정숙을 요구한 후 이야기를 시작했다.

"아침에 누군가 청와대 앞에 갖다 놓은 것입니다. 하지만 경비원들도 모르고 감시카메라를 확인해 보아도 누가 놓고 갔는지 알 수가 없었습니다. 하지만 그것보다도 더 문제인 것은 이 편지의 내용입니다. 비서실장께서 한 번 읽어 주시겠습니까?"

잠시 후 비서실장이 읽는 편지 내용을 듣고 참석자들은 모두 창백해졌다. 그것은 지금까지 그들이 들어본 이야기 중에 가장 두렵고도 어이없는 내용이었기 때문이었다. 편지를 읽고 있는 비서실장조차도 목소리가 점점 떨려갔다.

"이 나라의 최고 통치자 대통령에게 알린다.

나는 며칠 전에 이 나라에 지진을 일으킨 화천 장군이라고 한다. 너희가 이미 경험한 바와 같이 나에게는 지진을 일으키고 화산을 일으킬 수 있는 강력한 능력이 있다. 이런 능력이 있는 나로서는 대통령이든 뭐든 나 이외의 다른 존재가 세상을 통치하는 것을 용납할 수가 없다. 그래서 나는 모든 질서를 바로잡기로 마음먹었다. 내 뜻에 따르지 않는 존재들을 모두 이 땅에서 청소해 버리려는 것이다. 만약 네가 그것을 막고 싶으면 나의 요구에 따라야 한다.

나의 요구는 간단하다. 이 나라의 모든 권력을 나에게 넘긴다는 성명을 발표하라. 이틀의 여유를 주겠다. 모레 정오까지 발표하지 않으면 제일 먼저 네가 있는 청와대에서 가장 가까운 북악산부터 분화시켜 너를 화산 속에 묻어버릴 것이다."

비서실장이 여기까지 읽자 참석자들이 더욱 술렁이기 시작했다.

"화천 장군이 누굽니까? 도대체 어떤 자이기에 이런 장난을 친단 말입니까?"

"당장 그자를 찾아내어 체포해야 합니다!"

"전군을 비상 대기하겠습니다!"

그러나 술렁거리던 그들은 비서실장이 한 마디에 모두 입을 다물었다.

"여기 추신이 있습니다. 마저 읽겠습니다."

모든 참석자들이 다시 비서실장의 목소리에 주의를 기울였다. 그러자 더욱 놀랍고 무서운 내용이 비서실장을 입을 통해서 들려 나왔다.

"너희들이 나의 말을 쉽게 믿지 않을 것 같아서 사전에 시범을 하나 보여 줄 것이다. 내일 정오에 지난번에 지진을 일으켰던 관악산을 분화시킬 것이다. 그 광경을 보면 나의 위력을 실감하여 좀 더 신중한 결정을 할 것이라고 믿는다. 너의 결정에 많은 인간의 목숨이 달려 있다."

비서실장이 편지를 마저 읽자 지금까지의 참석자들은 그나마 술렁거리던 모습조차 없어지고 모두 꿀 먹은 벙어리가 된 듯 아무 말을 못 했다. 잠시 후 대통령이 참담한 목소리로 말했다.

"이 사태에 대한 의견을 내주시기 바랍니다. 이 편지가 누군가의 장난이라면 정말 다행이겠지만 만약 그렇지 않다면 우리나라 역사상 가장 무서운 일이 일어날 것입니다. 이 일을 어떻게 무엇부터 처리해야 하겠습니까?"

역시 한참 동안 아무도 대답을 하지 못했다. 마침내 국무총리가 무겁게 입을 열었다.

"일단 내일 예고된 일부터 대응해야 할 것입니다. 지금부터라도 관악산의 출입을 통제해야 합니다. 지금으로서는 화산의 규모를 예측할 수 없으니 관악산에서 반경 10km 안에 있는 주민들에게는 모두 대피 명령을 내리도록 하겠습니다."

참석자들이 고개를 끄덕이는 가운데 행정자치부 장관이 말했다.

"만약 아무 일도 일어나지 않으면 오히려 사회의 큰 혼란만 일어납니다. 출입 통제와 주민 대피는 정말 큰 작업입니다. 이런 장난 같은 편지를 믿고 그럴 필요까지 있을까요?"

잠시 또 침묵이 흘렀다. 잠시 후 국무총리가 단호하게 대답했다.

"일단, 지난번에 원인을 알 수 없는 지진이 우리나라에 일어난 것은 사실입니다. 물론 믿기 어려운 일이지만 그냥 무시해 버리다가 만에 하나라도 화산이 폭발하면 국민들의 무고한 생명을 다칠 수 있습니다. 비록 가능성이 희박해도 국민의 생명을 가지고 도박을 할 수는 없습니다. 사전에 확실히 막을 방법이 없다면 혼란이 있더라도 통제와 대피를 시행해야 할 것입니다."

그 말을 들은 대통령이 이야기했다.

"맞아요. 국민의 안전이 가장 중요합니다. 이 일로 단 한 명의 국민이라도 다치는 사람이 나오면 안 될 것입니다. 다만 지금 우리가 협박을 받고 있다는 것이 국민들에게 알려지면 사회적으로 큰 혼란이 올 수 있습니다. 이 일은 당분간 비밀을 지켜주시기 바랍니다. 필요하다면 제가 직접 알리도록 하겠습니다. 그리고 안기부장은 이 편지에 대하여 좀 더 조사해 주시고……."

대통령은 장관들을 보며 이야기했다.

"행정자치부 장관과 국방부 장관은 화천 장군이란 자의 정체나 위치가 확인하는 대로 체포할 수 있도록 전 경찰과 군 병력을 비상 대기 해 주세요!"

그들이 대답하고 안보회의는 그 후로도 몇 시간 동안 계속되었다. 하지만 아무리 국가 안보의 최고 결정권자들이 모인 자리라도 그들이 할 수 있는 일은 거의 없었다. 관악산의 입산을 통제하고 그 지역 주민들을 철수시키는 것 그리고 문제의 편지를 보낸 화천 장군이란 존재에 대해서 온 국가의 정보력을 다 동원해서 누구인지 확인하기로 하는 정도였다. 그리고 혼란을 막기 위해서 화천의 협박 사실을 당분간 국민들에게 알리지 않기로 했다. 아무리 첨단 과학 무기로 무장한 대한민국의 군사력도 어딘지 모르는 곳에 숨어서 자연적 재난을 무기 삼아 협박하는 것에는 속수무책이었다. 이것이 바로 현실이었다.

나루도 얼마 전에 일어난 지진에 관해서는 거의 잊고 있었다. 하지만 오늘은 그 일을 다시 떠올려야 했다. 갑자기 관악산의 입산을 금지하고 주민을 대피시킨다는 방송을 하고 있었다. 모두 관악산이 화산 폭발을 한다는 것에 어리둥절해하며 믿기 어려워하는 분위기였다. 하지만 정부의 조치는 진지했다. 공무원들이 관악산 입구를 철저히 통제하고 주변 주민들을 대피시키고 있었다.

다행히 나루와 여울의 집과 학교는 관악산에서 거리가 있어서 크게 불안해하지 않고 일상생활을 할 수 있었다. 그들 또한 최근의 지진과 화산이 일어나는 이유에 대해 궁금하긴 했지만 크게 신경 쓸 수는 없었다. 다른 모든 사람들처럼 자신들의 일에 집중해야 했기 때문이다. 그는 계속 학교 도서관에서 취업 준비를 했다. 최근에는 김 원장에게 전해지는 정보도 없어 해루를 소환할 기회도 별로 없었다. 지금은 역천인들의 악행이 드러나기를 참을성 있게 기다리는 시기였다.

나루는 계속 도서관에 있다 보니 주변 학생들 분위기를 통해 취업의 심각성을 피부로 느끼고 있었다. 그들은 지진과 화산에 대한 주변의 소란스러운 분위기에도 전혀 신경 쓰지 않고 취업 준비에만 전념하고 있었다. 자신의 전공인 컴퓨터 학과가 다른 전공에 비해서 취업이 쉽다고는 말하지만 언제나 책과 씨름하고 있는 다른 학생들을 볼 때 그도 긴장하지 않을 수 없었다.

여울도 마찬가지였다. 입원해 있는 아버지 지동석 교수에 대한 걱정에 항상 긴장하면서도 지 교수가 연구실 팀원들에게 지시한 새 장비를 제작하기 위해 그 이전보다도 더욱 바쁜 시간을 보내고 있었다. 그녀 역시 지진과 화산에 마음 뺏길 시간은 없었다.

이렇게 바쁘고 긴장되는 시간을 보내는 그들에게 서로는 유일한 위안이었다. 함께하는 시간이 많지는 않았지만, 같이 밥을 먹거나 잠시 차를 마시면서 서로의 얼굴을 확인하는 것만으로도 힘든 일상에서 벗어나는 탈출구를 찾을 수 있었다.

저녁 식사를 마치고 음료수를 하나씩 든 나루와 여울은 도서관 근처의 긴 의자에 앉아 있었다.

"정말 요즘은 시간이 어떻게 지나가는지 모르겠어. 아침에 눈을 떠서 조금 지난 것 같은데 벌써 잘 시간이 되는 것 같아."

여울이 바나나 우유를 빨대로 쪽쪽 빨아 먹으며 이야기했다. 나루는 그 모습을 보면서 기분이 좋아졌다. 그 행동이 그녀의 배려라는 것을 알았기 때문이다. 언젠가 그들은 서로에게 가장 힘을 주는 모습이 무엇인지에 대해서 이야기한 적이 있었다. 그 이유는 서로가 힘들 때 그저 말로 위로하기보다는 서로가 좋아하는 모습을 보여주며 힘을 주자는 생각에서였다.

여울은 나루가 자신을 말없이 위에서 지긋이 내려다보면 힘이 난다고 했다. 마음이 편해지고 의지가 된다는 이유였다. 그는 그녀가 바나나 우유를 빨대로 빨아 먹는 모습을 볼 때 힘이 난다고 했다. 의아한 표정을 짓는 그녀에게 그 모습이 자신이 생각하는 그녀의 가장 예쁘고 귀여운 모습이기 때문이라고 대답해 주었다. 그 모습을 보면 모든 걱정을 잊는다고 했다.

지금 나루가 힘들어 보이자 여울은 일부러 바나나 우유에 빨대를 꽂아 먹는 모습을 보여주고 있었다. 그는 바쁘고 어려운 생활 속에서도 남자친구를 위해 사소한 배려를 해주는 그녀가 고마웠다. 그 모습에 정말 없던 기운이 나는 것은 사실이었다. 그는 감사하는 마음으로 그녀의 작은 손을 잡으며 말했다. 두 사람의 손가락에는 같은 모양의 반지가 반짝이고 있었다.

"요즘 너 정말 바쁜 것 같아. 이제 작업은 거의 끝나가는 거야?"

나루의 질문에 여울이 빨대에서 입을 떼고 대답했다.

"그러게 말이야. 모두 빨리 끝내려 밤새우며 노력 중이야."

문득 나루가 궁금한 듯이 물었다.

"그렇게 힘들게 만들고 있는 게 도대체 뭐야?"

여울이 얼굴을 귀엽게 찡그리며 말했다.

"응, 그거 지난번 그 에너지 탐지기 도둑놈들을 잡으려고 만드는 거야."

"뭐라고? 탐지기 도둑을 잡는 장치라고?"

"응, 에너지 탐지기를 추적하는 장치야. 탐지기가 작동되면 그 위치를 역추적할 수 있는 거야."

나루의 귀가 번쩍 뜨였다. 그런 장치라면 탐지기를 훔쳐간 화천의 위치를 확인할 수 있을 것이라는 기대 때문이었다. 그는 좀 더 적극적으로 물었다.

"그래? 그거 대단한데? 그럼 언제쯤 완성될 것 같니?"

여울이 다시 바나나 우유를 한 모금 쪽 빨고 나서 대답했다.

"응, 밤새워 일한 덕분에 내일은 시험 작동을 할 수 있을 것 같아. 다행이지?"

"아! 그래? 그럼 혹시 시험 작동할 때 나도 옆에 있어도 될까?"

나루의 질문에 여울은 바나나 우유병을 탁자에 두고 의심스러운 눈초리로 물었다.

"오빠가 추적기에 왜 관심이 있어? 원래 그런 거 별로 안 좋아하잖아?"

나루는 순간 움찔했지만 금방 표정을 바꿔 아무렇지도 않게 말했다.

"지난번 교수님께서도 그런 일을 당하셨으니 너를 혼자 그냥 두는 것이 불안하기도 하고…… 그 도둑놈을 잡는 데도 관심이 있어서 그래. 내가 연구소 인원이 아니라서 곤란할까?"

그 말을 들은 여울이 기분 좋은 어린애 같은 표정이 되어 말했다.

"아, 날 걱정해서 그런 거야? 그럼 원래 안 되는 것이지만 특별히 오빠는 내 경호원 자격으로 참석하게 해줄게. 뭐, 연구실 팀원들도 모두 오빠를 아니까 괜찮을 거야."

이야기를 마치고 여울은 의미심장한 표정이 되어 속삭이듯 나루에게 말했다.

"그런데 나는 오빠가 정말 대단한 사람인 것을 보고 말았어."

"무슨 소리야?"

나루가 긴장해서 묻자 여울이 대답했다.

"나 지난번에 에너지 탐지기로 오빠를 비춰 봤거든? 그런데 오빠한테서 나오는 에너지의 양이 엄청났어. 내가 얼마나 놀랐는지 알아? 그 정도의 양이라면 발전기도 돌릴 수 있을 거야!"

이 말을 마친 후 여울은 혼자서 깔깔거리며 웃었다. 웃음을 멈춘 그녀는 말을 이었다.

"다시 확인해 보고 싶었는데 기계를 도둑맞고 말았지 뭐야? 어쩌면 그거 고장 난 건지도 몰라!"

나루는 순간 가슴이 덜컹 내려앉는 것 같았지만, 표정을 감추고 실없이 웃으며 말했다.

"그러게. 그 기계 고장 났구나. 나한테 어떻게 그런 에너지가 나오겠어?"

그러나 웃음을 멈춘 여울은 다시 진지한 표정이 되어 말했다.

"하지만 다른 사람들을 측정할 때는 멀쩡했는데 왜 오빠한테만 그랬을까?"

나루는 더 이상 이 이야기를 길게 해서는 안 되겠다는 생각이 들었다.

"이제 그런 복잡한 이야기는 그만하자. 나 다시 도서관 들어가야 해. 너도 연구실 갈 거지? 내일 그 기계 실험할 때 꼭 불러 줘. 내가 너를 지킬 수 있게!"

나루가 자리에서 일어서자 여울도 그를 따라나섰다. 그는 그녀를 도서관 뒤에 있는 연구실이 있는 과학관 앞까지 데려다주었다. 그녀가 건물 안으로 들어가려 할 때였다.

"잠깐"

나루가 여울을 불러 세워 그녀의 바로 위에서 따뜻한 눈길로 내려다봐 주었다. 그는 아무 말 없이 그녀를 한참 동안 쳐다보다가 부드럽게 그녀의 머리를 쓰다듬으며 말했다.

"힘내!"

여울이 붉어진 얼굴에 웃음 지으며 말했다.

"알았어. 오빠, 나 힘낼게. 오빠도 힘내!"

그리고 그녀는 돌아서서 연구실로 들어가며 한 마디를 덧붙였다.

"사실 지난번 관악산에서 지진 났을 때, 오빠가 옆에 있으면 좋겠다고 생각했어."

여울과 함께 하는 저녁 식사 시간은 항상 짧았다. 나루는 아쉬움을 달래며 도서관의 자리로 돌아와 다시 책과 씨름하기 시작하였다. 저녁 식사의 후유증 때문에 졸리기도 하였지만, 그는 금방 책의 내용에 집중할 수 있었다.

그런데 잠시 후 누군가 위에서 내려다보고 있다는 느낌이 들었다. 문득 고개를 들어 위를 본 나루는 깜짝 놀랐다. 처음 보는 여자가 자신을 내려다보고 있었다. 학교 도서관에는 어울리지 않는 고급 옷차림에 진한 화장을 한 모습이었다. 나루가 어리둥절한 표정을 짓자 여자가 안경을 벗었다. 그는 이제야 그녀를 알아볼 수 있었다. 그녀는 가발과 안경을 쓴 태선이었다.

"오랜만이네요."

항상 보여주었던 자신감 가득한 미소를 보이며 태선이 인사했다. 하지만 나루로서는 순간적으로 나타나는 불쾌한 표정을 감출 수 없었다. 그는 최대한 목소리를 낮추려 노력하며 대답했다.

"이 밤에 무슨 일이시죠? 당신은 지금 경찰에서 찾고 있지 않나요? 여기는 도서관이에요!"

태선은 나루의 적대적인 반응에도 전혀 당황하지 않고 침착하게 말했다.

"경찰에 대해서는 나루 씨가 걱정할 필요 없어요. 오늘은 급하게 새로운 분을 소개해 드리려고 왔어요. 이번이 나루 씨에게는 마지막 제안이 될 거예요."

잠깐 이야기를 멈춘 태선은 굳은 표정이 되더니 말했다.

"그러니 잠깐 저와 함께 나갈까요?"

나루는 잠시 상황을 생각했다. 주변의 학생들이 호기심에 어린 눈빛으로 그들을 쳐다보고 있었다. 그들에게 피해를 줄 수는 없었다. 일단 태선을 따라나서기로 했다. 그는 자리에서 일어나 아직도 자신과 태선을 따라오고 있는 학생들의 시선들을 느끼며 도서관을 나왔다.

나와서 보니 주변 휴게 공간에 있는 긴 의자 주변에 덩치가 큰 남자가 서 있었다. 태선은 나루를 그 남자에게 데리고 가서 소개했다.

"이 젊은이가 제가 말씀드린 천나루 군입니다."

큰 체격의 남자는 나루를 보더니 깜짝 놀랐다.

"아니, 너는?"

나루 역시 그 남자의 얼굴을 확인하자 함께 놀라고 있었다.

"당신은 그때 에너지 탐지기를 훔쳐갔던……?"

중간에 있던 태선도 그들이 서로 알아보자 당황했다.

"서로 만난 적이 있나요?"

사실, 화천은 자신이 에너지 탐지기를 훔쳐 나올 때 나루에게 방해받았다는 이야기를 다른 누구에게도 하지 않았었다. 자신이 인간 하나 제대로 처리하지 못했다는 사실을 알리는 것이 부끄러웠기 때문이었다. 태선이 그 사실을 아는 것을 막기 위해 그는 서둘러 말을 돌렸다.

"아, 아니 그냥……. 그래 네가 바로 천나루로구나. 만나서 반갑다!"

나루는 화천의 태도가 이상하긴 했지만 그가 경비원을 죽이고 지동석 교수를 죽음 직전까지 몰고 간 사람임을 확인하자 흥분하지 않을 수 없었다. 하지만 이곳은 아직 학생들이 많이 있는 학교였다. 이곳에서 그와 싸운다면 자신의 정체가 탄로 날 뿐만 아니라 다른 사람들이 다칠 수도 있었다. 나루는 다음 기회를 생각하면서 최대한 감정을 억제했다.

"당신은 사람을 죽이고 에너지 탐지기를 훔쳐간 사람 아니에요? 여긴 무슨 일로 온 거죠? 이태선 씨! 전 당신들과 함께 일을 할 생각이 없다고 분명히 이야기했을 텐데요?"

태선은 순간 당황했으나 나루가 다른 사람들이 들을까 봐 흥분을 감추고 낮은 소리로 이야기한다는 것을 알고 재미있다는 표정을 지으며 말했다.

"그래요. 목소리를 높이지 않는 게 좋죠! 나루 씨가 우리와 일하기 싫어하는 것은 저도 알아요. 하지만 오늘 우리 이야기를 들으면 생각이 달라질 거예요!"

"무슨 이야기를 해도 제 결심은 바뀌지 않아요. 훔쳐간 에너지 탐지기나 빨리 돌려줘요! 안 그러면 두 사람 모두 경찰에 신고할 거예요!"

태선이 더욱 재미있어 죽겠다는 표정을 지으면서 말했다.

"지금까지 그렇게 경험하고도 경찰이 소용 있다고 생각해요? 그러지 말고 우리 말을 좀……"

"전 더 이상 들을 말이 없네요. 제 생각을 이야기했으니 이제 들어가 겠습니다!"

나루는 태선의 말을 다 듣지도 않고 돌아가려 하였다. 그때 화천이 낮은 소리로 물었다.

"너도 며칠 전 지진은 느꼈겠지?"

나루는 지진이란 단어를 듣자 걸음을 멈출 수밖에 없었다. 그가 돌아서서 물었다.

"그게 무슨 소리예요? 왜 여기서 지진 이야기가 나와요?"

나루가 화천에게 강한 적대감을 보이는 것을 보고 태선이 중간에 나서서 말했다.

"그 지진이 바로 여기 계신 화천 장군께서 일으키신 거예요!"

"뭐라고요? 당신이 지진을 일으켰단 말이에요? 무슨 이유로 지진을 일으킨 거죠?"

화천이 나루를 맹랑하다는 듯 바라보면서 위협적으로 말했다.

"며칠 전의 것은 그저 맛보기로 보여준 것이다. 인간들이 나의 말을 듣지 않는다면 더욱 무서운 지진과 화산 분화의 공포를 경험하게 될 것이다!"

화천의 이야기를 듣고 나루의 얼굴이 하얗게 질렸다.

"당신이, 당신이 정말 지진을 일으킬 수 있다는 말이에요?"

"너도 느끼지 않았느냐? 왜 너를 위해서 한 번 더 보여줄까?"

화천이 무서운 표정으로 장난스럽게 말하자 나루가 당황하며 말했다.

"아, 아니 그런 이야기는 아니에요. 하지 마요. 그런 짓 하지 마요!"

나루의 당황하는 표정을 보고 화천의 표정은 아주 자신만만해졌다. 태선도 미소를 지었다.

"너를 그 지진 속에서 죽어가는 수많은 사람들 가운데 하나가 되게 할 수도 있지만 너의 재주를 아껴서 그러는 것이니 이제 그만 고집을 피우고 우리와 함께 하는 게 어떠냐?"

화천이 아까와는 다른 부드러운 목소리로 이야기했다. 태선이 그를 도왔다.

"강한 분의 옆에 있어야 강해질 수 있는 거예요. 이 특별한 기회를 놓치지 말아요!"

나루는 더 이상 대꾸를 할 수 없었다. 눈앞이 아득해지는 것을 느꼈다. 지금으로써는 어떤 결정을 바로 내릴 수가 없었다. 조금이라도 시간을 벌어야 한다고 생각한 그가 힘없이 대답했다.

"알았어요. 하지만 생각할 수 있게 저에게 시간을 좀 주세요."

지금까지 와는 다른 대답을 들은 태선이 기쁜 얼굴이 되어 말했다.

"얼마나 시간을 주면 되겠어요?"

나루가 조금 생각한 후에 최대한 시간을 갖자는 의도로 대답했다.

"일주일 정도?"

태선은 화천을 보고 의견을 묻는 표정이었다. 그가 위협적인 목소리로 대답했다.

"오냐! 하지만 일주일은 너무 길다! 이틀의 시간을 주마. 아마 그동안 세상이 바뀌어 있을 것이다. 그것을 본다면 너도 우리의 제안을 받아들일 수밖에 없겠지! 흐흐흐……"

'세상을 바꾼다고?'

나루는 화천의 이야기에 가슴이 철렁했지만, 소름 끼치게 음흉한 그의 웃음을 듣고 있어야 했다. 지금은 어쩔 수가 없었다. 그는 지금 화천과 태선의 기고만장한 모습을 참고 견뎌야 했다.

화천과 태선이 떠나자마자 해루는 가방을 챙겨 학교를 나왔다. 여울에게는 짧은 문자로 급한 일로 먼저 가겠다고 하고 그는 바로 저수지 은신처로 향했다. 늦은 시간이었지만 이미 모두 와 있었다. 그들은 나루가 화천을 만났다는 것에 긴장하며 무슨 일이 있었는지 궁금해했다. 나루가 그 이야기를 해주자 천인들은 서로 눈짓을 주고받더니 신원의 표정이 일그러졌다.

"아! 이제 보니 화천이 동천을 데리고 있는 것이 분명합니다! 왜 그것을 미처 생각하지 못했을까요? 그들의 잔악성을 생각했더라면 미리 막았어야 했는데……"

신원이 절망적인 목소리로 한탄하자 김 원장이 그를 위로했다.

"그것은 누구도 예상할 수 없는 일이었어요. 우리의 잘못이라고 할 수는 없어요……."

신원은 아직도 충격을 벗어나지 못한 모습이었다.

"그래도 동천의 위험성을 생각하면 충분히 예상했어야 하는 일이었습니다!"

나루의 두건이 연한 쪽빛으로 변하며 낮은 목소리가 흘러나왔다.

"동천이라면 천국에서 대장장이를 하시던 분을 이야기하시는 겁니까?"

"네, 그 구구절절했던 사랑 이야기 때문에 신시에서도 화제가 되었던 분이죠."

이 선생이 대신 대답했다. 그리고 곧 이야기를 덧붙였다.

"해루 님께서는 봉인 중이셔서 모르시겠지만, 그 사람은 천 년 전에 크게 사고를 일으켰어요."

"사고라니요?"

해루가 묻자 이 선생이 대답했다.

"어떤 인간이 자신의 아내를 빼앗으려 하자 그만 화산을 분화시켜 버린 거예요. 그때 그 사람이 분화시킨 화산이 바로 백두산이에요. 그 결과는 참혹했죠. 물론 자기 아내를 뺏으려 했던 나쁜 인간과 그 패거리는 죽일 수 있었지만 그 밖에도 수십만의 무고한 사람들이 목숨을 잃고 말았어요. 결국 그 결과로 그 당시 백두산 주변에 있었던 발해라는 나라가 멸망했고요."

옆에 있던 신원이 이야기를 도왔다.

"아시다시피 그 동천이란 인물은 원래 선하고 유순한 사람인데 자신의 아내인 설희 부인에게 위험이 닥치면 물불을 가리지 않은 성격이 되어버립니다. 지금도 화천은 설희 부인을 볼모로 잡고 동천을 협박하고 있을 것입니다."

그 이야기를 들은 나루도 그의 기억 속에 있는 동천에 대한 이야기가 떠올랐다. 그는 천국에서 대장장이로 일하다가 환웅의 이복누나인 설희 부인과 서로 사랑하게 되었다. 하지만 신분의 차이 때문에 천국에서는 이루어질 수 없는 사랑이었다. 그래서 그들은 사랑을 위해서 지상으로 내려오는 삶을 선택했다. 그런 만큼 그들은 자신들의 사랑을 소중하게 생각했다. 특히 동천은 그의 아내를 위해서는 무슨 일이든지 할 사람이었다. 나루는 순간 여울의 얼굴이 떠올랐다. 동천이란 사람이 이해가 될 것도 같았다. 하지만 그는 동시에 헛웃음을 웃고 말았다. 그 모습을 본 이 선생이 이상하다는 듯 물었다.

"왜 그렇게 웃는 거예요?"

나루가 우습다는 표정으로 대답했다.

"그렇지 않아요. 그 화천이란 자 말이에요……. 나도 헷갈린 것 같아요. 나는 화천의 말만 믿고 그자가 직접 지진도 일으키고 화산도 일으키는 줄 알았거든요? 그런데 그게 아니잖아요. 비겁하게 다른 사람의 약점을 가지고 협박해서 하는 거잖아요. 그걸 생각하니까 정말 그자가 우습다는 생각이 들어서요!"

다른 사람들도 그 말을 듣더니 서로 바라보며 쓴웃음을 지었다.

"역천인들이란 그렇게 비겁한 존재들이니까요. 목적을 위해서는 수단과 방법을 가리지 않아요."

이 선생이 분위기를 반영하듯 대답했다.

"그래도 그들 스스로 자신들의 계획을 알려준 셈이네요. 나루 군 덕분에 그들의 계획을 알게 되어서 다행이네요."

김 원장이 담담하게 이야기하자 신원이 덧붙여 주었다.

"그만큼 그들도 나루 군의 절대기맥이 탐나는 겁니다. 절대기맥과 합께하는 초인이 세상을 지배한다는 예언이 있거든요."

모두 나루에 대해 이야기를 하고 있었지만 정작 그는 다른 것을 생각하고 있었다.

"그들은 저에게 이틀의 시간을 주었어요. 그리고 그사이에 자기들이 세상을 바꿀 것이라고 했어요. 그 사이에 뭔가를 꾸미는 것이 틀림없어요! 그러니 그 시간 안에 그 동천이란 사람과 그의 아내를 구해내서 화천의 음모를 막아야 해요. 그 일이 우리가 가장 먼저 할 일이에요!"

잠시 모두가 조용하자 해루가 먼저 이야기를 꺼냈다.

"그들을 구해내기 위해서는 그들이 있는 곳을 가장 먼저 알아내야 할 겁니다."

"지하 연구소가 아닐까요?"

이 선생이 이야기를 했지만 신원이 신중한 표정으로 말했다.

"그럴 가능성도 높지만 시간이 많지 않으니 좀 더 정확한 정보가 필요합니다."

신원의 이야기를 듣던 나루가 거의 소리를 지를 듯한 표정으로 말했다.

"맞아요! 어쩌면, 내일 그들의 위치를 알아낼 수 있을지 몰라요!"

이해하지 못하는 얼굴로 사람들이 나루를 쳐다보았다. 그러자 그가 흥분한 목소리로 말했다. .

"제 여자친구인 여울의 연구실에서 내일 에너지 탐지기의 추적 장치를 실험하기로 했거든요! 그것만 성공하면 그들의 위치를 알 수 있을 거예요. 그렇지 않나요?"

"그렇겠네요. 그들이 지금 그 탐지기를 가지고 있을 테니까요! 좋은 생각이에요!"

이 선생이 외쳤다. 다른 천인들도 얼굴이 밝아지며 고개를 끄덕였다. 그들은 이제 역천인들의 위치를 찾아내 본거지를 습격하여 그들의 음모를 막을 수 있다는 희망을 갖게 되었다. 방법을 찾았다는 기쁨에 잔뜩 고무된 나루가 서둘러 일어서며 말했다.

"저는 돌아갈게요. 내일 실험에 참가하려면 오늘은 잠을 푹 자두어야 할 것 같아요!"

역천인의 은신처

"자, 조심조심······. "

다음 날 오전 나루가 여울이 일하고 있는 에너지 연구실에 들어가려 할 때 입구에서는 몇몇 사람들이 장비와 부품들을 옮기고 있었다. 나루가 여울을 찾아보니 그녀는 보안경을 끼고 연구실 팀원들과 함께 부품들을 연결하는 용접을 하고 있었다.

나루는 방해하지 않기 위하여 잠시 그녀의 모습을 지켜보며 기다렸다. 작은 체구에 걸맞지 않게 당찬 구석이 있는 여울이었다. 남자들도 어려울 텐데 그녀는 전혀 두려움 없이 용접봉의 불꽃을 다루고 있었다. 그런 그녀를 보면서 그는 자신도 모르게 빙그레 웃었다.

잠시 후 여울이 작업을 마치고 보안경을 벗었다. 얼굴이 흠뻑 땀에 젖었지만, 나루의 눈에는 상큼하기만 한 그녀의 모습이었다. 그녀는 바로 그를 알아보았다.

"오빠 일찍 왔네?"

여울이 장비를 옆에 놓고 나루에게 서둘러 다가와 말했다.

"응, 새로 만든 추적 장치가 궁금하기도 하고 어제저녁부터 계속 방송에서 떠들고 있는 재난 경보 때문에 혹시 무슨 일이라도 있을까 봐 일찍 나와 봤어."

"그래 그 재난 방송 때문에 이곳의 분위기도 좀 어수선해."

여울도 이해가 안 된다는 표정으로 대답하고는 입을 삐죽거리며 말을 이었다.

"갑자기 관악산 지역에 화산 경보라니 말이 돼? 지난번에는 지진이고 이번엔 화산인가?"

나루가 여울을 지긋이 내려다보며 말했다.

"하지만 나라에서 근거 없는 소리를 하지는 않겠지. 그러니 우리도 조심하는 것이 좋을 거야."

여울이 나루를 올려다보며 기분 좋은 표정으로 대답했다.

"그렇겠지. 그래서 우리도 작업을 서두르고 있는 중이야. 나 저거 마저 하고 올게."

나루가 손수건을 꺼내 여울의 이마에 난 땀을 닦아주며 말했다.

"그래 계속 수고해. 난 여기서 기다리고 있을게."

여울이 나루에게 눈인사를 하고 다시 팀원들이 작업하고 있는 곳으로 돌아갔다. 그는 작업에 여념이 없는 그들을 방해하지 않기 위해 먼 곳에서 작업을 지켜보았다. 연구실의 팀원들은 지나면서 그를 알아보고 인사를 하기도 하였다. 여울 때문에 얼굴은 진작 아는 사람들이었지만 특히 지난번 그가 지 교수를 구해낸 일로 더 친해졌다.

그때 연구실의 TV에서는 리포터가 관악산 분화에 대한 소식을 전하고 있었다.

"관악산의 화산 폭발 가능성에 대한 이야기는 어제 청와대 안보회의에서 갑자기 나온 이야기라고 합니다. 하지만 오전 11시인 현재까지 아무런 징후를 보이지 않고 있습니다. 하지만 지난번에 이곳 관악산을 비롯해서 전국에서 발생한 지진도 아무런 조짐 없이 발생한 것이기 때문에 아직도 화산 폭발의 가능성을 전혀 배제할 수는 없습니다. 현재 관악산 등산로는 모두 폐쇄되었고 주민들은 귀중품과 간단한 생필품들만을 챙긴 채 각 지역에 마련된 대피소로 향하고 있습니다. 현장 담당자에 의하면 앞으로 30분 내에 모든 철수 작업이 완료될 것이라고 합니다."

화면에서는 사람들이 질서 있게 차량에 탑승해서 관악산 주변 지역인 신림동과 과천, 안양 등지를 빠져나가는 장면을 보여주고 있었다. 다행히 대피 작업은 큰 혼란 없이 진행되고 있었다. 하지만 그런 와중에도 금은방 같은 곳을 도둑질하다가 잡힌 사람들의 이야기가 나오고 있었다.

나루는 어제 들은 이야기로 이 일이 화천과 관련 있다는 것을 알고 있었다. 관악산의 갑작스러운 화산 폭발이라니! 믿을 수 없는 이 사실을 정부에서 어떻게 알게 되어 주민들의 피해를 막으려 노력하고 있었다. 화천이 일부러 알려주었을 수도 있었다. 하지만 중요한 것은 이런 만행은 누군가 막지 않으면 계속되리라는 점이었다.

관악산은 예전에 천인들의 은신처가 있던 곳이어서 목표가 된 것 같았다. 지금은 관악산이지만 다음은 어디가 될지 모르는 일이었다. 화천은 목적을 달성할 때까지 목표를 바꿔가면서 계속 이런 자연 재난을 일으키고 사람들을 혼란 속에 빠뜨릴 것이다. 지금 중요한 것은 그가 있는 곳을 빨리 알아내는 것이었다. 그래서 나루에게 여울이 하고 있는 작업은 굉장히 중요했다.

잠시 후 여울이 땀에 젖은 얼굴을 빛내며 손을 흔들었다. 나루는 그녀의 표정을 보고 팀원들의 작업이 끝났다는 것을 알 수 있었다. 그는 두근거리는 마음을 숨기면서 그녀와 팀원들이 있는 곳으로 갔다. 그들의 앞에는 노트북으로 연결된 로켓 모양의 길쭉한 기구가 서 있었다. 그 로켓 모양의 기구 위에는 50cm 정도 길이의 안테나가 나와 있었다.

"이게 완성된 추적기야!"

여울이 이마의 땀을 손으로 닦아내며 나루에게 말했다.

"이제 바로 시험 동작을 할 거야."

연구원 중 한 사람이 동료들을 보고 빙긋 웃어 보이더니 긴장된 모습으로 노트북이 놓인 탁자 앞에 앉았다. 그가 익숙하게 자판을 두드려서 프로그램을 실행시키자 옆에 서 있던 로켓 모양의 기구 옆 부분에 있는 푸른색 띠가 밝게 빛을 내면서 윙윙거리는 소리를 냈다. 팀원들의 표정이 모두 밝아졌다. 일단 기계 작동은 성공적이었다.

"빨리 추적을 해봐요."

여울이 초조한 듯 재촉했다. 그러자 노트북을 조작하는 연구원이 자판을 다시 두드렸다. 그러자 이번에는 로켓 모양의 기구에 달린 안테나가 원을 그리며 돌아가기 시작했다. 그리고 노트북의 화면에 격자 무늬가 나타나더니 그것이 물결처럼 일정한 간격으로 흔들리기 시작했다.

순간 모든 사람들은 그 화면을 주목하기 시작했다. 자판을 두드리던 연구원은 자판을 두드리면서 뭔가 이것저것 시도를 해보는 것 같았다. 그리고 잠시 후 나지막이 소리쳤다.

"찾았어!"

모두가 노트북 화면의 커서가 있는 곳을 주목했다. 거기에는 파란 점 하나가 반짝이고 있었다.

"이곳이 어디에요?"

그러자 옆에서 열심히 좌표를 찾아 계산한 연구원이 이야기했다.

"웅? 여긴 은감시라는 곳인데? 여기가 어디지?"

그러다 다른 노트북으로 지도의 좌표를 검색해 보던 다른 연구원이 이야기했다.

"맞아, 이상하네? 여긴 지금 도시 재개발 공사 현장이라고 나오는데?"

옆에서 이야기를 듣고 있던 나루는 그곳이 어디인지 짐작할 수 있었다. 역시 그들은 연구소 지하에 있지 않았던 것이다. 그들은 공사가 한창이라서 누구의 주목도 끌지 않는 곳에 비밀 장소를 설치하여 지진과 화산 폭발을 일으키려 하고 있었다.

"빨리 경찰에 연락해요!"

여울이 연구원들에게 이야기했다. 한 사람이 경찰에 신고하는 것 같았다. 하지만 그는 잠시 후 고개를 흔들면서 말했다.

"경찰에서는 지금 이 일을 처리할 수가 없대. 지금 관악산 화산 때문에 서울과 경기도의 모든 경찰들이 교통질서와 재해 지역의 치안을 위해서 비상인 것 같아. 이 일은 화산 일이 마무리되어야 처리가 가능하다는데? 교수님께 의논을 드려야 할 것 같아. 내가 그분과 통화할게."

뒤에서 지켜보던 나루는 여울의 옆으로 가서 조용히 이야기했다.

"추적기를 성공적으로 제작한 것을 축하해. 기계 작동도 잘 되는 것 같네. 나는 일이 있어서 이만 가 볼게. 너도 여기 마무리 잘하고 나중에 만나자. 내가 다시 연락할게!"

"응, 그래. 나도 이곳을 마무리해야 하니까……. 끝나면 오빠한테 연락할게!"

여울도 처리해야 할 일이 있는지 지금 나루에게 신경 쓸 여력이 없어 보였다. 그는 그녀가 다른 연구원들과 함께 다시 모니터에 집중하는 모습을 뒤로하고 연구실을 나왔다.

밖으로 나오자마자 나루는 머릿속으로 신원을 불렀다.

"제 이야기 들리시죠?"

"응, 잘 들리네. 그래 장소는 확인이 되었나?"

"네, 그런데 정말 엉뚱한 곳이었어요!"

"그래? 그곳이 어딘가?"

"지난번 우리가 재개발을 위해 철거를 막았던 곳 있죠? 그 현장 부근인 것 같아요!"

"뭐라고? 역시 교활한 놈들이네! 그런 곳을 근거지로 삼다니!"

"일단 그곳을 확인하셔서 그들이 있을 만한 장소를 찾아봐 주세요! 저도 빨리 갈게요!"

나루는 저수지 은신처로 가기 위해서 급히 학교의 정문을 나서려 했다. 그때 거리의 이곳저곳에서 웅성거리는 소리가 들렸다.

"드디어 화산이 터졌대!"

"관악산의 장군봉에서 연기가 치솟기 시작했대!"

나루는 결국 화천이 그의 계획을 실행시키고 있음을 알았다. 그는 그들이 화천을 찾아내기 전에 큰 피해가 나지 않기를 기원하면서 은신처로 향했다.

나루가 저수지 은신처로 가는 길은 평소보다 훨씬 더 오랜 시간이 걸렸다. 관악산의 분화로 인하여 그 부근의 모든 교통이 통제되었기 때문이었다. 사람들이 그곳을 피해 우회하다 보니 한강 남쪽의 모든 길이 혼잡했다. 많은 사람들은 퇴근 시간이 아님에도 불구하고 집을 향하고 있었다. 재난의 순간에 가족들과 함께하려는 것 같았다. 다행히 지하철은 정상 운행되고 있었다. 하지만 그것도 관악산 주변의 역에는 정차하지 않고 그냥 통과했다.

들리는 뉴스에 의하면 분화가 시작된 지 한 시간이 지났지만, 관악산에는 하얀 연기만 뿜어 나올 뿐 더 이상의 분화는 없어 사람들이나 주변 시설물에 대한 피해는 아직 없다고 했다. 과학자들은 서둘러 갑작스러운 분화 원인에 대해서 파악하고 있지만 확실한 원인에 대해서는 아직 알아내지 못하고 있었다. 갑자기 엄청난 에너지가 관악산 하부의 지층에 영향을 미쳤다는 것만 확인했을 뿐 그 에너지가 어디서 온 것인지는 알 수 없다는 것이었다.

재난본부에 따르면 화산의 분화가 계속 현재 수준에 머문다면 그 추이를 하루 이틀 더 지켜본 후에 대피소의 주민들을 집으로 돌려보낼 수도 있다고 했다. 아직은 서울 주변의 산에서 화산이 분화했다는 놀라운 사실에 비해서 사람들은 비교적 평온하게 반응하고 있었다.

하지만 사람들이 화천이란 존재를 알게 된다면 이런 평온한 분위기를 계속 유지할 수 없을 것이라고 나루는 생각했다. 화천은 지금 그에게도 자신의 위력을 과시하고 있었다. 그가 동천이란 존재를 모를 것으로 생각하고 화천 자신의 능력을 믿게 하려는 것이었다. 어쩌면 능력을 과장하기 위해 더 큰 일을 저지를 수도 있었다. 그러기 전에 빨리 막아야 했다.

나루는 세 시간이 넘게 걸려서 저수지 은신처에 도착했다. 그렇지 않아도 오래 걸리는 길이 한 시간이나 더 걸렸다. 신원뿐만 아니라 김 원장과 이 선생도 이미 도착하여 그를 기다리고 있었다. 그들은 지친 그를 반갑게 맞았다. 그는 서둘러 두건을 쓰고 손목에 천부령을 찼다. 마침내 해루가 그들과 함께하자 이 선생이 웃으며 말했다.

"나루 씨 오느라 수고했어요. 밖에는 지금 관악산의 화산 폭발 때문에 정신없죠?"

"네 그래서 길이 많이 막히네요. 이곳에 오는 데 정말 오래 걸렸어요!"

나루가 지친 목소리로 대답했다. 그 말을 듣고 해루가 다급하게 물었다.

"정녕 화천이 이곳에 화산을 폭발시킨 것이냐?"

"아니요. 아직 폭발은 안 했지만 계속 연기를 내뿜고 있어요."

나루가 대답했지만 잠시 후 불안한 목소리로 말했다.

"하지만 언제 폭발할지는 모르는 일이에요. 그러니 빨리 그들을 막아야 해요."

그 이야기를 들은 이 선생이 자랑스러운 목소리로 끼어들었다.

"나루 씨가 이곳으로 오는 동안 제가 어려운 숙제를 끝내 놓았지 뭐에요?"

나루가 의아한 표정으로 이 선생을 쳐다보자 신원이 대신 대답해 주었다.

"이 선생이 은감시 공사 현장에서 그들의 비밀 장소로 의심되는 곳을 이미 찾아 놓았네!"

그 말을 들은 이 선생이 으쓱거리는 모습으로 이야기했다.

"아시다시피 그 현장은 이곳과 가깝잖아요. 그래서 신원 님의 이야기를 듣고 오는 길에 그곳을 들렀다 왔거든요. 그런데 그 사람들은 그곳에 비밀 장소를 만들면 아무도 못 찾을 것이라고 생각했나 봐요. 전혀 조심하지 않던데요? 주변을 아주 잠시 지켜봤는데 그곳에 어울리지 않는 옷차림의 사람들이 어떤 곳으로 들어가는 것을 봤어요. 나중에 가서 보면 알겠지만 정말 수상한 곳이에요. 그곳이 그들의 비밀 장소가 틀림없어요!"

나루는 그 말을 듣고 뛸 듯이 기뻤다. 드디어 그들이 있는 곳을 찾아냈다! 이제 그곳을 습격하여 동천의 부인을 구해내고 그들을 물리쳐서 지진과 화산 폭발을 막는 일만 남은 것이다.

"그럼 빨리 가죠! 빨리 가서 그들을 막아야죠!"

"그런데 한 가지 문제가 있어요!"

나루가 흥분해서 급히 일어서려 하자 김 원장이 조용히 그를 막았다. 그가 어리둥절한 표정으로 자리에 다시 앉자 그녀는 스마트폰의 문자를 보여주었다.

'설희 부인이 지하 연구소에 있어요.'

나루는 그것을 보고 깜짝 놀라서 물었다.

"다시 문자가 온 것인가요?"

김 원장이 침착하게 고개를 끄덕이며 말했다.

"맞아요. 조금 전에 받았어요. 제보자가 무사해서 다행이긴 하지만 일은 더 어려워졌어요."

이해하지 못한 나루가 물었다.

"그게 무슨 말씀이죠?"

그러자 해루가 대신 설명했다.

"지금 동천과 설희 부인이 서로 다른 곳에 있다는 말이지. 동천은 설희 부인이 무사하다는 것을 확인하기 전에는 절대로 화천의 협박을 거부하지 못할 거야!"

"그러니까 지금 가서 바로 화천을 물리치면 되는 것 아닌가요?"

나루가 성급하게 묻자 신원이 침착한 목소리로 말했다.

"그것은 너무 위험한 일이야. 만약 우리가 그를 물리친다 하더라도 싸우고 있는 사이에 설희 부인을 볼모로 해서 동천에게 더 큰 지진이나 화산 폭발을 요구할 수도 있지 않은가?"

상황을 깨달은 나루가 실망하여 분한 듯이 말했다.

"그럼 그 부인을 구하기 전까지는 그들을 습격할 수 없다는 말이군요."

"그렇지. 그러니 설희 부인을 먼저 구해야 해. 부인이 안전하다는 것을 확인해야 동천이 지진과 화산 폭발을 멈출 거야. 그다음에 화천과 역천인들을 물리칠 수 있을 것이고!"

해루의 대답을 이해한 나루가 고개를 끄덕이며 말했다.

"그 말씀이 맞네요. 알았어요. 그럼 빨리 연구소부터 가서 부인을 구하죠!"

신원이 삼단봉을 챙기며 말했다.

"알겠습니다. 지하 연구소는 저희가 다녀올 테니 김 원장님과 이 선생님은 공사 현장의 은신처를 감시해 주시기 바랍니다. 혹시라도 그들이 장소를 옮길 수도 있으니까요."

"알았어요. 어서 다녀오세요. 무슨 일이 있으면 바로 연락을 드릴게요."

김 원장과 이 선생이 서둘러 대답했다.

"너 지금 뭐 하는 짓이냐?"

화천이 눈을 부라리며 동천을 노려보았다.

"장군이 관악산에 화산을 일으키라고 하지 않았소? 그래서 지시한 대로 한 것이요!"

동천의 대답에 화천이 더욱 분노하여 말했다.

"네놈이 나를 놀리려 드는구나! 관악산을 폭발시켜 나의 위력을 보여 주라고 했는데 그저 연기만 피우고 있지 않느냐? 지금 나와 장난을 하자는 것이냐?"

"그럼 장군은 꼭 사람들이 죽고 다쳐야 속이 후련하겠소?"

동천이 분개한 표정으로 묻자 화천이 잔인한 표정으로 대답했다.

"물론이지! 그래야 그들이 나의 두려움을 알고 복종하지 않겠느냐? 어서 화산을 폭발시켜라!"

동천이 원망스러운 눈길로 화천을 쳐다보았지만, 그는 위협적으로 말했다.

"설희가 정말 걱정되지 않는 거냐? 그녀가 무사하길 바란다면 빨리 시키는 대로 해!"

한참을 더 화천을 노려보던 동천이 어쩔 수 없이 다시 기둥을 부여

잡았다. 기둥을 잡는 그의 손은 떨리고 뺨에는 눈물을 흘리고 있었다. 그는 마음속으로 울부짖었다.

'환인 천제시여! 이 죄인이 또 많은 생명을 희생시키려 합니다. 저는 지옥 불의 고통을 달게 받겠으니 아씨만은 꼭 무사히 지켜주시옵소서! 또한 저 화천의 악행을 꼭 응징하여주시기 바랍니다!'

그가 다시 기둥을 잡았다. 그의 집중이 시작되자 지금까지 하얀 연기만을 내뿜던 관악산의 봉우리에서 조금씩 검은 연기가 나오기 시작했다. 화천은 TV로 그것을 보면서 기뻐했다.

"그래! 그래야지! 어서 빨리 분화시켜 버려라! 불덩어리를 뿌려서 세상을 태워 버려라!"

동천이 좀 더 강하게 집중하려는 것 같았다. 하지만 봉우리에서는 검은 연기까지만 나오고 더 이상 심각한 상황은 일어나지 않고 있었다. 그러자 화천이 다시 화를 내며 소리쳤다.

"아직도 나를 놀리려고 하느냐? 네가 정녕 설희의 비명을 듣고 싶은 게냐?"

하지만 동천이 울부짖듯이 말했다.

"아니요! 나도 너무 오랜만에 능력을 사용하다 보니 예전에 비해 기력이 쇠약해져서 아무리 해도 안 되는 것을 어쩌란 말이요?"

화천은 순간 당황하고 말았다. 만약 그것이 사실이라면 자신이 생각했던 무서운 재난을 일으키는 것이 불가능해지는 것이다. 화천은 더욱 분노하여 소리쳤다.

"네놈이 또 잔꾀를 부리는구나! 알았다! 내가 네 앞에서 설희를 난도질할 것이다!"

화천은 부하들을 시켜 설희 부인을 데려오라고 시키려 하였다. 그때 태선이 조용히 그의 옆으로 와서 말했다.

"장군 지금 설희는 멀리 떨어진 강원도 연구소에 있습니다. 데려오려면 몇 시간이 걸릴 것입니다. 지금 저자의 말이 진실일 수도 있으니 다른 방법을 써보는 것이 어떨까요?"

"하지만 다른 방법이 없지 않느냐?"

"장군께서 에너지 탐지기를 가져오실 때 증폭기도 가져오시지 않았습니까? 마침 그것이 이곳에 있으니 사용하여 보는 것이 어떨까요?"

화천의 눈이 번쩍 뜨이며 말했다.

"그래 그것을 사용하면 되겠구나! 빨리 그것을 저자에게 줘라!"

옆에 있던 상호가 서둘러 깔때기 모양의 에너지 증폭기를 가져 왔다. 그리고 그것을 동천의 머리에 씌웠다. 동천이 어리둥절한 표정으로 물었다.

"이, 이게 무엇이오?"

"그것은 너의 능력을 더욱 강하게 만드는 기계다. 기특하게도 이 시대의 인간들이 만들어낸 것이다. 어서 그것을 쓰고 다시 기를 모아 보아라!"

동천은 내키지 않는 표정으로 머뭇거렸지만 마지못해 다시 기둥을 잡고 기를 집중했다. 그의 머리에 있는 증폭기 주변의 전구에 불이 환하게 들어왔다. 확실히 그가 내뿜는 에너지는 강해지는 것 같았다. 화천과 태선이 초조하게 그 모습을 지켜보았다. 잠시 뒤 관악산의 정상에서는 검은 연기와 함께 조금씩 붉은 불꽃이 비치기 시작했다. 그리고 다음 순간 장군봉에서 거대한 불기둥이 갑자기 솟아올랐다. 폭발로 나온 검은 재와 연기가 해를 가리자 주변이 삽시간에 어두워졌다. 그리고 분화구로부터 돌과 불덩이들이 튀면서 용암이 흘러내리기 시작했다.

"이제 그만!"

화천이 만족스러운 표정으로 소리쳤다. 그 말을 들은 동천은 기둥에서 손을 떼고 눈을 떴다. 하지만 TV 화면을 바라본 그의 얼굴이 하얗게 질렸다. 천 년 전의 장면을 떠올렸기 때문이다. 그의 걱정스러운 얼굴을 본 태선이 말했다.

"걱정하지 마라. 장군께서는 인간들이 겁을 먹을 정도의 적당한 수준에서 멈추셨다. 이제 화산 폭발의 무서움을 본 저들은 우리들의 무서움을 뼈저리게 느낄 것이다!"

TV에서 아나운서의 급한 목소리가 다시 들렸다.

"방금 전에 지난 두 시간 동안 흰 연기만 내뿜던 관악산 화산이 갑자기 폭발하기 시작했습니다. 그 위력이 상당하여 폭발할 때 나온 파편들이 최대 7km 주변까지 날아가기도 했습니다. 지금 서울의 신림동과 경기도의 과천, 안양 등 관악산으로부터 반경 5km 이내의 지역에 있는 건물들은 대부분이 불에 타고 파괴된 것으로 보입니다! 다행히 대부분의 주민들이 사전에 대피하여 큰 인명 피해는 없었습니다. 하지만 통제에 따르지 않고 집에 남아 있던 주민들이 있다는 소식이 있어 그들의 안전이 걱정됩니다. 계속 소식이 들어오는 대로 다시 알려 드리겠습니다!"

화면에서는 연기를 내며 용암이 분출되는 화산 입구와 함께 검은 재가 쌓여 있는 주변 지역들을 보여주고 있었다. 그리고 TV를 보면서 공포에 질려있는 대피소의 사람들도 보여주었다. 어처구니없다는 얼굴로 넋을 잃은 그들은 하루아침에 집과 재산을 잃어버린 사람들이었다.

자책하는 마음으로 TV를 보던 동천은 눈을 돌려 화천과 태선을 비롯한 역천인들을 보았다. 그들은 실의에 빠진 사람들의 안타까운 표정에는 아랑곳하지 않고 자신들의 성공을 축하하고 있었다. 동천의 얼굴에는 그들을 향한 경멸의 표정이 나타났다. 하지만 잠시 후 TV 화면 하단에 나타나기 시작한 자막들을 보고 다시 그의 표정은 절망적으로 변했다.

'최초 사망자 발생 - 대피하지 않고 집에 남아 있던 일가족 4명 전원 사망'

'피난 지역에서 편의점을 털던 도둑 화재로 사망'

'사망 인원 계속 증가 중 - 예상보다 많은 인명 피해 발생 우려'

계속 나타나는 안타까운 소식들을 보면서도 역천인들은 웃고 떠들며 기뻐하고 있었다. 그들은 지금 세상이 자신들의 손아귀에 들어온 듯한 기분을 느끼고 있는 것 같았다.

"가까운 곳이라서 위력이 더 강할지도 몰라요! 호호호...."

태선이 소리치며 간드러지게 웃었다.

어느새 그들은 관악산과 청와대에서 가까운 곳으로 장소를 옮겨서 세상에 대한 위협을 진행하고 있었다.

나루 일행은 강원도 연구소를 향하는 차 안에서 관악산의 화산 폭발 소식을 들었다. 듣지 않을 수가 없었다. 모든 라디오 방송에서 그 소식을 전했고 화산 폭발 소식에 서울을 벗어나려는 사람들로 고속도로에 차들이 넘쳐나고 있었기 때문이었다. 많은 사람들이 하필이면 강원도 쪽을 향하고 있었다. 지난번 지진이 난 곳이 서울, 부산 그리고 광주였기 때문에 사람들은 상대적으로 지진이 없었던 강원도를 안전하다고 믿는 것이었다. 관악산의 화산 폭발을 눈앞에서 직접 목격한 사람들은 거의 혼이 나간 것처럼 보였다. 서로 먼저 가려고 갓길까지 차들이 들어오는 바람에 도로는 그야말로 아수라장이었다. 그런 무질서 속에서 차들은 더욱 움직이지 못하고 있었다.

"빨리 가서 처리해야겠어요! 이미 사람들이 혼란 상태에 빠져 있어요."

"나도 그러고 싶지만 이런 상황에서는 나도 어쩔 수가 없잖아."

신원이 안타까운 듯이 차들이 엉켜 있는 도로를 보면서 말했다. 통제하려는 경찰들의 진입조차 어려운 상황이었다. 고속도로는 그야말로 주차장이 되었다. 서로 먼저 살겠다는 인간들의 이기심 때문에 오히려 아무도 움직이지 못하는 무질서한 모습이 되고 있었다. 벌써 저녁 9시가 넘고 있었다. 이런 식으로 가다가는 오늘 중으로 목적지에 도착할 수 있을지도 의문이었다.

화천이 자신에게 준 시간은 이틀이었다. 어제와 오늘을 보내고 내일이 그와 약속한 날이었다. 내일이 끝나기 전에 동천과 그의 아내를 구해야 했다. 그렇지 않으면 태선과 화천이 말하는 세상이 변하는 일이 일어날 것이기 때문이었다. 그 세상이 변하는 일이 이 지진을 말하는 것일까? 아니면 또 다른 일이 있을까? 나루의 마음은 급했다. 빨리 화천을 막아야 한다는 생각에 정신이 없었다. 그때 그의 스마트폰 벨이 울렸다. 여울이었다. 그는 서둘러 전화를 받았다.

"오빠 어디야?"

나루는 여울의 목소리에서 그녀의 기분이 심상치 않음을 바로 느낄 수 있었다.

"내가 지금 급한 일이 있어서 어디를 좀 가고 있어? 무슨 일이야?"

그는 최대한 침착하게 대답했다. 하지만 그녀의 반응은 싸늘했다.

"오빠 어떻게 그럴 수 있어? 아무리 여기가 관악산에서 떨어져 있는 곳이라도 그렇지, 모든 사람들이 세상이 끝났다고 난리를 치고 있는데 이런 순간에는 내 옆에 있어줘야 하는 거 아니야? 난 지금 오빠 걱정밖에 안 하는데 오빠는 안 그런가 봐?"

여울은 정말 크게 실망하고 있는 것 같았다. 나루는 아차 싶었다. 그녀를 걱정하지 않은 것은 결코 아니지만 안전한 곳에 있다고 생각하여 따로 챙기지 않은 것뿐이었다. 하지만 그는 곧 자신의 잘못을 깨달았다. 화천에 집중하느라 그녀에 대한 생각을 잠시 잊은 것은 사실이었다. 그녀의 심정이 이해되었다. 남자친구로서 가장 긴급한 순간에 그녀의 옆을 지키지 못했다.

"아, 미안해. 내가 정신이 없었네. 지금은 사정이 있어서 어렵지만 끝나자마자 달려갈게!"

하지만 여울은 아직 실망이 가시지 않은 것 같았다.

"아냐! 됐어! 이런 순간에도 같이 있을 수 없다면 우리 사이를 다시 생각해 보는 게 좋을 것 같아!"

그녀는 이 말을 마치고 전화를 끊어 버렸다. 마지막 목소리에는 조금 울먹이는 느낌마저 들었다. 그는 난감한 표정이 되어 한참 전화기를 들고 있었다. 옆에서 듣고 있던 신원이 물었다.

"여자친구 목소리를 들어보니 화가 많이 난 것 같은데?"

나루가 힘없이 대답했다.

"네, 오늘 같은 날에 함께 있지 않아서 저에게 실망한 것 같아요."

신원은 나루의 심각한 표정에 입맛만 다시며 한참 동안 말을 못하다가 슬며시 이야기를 꺼냈다.

"너무 상심하지 말게. 나중이라도 자네의 진심을 알게 되면 이해할 거야."

신원의 위로가 별 효과가 없었는지 나루가 퉁명스럽게 대답했다.

"하지만 제가 왜 그 애와 함께 있지 못했는지, 제가 지금 어떤 상황인지를 그 애에게 정확하게 이야기를 할 수가 없잖아요. 그래도 그 애가 저를 이해해줄까요?"

그 말을 들은 신원이 대답을 못 하고 꽉 막힌 도로만을 쳐다보며 입을 다물었다.

그때 해루의 목소리가 갑자기 끼어들었다.

"그 여인이 너의 정인이냐?"

나루는 아차 싶었다. 팔목을 보니 아직 천부령이 채워져 있었다. 해루가 자신과 함께 있다는 것을 잠시 잊었던 것이다. 해루까지 상관하는 것이 기분 상한 나루가 심통 맞게 대답했다.

"맞아요. 하지만 오천 년 묵은 연애 상담은 사절입니다!"

해루는 왠지 잠시 주저하는 것 같았다. 하지만 그는 결심한 듯이 말했다.

"그래 나도 네 일에 괜히 끼어들기는 싫다. 하지만 네가 그녀를 진정을 아낀다면……"

해루가 얕은 한숨을 한 번 쉬더니 이야기를 마무리 지었다.

"절대로 오랫동안 혼자 두어서는 안 된다……"

옆에서 운전 중인 신원은 많이 놀라는 표정이었다. 자신이 알기에 여자를 사귄 경험이 없는 해루가 그런 이야기를 하니까 의아했던 것이다. 하지만 나루로서는 그런 것을 알 리가 없었다. 그는 그저 해루가 너무나 흔하고 뻔한 이야기를 해준다고 생각했다. 항상 예의와 규범을 강조하는 고리타분한 해루에게서 훌륭한 연애 조언을 기대한 것은 애초부터 아니었다.

시간이 지나도 차들이 줄어들 기미를 보이지 않는 고속도로 위에서 더욱 힘든 것은 여울의 일로 모두의 분위기까지 가라앉았다는 것이었다. 차들은 밤이 깊어질수록 오히려 더 늘어나는 것 같았다. 벌써 밤 12시가 넘어가고 있었지만, 연구소까지는 반도 가지 못하고 있었다. 이러다가는 정말 내일이 되어도 도착할 수 없을 것 같았다. 계속 늦어지면 큰일이었다. 기다리다 지친 나루가 답답한 마음에 무심코 입을 열었다.

"혹시 해루 형은 뭐 자동차만큼 빨리 달린다거나 하는 그런 능력은 없어요?"

그러자 해루가 무덤덤하게 대답했다.

"왜 없겠느냐? 나는 오래전에 축지법에 통달한 사람이다."

그 말을 들은 나루의 표정이 밝아졌지만, 순간 어이없다는 표정으로 말했다.

"정말이세요? 그런데 왜 진작 말씀을 해 주시지 않았어요?"

"네가 물어보지를 않지 않았느냐?"

해루가 당황한 목소리로 대답했다. 그러자 신원이 옆에서 난처한 얼굴로 말했다.

"모두 내 실수네. 해루 님이 축지법을 하시는 것을 아는 내가 먼저 이야기했어야 했는데……."

"그런데 내가 축지법을 하는 것이 뭐 어쨌다는 말이냐?"

해루가 천연덕스럽게 묻자 나루가 나무라듯이 말했다.

"그걸 말이라고 하세요? 그런 능력이 있다면 우리라도 빨리 갈 수 있잖아요! 신원 님! 아셨죠? 우리가 먼저 가서 설희 부인을 구하고 있을 테니 신원 님은 운전해서 뒤따라오세요!"

신원은 그렇게 하겠다고 대답하면서도 걱정스러운 표정이었다.

"시간이 급하니 그렇게 하는 것이 좋겠지만……. 해루 님은 괜찮으시겠습니까?"

"어차피 나에게는 공력이 전부 아니겠습니까? 이 친구의 육신만 견뎌 준다면 문제없습니다."

"나루 군도 절대기맥의 기문을 열어주었기 때문에 보통 사람의 열 갑자 이상의 능력이 있습니다. 육신의 문제는 전혀 없을 것입니다."

"그렇다면 아무 문제가 없겠군요!"

해루와 신원이 의논하는 것을 듣고 있던 나루가 참지 못하고 말했다.

"문제없으면 빨리 출발하자고요! 아까 여울을 혼자 오래 두지 말라면서요? 빨리 일을 해결하고 여자친구 만나러 가게 해 줘야죠!"

나루는 서둘러서 차에서 내렸다. 차들이 꽉 막힌 고속도로에는 장시간의 기다림으로 지쳐서 밖으로 나와 바람을 쐬는 운전자들도 많이 있었다. 그는 그들을 피해 사람들의 눈에 띄지 않는 곳으로 갔다. 어떤 남자가 그를 이상하게 한번 보았지만 크게 관심은 두지 않는 것 같았다.

나루가 해루에게 말했다.

"자 이제 축지법을 사용해서 출발하세요!"

"알았다. 그런데 어디로 가야 하는 것이냐?"

"가면서 제가 길을 알려 드리면 안 될까요?"

"그것은 안 될 말이다. 축지법이란 빨리 가는 것이 아니라 거리를 줄이는 것이라서 내가 가는 길을 정확히 알아야 한다."

나루는 아차 싶었다. 해루가 연구소의 위치를 모르는 것을 생각하지 못했던 것이다. 이럴 줄 알았으면 지난번에 연구소를 찾아갈 때 계속 천부령을 끼고 있을 걸 하는 후회가 있었지만 이미 소용이 없었다. 모처럼 해루의 능력을 발휘할 길이 없어 난감해하던 그에게 좋은 생각이 떠올랐다. 그는 스마트폰을 꺼내어 길 찾기 앱을 실행시켰다. 그리고 목적지를 YCI 연구소로 하자 스마트폰의 화면상에 굵은 선으로 가는 길이 나타났다. 나루는 해루에게 말했다.

"화면에 있는 선이 보이시죠?"

해루가 신중하게 화면 속의 지도를 뚫어지게 쳐다보았다. 잠시 후 고개를 끄덕이며 말했다.

"가는 길을 모두 머릿속에 집어넣었다. 이제 출발할 수 있겠다!"

"다행이네요! 그럼 어서 출발해요!"

나루가 말을 마치자 그의 몸은 쏜살같이 움직이기 시작했다. 아니, 그것은 움직이는 것이 아니라 몸이 지점과 지점을 순간적으로 뛰어넘어 간다는 표현이 맞는 것이었다. 출발점에 있던 그가 순간적으로 저 앞에 나타났다가 다시 저만큼 더 앞에 나타났다 하는 행동을 반복하면서 가고 있었다. 그의 움직임은 너무 빨라서 사람들의 눈에는 거의 보이지 않았다. 더구나 차 안의 사람들은 오랜 운전과 기다림으로 이미 많이 지쳐 있었다. 그들은 그가 빠르게 지나가는 것을 느낄 마음의 여유도 없었고 어둠이 깊이 내린 고속도로에서 그의 모습을 보는 것도 쉬운 일은 아니었다.

차에서 내려 달리기 시작한 지 얼마 안 되어 나루는 연구소 근처에 도착할 수 있었다. 그는 도착 후에도 신기해하며 어쩔 줄을 몰랐다. 해루의 새로운 능력에 감동한 것 같았다. 그 순간만큼은 여울에 대한 걱정도 잊은 모습이었다. 그가 한참을 정신 못 차리고 있자 해루가 말했다.

"빨리 설희 부인을 찾아야 하는 거 아닌가? 자네가 시간 없다고 말한 것 같은데?"

나루가 자신의 마음을 들킨 것이 부끄러웠지만 태연한 척하면서 말했다.

"저도 지금 그러려고 했거든요? 속도감 때문에 잠시 정신이 어지러웠을 뿐이에요!"

연구소 근처로 다가간 나루는 몸을 숨기고 연구소 입구를 바라보았다. 두꺼운 철문으로 닫힌 입구 주변에는 많은 감시 카메라가 있었다. 경비를 서는 있는 사람들도 두 명이 있었다.

"시간이 없으니 무조건 정면 돌파를 해야 할 것 같아요!"

"그래야 할 것 같구나!"

의논을 마친 나루는 3m가 넘는 담을 훌쩍 뛰어넘어 사뿐히 연구소 안쪽에 내려앉았다. 그는 마당에서 작은 돌을 몇 개 집어 들었다. 저쪽에서 다가오고 있는 두 명의 경비원의 모습이 보였다. 그들은 아직 나루의 모습을 보지 못한 것 같았다. 해루가 집어 든 돌 두 개를 그들을 향해 날렸다. 퍽, 퍽 소리와 함께 돌은 정확히 그들의 머리에 맞았고 그들은 그 자리에 쓰러졌다.

"저 사람들 괜찮을까요?"

나루가 걱정스럽게 묻자 해루가 대답했다.

"걱정하지 마라. 기절할 정도의 세기로 던졌다."

나루는 해루를 믿지 못한 것이 미안한지 말을 바꾸었다.

"경비원들이 쓰러진 것이 탄로 나기 전에 빨리 처리해야 해요."

나지막이 속삭인 후 나루는 재빠르게 동굴 입구로 다가갔다. 입구에도 경비초소가 하나 있었고 그 안에는 굉장히 체격이 큰 경비원 하나가 근무를 서고 있었다.

"저 사람에게 설희 부인의 위치를 물어봐야 할 것 같아요."

나루는 낮은 자세로 재빠르게 초소의 뒤로 돌아가 문을 열었다. 인기척에 무심코 뒤를 돌아본 경비원이 나루를 발견하고 놀라기도 전에 한 손으로 그의 입을 막아버렸다. 체격이 굉장히 큰 그는 힘쓰기에는 자신이 있는지 잠시 버둥거렸지만, 나루의 손을 벗어날 수 없었다.

잠시 후 경비원이 얌전해지자 나루는 그의 입을 막은 채 다른 손의 검지를 그의 눈앞에 들어 보였다. 그러자 손가락에서 파란 불꽃이 피어났다. 손가락에 붙은 불이 자신의 눈앞에서 왔다 갔다 하자 그는 겁에 질려서 눈이 커지며 울먹이는 표정이 되었다. 나루는 불꽃을 사라지게 한 뒤 손가락을 입술에 대어 조용히 하라는 표시를 했다. 그가 고개를 끄덕이자 나루는 입을 막았던 손을 떼어 주었다.

"여기 혹시 옛날 옷차림을 한 여자 분이 있지 않아요?"

경비원은 잠깐 멍한 표정을 지었지만 잠시 후 생각난 듯이 그들 앞에 있는 여러 개의 모니터 화면 중에서 하나를 가리켰다. 그 화면에는 한 여자가 걱정스러운 표정으로 앉아 있는 것이 보였다. 밤늦은 시간에도 걱정 때문에 잠을 이루지 못하는 모습이었다. 이야기를 자제하고 있던 해루가 입을 열자 잿빛이었던 두건과 눈가면이 연한 쪽빛으로 변했다.

"설희 부인의 모습이 맞는 것 같구나."

두건과 눈가면이 다시 잿빛으로 변하면서 나루가 경비원에게 물었다.

"저곳이 어디죠?"

두건과 눈가면의 색이 변하며 목소리까지 변하는 나루를 보고 더 겁먹은 경비원이 대답했다.

"지하 10층입니다."

"지하 10층 어디?"

나루가 위협적인 목소리로 다시 묻자 놀란 목소리로 그가 소리 내어 대답했다.

"10층에 숙직실이라고 표시가 된 방입니다!"

그제야 나루는 만족한 듯이 빙긋 웃으며 부드럽게 말했다.

"알려줘서 고마워요. 하지만 잠시 주무셔야겠어요!"

나루는 경비원의 이마에 손가락을 가볍게 튕겼다. 그의 육중한 몸이 뒤로 나가떨어졌다.

경비원이 정신을 잃은 것을 확인한 나루는 빠르게 동굴 입구를 지나 승강기를 탔다. 지하 10층에 도착하자 그는 소리 내지 않고 승강기를 나왔다. 그곳은 통제실이 공간의 대부분을 차지하고 있었다. 그는 통제실이라고 쓰인 문을 지나면서 유리창을 통해 내부를 흘깃 들여다보았다. 몇 명의 남녀가 있었다. 그는 들키지 않기 위해서 허리를 숙여 신속히 통과했다.

숙직실이라고 표시가 된 방은 바로 그 옆이었다. 하지만 그곳은 중앙 통제실과는 달리 유리창이 없어서 내부를 확인할 수가 없었다. 나루는 조심스럽게 문의 손잡이를 돌려보았다. 역시 예상대로 잠겨 있었다. 손에 조금 더 힘을 주었다. 그러자 '투둑' 하는 소리와 함께 문의 손잡이가 부서져버렸다. 그는 부서진 문손잡이를 제거한 후 문을 열고 안으로 들어갔다.

방안에는 아까 모니터에서 봤던 여자가 있었다. 설회 부인이었다. 그런데 그녀는 뭐라고 꼬집어서 이야기할 수는 없었지만, 이상한 옷차림이었다. 낡은 천을 바느질도 제대로 하지 않고 몸을 감싸고 있는 것 같았다. 나루는 그녀의 옷차림이 마치 한복에 넥타이를 한 것처럼 어색하다고 생각했다. 하지만 성숙해 보이는 외모는 뭐라고 이야기할 수 없는 기품이 있어 보였다. 그는 이 여인이 동천의 사랑하는 아내로서 세상의 파멸과 바꿀 만한 대상이라고 한 이유를 왠지 알 것 같은 느낌까지 들었다. 그를 본 그녀가 놀란 표정으로 물었다.

"누, 누구요?"

또 다른 낯선 사람의 방문에 놀란 목소리였다. 가면까지 쓴 남자가 문을 부수고 들어왔으니 더욱 놀랐을 것이다. 나루는 최대한 부드러운 목소리로 말했다.

"부인을 구하러 왔습니다! 어서 저와 함께 이곳을 나가시죠!"

하지만 부인은 불안한 목소리로 물었다. 상황이 이해가 가지 않는 표정이었다.

"당신이 누구기에 나를 구한다는 것입니까?"

"자세한 이야기는 지금 할 수 없고 빨리 이곳을 나가야 한다니까요!"

나루가 급한 마음에 서둘렀다.

"지아비께서 저에게 이곳에서 기다리라고 하셨습니다. 저는 그분께서 돌아오시기 전에는 이곳에서 한 발자국도 나갈 수 없습니다!"

나루가 예상하지 못한 상황에 어이없는 표정이 되어버렸다. 그러자 해루가 나섰다.

"부인, 저는 신시군의 사령관 해루입니다. 저를 기억하시겠습니까?"

설희 부인은 괴한의 목소리와 두건의 색깔이 바뀌자 겁을 먹은 것 같았지만 해루의 목소리를 기억해낸 듯 얼굴이 잠시 밝아졌다. 하지만 그의 얼굴을 자세히 본 후 다시 의심스러운 듯 말했다.

"당신은 제가 기억하는 해루 장군이 아닙니다. 누구시기에 그분을 사칭하여 나를 속이려 하는 것입니까?"

나루는 답답한 마음이 되어서 끼어들어서 목소리를 높이며 말했다.

"지금은 자세한 이야기를 할 시간이 없어요! 빨리 이곳을 나가야…… 읍!"

해루가 나루의 말을 막으며 급히 이야기를 꺼냈다.

"지금 동천 님이 화산을 폭발시키려 하고 있습니다. 늦어지면 수많은 사람들이 죽을 것입니다!"

부인은 괴한이 남편에 관해서 이야기하자 몸이 굳은 것처럼 놀라며 물었다.

"뭐라고요? 그분이 왜 그런 짓을 하죠?"

"화천이 부인을 볼모로 협박하고 있기 때문입니다!"

"화천이라고요? 그 악인은 환웅 폐하에 의해서 봉인되지 않았나요?"

놀란 얼굴로 묻는 부인의 질문에 해루가 비통하게 대답했다.

"그의 봉인이 해제되어 오천 년 전에 그랬듯이 다시 세상을 지배하려 하고 있습니다."

"………"

설희 부인이 놀라서 아무 대답을 못하자 해루가 타이르듯 말했다.

"동천 님이 화산과 지진 일으키는 것을 멈추려면 부인이 안전하다는 것을 직접 보여주는 방법밖에는 없습니다. 그래서 우리가 이렇게 부인을 구하러 온 것입니다!"

해루의 말을 들은 부인은 많이 혼란스러워했지만 잠시 후 결심한 듯 일어서며 말했다.

"알았어요. 그분이 또다시 많은 인명을 해치는 것을 보고 있을 수는 없어요."

그들의 대화를 답답하게 지켜보던 나루가 반갑게 말했다.

"잘 생각하셨어요. 어서 빨리 나가시죠!"

부인이 일어서는 순간 나루는 뒤에서 인기척을 느꼈다. 그가 황급히 뒤를 돌아보니 그곳에는 검은 양복을 입은 남녀들이 문을 막고 있었다. 남자 셋과 여자 둘이었다.

"이상한 소리가 들려서 뭔가 했더니 쥐새끼가 들어와 있었구나! 용케 여기까지 들어왔지만 나가기는 어려울 것이다!"

가장 앞에 있던 눈이 찢어진 남자가 말했다. 짧은 머리의 그는 호리호리한 체격이지만 까다로워 보이는 인상이었다. 하지만 검은 양복을 확인한 나루는 전혀 당황하지 않고 투덜거렸다.

"거 봐요. 이렇게 귀찮아질 것 같아서 빨리 가자고 했잖아요. 시간 없는데⋯⋯."

두건과 눈가면의 색깔이 변하며 해루의 목소리도 들렸다.

"그래도 부인께서 알아들으시게 설명을 해야 하지 않겠느냐? 이왕 이렇게 된 거 어찌하겠느냐? 막아선 자들이 있으면 모두 뚫고 가야 하겠지!"

남자와 여자들은 나루에 관한 이야기를 미리 들었는지 긴장하는 얼굴이 되었다. 잠시 정적이 흐른 후 가장 뒤에 있던 여자가 소리쳤다.

"태선 님이 여자가 다치면 안 된다고 했어!"

그 말을 들은 나루가 빙긋 웃으면서 말했다.

"그것은 나도 원하는 바예요. 그럼 우리 모두 밖으로 나갈까요?"

나루의 말에 따라 남녀가 문 뒤로 물러서서 복도로 나갔다. 그 역시 남녀를 따라나섰다. 설희 부인이 걱정스럽게 나루를 보았다. 그러자 그는 자신 있는 표정으로 말했다.

"걱정 마세요. 빨리 끝내고 와서 다시 모시고 갈게요!"

복도로 나온 나루와 다섯 명의 남녀는 복도의 양쪽으로 대치하고 섰다.

"제가 지금 시간이 별로 없거든요? 빨리 들어와 주실래요?"

"이 건방진 놈!"

눈 찢어진 남자의 입에서 모래바람이 뿜어져 나왔다. 나루는 순간 당황했다. 복장을 보고 그냥 TST 인원들인 줄 알았는데 그들은 모두 역천인들이었다. 하지만 그는 놀라면서도 반사적으로 모래바람 줄기를 피했다. 그 위력은 엄청나게 강해서 그를 빗나가 뒤에 있는 벽을 움푹 들어가게 했다. 남자는 모래바람을 내뿜은 후에는 호흡을 하기 위해서 인지 연속 공격은 하지 못했다.

그러자 남자의 뒤에 있던 짧은 머리 여자가 공중으로 차오르며 입에서 뭔가 반짝이는 것을 내뿜었다. 독침이었다. 나루가 그것을 피하자 수많은 독침들이 뒤에 있는 벽에 박혀 버렸다. 그러자 여자는 피어싱한 코와 입가에 잔인한 미소를 지으며 손에 든 체인을 휘두르기 시작했다. 그는 그것을 피하려고 뒤로 물러서서 소리쳤다.

"이 사람들은 보통 사람이 아니네요? 모두 역천인들이잖아요!"

"그런 것 같구나! 그렇다면 나도 마음 놓고 공격을 할 수 있겠다!"

"네! 빨리 처리하고 가야 한다니까요!"

그때 독침을 쏘는 여자의 뒤에 있던 덩치 큰 남자가 나루의 앞으로 나와 가슴을 마구 두드리기 시작했다. 그러자 다른 남녀들이 그의 주변을 비켜주었다. 그러자 그의 몸이 갑자기 부풀어 오르더니 셔츠와 바지가 찢어지면서 털이 수북한 몸뚱이가 나타났다. 그 사이 그의 머리에서 뿔이 돋아나면서 얼굴이 검게 변하더니 마치 물소의 머리같이 되었다. 온몸이 털로 덥히고 머리가 물소 모양인 괴물로 변한 그는 머리를 앞세워 커다란 덩치로 나루를 향해 거대한 기관차처럼 돌진하기 시작했다. 코에서는 거친 김이 뿜어나왔다.

괴물이 달려드는 것을 본 나루의 두건과 눈가면이 연한 쪽빛으로 변했다. 해루는 침착했다. 그는 자신을 향하여 돌진하는 괴물을 보며 천천히 두 팔을 옆으로 벌렸다. 양손에 파란 불꽃의 검기가 어렸다. 괴물은 돌진하며 파란 불꽃을 보고 아차 싶었지만, 자신을 멈추기에는 이미 늦었다. 멈출 수 없게 되자 괴물은 속도를 더 높여 가장 강하게 해루의 가슴에 뿔을 꽂겠다고 생각한 것 같았다. 괴물의 속도가 더 빨라졌다. 다른 역천인들은 숨을 죽이고 그 장면을 지켜봤다.

"칵-"

하지만 잠시 후 괴물의 머리에는 파란색의 불꽃검이 이마에서부터 목까지 관통했다. 그리고 괴물의 코끝은 해루의 손바닥에 막혔다. 물소처럼 무지막지하게 돌진하는 괴물의 괴력을 해루는 손바닥 하나로 막아버렸다. 불꽃 칼에 찔린 괴물은 잠시 후 원래 모습으로 변하는 듯하더니 몸이 굳어버린 후 순식간에 검은 재로 부서져버렸다.

"아…… 마단!"

동료의 죽음을 본 역천인들은 흥분했다. 다시 눈 찢어진 남자가 모래바람을 내뿜기 시작했고 독침을 쏘는 여자도 그와 함께 체인을 휘두르면서 해루에게 달려들었다. 해루는 거리를 두고 체인과 독침을 피했지만 동시에 다른 방향에서 들어오는 모래바람에 복부를 맞고 말았다. 강력한 모래바람을 맞은 해루는 사정없이 뒤로 나동그라졌다. 남자의 얼굴에 회심의 미소가 떠올랐다.

해루는 복도 끝까지 밀려가서 벽에 부딪힌 후 쓰러졌다. 그것을 지켜본 역천인들은 그가 제발 쓰러져서 일어나지 않기를 바랐다. 독침을 쏘는 여자가 그들의 바람을 확실히 하기 위해서 쓰러진 그를 향해 다시 독침들을 쏘면서 체인을 휘둘렀다. 그 장면을 보고 있던 역천인들은 모두 그 독침과 체인이 그의 온몸을 갈가리 찢어놓기를 기대했다.

하지만 그 기대는 여지없이 빗나갔다. 그는 빗발치듯 쏟아지는 독침들이 얼굴에 박히기 직전에 마침 옆에 있던 소화기를 들어서 모두 막아내고 체인까지 소화기로 감아 당겨 빼앗아 버렸다. 그리고 모래투성이가 된 얼굴을 손으로 쓱 털어내며 일어서서 말했다. 그 순간 두건은 잿빛이 되었다.

"모래바람의 위력이 얼마나 되나 맞아봤는데 별거 아니네…… . 이제 한 번 맞아줬으니 우리도 공격을 해야겠지요?"

나루가 천천히 일어나는 도중에 두건과 눈가면의 색은 다시 연한 쪽빛으로 변했다. 역천인들의 얼굴이 하얗게 질렸다. 그들은 이제 공격할 생각조차 못하는 것 같았다. 해루는 천천히 손바닥이 보이도록 앞으로 뻗었다. 손끝에서 다시 파란색의 검기가 어렸다. 그리고 다음 순간 그가 기합 소리를 내면서 기를 모으자 손바닥에서 푸른색의 불꽃줄기가 역천인들을 향해 나갔다. 앞에 서 있던 눈 찢어진 남자와 독침을 날리던 여자의 몸이 순식간에 그 불길에 휩싸이고 말았다.

"아악"

온몸에 불이 붙어 고통에 몸부림치던 두 남녀 역천인들은 잠시 후 잿더미로 변하더니 결국 검은 재가 되어 사라져 갔다. 그러자 뒤에 남아 있던 두 역천인들의 얼굴이 사색이 되었다. 그들은 잠시 눈치를 살피더니 뒤를 돌아 도망치기 시작했다.

"이것들이 어디 도망을!"

비상구를 통해서 사라져버린 그들을 나루가 따라가려 하였지만 해루가 말렸다.

"이미 시간이 너무 늦었다. 빨리 부인을 데리고 이곳을 떠나는 것이 좋겠다!"

나루는 해루의 말을 따르기로 했다. 다시 설회 부인의 방으로 들어가자 그들의 싸움을 지켜보고 있었던 부인이 놀라운 표정으로 그를 바라보면서 말했다.

"정말 해루 님이 맞네요! 그것은 해루 님의 불꽃검이 틀림없었어요!"

"시간이 없습니다. 이리로 저를 따르시죠!"

나루가 부인을 이끌고 방을 나섰다. 방을 나서면서 나루는 머릿속으로 신원에게 연락했다.

"신원 님, 어디세요? 저희는 지금 부인을 구해서 나가는 중이에요."

"수고했네. 마침 나도 연구소에 거의 도착했으니 입구에서 만나기로 하세!"

신원의 반가워하는 목소리가 나루의 머릿속에 울렸다. 하지만 그들이 시간을 많이 지체한 것은 사실이었다. 신원은 그사이 벌써 연구소 근처에 도착해 있었다. 나루가 설회 부인을 부축하면서 승강기에 오르자 해루의 목소리가 말했다.

"태 조장이 마침 시간에 맞추어 도착해주었구나!"

나루가 깜짝 놀라서 의아한 표정으로 목소리로 물었다.

"어? 해루 형도 신원 님의 목소리를 들을 수 있는 거예요?"

"물론이지! 내가 비록 너의 생각은 읽지 못하지만, 신원과의 '생각말' 은 들을 수 있다."

"그렇군요! 그럼 해루 형도 신원 님과 '생각말'을 할 수 있겠네요?"

"아니 그렇지는 않다. 하지만 네가 신원과 '생각말'을 하는 내용은 나에게도 들리는구나!"

나루는 오늘 많은 능력을 터득했다고 생각했다. 축지법, 그리고 손바닥에서 나가는 불꽃줄기는 오늘 처음 경험한 해루의 능력이었다. 더구나 해루 또한 자신과 신원의 '생각말'을 듣는 것이 가능했다. 나루는 과연 해루가 가진 능력의 한계는 어디까지인지 궁금해하며 연구소를 나섰다.

김봉갑 대통령은 관악산 피해 주민들의 대피소를 돌아보고 있었다. 비록 주민들을 사전에 대피시켜 인명 피해가 많지는 않았지만, 하루아침에 집과 재산을 잃은 수백 명의 사람들이 임시 거처에서 생활하는 광경은 안타깝기 이를 데 없었다. 그들은 TV에서 자신들의 집과 재산이 화산 폭발 때문에 파괴되는 장면을 속수무책으로 보고만 있어야 했다. 그들은 대통령을 만나자 이제 어떻게 살아야 하냐고 울부짖었다. 그런 비참한 모습을 보면서 그의 마음은 편할 수 없었다.

헬기를 타고 돌아본 관악산의 분화 지역은 훨씬 더 비참했다. 어제까지 나무들이 울창했던 곳과 기암절벽들이 흉측한 검회색의 화산재에 덮여 있었다. 인근 지역에 있는 집들과 미처 가지고 가지 못한 자동차들 위에도 화산재는 가득했다. 아직도 관악산 정상에는 검은 연기가 뭉글뭉글 솟아나서 주변의 하늘을 새까맣게 뒤덮고 있었다. 비록 용암이 흐르는 것은 멈췄지만, 화산의 분화가 언제 멈출지는 아무도 장담하지 못하고 있었다.

대통령은 현재까지 확인된 사망자는 모두 10명이라는 보고를 들었다. 공무원의 통제에 따르지 않든, 범죄를 저질렀든, 국민의 귀중한 생명이 10명이나 희생되었다는 생각에 그는 비통한 마음이 치밀어 올랐다. 그나마 성공적인 사전 대피로 피해를 이 정도로 막은 것이 다행이라고 위안할 수밖에 없었다. 하지만 재산 피해는 천문학적이었다. 신림동 주변과 안양, 과천 지역의 건물과 도로 그리고 자동차의 피해는 그 추산조차 어려울 정도였다. 또 그 지역들을 예전처럼 다시 복구시키는 데는 얼마의 시간이 걸릴지도 몰랐다.

현장을 돌아보고 대통령이 청와대로 돌아오니 이미 새벽 3시가 넘어 버렸다. 하지만 그는 조금도 쉴 수 없었다. 화천 장군이란 자에게 회신을 주어야 하는 시한이 바로 오늘 정오였기 때문이었다. 그는 참석자들이 이미 대기하고 있는 안보회의 장소로 바로 이동했다. 그가 회의실로 들어섰을 때 국무총리를 비롯한 참석자들은 지난 회의보다 더욱 긴장된 표정이었다.

그것은 그들이 오늘 회의의 심각성에 대해서 모두 알고 있다는 의미였다. 관악산 화산 폭발의 무서움을 충분히 경험한 지금 모든 국가 권력을 자신에게 넘기라는 화천 장군이란 자의 요구를 어떻게 처리할 것인가를 이 회의를 통해 그들은 결정해야 했다. 더 이상 시간이 없었다. 대통령은 자리에 앉자마자 비통한 목소리로 이야기를 꺼냈다.

"제가 지금 재난 지역을 돌아보고 왔는데 정말 비참한 상황이었습니다. 비록 인명 피해는 적었지만, 이번 재해로 인해서 백만이 넘는 국민들이 집과 재산을 잃었습니다. 저는 우리 국민들이 다시는 이런 불행한 일을 당해서는 안 된다고 생각합니다. 하지만 그러기 위해서 화천 장군이라는 미지의 인물에게 국가 권력을 모두 넘기는 것이 과연 최선일까요? 사실, 저로서도 쉽게 결정을 내리지 못하겠습니다. 여러분들의 의견을 듣고 싶습니다. 말씀해주시기 바랍니다."

참석자들은 한동안 아무 말도 하지 못했다. 의견을 기다리다 지친 대통령이 말했다.

"아무도 말씀을 못하시는군요. 역시 그자의 요구를 들어줘야 하는 건가요?"

모든 참석자가 깊은 한숨만 쉬고 있을 때 한 참석자가 조용히 입을 열었고 다른 사람들은 그의 목소리에 집중했다. 회의는 그 후로도 계속 새벽까지 진행되었다. 하지만 처음 시작할 때의 비통하고 당황하던 분위기와는 달리 시간이 지나면서 분위기는 조금씩 활기를 띠기 시작했다. 참석자들의 표정이 비장해지고 있었고 어떤 순간에는 어울리지 않는 박수까지 나오기도 하였다.

마침내 동이 터 올 무렵 회의실을 나오는 대통령이 옆의 비서실장에게 말했다.

"그래…… 우리가 논의한 대로 정오에 대국민 담화를 준비해주세요!"

화천과 태선을 비롯한 역천인들 역시 밤을 새워 TV 뉴스를 보면서 지금의 상황을 지켜보고 있었다. 그럴 수밖에 없는 것이 그날은 그들에게도 중요한 순간이었다. 지난 오천 년 동안의 숙원이었던 세계 지배의 첫 단추를 끼는 일이 완성되는 순간이 다가오고 있었다. 모든 것이 계획대로라고 생각하는 그들은 만족스러운 표정으로 대통령의 발표를 기다리고 있었다.

역천인이 아닌 무상도 그들과 함께였다. 그는 관악산이 분화하기 시작하자마자 그들과 함께 있기로 했다. 그는 관악산이 화산 폭발 하는 것을 보고 정말로 화천의 위력을 실감할 수밖에 없었다. 화천의 계획을 알고 있는 그로서는 만약 대통령이 요구를 듣지 않을 경우 서울, 아니 대한민국의 전 지역이 위험하다는 것을 알고 있었다. 그럴 경우에 가장 안전한 곳은 바로 화천의 옆이었다. 그래서 당분간 그들과 가장 가까운 곳에 있어야 했다.

"이 실장이 이런 곳에 장소를 준비할지는 몰랐어! 정말 아무도 우리를 찾을 수 없을 거야!"

무상이 감탄한 듯이 태선에게 말했다. 더 이상 투정하는 목소리가 아니었다. 그는 그녀를 보면서도 이제 힘의 균형이 점차 자신을 떠나 화천에게 기운다는 것을 느끼고 있었다. 하지만 어쩔 수 없었다. 아무리 돈이 많아도 자연재해를 당할 수는 없었다. 그런 이유로 그 자신도 지금은 화천의 발밑이 더 안전하다고 느끼고 있는 것이 아닌가!

화천은 당연히 대통령이 굴복할 것이라고 확신하고 있었다. 관악산이 화산 폭발 하는 장면과 그로 인해 주변의 건물들과 도로가 파괴되는 것은 모두가 두려움을 느낄 만큼 강력했기 때문이었다. 아닌 게 아니라 대피소에서 망연자실해 있는 이재민들의 눈빛에서는 희망을 찾을 수 없었고 두려움이 가득 차 있었다. 정상적인 사람들이라면 그런 일을 다시 겪기 원할 리가 없었다. 또한 정상적인 대통령이라면 국민들이 다시 그런 일을 겪게 하지 않을 것이다. 그러니 이제 공포에 질린 대통령은 오늘 정오가 되면 자신에게 모든 권력을 넘긴다고 선언할 것이고 이제 자신은 대한민국을 시작으로 곧 전 세계를 지배하게 될 것이라고 그는 확신했다.

화천이 이런 상상을 하고 있을 때 태선 또한 그가 듣고 싶은 이야기를 해 주었다.

"모든 것이 계획대로 되어가고 있습니다. 역시 장군께서 우리를 지도하시니 그 성과가 금방 나타나는 것 같습니다."

화천이 으쓱한 얼굴로 말했다.

"너희들의 도움도 컸다. 이제 우리의 곧 우리의 목표를 이룰 수 있겠구나! 나도 무척 기쁘다!"

태선이 화천에게 다시 물었다.

"그런데 천나루라는 아이는 어떻게 하시겠습니까? 그 아이도 오늘 답을 주기로 했습니다."

천나루라는 이름을 들은 화천은 얼굴을 찌푸리며 말했다.

"거절하면 아깝지만 죽여야지! 사실 나는 그 아이에 대한 느낌이 좋지 않아!"

태선은 화천의 대답을 듣고 작은 한숨을 쉬더니 고개를 끄덕이며 말했다.

"장군의 뜻, 잘 알겠습니다. 저도 그동안은 그 아이를 데리고 있으려고 노력했지만, 만약 이번에도 거절한다면 더 이상은 안 될 것 같습니다. 그에 대한 준비를 해 두도록 하겠습니다."

"그렇게 하도록 하지."

태선의 대답에 만족한 화천은 힘없이 앉아 있는 동천을 보며 선심 쓰듯 이야기했다.

"걱정하지 마라. 이제 이 일만 끝나면 너는 네 아내와 함께 떠날 수 있을 것이다."

"그 약속은 꼭 지켜야 할 것이오!"

동천은 자신을 보며 능글맞게 웃는 화천의 얼굴을 외면하며 퉁명스럽게 대답했다.

그때 태선에게 스마트폰이 울렸다. 전화를 받고 잠시 이야기하던 그녀가 스마트폰을 들고 급히 일행들과 멀리 떨어진 곳으로 가서 통화를 했다. 전화를 받은 그녀는 상당히 당황했다. 잠시 후 전화를 끊고 다시 돌아온 그녀의 표정은 굉장히 좋지 않았다.

태선은 화천에게 와서 잠시 따로 이야기하자고 했다. 그가 궁금한 표정으로 그녀를 따라 일행들과 떨어진 곳으로 갔다. 잠시 후 그곳에서 그녀의 이야기를 들은 그 또한 얼굴빛이 창백해졌다. 그는 믿을 수 없다는 얼굴로 다시 물었다.

"뭐라고? 설회를 누군가가 데려가 버렸다고?"

"네 지금 그곳을 지키고 있던 철단에게 연락이 왔습니다. 지금 그와 서련만이 살아남았다고 합니다. 함께 지키던 사풍, 마단, 유란 셋이 당하고 그들도 간신히 도망친 것 같습니다."

"설희를 데려간 놈은 누구라고 하던가?"

"지난번 표무상 회장의 일을 방해했던 놈이라고 합니다."

"뭐라고? 도대체 그놈은 누구기에 설희가 그곳에 있는 것을 알아낸 것이냐?"

화천이 투덜거리자 태선이 그를 자제시키며 속삭였다.

"지금으로써는 잘 모르겠습니다. 하지만 그것보다도 큰 문제는 이 사실이 동천에게 알려지면 안 된다는 것입니다. 그렇게 되면 저자는 더 이상 우리 말을 듣지 않을 것입니다."

화천도 당황한 표정이 되어 말했다.

"그렇게 되겠군. 지금 내 말을 듣는 것도 설희 그 여자 때문이니까."

태선이 화천을 교활한 표정으로 바라보며 말했다.

"그러니까 동천에게 비밀로 해야 합니다. 다행히 그는 이 사실을 알 방법이 없습니다. 게다가 우리가 이곳에 있는 것은 아무도 모릅니다. 지금 이 나라 전체가 우리를 찾으려 하지만 못 찾고 있지 않습니까? 대통령이 우리에게 권력을 넘길 때까지만 숨기면 될 것입니다."

"알았어. 그렇게 하지!"

화천이 대답했다. 그는 잠시 불안한 표정을 짓다가 태선에게 물었다.

"지금 철단과 서련은 어디 있다고 하던가?"

"이곳으로 오라고 했습니다. 그 전에 제가 시킨 일이 있어서 잠시 어디 좀 들렸다 올 것입니다."

태선의 대답을 들은 화천이 한숨을 쉬면 말했다.

"바보 같은 놈들! 그깟 여자 하나 지키지 못하다니! 돌아오면 혼을 내줘야 할 것이야!"

그들은 다시 통제 모니터가 있는 곳으로 돌아와서 표정이 동천에게 들키지 않도록 신경을 써야 했다. 하지만 그럴 필요는 없었다. 동천은 그들에게는 전혀 눈길도 주지 않은 채 시름이 가득한 표정으로 고개 숙여 바닥을 보고 있었다. 그의 복잡한 표정 속에는 양심의 가책과 함께 얼마 후면 모든 것이 끝나고 다시 사랑하는 아내를 만날 수 있다는 희망이 뒤섞여 있는 것 같았다.

그 순간 나루와 신원은 설희 부인을 차에 태우고 열심히 은감시를 향하여 달리고 있었지만 마음처럼 빨리 달릴 수는 없었다. 부인의 안전을 위해 무리하게 운전할 수 없었기 때문이었다. 화천이 대통령을 협박하고 있다는 사실까지는 모르기에 시간적인 제한을 알지는 못했지만, 나루는 화천이 오늘 자신의 대답을 듣기 전까지 세상을 바꾼다고 한 말을 기억하고 있었다. 나루는 그것이 무엇이 되든 서둘러 막아야 한다고 생각했다. 만약 그것이 화산 폭발과 지진이라면 빨리 설희 부인을 데리고 동천에게 가야 했다.

서울 방향에 차량이 많지 않은 것은 그나마 다행이었다. 아직까지도 반대 방향의 도로는 피난 가는 차들로 가득했지만 서울 방향 도로는 거의 비어 있었다. 그들은 새벽의 고속도로를 달려 날이 밝고 나서야 은감시에 도착했다. 이미 7시가 지나고 있었다. 공사 현장 부근에 가까워지자 나루는 차에서 내려 이 선생에게 전화를 했다. 이 선생이 반갑게 받았다.

"도착하셨어요? 어서 오세요! 여긴 저희가 계속 지키고 있었는데 아무런 움직임이 없었어요."

"알겠습니다. 그럼 바로 그쪽으로 갈게요!"

모든 것이 뜻대로 잘되어 간다는 생각에 나루도 반갑게 전화를 끊고 주변을 둘러보았다. 바로 옆에 제법 높은 전봇대가 있었다. 그는 주변을 살핀 후 훌쩍 뛰어서 전봇대의 가장 꼭대기에 발판이 있는 곳으로 올라갔다. 그는 그곳에서 저 건너 공사 현장을 내려다보았다.

대규모 재개발 현장인 이 지역에는 상업용 건물과 아파트 단지 등 여러 개의 공사들이 진행 중이었다. 현장마다 공사의 진행 상황은 모두 달랐다. 이제 막 터를 파기 시작하는 곳이 있는가 하면 다른 현장은 이미 건물이 다 지어져서 조경 작업을 하는 곳도 있었다. 하지만 대부분의 현장들은 골조 공사가 진행되고 있었다. 비록 지금은 어지럽고 산만해 보이지만 2, 3년만 지나면 또 하나의 신도시가 탄생할 곳이었다. 물론 화산이나 지진 같은 자연 재해가 그것들을 모두 파괴해 버리지 않는다는 전제하에서였다.

그중 한 현장 부근에 이 선생과 김 원장이 입구를 지켜보고 있는 것이 보였다. 그들 역시 밤을 새워 그곳을 지키고 있었다. 그 현장은 누가 봐도 수상해서 나루 역시 금방 이상한 점을 느낄 수 있었다. 엉뚱하게 지하 공사만 하고 지상 공사는 엉성한 상태로 남겨 놓고 있는 곳이었다. 다음 공사가 필요한 것 같은데 주변에는 자재나 건설 장비가 보이지 않았다. 그것은 지하 공사만 하고 더 이상 공사가 없다는 의미였다. 정말 이해가 안 되는 현장이었다.

"딱 봐도 비밀 장소네."

나루는 중얼거린 후 전봇대에서 내려와 신원과 설희 부인과 함께 두 사람이 지켜보는 현장으로 조심스럽게 다가갔다. 오랜 시간 그곳을 지키고 있었던 김 원장과 이 선생이 해루 일행을 반갑게 맞아 주었다. 그들은 설희 부인과는 이미 아는 사이인 것 같았다. 두 사람은 최대한 공손하게 예의를 갖춰 인사했고 부인 역시 그들을 반가워했다. 그러나 시간이 없었다.

"저와 신원 님이 앞장서서 들어갈 테니 두 분은 설희 부인을 모시고 들어오세요."

나루의 이야기에 모두 서둘러 준비했다. 모두 긴장된 표정이었다. 나루도 마찬가지였다.

"드디어 해루 형이 화천을 만나네요. 기분이 어떠세요?"

나루는 자신의 긴장을 숨기기 위해 해루에게 물었다. 해루가 침착한 목소리로 대답했다.

"이제 그자는 자신의 악행에 대한 응징을 받게 될 것이다. 다만 그 과정에서 너의 육신이 조금이라도 상할까 걱정이 되는구나!"

나루는 이 상황에서도 자신을 걱정해 주는 사려 깊은 해루의 마음을 느꼈다. 어느새 그들은 서로 걱정하는 사이가 되어 있었다. 그는 심호흡을 한번 한 후 입구로 들어갔다. 이상하게 입구에 지키는 사람이 아무도 없다는 것이 마음에 걸렸다. 하지만 그것이 이곳이 비밀 장소임을 표시 내지 않으려는 술책이라고 생각할 수도 있었다. 그래도 그는 경계를 늦추지 않았다.

현장의 입구는 예상한 대로 바로 지하실로 연결되어 있었다. 지하실 안에는 승합차 두 대가 서 있는 주차장이 있었고 그 바로 앞에 입구로 보이는 두꺼운 철문이 보였다. 나루는 철문이 잠겨 있는 것을 보고 뒤에 있는 이 선생에게 손짓했다. 이 선생이 자신 있게 철문의 손잡이를 향해 걸음을 옮기는 순간 갑자기 뒤에서 커다란 외침이 들렸다.

"너희는 누구냐?"

뒤를 돌아보니 주차되어 있던 승합차 안에서 검은 양복에 선글라스를 낀 건장한 남자들이 우르르 내리더니 그들에게 다가왔다. 그들은 입구가 아닌 승합차 안에서 지키고 있었다. 그들의 손에는 칼, 쇠파이프, 각목 등이 들려 있었다. 역천인들은 아닌 것처럼 보였다.

"하나, 둘, 셋, 넷, 다섯. 모두 다섯 명이네요."

신원이 그들을 세면서 조용히 말했다. 그의 손에는 어느 새 길게 늘린 삼단봉이 들려져 있었다.

"이자들은 제가 맡도록 하겠습니다. 오래 걸리지 않을 것입니다."

"이놈이 뭐라는 거야!"

가장 앞의 남자가 쇠파이프를 휘두르며 신원에게 달려들었다. 하지만 그는 몸을 옆으로 돌려 가볍게 피하더니 무방비 상태의 남자 얼굴을 팔꿈치로 쳐버렸다. 우지끈 하는 소리와 함께 남자는 바닥에 쓰러져서 일어서지 못했다. 나머지 검은 양복들이 잠시 주춤거렸다. 그의 빠른 동작에 놀란 것 같았다. 그때 뒤에서 누군가가 소리쳤다.

"한꺼번에 덤벼!"

그 말을 신호로 검은 양복 네 명이 한꺼번에 신원에게 덤벼들었다. 나루가 해루에게 물었다.

"신원 님 혼자서도 괜찮겠죠?"

"물론이지! 태 조장에게 저들쯤이야 아무 문제 없을 거다!"

해루가 태연하게 대답했다. 아닌 게 아니라 신원은 일제히 달려드는 네 사람을 피해 공중으로 뛰어오른 후 내려오면서 주먹, 무릎으로, 팔꿈치 그리고 삼단봉으로 각각 그들을 공격하였다. 각각 한 번의 공격이었지만 공격한 곳들은 정확하게 그들의 급소였다. 남자들은 모두 쓰러져서 일어나지 못했다.

"빨리 들어가요!"

남자들이 쓰러지자 그들은 모두 이 선생이 열어 놓은 철문 안으로 들어갔다. 철문 안의 광경은 밖에서 상상한 것과는 전혀 달랐다. 물론 뭔가 비밀스러운 시설이 있을 것이라는 생각은 이미 하고 있었지만 한창 공사 중인 지역의 시설이라는 것이 무색하게 그 안에는 그야말로 첨단 장치들이 가득 차 있었다. 마치 대규모 연구소의 시설처럼 보일 정도였다.

나루 일행은 입구 바로 앞에 있는 커다란 캐비닛 뒤로 몸을 숨겼다. 저 안쪽으로 사람들이 보였다. 그들은 몸을 숨겨 안을 살며시 들여다보았다. 안에는 몇 명의 남녀들이 열심히 계기판들을 확인하면서 무엇인가를 하고 있었다. 저 앞에는 커다란 모니터가 설치되어 있었고 그것에 연결된 에너지 탐지기가 보였다. 하지만 이상하게 그곳의 어디에도 화천과 동천의 모습은 보이지 않았다. 나루는 뭔가 잘못되었다고 느꼈다. 이곳에 화천 일당들이 없다니! 이곳은 화천 일당의 은신처가 아니었던 것이다! 나루의 얼굴이 하얗게 되었고 일행은 모두 당황했다.

아무도 말을 못 할 때 동천의 아내 설희 부인이 어리둥절한 표정으로 입을 열었다.

"저희 서방님은 어디 있나요?"

아무가 대답을 못 하고 있자 해루가 무겁게 말했다.

"저희가 장소를 잘못 찾은 것 같습니다."

에너지 탐지기를 추적하여 화천을 찾겠다는 나루의 계획은 보기 좋게 빗나가고 말았다. 비록 에너지 탐지기는 이곳에 있었지만 화천과 동천은 이곳에 있지 않았다. 화천 일당은 그들이 모르는 다른 곳에서 화산과 지진을 일으킬 준비를 하고 있었던 것이다.

"모두 저의 잘못이에요. 이제 화천을 막을 수가 없게 되었어요!"

나루가 자신을 자책했다. 모두 안타까운 표정으로 말없이 그를 바라볼 수밖에 없었다.

그때 안에 있던 사람들이 나루의 목소리를 들은 것 같았다. 그들이 나루 일행이 있는 곳으로 다가왔다. 나루 일행은 긴장하며 그들과의 일전을 준비하였다. 하지만 일행 가까이 다가온 그들은 예상과 달리 오히려 겁을 먹은 표정으로 멀뚱멀뚱 쳐다볼 뿐 싸울 의사는 없어 보였다. 나루 일행은 긴장을 풀지 않고 그들과 마주 섰다.

"당신들은 누구시오? 밖에 지키는 사람들이 있을 텐데 여기는 어떻게 들어왔소?"

다가온 사람 중 가장 나이 들어 보이는 남자가 물었다. 그들은 남자 셋, 여자 하나였다. 모두 학자들 같은 모습이었다. 그들에게 싸울 의사가 없음을 확인하고 나루가 대답했다.

"우리는 저 에너지 탐지기를 주인에게 찾아주려는 사람들입니다. 여러분들은 왜 도둑질한 기계를 가지고 있는 겁니까?"

조금 전 질문을 했던 남자가 대답했다.

"우리는 모두 에너지 전문가들로 지시를 받았을 뿐입니다. 표무상 회장이 저 탐지기를 주면서 전국의 강한 에너지 발생지를 찾으라고 했습니다. 우리 모두 원래는 각 대학과 연구에서 근무하다가 최근에 YCI그룹에 채용된 사람들입니다."

그러자 옆에 있던 두꺼운 안경을 낀 여자가 거들며 말했다.

"맞아요. 저희도 다른 사람이 발명한 장치로 일을 하고 싶지는 않았어요. 하지만 회사에서 시키니 어쩔 수 없잖아요?"

"그럼, 이곳에는 여러분만 있는 겁니까?"

신원이 다시 물었다. 여자의 옆에 있던 키 작은 남자가 대답했다.

"네, 지금 우리 말고 다른 사람은 없어요. 표무상 회장이 처음 지시를 하고 떠난 후에는 우리끼리 일을 하고 있어요. 방문자도 당신들이 처음이에요. 밖에 지키는 사람들 때문에 우리도 이 프로젝트가 모두 끝날 때까지는 집으로 돌아갈 수 없어요!"

나루는 그들의 이야기를 듣고 좌절했다. 이곳에는 동천과 화천이 없었다. 그리고 이제 그들을 찾을 수 있는 희망도 사라졌다. 오늘 화천이 세상을 바꾸는 것을 막을 수 없게 된 것이다!

지하의 대결

청와대에서는 이른 아침부터 각 방송국과 언론사로 연락하여 대통령의 대국민 중대 담화가 정오에 있을 예정이라는 소식을 전했다. 그 소식을 전하는 공보담당 비서관은 평소와는 다르게 많은 국민들이 대통령의 발표를 들을 수 있도록 적극적으로 홍보해 달라는 부탁을 덧붙였다. 국가 안보와 관련된 중요한 사항이라는 부연 설명에 각 방송사에서는 대대적으로 광고하여 많은 국민들은 큰 관심을 가지고 대통령의 발표를 기다리고 있었다.

그와 동시에 북악산 주변 주민들에 대해서는 새벽부터 대피 작업이 진행되고 있었다. 이 작업은 군과 경찰의 통제로 비밀스럽게 진행되는 것이었다. 주민들은 놀라고 불안해했지만, 전날 관악산의 화산 폭발을 이미 경험하였기 때문에 적극적으로 통제에 따랐다. 그들은 조용히 귀중품과 생필품을 챙겨서 통제에 따라 집에서 떨어진 대피소로 이동했고 그들 중에는 아예 서울을 떠나는 사람들도 있었다. 대피 작업은 신속하고 효과적으로 진행되었다.

마침내 정오가 되었다. 그런데 담화를 시작하려는 대통령의 모습을 본 국민들은 그의 모습이 평소와는 많이 다르다는 것을 느꼈다. 늘 국민들과 함께하는 소박한 대통령이라는 평가를 받던 그이기에 아주 말쑥한 모습을 기대한 것은 아니었지만 오늘은 더욱 복장과 외모에 신경 쓰지 않은 것 같았다. 하지만 그의 얼굴에는 비장한 표정이 나타나 있었다. 또 이상한 것은 정부의 모든 장관과 비서관들이 그의 뒤에 도열하여 선 것이었다. 간혹 관련 부서의 장관들이 배석하는 일은 있어도 모든 각료가 함께 나온 것은 처음이었다. 그들의 표정 역시 숙연했다. 국민들이 그런 모습에 대해 궁금해하고 있을 때 대통령이 담화문을 읽어 나가기 시작했다.

"저는 오늘 국민 여러분께 지금 우리 대한민국이 사상 초유의 위협에 직면했음을 알려드리려고 나왔습니다. 그 위협의 내용은 지금 대한민국이 자칭 화천 장군이라고 하는 미지의 인물에게 협박을 받고 있다는 사실입니다. 국민 여러분께서도 모두 아시다시피 우리나라에서는 최근 몇 차례의 지진과 함께 어제는 관악산에서 강력한 화산 폭발이 있었습니다. 그런데 이 화천 장군이란 자가 그것들을 자신이 일으킨 것이라고 주장하고 있습니다.

불행하게도 그의 말은 모두 사실인 것으로 보입니다. 왜냐하면 어제 관악산의 화산 폭발은 그가 미리 예고한 것이었기 때문입니다. 그는 이렇게 자신의 능력을 과시하면서 오늘까지 국가의 모든 권력을 자신에게 양도한다고 발표하지 않으면 가장 먼저 북악산을 화산 폭발시켜 청와대 주변을 잿더미로 만들겠다고 협박하고 있습니다.

여러분도 보셨듯이 어제 관악산 화산 폭발은 정말 무서울 정도로 위력적인 것이었습니다. 수많은 이재민들이 발생했고 그분들은 아직도 집이 아닌 불편한 대피소에 머무르고 있습니다. 그런 화산 폭발이 한 번이라도 더 일어나게 된다면 서울, 아니 우리 대한민국은 정말 치명적인 타격을 입을 것입니다.

그래서 지난밤에 저와 정부 각료들은 안보 회의를 주재하여 이 문제에 대해 논의했습니다. 화천 장군이란 자의 요구대로 국가의 모든 주권을 그에게 넘길 것인가에 대하여 의논한 것입니다. 지금 저는 그 결과에 대하여 국민 여러분께 알려드리려고 합니다.

대통령과 정부는 당연히 국민 여러분의 생명을 지켜야 하는 의무를 지고 있습니다. 그것은 언제나 지켜야 하는 가장 우선되는 의무이고 저와 각료들은 당연히 그렇게 할 것입니다. 하지만 저희는 회의하면서 그것이 과연 국민 여러분의 자유와 우리 대한민국의 주권을 수호하는 문제와 상충될 경우에는 무엇을 먼저 지켜야 하는가에 대한 것을 생각하게 되었습니다.

그 논의 과정에서 깨달은 것은 저와 각료들을 포함한 우리 대한민국 국민들 모두가 지금 누리고 있는 자유와 대한민국의 주권은 우리 선열들이 일제를 비롯한 외세 침략과 싸우고 우리 부모님들이 공산주의의 침략을 막아내고 또한 우리 자신과 친구들이 독재와 맞서 싸워서 지켜 낸 결과물이라는 사실이었습니다. 그렇습니다! 지금 우리 국민들의 자유와 대한민국의 주권은 수많은 소중한 생명을 바쳐서 지켜낸 것입니다!

이렇게 많은 희생을 통해 지켜낸 자유와 주권을 어떻게 함부로 포기할 수 있겠습니까? 그것을 깨달은 저와 각료들은 이렇게 소중한 우리의 자유와 주권을 비겁하게 자신의 정체를 숨기고 재난을 일으켜 협박하는 테러 집단에게는 절대로 넘겨 줄 수는 없다는 결론을 내리게 되었습니다!

저를 비롯한 모든 각료들도 어제 관악산의 화산이 무서웠고 오늘 예고된 북악산의 화산도 두렵습니다. 하지만 이런 두려움을 이용해서 자신의 목적을 이루려는 자들과 당당히 맞서 싸워야 한다고 믿습니다. 그것이 오늘의 대한민국을 이룩한 선열들과 부모님의 뜻을 계승하여 우리 스스로를 지키는 것이라고 믿기 때문입니다. 국민 여러분께서도 저희와 함께해 주시지 않겠습니까?"

잠시 담화를 멈춘 대통령은 목을 잠시 다듬더니 다음 부분을 계속 읽어 나갔다.

"지금부터 대한민국 전역에 비상 사태를 선포합니다. 모든 군인들과 경찰들은 무장하고 대기하시기 바랍니다. 우리는 화천 장군이란 자의 위치가 확인되는 대로 그를 체포하기 위해 출동할 것입니다. 모든 소방 대원들과 공무원 여러분도 만약에 있을 재난에 대비하여 자리를 지키시기 바랍니다. 여러분들은 유사시 국민 한 사람의 생명이라도 더 구하셔야 합니다. 그리고 모든 국민들은 가급적 가족들과 함께 계시면서 유사시 대피할 곳을 확인하여 두시기 바랍니다. 그리고 국민 여러분들 중에 누구라도 화천 장군이란 사람과 그가 있는 곳에 대해서 아시는 분이 있다면 112나 가까운 관공서로 알려주시기 바랍니다. 여러분의 제보가 나라를 구할 수 있습니다!"

여기까지 읽은 대통령의 표정이 더욱 단호해지더니 마침내 마지막 부분을 읽기 시작했다.

"마지막으로 화천 장군에게 전한다! 유구한 역사를 가진 우리 대한민국은 너 따위의 협박에 굴복하기에는 너무나 위대하고 강인한 국민들이 살고 있는 국가이다. 우리는 결코 너에게 목숨을 구걸하여 우리의 소중한 자유와 주권을 넘기지 않을 것이며 마지막 남은 국민 한 사람의 생명이 다할 때까지 그것을 지키기 위해서 너와 맞서 싸울 것이다! 대한민국 만세!"

대통령의 담화문을 듣던 대부분의 국민들은 처음에는 당황하고 공포에 질리기도 하였지만 연설이 계속되는 동안 대통령과 그의 뒤에 서 있는 각료들의 단호한 표정들을 보면서 오히려 위안을 얻었다. 그리고 대통령이 담화를 마치는 순간 대부분의 국민들은 평정을 되찾고 대통령이 이야기한 자유와 주권의 소중함을 생각하며 미지의 위협에 대항하자는 결의를 다졌다.

각 방송과 언론에서도 서둘러 대통령의 담화 내용을 특집으로 다루며 긴급 뉴스를 내보냈다. 방송 내용 역시 우리 국민의 자유와 주권은 어떠한 희생을 통해서도 지켜야 할 것이며 결코 테러에는 굴복해서 포기할 수는 없다는 내용이었다. 또한 지난 역사에서 우리 민족이 국난을 극복한 사례들을 알려주며 지금의 위협을 국민적 단결로 극복하자고 이야기하고 있었다.

대통령의 대국민 담화를 TV로 지켜본 화천은 분노했다.

"뭐라고? 저놈이 지금 뭐라는 것이냐? 나와 싸워 보자는 것이지? 그것이 얼마나 큰 대가를 치를 것인지 정말 모른다는 말이냐? 흐흐……오히려 잘된 일이다. 이번을 기회로 해서 나에게 복종하지 않는 것들은 이 땅에서 싹 청소해버릴 테니까. 알았다. 당장 서울 전체에 지진을 일으켜 이곳을 지옥으로 만들어버려라!"

화천의 뒤에서는 태선과 무상도 초조한 표정으로 화면을 지켜보고 있었다. 그들에게도 대통령이 화천의 제안을 거절하는 것은 생각하지도 못한 일이었다. 게다가 뉴스 화면에서 계속 보여주는 국민들의 반응은 더욱 예상 밖이었다. 지진과 화산의 공포로 대통령의 결정을 원망할 줄 알았던 국민들이 오히려 대통령의 결정에 강력한 지지를 보내고 있었다. 군인들과 경찰들은 위급한 일이 발생하면 국가와 국민을 위해 기꺼이 목숨을 바치겠다는 인터뷰를 하였고 학생들부터 노인까지 목숨은 잃을지언정 귀중한 자유와 주권을 포기할 수 없다고 말하고 있었다.

저들이 세상을 악의 기운으로 물들인 이기적인 인간들이 맞는 걸까? TV를 보고 있던 그들은 잠시 혼란스러웠다. 비록 인간들은 이기적인 존재였지만 절대적인 위기 상황 앞에서는 자신들을 희생하고 전체를 위하는 모습을 보여주고 있었다. 역천인들이 전혀 예상하지 못했던 일이었다.

화천은 그 장면을 보면서 화를 참지 못하고 손에 잡히는 잔을 던져 TV 화면을 부숴버렸다. 부서진 TV에서 연기가 나며 불꽃이 튀었다. 상호가 황급히 콘센트를 빼서 전원을 차단했다. 그 장면을 본 함께 있던 모든 역천인들의 얼굴에도 어두운 그림자가 드리워졌다. 자신들의 뜻대로 되지 않았을 때의 얼굴들이었다. 무상이 분한 듯이 떠들어댔다.

"어서 북악산을 폭발시켜 버려요! 저놈들한테 매운맛을 보여 줘야죠!"

태선은 어금니를 깊이 깨물고 있었다. 화천과 태선은 지금 설희 부인이 구출되었다는 사실도 잊어버렸다. 그것보다도 감히 인간이란 하찮은 존재가 자신들에게 거역한다는 것을 참을 수 없어 하고 있었다. 예상하지 못했던 상황에 화천은 잠시 초조하게 같은 자리를 왔다 갔다 하며 마음을 진정하려는 것 같았다. 잠시 후 멈춰 선 그가 결심한 표정으로 말했다.

"물론이다! 나에게 거역한다는 것이 어떤 의미인지 놈들에게 똑똑히 보여주마!"

그때 태선이 화천에게 이야기했다.

"이번에는 화산뿐만 아니라 지진도 함께 일으키는 것이 좋겠습니다. 저렇게 건방지게 떠들고 나서 대통령과 각료들은 지금 지하 벙커에 숨어 있을 것입니다! 그런 것이 소용없을 정도의 강력한 지진을 일으켜야 합니다!"

화천이 고개를 끄덕였다.

"그래 이번에는 최고로 강한 화산과 지진을 함께 일으켜 몽땅 쓸어

버리자!"

옆에 있던 동천이 걱정스럽게 말했다.

"정말 그런 일을 하고야 말겠다는 이야기요? 다른 방법을 찾을 수는 없겠소?"

"지금 나를 자극하면 정말로 네 아내를 볼 수 없게 될 것이다! 잔소리 마라!"

"천 년 전의 일을 알지 않소? 그때 나라 하나가 없어졌소!"

"그러니 지금 이 나라를 없애버리겠다는 말이다! 잔소리 말고 내 말에 따르지 않는 것들을 모두 쓸어버리란 말이다!"

화천의 얼굴에서 그 말이 허풍이 아니라는 것을 확인한 동천이 힘없이 기둥 옆으로 섰다.

"자! 이제 저놈들의 근거지인 북악산을 폭발시키고 땅을 갈라 버려라!"

상호가 키보드를 작동하여 앞에 있는 커다란 모니터에 북악산의 모습을 비쳐주었다. 동천은 그것을 잠시 보는가 싶더니 기둥을 손으로 잡았다. 그리고 정신을 집중했다. 그러자 잠시 후 지금까지 멀쩡했던 북악산의 정상에서 하얀 연기가 솟아오르기 시작했다. 그리고 청와대와 광화문 지역이 조금씩 흔들리기 시작했다. 동천이 정신을 집중하는 모습을 지켜보던 화천과 태선의 입가에 잔인한 미소가 떠오르기 시작했다. 무상 또한 기대에 차서 광기 어린 표정으로 보고 있었다.

대통령과 각료들 그리고 국민들 역시 북악산 정상이 서서히 분화하고 있는 모습을 보면서 불안에 떨고 있었다. 그들을 불안하게 만드는 것은 그뿐만이 아니었다. 북악산 주변의 땅들이 조금씩 흔들리고 있었다. 만약 화산 폭발과 함께 지진까지 일어난다면 그것은 정말 최악의 상황이 될 것이었다. 비록 굳은 의지로 테러와 맞서 싸우겠다고 결심한 그들이었지만 자연의 거대한 재앙과 맞서 싸운다는 것은 무모한 도전으로 보였다.

하지만 잠깐 연기를 피우고 흔들리던 화산과 지진은 더 이상 커지지 않고 있었다. 이상하게 느낀 화천이 확인해보니 동천이 다시 피곤한 얼굴로 기둥을 붙잡고 식은땀을 흘리고 있었다. 그는 그런 동천을 보면서 비웃듯이 말했다.

"또 힘이 부족한 것이냐? 이제 너도 정말 늙어버렸구나!"

화천이 상호에게 눈짓을 했다. 화천의 신호를 본 상호가 차갑게 미소 짓더니 깔때기 모양의 에너지 증폭기를 가져다가 동천의 머리 위에 씌워주었다. 화천이 동천에게 응원하듯 말했다.

"자! 너의 힘을 다시 열 배로 키워줄 테니 마음껏 화산을 분출하고 지진을 일으켜라!"

우스꽝스럽게 생긴 증폭기를 쓴 동천이 피곤한 얼굴로 다시 기둥을 잡았다. 그리고 눈감고 기를 모으려 하였다. 이제는 더 이상 이 재앙을 막을 방법은 없어 보였다. 증폭기까지 쓴 그가 기력을 한 번만 더 모은다면 북악산 지역은 화산 폭발과 함께 땅이 갈라지는 지진이 일어날 것이다. 그야말로 서울의 중심부가 초토화되어 버릴 절체절명의 순간이 온 것이다.

한동안 흰 연기만을 내뿜던 북악산 정상에서 조금씩 연기의 색깔이 진해지기 시작했다. 연기와 함께 분화구에서는 조금씩 붉은 불꽃도 보이기 시작했다. 땅의 진동도 점차 강해지는 것이 느껴졌다. 더욱이 북악산은 높지 않아서 화산재와 용암이 흘러내린다면 주변 지역을 빠르게 덮어 피해는 더욱 심각할 것이었다.

북악산 정상의 분화구에서 내뿜는 불꽃이 더욱 선명해지기 시작하자 모든 사람들이—지하 벙커에서 상황을 지켜보고 있는 대통령과 각료들, 자신의 위치에서 상황 대기를 하고 있던 군인과 경찰관들, 각 가정과 대피소에서 TV를 보고 있는 국민들— 모두 눈을 감아 버렸다. 화천 장군이라는 정체도 모르는 악당에 의해서 자행되는 재앙을 막을 수 없는 그들에게는 이제 신에게 기도하는 것 말고 다른 방법이 없었던 것이다.

화천과 태선을 비롯한 역천인들도 화면을 통해 화산의 분화가 점점 강해지는 것을 보고 있었다. 그들은 잠시 후 자신들의 요구를 거절한 대통령을 비롯한 국민들이 목숨과 재산을 잃고 후회하며 자신에게 굴복하도록 만들기 위해 가장 강력한 응징을 하려고 마음먹고 있었다. 그것을 위해서 동천에게 가장 강력한 화산 폭발과 지진을 주문했다. 그들의 기대는 점점 충족되는 듯 보였다. 화산의 분화와 지진이 점점 거세지고 있었다……. 결국 서울은 지옥을 경험하고 말 것인가?

"멈춰요!"

그때 갑작스러운 외침 소리가 들렸다. 그 소리에 놀란 동천이 기둥에서 손을 떼고 눈을 떴다. 그 순간 점점 거세지던 지진이 멈추고 북악산의 분화도 약해지기 시작했다. 화천과 태선도 놀란 표정으로 소리가 나는 방향을 쳐다보았다. 놀랍게도 그곳에는 나루와 신원, 김 원장, 이선생 그리고 설희 부인이 그들을 바라보고 있었다.

그 순간 초조하게 화산과 지진의 추이를 지켜보던 대통령을 비롯한 모든 국민들이 가슴을 쓸어내렸다. 붉은 불꽃을 피우며 금방이라도 폭발할 것 같던 화산의 분화와 땅에 금이 가며 갈라지려고 했던 지진이 멈췄기 때문이었다. 하지만 그들은 안심할 수 없었다. 그것들이 언제 다시 시작할지 몰랐다. 인간이란 존재가 아무리 과학 문명을 발달시키고 만물을 지배한다고 해도 결국은 자연재해 앞에서는 속수무책으로 당할 수밖에 없는 존재들이었다. 그들은 계속 초조하게 상황을 지켜볼 수밖에 없었다.

"아니! 저놈들이 어떻게 여기에……"

태선이 의아해하는 순간 해루가 동천에게 외쳤다.

"동천! 저희가 부인을 모시고 왔습니다! 이제 더 이상 화천의 협박을 들을 필요는 없습니다!"

해루의 이야기가 끝나자 설희 부인도 소리쳤다.

"서방님! 저는 무사해요. 더 이상 사람들을 다치게 하지 마세요!"

그녀의 목소리를 들은 동천의 얼굴이 환해지면서 사랑하는 아내에게 소리쳤다.

"아씨! 무사하시군요! 그럼 됐습니다. 이제 이놈은 더 이상 이 짓을 하지 않을 겁니다!"

동천이 중폭기를 벗어 던지고 설희 부인을 향해 가려 했다.

"조심해요!"

순간 설희 부인의 찢어지는 비명이 들렸다. 동천이 뒤를 돌아보는 순간 화천의 손을 떠난 화염탄이 그의 어깨를 관통하여 동천은 그 자리에 쓰러지고 말았다. 설희 부인이 비명을 지르며 동천에게 달려가려 하는 것을 김 원장과 이 선생이 억지로 막았다. 부인은 두 사람에게 잡혀 울부짖었다.

동천에게 화염탄을 쏜 화천이 아직 손을 앞으로 편 채 분노에 가득 찬 목소리로 으르렁거렸다.

"너희들이 감히 나를 방해해? 오늘 네놈들에게 지옥을 보여줄 것이다!"

그 말을 듣자 나루의 입을 통해 해루의 목소리가 준엄하게 꾸짖었다.

"화천 이놈! 아직도 그 악한 심성을 버리지 못하고 헛된 꿈을 꾸고 있는 것이냐? 내 너를 가만두지 않을 것이다!"

그의 목소리를 들은 화천이 혼란스러운 표정으로 물었다. 그가 결코 잊을 수 없는 목소리였다.

"아니! 이것은 해루의 목소리가 아니냐!"

"그렇다! 나 해루가 너를 징계하기 위해 봉인에서 해제되었다!"

그 내답을 들은 태선이 가상 놀라서 물었다.

"너는 분명히 육신을 없앴다고 들었는데 어떻게……."

순간 나루가 결심한 듯이 스스로 두건의 눈가면을 위로 올리고 빙글거리며 말했다.

"해루 형은 내 몸을 통해서 다시 살아나신 거예요!"

그리고 나루는 주변을 돌아보면서 중얼거렸다.

"YCI 빌딩 지하 주차장에 이런 시설이 있을 거라고 누가 생각했겠어요? 정말 대단해요!"

하지만 태선과 화천은 해루가 나루에게 빙의되었다는 사실에 더 큰 충격을 받은 것 같았다.

"네, 네놈이, 내가 그렇게 기회를 주었건만……."

태선이 이를 갈면서 죽일 듯한 표정으로 나루를 바라보았다. 그때 해루의 목소리가 말했다.

"화천 이놈! 신시군 사령관으로서 내가 너를 처단할 것이다!"

그 소리를 들은 화천이 소리쳤다.

"이놈! 신시군 사령관은 원래 나의 자리였다!"

그러자 해루가 비웃는 얼굴로 말했다.

"그랬지! 네놈이 분수에 만족했다면 네 말이 맞다! 하지만 네놈은 감히 환웅 폐하를 거역하여 모반을 일으켜 모든 것을 잃었으니 그것이 바로 자업자득이 아니겠느냐!"

나루의 비웃음에 화천은 더욱 포악한 표정이 되어 소리쳤다.

"이놈! 너 따위가 나를 능멸하는 것이냐? 오냐! 다시는 그 입을 열지 못하게 해 주마!"

화천이 해루를 향해서 화염탄을 쏘고 해루가 그것을 피하는 것을 시작으로 이곳 지하 주차장에서는 해루를 비롯한 천인들과 화천을 비롯한 역천인들 간의 대결이 시작되었다. 해루와 화천이 상대가 되었고 김 원장은 태선과 맞붙었다. 신원은 상호와 화선을 한꺼번에 상대했다.

그때 이 선생은 설희 부인과 함께 동천에게로 갔다. 다행히 동천의 어깨 상처는 심하지 않았다. 그녀는 부인과 함께 동천을 안전한 곳으로 옮긴 후 부인에게 남편을 부탁했다. 그리고 상호와 함께 신원을 공격하려는 화선을 막아서며 말했다.

"너는 나랑 놀아야지!"

해루와 화천의 대결은 우열을 가리기 힘들었다. 화천의 화염탄 공격을 해루는 빠른 동작으로 피했고 화천의 화염검을 해루의 불꽃검으로 막았다. 간혹 두 사람은 직접 검들을 부딪치며 검술을 겨루기도 하였지만 거의 서로 엇비슷한 실력이어서 상대를 제압하기가 어려웠다. 물론 해루가 동작은 훨씬 빨랐다 그런 덕분에 화천은 해루를 공격하여 적중시키기가 어려웠다. 반면에 화천은 그대로 죽은 역천인들의 원혼 사령제를 통해 불사의 몸이 되어 버린 육신을 이용해 맞서 싸웠다. 그 때문에 해루의 공격이 성공해도 화천의 육신에 치명적인 충격을 주기가 어려웠다. 이런 이유로 그들의 대결은 한 번씩 공격과 방어를 반복하는 지루한 싸움이 되고 있었다.

신원과 상호의 대결은 다른 양상이었다. 동작이 빠른 신원이 오히려 조금 밀리는 모습을 보이고 있었다. 신원은 빠르게 상호의 주위를 돌면서 삼단봉으로 타격했지만, 변신술로 온몸의 피부를 강철같이 단단하게 한 상호에게는 전혀 충격을 주지 못하고 있었다. 또한 상호는 변신술로 팔을 밧줄처럼 만들어 신원을 공격했다. 마치 밧줄 끝에 통나무를 매달아 흔드는 식으로 마구 휘두르는 상호의 주먹이 신원의 주변을 스쳐 가며 간담을 서늘하게 했다. 무엇보다도 신원은 이런 식으로 싸움이 진행된다면 불리하다는 것을 느끼고 있었다. 상호보다 많이 움직이는 자신이 체력 소모가 훨씬 크기 때문이었다. 그래서 신원은 상호의 주변을 천천히 돌면서 결정적인 공격의 기회를 노리고 있었다.

김 원장과 태선의 싸움은 김 원장이 우세한 싸움을 이끌어 가고 있었다. 단화를 신고 있는 김 원장에 비해서 태선은 하이힐을 신고 있어 움직임이 편하지 않았기 때문이었다. 하지만 태선의 무기는 김 원장에 비해 훨씬 강력해 보였다. 태선이 변신술로 손톱을 길게 칼로 만들어서 김 원장을 공격하는 반면에 김 원장은 나무 십자가 목걸이를 휘두르면서 공격과 방어를 하고 있었다.

태선은 사악한 궁리를 하는 데는 유능했지만, 몸싸움에는 강하지 않은 것 같았다. 그것은 그녀가 원래 나이가 역천인들 중에서도 가장 고령이라는 이유도 있었다. 처음의 몇 번은 손톱 칼 공격을 성공하여 김 원장을 위험에 빠뜨리기도 하였으나 뺨과 어깨에 상처를 입으면서도 꿋꿋하게 대항하는 김 원장에 비하여 훨씬 빨리 지쳐가고 있었다. 태선의 움직임은 점점 둔해졌다.

이 선생과 화선의 싸움은 옆에서 구경하는 입장에서는 재미있는 싸움이었다. 젊은 두 여자는 쉬지 않고 계속 떠들어대면서 싸웠다. 이 선생은 차고 있던 허리띠를 풀어 공격하였고 화선은 변신술로 마음대로 변형이 가능해진 유연한 몸을 늘리고 줄이면서 공격과 방어를 했다.

"그런 징그러운 몸을 가지고 창피하지 않냐?"

이 선생이 몸을 자유자재로 변형시키는 화선을 비웃으며 소리치면 화선이 받아쳤다.

"너의 뻣뻣한 몸뚱이보다는 훨씬 낫다!"

화선이 먼저 이 선생을 비아냥거리기도 하였다.

"그래 그동안 그렇게 세상에 숨어 지내면서 심심하지 않았냐?"

"우리는 그래도 밝은 곳에 있었지만, 너희들은 어두운 동굴 속에 숨어 있었지!"

이 선생이 허리띠를 휘두르면 화선은 몸을 굽히고 늘려 피하고 다시 목을 늘려서 머리로 이 선생을 공격하였다. 이 선생은 빠른 몸동작으로 그것들을 피했다. 둘 다 이 싸움을 길게 끌고 싶지 않은 것은 마찬가지였다. 그들 모두는 단 한 번의 기회를 노리고 있었다.

가장 먼저 승부가 난 것은 김 원장과 태선의 싸움이었다. 시간이 갈수록 피곤해 보이는 태선을 지켜보던 김 원장은 태선이 마지막 힘을 다해 손톱 칼을 앞세워 들어오는 것을 살짝 옆으로 피하면서 나무 십자가를 태선의 목에 거는 데 성공했다. '전!'이라는 김 원장의 기합 소리와 함께 십자가 목걸이를 통해 태선의 몸으로 강력한 전기가 흘러 들어갔다. 그러자 그렇지 않아도 기력이 다해 갔던 태선은 그 공격을 견딜 수가 없었다. 그녀는 전기 공격에 몸을 부르르 떨면서 움직이지 못하더니 그 자리에 쓰러져 정신을 잃고 말았다.

그다음에 승부가 난 것은 이 선생과 화선이었다. 이 선생이 기다리던 단 한 번의 기회를 먼저 잡았다. 화선이 이 선생에 맞서 공격할 기회를 찾고 있을 때 이 선생은 화선의 머리 위에 두꺼운 배관 파이프가 있는 것을 보았다. 이 선생은 염력을 사용하여 순식간에 화선의 머리 위로 배관 파이프를 떨어지게 했다. 이 선생의 움직임만을 신경 쓰고 있던 화선은 위에서 떨어지는 엄청난 크기의 쇳덩어리를 미처 피하지 못하고 머리에 맞고 그대로 쓰러져버렸다. 화선이 정신을 잃은 것을 확인한 이 선생이 손바닥을 툭툭 털며 말했다.

"몸이 유연하게 구부러지면 뭐해? 자기 머리 위도 볼 수 없으면서!"

상대를 물리친 김 원장과 이 선생은 신원을 도우러 왔다. 상대를 아무리 공격해도 타격을 주지 못하는 신원이 진땀을 흘리고 있는 상황이었다. 신원의 상대인 상호는 철갑 같은 피부로 신원의 타격을 무력화하며 접근전을 시도하고 있었다. 탄탄한 철갑 피부는 신원의 타격뿐만 아니라 삼단봉의 충격도 무력화했다. 더구나 상호의 흔들리는 주먹도 가까운 거리에서는 무척 위협적이었다. 그래서 신원이 거리를 두고 공격을 하다가 상호가 접근을 시도하면 다시 물러나는 식의 싸움이 계속되고 있었다. 김 원장과 이 선생이 오는 것을 보고 신원은 한숨을 돌렸다.

"저 녀석의 피부가 너무 강해서 공격에 전혀 충격을 받지 않습니다. 이런 식으로는 오히려 때리다가 지치게 될 것 같습니다. 차라리 우리 셋이서 한 번씩 교대로 공격하는 것은 어떨까요?"

신원이 피곤한 표정으로 김 원장과 이 선생에게 제안했다. 그러자 김 원장이 씩 웃으며 말했다.

"뭐, 그럴 필요 없을 것 같은데요? 저자가 타격에는 강하지만 전기 충격에는 어떨까요? 신원 님이 제가 가까이 접근할 수 있도록 저자의 주의를 다른 데로 끌어주시겠어요?"

신원이 고개를 끄덕이더니 몸을 날려 상호의 앞으로 뛰어들었다. 상호는 그의 공격에는 별로 신경을 쓰지 않는 듯 방어도 거의 하지 않은 채 주먹을 흔들며 신원을 맞히려고 시도하였다. 그때 신원은 재빠르게 흔들리는 주먹들을 피하며 아래쪽을 파고들어 삼단봉으로 상호의 발목을 가격하였다. 그 충격으로 순간적으로 중심을 잃은 상호의 몸이 기우뚱했다.

"지금이오!"

신원이 외치자 김 원장이 체격답지 않게 재빨리 몸을 날려 몸이 낮아진 상호의 머리에 나무 십자가 목걸이를 걸었다. 그리고 있는 힘을 다해서 '전!'이라는 기합 소리를 질렀다. 그러자 상호의 온몸에 전기가 흐르기 시작했다. 역시 김 원장의 예상이 맞았다. 상호는 철갑 같은 피부 때문에 외부 충격에는 강했지만, 전기 충격에는 몸을 가누지 못했다. 하지만 전기 공격이 계속되는 가운데에서도 목에 감긴 나무 십자가 목걸이를 뜯어내려고 바동거렸다. 이것을 본 김 원장은 평소보다도 더욱 강력한 기를 모아서 전기 공격을 멈추지 않고 계속했다. 결국 그녀는 상호의 움직임을 멈추기 위해서 그녀의 능력을 최대치까지 끌어올려야 했고 상호는 그것을 감당할 수 없었다. 검게 타서 쓰러진 상호의 몸이 굳더니 검은색 가루로 사라지고 바닥에는 나무 십자가 목걸이만 남았다.

이제 자신들의 상대를 모두 제압한 신원, 김 원장, 이 선생이 나루에게로 와서 화천과 맞섰다. 화천은 이들이 다가오는 것을 보고 잠시 움찔하였지만 쓰러져 있는 태선과 화선, 그리고 흔적조차 찾을 수 없는 상호를 확인하고는 분노로 이글거리는 눈을 부라리며 말했다.

"네놈들이 감히 나의 부하들을!"

그의 표정을 본 해루가 주변의 천인들에게 외쳤다.

"여러분은 저자의 상대가 안 됩니다! 저에게 맡겨 두세요!"

하지만 그들은 물러나지 않았다.

"저희도 돕겠습니다!"

"저희도 지난번 희생된 분들의 원수를 갚게 해 주십시오!"

그들이 이야기를 듣고 있던 화천이 손을 뻗으면서 소리쳤다.

"오냐! 네놈들도 그놈들 곁으로 보내주마!"

화천의 손에서 붉은빛의 강력한 화염탄이 발사되었다. 그가 손을 휘두르면서 마구 화염탄을 쏘아대자 세 천인들은 갑작스러운 공격을 피하지 못했다. 호기 있게 화천의 앞에 섰던 그들은 각각 어깨와 발목 그리고 복부에 화천의 화염탄 공격을 받고 그 자리에 쓰러져버렸다. 그것을 본 해루가 화천을 공격했다. 자신의 얼굴로 날아오는 푸른색의 불꽃 조각을 피하기 위하여 화천은 공격을 중단할 수밖에 없었다. 그러자 해루의 목소리가 말했다.

"어서 피하세요. 오천 년 전에 그랬듯이 이 자는 내가 처치할 것입니다!"

화염탄에 각각 어깨와 발목을 부상당한 신원과 이 선생은 크게 치명적이지는 않았으나 복부를 공격당한 김 원장은 많은 피를 흘리며 고통스러워하고 있었다. 신원과 이 선생은 어렵게 김 원장을 부축하여 해루와 화천에게서 떨어진 장소로 이동했다. 이 선생이 자신의 옷을 찢어서 김 원장의 배를 감싸 주었다. 멀리서 싸움을 지켜보고 있던 동천과 설희 부인이 그들에게로 다가와 김 원장을 간호했다. 김 원장을 그들 부부에게 맡긴 신원과 이 선생은 부상의 고통을 참으며 두 초인들이 싸우는 것을 지켜보았다. 그들은 해루가 화천을 무찔러주기를 간절히 바랐다.

다른 모든 싸움이 끝나고 해루와 화천의 대결만이 남았지만 그들의 격투는 아직도 우열을 가리지 못하고 지루한 공방을 계속하고 있었다. 나루가 불꽃조각으로 공격하면 화천이 화염검으로 막은 후 화염탄을 발사하면 나루는 몸을 날려 피했다가 다시 서로 몸을 부딪치며 검술을 겨루었다.

싸우는 사람도 보는 사람도 모두 지쳐 갈 무렵 나루의 머릿속에 신원이 목소리가 들렸다.

"서둘러 주게! 김 원장님이 위험해 보여!"

신원이 김 원장의 출혈이 심해 상태가 심각해지는 것을 보고 '생각말'

로 알린 것이었다.

"신원 님. 어떻게 하죠? 병원에 가야 하지 않나요?"

나루가 화천의 화염검을 피하면서 묻자 해루가 대답했다.

"천인의 몸은 인간의 의학으로 치료할 수 없어. 천인의 강한 기로 치료해야 해! 이 싸움을 끝내면 내가 치료할 수 있을 것이다!"

나루가 머리를 숙여 날아오는 화염탄을 피하며 말했다.

"그럼 싸움을 빨리 끝내야겠네요! 그런데 지금으로서는 뭔가 방법을 찾아야 하지 않을까요?"

해루가 뒤로 물러서며 불꽃조각을 화천에게 쏘고 나서 입술을 깨물며 대답했다.

"화천은 사령제를 통해 불사의 몸이 되었기 때문에 웬만한 공격으로는 충격을 주기 어려워……"

"그럼 계속 이렇게 싸워야 하나요? 방법이 없는 건가요?"

나루가 날아오는 화천의 화염검을 피하며 초조하게 묻자 해루가 마지못해 대답했다.

"한 가지 방법이 있긴 있는데……"

"그것이 뭔가요? 방법이 있다면 빨리해야죠!"

나루가 화천에게 주먹을 뻗으며 급하게 독촉하자 해루가 결심한 듯이 대답했다.

"너의 육신이 화천의 화염 공격을 이겨낼 만큼 강해야 한다. 감당할 수 있겠느냐?"

해루의 물음에 나루가 놀라며 대답했다.

"저 불덩어리를 직접 맞아야 한다고요?"

"그렇다!"

"지금 김 원장님이 맞고 쓰러진 저 불덩어리를 말이죠?"

"그렇다!"

"그것이 가능한가요?"

"절대기맥의 사람이라면 가능할 수도 있다. 예전에 나는 해 본 적이 있긴 하지만 지금은 너의 육신이기에 장담할 수가 없구나……"

"내가 화천의 화염을 견딜 수 있을까요?"

나루가 주저하면서 신원에게 묻자 그의 대답이 들렸다.

"가능할 거야! 자네는 기문이 열리면서 화염을 견디는 능력이 생겼어! 그래서 해루 님의 봉인 해제 때에도 불꽃 의식을 이겨낸 거야!"

"그래요? 틀림없죠?"

그랬다. 나루는 해루의 봉인을 해제할 때 온몸을 푸른 불꽃이 감쌌는데도 뜨거움을 느끼지 않았던 것이 생각났다. 그때 마침 화천이 연속적인 화염탄 공격을 퍼붓는 바람에 그것을 피하느라 그들의 '생각말' 대화는 중단되었다. 나루는 흘깃 김 원장을 보았다. 설희 부인의 무릎에 기대어 눈감고 바닥에 누워 있는 그녀는 몹시 고통스러워 보였다. 그가 결심한 듯 말했다.

"알았어요. 해 봐요!"

"할 수 있겠다는 말이냐?"

해루가 대견한 목소리로 묻자 나루가 대답했다.

"그럼요. 해루 형도 했던 일이라니까 믿어 봐야죠. 빨리 김 원장님을 구하려면 해 봐야죠!"

나루의 대답에 해루가 의미심장한 미소를 지으며 말했다.

"알았다. 그럼 이제부터 나에게 맡겨라!"

말을 마친 해루는 화천의 앞으로 나서더니 양손에 푸른빛의 불꽃검을 만들어 겨누며 말했다.

"자! 이제부터 새롭게 다시 시작해보자!"

화천은 계속된 싸움에 지친 듯 땀에 젖은 얼굴을 실룩이며 어이없다는 표정으로 대답했다.

"뭘 다시 시작한다는 것이냐? 네놈이 다시 할 것은 이 세상을 떠나는 일밖에 없을 것이다!"

해루의 자신 있는 표정에 기분이 상했는지 화천은 잔뜩 찌푸린 채로 다시 화염탄을 발사했다.

해루는 자신에게 날아오는 붉은 불덩어리들을 불꽃검으로 쳐내 버렸다. 화천은 약이 올라서 더욱 빠른 속도로 화염탄을 계속 발사했다. 해루는 계속 쳐냈다. 하지만 공격할 생각은 없는 듯 그저 날아오는 화염탄을 막는 것에만 집중하였다.

"뭐냐? 공격은 하지 않고 막기만 하려는 것이냐? 오냐! 내가 마음껏 놀아주마!"

화천은 자신의 공격을 막고 있는 해루에게 약이 오른 듯 더 빠른 속도로 화염탄을 쏘아댔다.

"정말 너의 공력은 약하기 짝이 없구나! 그래 난 막기만 할 테니 마음껏 공격해 봐라!"

해루는 계속 화천을 자극하면서 그의 공격을 막아냈다. 화천은 더욱 약이 올라 화염탄을 발사하는 것에서 그치지 않고 자신의 공력을 모두 모아 두 손바닥에서 붉은 화염 기둥을 발사하기 시작했다. 그 화염 기둥의 힘이 얼마나 강하던지 그것을 막고 있던 해루의 불꽃검이 점점 밀려들어 가기 시작했다. 불꽃검으로 화천의 공격을 막아내고 있던 해루가 나루에게 조용히 말했다.

"이제부터 견뎌야 한다!"

해루는 갑자기 불꽃검을 손에서 사라지게 하고 화천의 화염 기둥을 온몸으로 받았다. 그 즉시 나루의 몸은 붉은 화염에 휩싸였다. 나루는 그 속에서 이리저리 비틀거리기 시작했다. 지켜보고 있던 신원과 이 선생이 '아' 하는 탄식을 할 수밖에 없을 정도로 나루는 온몸에 불이 붙어 빠져나오지 못하고 있었다. 이 선생은 나루가 고통에 비틀거리는 모습을 보자 고개를 돌려 버렸고, 신원도 자신의 믿음이 깨졌다고 생각했는지 얼굴빛이 하얗게 변했다.

화천은 나루의 온몸을 감싸고 있는 불길이 혹시라도 약해질까 봐 계속해서 화염 기둥을 쏘아댔다. 그동안 나루는 계속 온몸이 화염에 뒤덮인 채로 불꽃 속에서 비틀거리며 계속 고통스러워했다. 한참 동안 나루에 대한 공격에 집중하던 화천의 얼굴에 갑자기 화색이 돌았다. 불길에 싸여 고통에 몸부림치던 나루가 결국 바닥에 쓰러졌기 때문이었다.

나루가 쓰러진 것을 확인하고서야 화천이 화염 기둥을 멈췄다. 하지만 나루의 몸에는 남았던 잔불은 한참 후에 꺼졌다. 나루는 온몸이 검게 그을린 채 쓰러져서 움직이지 못하고 있었다. 그것을 본 화천이 의기양양한 표정으로 호기롭게 말했다.

"그래도 해루 네놈이 나의 상대 중에서 가장 강했던 것은 인정해 주마!"

화천은 눈을 돌려 쓰러진 김 원장과 함께 있는 신원과 이 선생을 보았다.

"흐흐……. 너희만 남은 것이냐? 이제 네놈들만 없애면 모든 것이 끝나겠구나!"

마치 야수가 으르렁대는 것처럼 화천이 위협하자 신원과 이 선생은 눈을 감고 말았다. 이제 화천을 막을 수 있는 것은 아무것도 없었다. 동천과 설희 부인도 안타까운 표정이 되었다.

화천이 그들을 향하여 손을 뻗으려 할 때 그의 뒤에서 해루의 목소리가 들렸다.

"멈춰라! 아직 끝나지 않았다!"

화천이 불쾌한 표정으로 돌아보자 해루가 비틀대며 일어나는 것이 보였다.

"이 정도밖에 안 되느냐? 이 정도로는 나에게 어림도 없다!"

온몸이 그을음에 그을려 있는 와중에서도 해루는 여전히 화천을 도발하고 있었다.

"이놈이 정말 명이 긴 놈이로구나! 알았다. 내가 아주 확실히 처리해 주겠다!"

그때 화천의 머리에 문득 떠오른 생각이 있었다. 그는 급히 주위를 두리번거리더니 아까 동천이 있던 자리를 쳐다보았다. 그곳에는 아까 동천이 벗어던진 에너지 증폭기가 굴러다니고 있었다. 해루도 아차 하는 표정으로 그것을 보았다. 하지만 그는 이제 움직일 힘도 없었는지 화천이 에너지 증폭기가 있는 곳으로 걸어가는 것을 안타깝게 쳐다보기만 했다.

화천이 증폭기를 이용해서 공격을 한다면 정말 큰일이 아닐 수 없었다. 그의 공격력이 지금보다 열 배 이상 강해질 것이다. 그것을 생각하면 화천이 증폭기를 사용하는 것을 막아야 했지만 지금 나루의 육신은 그것을 막을 힘이 없는지 화천이 느릿느릿 증폭기를 집어드는 것을 지켜보고만 있었다.

증폭기를 집어 든 화천은 나루를 향해 잔인한 웃음을 한 번 짓더니 증폭기를 머리 위에 뒤집어썼다. 그의 얼굴에 갑자기 힘을 주체하지 못하는 표정이 나타나면서 소리쳤다.

"자! 이 기계의 효과를 한 번 보겠느냐?"

화천은 다시 손바닥으로 나루를 향하더니 화염 기둥을 내뿜기 시작했다. 그것은 조금 전의 것과는 차원이 달랐다. 더욱 두껍고 강하고 빠른 화염 기둥이었다. 지켜보는 신원의 눈에도 그렇게 강한 열기를 나루의 육신이 견디기는 무리로 보였다. 그는 힘없이 소리치고 말았다.

"아, 안 돼……"

"우, 우욱……"

해루가 이번에는 낮은 비명을 지르며 쏟아지는 화염 기둥에 온몸을 내주었다. 그 힘이 얼마나 강한지 해루의 몸이 한참을 뒤로 밀려갈 정도였다. 화천은 자신의 공격이 아까보다 확실히 해루에게 충격을 더 주는 것이 확인되자 신이 나서 더욱 집중하여 화염 기둥을 퍼부었다. 해루는 붉은색의 불기둥에 밀리면서 그 속에서 비틀거렸다. 화천은 화염의 온도를 더욱 높이고 기둥의 힘을 강하게 하여 이번에야말로 해루를 태워서 끝내 버리겠다 마음먹고 더욱 강한 기를 퍼부어서 화염 기둥을 뿜어대고 있었다. 그의 공격은 한참 동안 계속되었다.

마침내 불 속에서 비틀대던 나루가 더 이상 견디지 못하고 바닥에 다시 쓰러졌다. 증폭기를 쓰고 있는 화천의 입가에 회심의 미소가 나타났다. 화천은 완전히 끝내려는 듯 쓰러진 해루에게 다가가서 계속 화염 기둥을 뿜어댔다. 해루는 쓰러진 채로도 계속 꿈틀댔다. 화천은 그것조차 약이 오르는 모양이었다. 작은 움직임에도 미친 듯이 공격을 멈추지 않았다.

마침내 해루가 움직임을 멈추자 화천의 얼굴이 환해졌다. 그러나 그것은 그 순간뿐이었다. 잠시 쓰러졌던 해루가 화천의 화염 기둥을 받으며 다시 꿈틀대기 시작하더니 손을 바닥에 짚고 일어섰다. 화천은 놀라고 말았다. 죽은 줄 알았던 해루가 다시 움직이다니……. 아니, 다시 일어서기까지 하다니!

바닥에서 일어선 해루는 이제는 화천이 쏘아대는 화염 기둥에 맞서서 화천에게 다가오고 있었다. 조금 전만 해도 화염 기둥의 위력에 뒤로 밀렸던 그였는데, 어찌 된 일인지 해루가 갑자기 화천의 화염 기둥의 기운을 이겨내고 있었다. 화천은 다가오는 해루의 힘에 자신이 밀리는 것을 느끼고 경악하지 않을 수 없었다. 화천은 당황하면서 생각했다.

'이게 어찌 된 일인가!'

마침내 해루가 그의 코앞까지 왔다. 온몸이 그을음에 싸여 있었고 타는 냄새까지 났지만 화천의 코앞까지 온 해루는 빙긋이 웃고 있었다. 아니 그것은 해루가 아닌 나루의 웃음이었다.

"아저씨 안녕?"

나루의 인사와 함께 화천은 강렬한 그의 주먹을 턱에 맞고 쓰러지고 말았다. 쓰러지면서도 화천은 어이가 없었다.

'내가 저런 놈의 주먹에 맞고 쓰러지다니?'

거대한 체구의 화천이었다. 신선술이 아니라 완력으로도 누구에서 져본 적이 없는 그였다. 그런 그가 나루의 주먹 한 방에 그냥 쓰러져 버린 것이다. 도대체 무엇이 문제인 것일까? 더구나 자신은 지금 자신의 기를 최대한 끌어낼 수 있는 증폭기까지 착용하고 있지 않은가?

그때 쓰러져 있는 화천을 내려다보며 해루가 물었다.

"너는 지금의 상황이 이해가 되지 않겠지?"

화천이 위로 올려 해루를 쳐다보며 말했다.

"뭐라는 거냐?"

그런데 화천은 자신의 목소리를 듣고 깜짝 놀라고 말았다. 자신의 입에서 쇳소리가 섞인 노인의 목소리가 나오는 것이 아닌가? 갑자기 자신의 머리에 있는 증폭기의 무게가 너무나 감당하기 힘들게 느껴졌다. 그리고 자신의 손을 보고 더욱 경악하고 말았다. 그것은 자신의 것이 아닌 검버섯이 가득한 주름투성이의 쭈글쭈글한 손이었기 때문이다! 그가 간신히 물었다.

"이, 이게 어떻게 된 일이냐?"

해루가 미소를 지으며 대답했다.

"나는 너의 기력이 소진되기를 기다렸다."

"뭐라고? 나의 기력이 소진되었다고?"

"그렇다. 절대기맥의 소유자인 이 젊은이의 육신은 너의 화염을 견딜 수 있는 능력이 있었다. 하지만 우리는 일부러 고통받는 척하면서 너의 기력이 다 소진되길 기다린 것이다! 나와의 승부에 눈이 먼 너는 기력을 남김없이 다 써버렸으니 이제는 몸을 움직일 힘도 없을 것이다!"

"아……"

화천은 한탄했다. 그는 그런 것도 모르고 증폭기까지 사용하여 자신의 기력을 펌프로 퍼내듯이 더 빨리 써버려서 오히려 해루를 도와준 셈이었다. 기력이 모두 소모된 그는 이제 손가락 하나도 움직일 힘이 없었다. 바닥에 뒹굴면서 하루의 처분만을 기다려야 하는 비참한 처지가 되어버렸다. 그는 안간힘을 쓰며 몸을 움직이려 했지만 소용이 없었다.

"이자는 움직이지도 못하니 잠시 이곳에 두어도 될 것이다. 어서 김 원장부터 치료하자!"

해루는 서둘러서 김 원장이 쓰러져 있는 곳으로 왔다. 가슴을 졸이며 지켜보던 신원을 비롯한 천인들이 그가 화천을 물리치고 오자 반갑게 맞았다.

"저는 해루 님이 해내실 줄 알았어요!"

"수고하셨습니다!"

"해루 님이 화천을 물리치셔서 정말 다행입니다."

천인들이 각자 인사를 하며 해루를 반갑게 맞아주었다. 하지만 김 원장은 희미한 미소만을 짓고 있을 뿐이었다. 말할 힘조차 남지 않은 것이다. 해루가 다가오자 이 선생이 천으로 감싸주었던 상처 부위를 보여주었다. 주먹만 한 구멍이 보일 정도로 심한 상처였다.

해루는 김 원장의 상처를 자신의 손바닥으로 가렸다. 그리고 기를 모으기 시작했다. 눈을 감고 정신을 집중하는 모습이었다. 길지 않은 시간이었지만 정신을 집중하는 해루의 이마에는 땀이 맺혔다. 잠시 후 그가 눈을 뜨고 말했다.

"이제 끝났습니다."

해루가 조심스럽게 상처에서 손을 뗐다. 그러자 놀랍게도 상처가 말끔히 사라지고 없었다! 마치 뭔가 파인 곳을 덮어 버린 것처럼 이미 새 살까지 나 있었다. 나루는 그것을 보면서 해루의 또 다른 능력에 감탄하면서 신기한 듯이 물었다.

"정말 대단하시네요. 나도 이런 거 할 수 있나요?"

"수련을 열심히 하고 진정으로 원한다면 가능하겠지……"

나루의 어수룩한 질문에 해루가 해주는 알 듯 모를 듯한 대답이었다.

해루는 동천, 신원 그리고 이 선생의 상처도 치료해주었다. 그들의 상처는 김 원장에 비해서는 깊은 것이 아니어서 더 쉽게 치료되었다. 모두 다시 건강한 모습이 된 것을 축하했다. 더구나 화천이라는 악인을 무찔러 세상을 화산과 지진의 재난으로부터 구했으니 정말 기쁘지 않을 수 없었다. 모두 기쁜 얼굴로 서로의 노고를 치하했다. 그 순간에도 동천은 자신이 저지른 일에 대해 용서를 구했고 천인들은 그와 설희 부인을 위로했다.

모두가 밝은 모습이었지만 나루는 해루가 치료를 하면서 기력소모를 많이 했음을 느꼈다. 그는 오히려 화천과 싸울 때보다 더 피곤한 자신을 발견하고 놀랐다. 역시 생명을 구하는 일은 쉬운 일이 아니라는 것을 느꼈다. 하지만 그가 지금 가장 보고 싶은 사람은 여울이었다. 이제 일이 모두 끝났으니 빨리 그녀에게 달려가 용서를 구해야 하겠다고 생각하고 있었다.

그때였다. 이 선생이 갑자기 비명을 지르며 소리쳤다.

"없어졌어요!"

모두들 이 선생의 시선이 향한 방향으로 얼굴을 돌렸다. 그곳은 화천이 쓰러져 있던 곳이었다. 그런데 조금 전까지 분명히 그곳에 있던 화천이 사라지고 없었다. 그뿐만 아니었다. 다른 곳에 쓰러져 있던 태선과 화선의 모습도 보이지 않았다. 그들은 조금 전까지 분명히 그곳에 기절해 있었는데 해루가 천인들을 치료하는 사이에 누군가 구해낸 것이 분명했다.

나루는 그때 자신이 놓치고 있었던 것이 하나 있었음을 깨달았다. 그것은 바로 무상이었다. 나루는 분명히 처음 이곳에 왔을 때 그를 보았는데 어느새 사라지고 없어졌다. 그가 화천을 비롯한 역천인들을 구한 것인가?

천인들이 놀라고 있을 때 그들의 뒤에서 앙칼진 목소리가 들렸다.

"아직 끝나지 않았어!"

사람들은 모두 목소리가 나는 쪽을 쳐다보았다. 그곳에는 태선이 있었다. 그녀의 뒤에는 역천인으로 보이는 또 다른 남녀가 서 있었다. 그들은 나루가 강원도 연구소에서 설희 부인을 구할 때 도망쳤던 역천인들이었다. 그곳에 화천은 없었다. 하지만 태선의 앞에는 또 다른 여자가 그녀의 날카롭고 흉측스런 손톱 칼에 의해 목을 위협받고 있었다. 나루는 붙잡혀 있는 여자의 얼굴을 확인하고 몸이 얼어붙어 버렸다. 그 여자는 바로 여울이었던 것이다!

밝혀진 진실

"호호호…… 내가 네 여자친구를 데리고 있을 줄은 몰랐을 거야? 그렇지 천나루?"

나루가 다급하고 성난 목소리로 소리쳤다.

"그 아이를 놔 줘! 우리와는 아무 상관없는 사람이다!"

여울이 나루의 목소리를 듣고 반갑게 외쳤다.

"오빠? 오빠가 여기 있는 거야? 이 사람들은 누구야? 여기는 어디야? 악!"

여울이 이야기를 하면서 움직이려다 태선의 손톱에 목에 상처를 입고 말았다.

"여울아! 가만히 있어! 내가 구해줄 테니 아무 걱정하지 마!"

나루가 다급하게 소리치자 태선이 성난 고양이같이 으르렁거렸다. .

"이 아이를 구하겠다고? 어디 마음대로 해 봐! 네놈이 조금이라도 움직이는 순간 나는 제일 먼저 이 아이의 목에 구멍을 내어 버릴 테니까!"

태선이 과시하듯이 날카로운 손톱 칼로 여울의 목을 살짝 그었다. 여울이 다시 비명을 지르고 그녀의 목에 조그만 상처와 함께 피가 배어 나왔다. 나루가 안타깝게 소리쳤다.

"그만둬!"

태선이 잔인하게 웃으면서 말했다.

"그럼, 그럼, 나도 이 아이를 소중히 다룰 거야. 너의 유일한 약점을 왜 함부로 하겠어?"

태선은 뒤에 있는 역천인들을 보면서 말했다.

"수고했다. 철단! 서련! 너희가 이 아이를 데리고 오는 바람에 우리를 구했어!"

그녀는 재미있다는 표정으로 나루에게 계속 이야기했다.

"글쎄 말이야. 천나루를 설득하려고 이 아이를 데리고 오라고 했는데 덕분에 해루까지 잡을 줄은 나도 몰랐지 뭐냐? 천나루, 너에게 해루가 빙의하다니……. 지금 상황이 별로 안 좋은 건 알지만 그래도 지금까지 궁금했던 것이 해결되어 마음은 후련해. 해루의 육신을 없애버렸는데 그의 신선술을 쓰면서 우리를 방해하는 놈이 누구인지 정말 궁금했거든? 그런데 이 여자아이를 통해서 너와 해루를 같이 잡을 수 있으니 아직 세상의 기운이 나의 편인 것은 분명하지 뭐야?"

태선의 수다를 듣고 있던 해루가 꾸짖듯이 말했다.

"이미 화천도 잃은 상황에서 너희가 더 무엇을 할 수 있겠느냐? 허망한 야욕을 버리고 선하게 살기로 마음먹는다면 우리와 함께할 수도 있지 않겠느냐?"

그 말을 들은 태선이 분개하며 즉시 반박했다.

"인간들의 착한 심성을 믿고 교화하자는 너희들의 헛된 꿈에 함께하자고? 어림없는 소리 하지 마라! 이제 세상은 우리의 편이다! 인간들은 결코 선하지 않아! 세상의 악한 기운이 우리에게 계속 넘치는 힘을 주고 있는 것을 보면서도 모르겠느냐? 화천 장군은 이미 안전한 곳으로 모셨으니 다시 방법을 찾을 것이다! 꼭 우리의 뜻을 이루어 세상을 지배하고 말 거야!"

여울은 태선의 말을 들으면서 이해할 수 없다는 표정으로 나루를 바라보고 있었다. 태선의 날카로운 손톱 칼 탓에 움직이지도 못하는 그녀는 마치 덫에 걸린 불쌍한 작은 새 같은 모습이었다.

나루는 그토록 노력했지만 여울이 이런 위험한 상황에 놓인 것에 대하여 자책하고 있었다.

"나, 나 때문에……. 여울이 위험하게 되었어……."

나루가 울먹거리며 중얼거렸다. 옆에 있던 김 원장이 말했다.

"미안해요. 아까 완전히 끝내버렸어야 하는데…… 그것도 생명이라고 숨은 붙여주었더니……"

"아니에요. 제가 좀 더 감시를 철저히 했어야 했어요!"

이 선생을 비롯한 천인들 모두가 이 상황에 대해 자책하는 것 같았다. 신원도 아무 말 못하고 안타까워했다.

"도대체 원하는 것이 무엇이냐? 어떻게 하면 그 아이를 무사히 보내주겠느냐?"

나루가 절규하듯 외쳤다. 그 말을 들은 태선이 만족스러운 미소를 보이면 말했다.

"그래야지…… 사랑하는 여자친구를 구하려는 남자라면 당연히 그렇게 나와야지. 그 말을 하는 데 뭐 그리 오래 걸렸어?"

태선이 갑자기 장난스러운 얼굴이 되어 놀리듯이 말했다.

"이 여자를 구하는 방법은 아주 간단해! 아주 쉬우니 걱정하지 마!"

나루가 화나고 급한 목소리로 소리 질렀다.

"답답하게 하지 말고 어서 말해!"

태선은 이 상황을 충분히 즐기고 싶은 모양이었다. 빙글빙글 웃으며 약을 올렸다.

"알았어, 알았어. 이제 이야기할 테니까 너무 서두르지 않아도 돼!"

말을 멈춘 그녀는 이제 충분히 즐겼다는 생각이 들었는지 얼굴에 웃음기를 없애고 말했다.

"지금 네 손목에 있는 천부령을 나에게 넘겨!"

"뭐라고?"

태선의 이야기에 그곳에 있는 천인들은 모두 놀랐다. 태선이 나루와 해루의 비밀을 알아낸 것이다! 역시 영악한 여자였다. 하지만 나루가 시치미를 떼고 말했다.

"너에게 이 천부령이 왜 필요하다는 거냐?"

그 말을 들은 태선이 싸늘한 미소를 지으며 말했다.

"네가 나를 바보로 아느냐?"

태선은 손톱 칼을 움직여 여울의 목을 한 번 위협하는 척하여 모두를 긴장시키더니 말했다.

"천부령은 해루의 기와 혼을 봉인했던 곳이야. 그런데 해루의 육신이 없어진 지금 나루 너의 몸에 해루의 기와 혼을 빙의할 수 있었다면 그것을 이어주는 매개물은 당연히 그 천부령이 아니겠어? 그동안 네가 나타나는 곳에서는 방울 소리가 난다는 이야기를 듣고 해루와 천부령이 틀림없이 관계가 있을 거라고 생각하고 있었어. 내 말이 맞지? 천나루, 천부령 없이 너에게 해루가 빙의될 수 있는지 한 번 보고 싶어!"

나루는 당황했다. 이야기도 제대로 못 하고 얼굴만 붉어졌다. 다른 천인들도 이 난감한 상황을 걱정스러운 표정으로 지켜보고 있었다. 그의 판단에 맡기는 모습이었다. 결정하기 어려운 일이었다. 그에게 있어 여울의 생명은 무엇보다도 중요한 것이었다. 하지만 그것을 위해서 천부령을 태선에게 넘겨 버린다면 더 이상 해루는 세상을 구하는 일을 할 수 없게 된다. 만약 다시 화천이 돌아와 다른 악행을 저지른다면 얼마나 더 많은 사람들의 생명이 또 희생될지 모르는 일이었다. 그는 쉽게 결정하지 못하고 갈등했다.

나루는 여울을 쳐다보았다. 그녀와 눈이 마주쳤다. 물론 아직 모든 상황을 이해하지 못하는 얼굴이었다. 하지만 이상하게 표정은 평온해 보였다. 조금 전까지 당황했던 그녀가 평정을 되찾은 것이었다. 그리고 무슨 생각을 했는지 갑자기 소리를 지르기 시작했다.

"오빠! 내 걱정하지 마. 나는 오빠가 어떤 결정을 하더라도 옳다고 믿어! 이 괴물 같은 여자나 여기 있는 사람들 모두 나쁜 놈들이지? 내 걱정 말고 싸워서 물리쳐 버려!"

갑자기 떠들어대는 여울 때문에 자신만만해하던 태선이 당황했다. 더구나 여울이 몸을 움직여 자신을 벗어나려고 하자 그녀는 가만히 있을 수 없었다. 하지만 유일한 인질을 상하게 할 수는 없어서 손날로 여울의 뒤통수를 내리쳤다. 여울이 비명을 지르며 쓰러지자 나루가 놀라서 뛰어나가려 했다. 그녀는 재빠르게 손톱 칼로 여울을 겨누며 말했다.

"그래! 계속 움직여 봐! 그럼 내 말이 허풍이 아니란 것을 알게 될 거야!"

나루는 움직임을 멈췄지만 쓰러진 여울은 몸을 꿈틀거리며 계속 중얼거렸다.

"오빠, 난 괜찮아…… 괜찮아……."

"조용히 해!"

태선이 흉측한 손톱 칼을 여울의 얼굴에 더 가까이 대었다. 그녀가 어쩔 수 없이 입을 다물었다.

"빨리 결정해! 이 아이가 분위기를 망치는 바람에 나도 더 놀아주기 싫어졌어!"

태선이 외쳤다. 나루는 이제 결정을 내려야 했다. 하지만 그는 어쩌지 못하고 있었다. .

그때 해루의 속삭이는 목소리가 들렸다.

"천부령을 주게!"

"그래서 어떻게 하려고요?"

나루가 자신 없이 대답했다. 하지만 해루는 단호했다.

"나도 예전에 사랑했던 여인을 보내고 고통받았던 일이 있었네. 그것은 정말 지옥이었어. 나는 자네가 다시 그런 일을 당하게 하고 싶지 않네. 어차피 나는 지금의 존재가 아니야. 이곳에 없어도 상관이 없는 존재라는 말일세!"

"하지만 해루 형이 없어지면 세상 사람들은 누가 구하죠? 화천이 다시 돌아와서 사람들을 해칠 때 형이 없으면 누가 그를 막을 수 있냐는 말이에요!"

나루의 물음에 해루는 무겁게 대답했다.

"그건 이곳의 사람들이 감당해야 할 몫이지. 그들에게 너와 같은 사람이 있다는 것은 그들의 행운일 뿐이지, 네가 꼭 이행해야 할 의무는 아닌 거야. 네가 아무리 영웅이 되어 세상을 구한다 해도 너의 가장 소중한 것을 지키지 못한다면 무슨 소용이 있겠느냐? 그렇게 된다면 너는 오히려 세상을 원망하여 더 이상 세상을 구할 의욕도 잃을 거야. 분명한 것은 너의 가장 소중한 것을 지켜야 세상을 지키는 것도 의미 있다는 거야!"

나루는 해루와 짧은 대화를 나누고 옆에 있는 신원을 보았다. 고개를 끄덕이며 그를 향해 격려의 눈빛을 보내고 있었다. 신원의 그런 표정을 보고 그는 결심했다. 갑자기 설희 부인의 손을 놓지 않고 있는 동천의 모습이 눈에 들어왔다.

나루가 태선에게 소리쳤다.

"알겠다. 너의 요구대로 하겠다!"

태선과 그녀 뒤에 있는 역천인들의 얼굴은 밝아졌지만 반대로 김 원장을 비롯한 천인들의 얼굴에는 어두운 그림자가 드리워졌다. 나루는 동천과 설희 부인에게 말했다.

"두 분은 걱정하지 않으셔도 돼요. 화천이 없으니 여기 계신 분들이 지켜 드릴 수 있을 거예요."

그리고 태선을 향해서 말했다.

"알겠느냐? 이 두 분을 무사히 보내드리는 조건도 포함되어야 한다!"

태선은 잠시 영악한 머리를 굴려 생각했다. 어차피 화천도 정상이 아닌 지금은 동천을 이용하기도 어려운 상황이었다. 화천이 힘을 쓰지 못하는 만큼 해루만이라도 없앨 수 있으면 결과적으로는 자신들에게 훨씬 유리한 조건이 분명했다. 그녀가 대답했다.

"알았다! 빨리 천부령을 넘겨라!"

하지만 나루도 지지 않았다.

"그 아이부터 보내줘야 천부령을 줄 수 있다!"

서로를 믿지 못하는 나루와 태선은 잠깐 서로에게 먼저 넘기라고 실랑이를 했다. 결론을 내지 못하는 것 같으니까 태선의 뒤에 있던 서련이 태선의 귀에 뭐라고 속삭였다. 그 말을 들은 태선이 고개를 끄덕이더니 나루를 향하여 소리쳤다.

"좋은 생각이 있어! 여기 있는 서련이 너의 친구를 데리고 너희 쪽으로 갈 거야. 그럼 너희는 서련이 여자아이를 너희에게 넘길 때 천부령을 주도록 해! 어떠냐?"

나루가 잠시 생각해 보니 천부령을 가지고 가서 등을 보이며 여울을 데리고 오는 것보다는 태선의 제안이 낫다는 생각이 들었다. 그래서 대답했다.

"알겠다! 그렇게 하자!"

나루가 소리치자 서련이 바닥에 쓰러져 있던 여울을 일으켜 세웠다. 그녀가 서련에게 말했다.

"거 봐요. 우리 오빠가 절 구해줄 거라고 했죠?"

여울은 납치되어 끌려오면서도 계속 서련에게 자신의 남자친구가 얼마나 무서운 사람이고 자신을 얼마나 사랑하는지를 이야기하면서 꼭 자기를 구하러 올 거라고 장담했던 것이다.

"믿음직한 남자친구가 있어서 좋겠다."

서련은 핀잔인지 부러움인지 모를 소리를 하면서 팔에 힘을 주었다. 그러자 그녀의 왼쪽 손이 날카로운 집게 손으로 변했다. 그녀는 그 집게를 벌려 그 사이에 겁에 질린 여울의 목을 넣었다. 그리고 남아 있는 오른손으로 여울의 팔을 억세게 잡고 말했다.

"허튼짓하면 목이 잘리게 될 거야!"

서련이 태선을 쳐다보며 다녀오겠다는 표정을 보였다.

"그래, 실수 없이 잘할 수 있겠지? 가서 천부령을 받아 와!"

태선이 미소를 지으며 서련에게 말하자 그녀는 여울을 끌고 나루 일행이 있는 쪽으로 걷기 시작했다. 그런데 가면서 여울은 긴장이 풀린 듯 그녀에게 말을 걸었다.

"무서운 집게 손이네요? 언니는 얼굴도 예쁘고 착해 보이는데 왜 이렇게 된 거예요?"

"조용히 해!"

서련이 집게 손으로 위협하며 여울을 조용히 시키려 하였다.

"아무리 그래도 소용없어요. 아까 언니 표정을 봤어요. 나쁜 사람이 아닌 거 난 알 수 있어요."

하지만 무서운 집게 손이 목덜미에 스치자 여울은 입을 다물 수밖에 없었다. 마침내 그들은 나루 일행의 앞으로 왔다. 서련이 여울의 목에 걸친 집게 손을 조이며 나루에게 소리쳤다.

"천부령을 내놔! 그럼 이 아이를 풀어주겠다."

나루는 결심한 표정으로 자신의 팔목에서 천부령을 빼내었다. 그의 몸이 잠시 떨리는 듯하더니 멈췄다. 나루는 뒤에 있는 천인들의 안타까운 시선을 느끼며 천부령을 서련에게 넘겼다. 그러자 서련은 잡고 있던 여울을 집게 손에서 빼 주고 나루에게 힘주어 밀었다. 그 바람에 여울이 그의 품 안으로 들어갔다. 그는 여울을 꼭 안았다.

"힘들었지? 이런 일 생기게 해서 미안해!"

나루가 안도한 듯 울먹이며 여울에게 말했다. 하지만 여울은 맑게 웃으며 말했다.

"만약 이런 일도 오빠 때문이라면 상관없어. 나는 오빠를 위해서라면 뭐든지 할 수 있거든!"

나루의 품에서 나오면서 여울이 한마디를 더 했다.

"그런데 혹시 이 일 때문에 어제 나와 함께 있지 못했던 거야?"

하지만 나루는 여울의 질문에 대답할 여유가 없었다. 천부령에 대한 걱정 때문이었다. 서련은 집게 손을 흔들며 태선이 있는 곳으로 돌아가고 있었다. 그것이 태선에게 들어가는 순간 어떻게 될 것인가? 이제 여울의 안전은 확인이 되었지만 천부령이 없어진다면?

그런데 그 순간 놀라운 일이 벌어졌다. 오른손에 천부령을 들고 태선을 향하던 서련이 갑자기 몸을 돌려 천부령을 다시 나루에게 던지면서 말했다.

"아무래도 안 되겠어! 그래, 그 아이의 말대로 나는 역천인으로 살수는 없나 봐!"

천부령이 공중으로 날아가자 태선이 놀라서 외쳤다.

"잡아!"

태선의 뒤에 있던 철단이 공중으로 뛰어올랐다. 하지만 나루에게 던져진 천부령을 되찾을 수는 없었다. 나루가 반사적으로 천부령을 잡고 다시 손목에 차자 두건이 잿빛에서 연한 쪽빛으로 변하는 것이 반복되었다. 여울은 나루의 그런 모습을 보고 놀란 얼굴이 되었다.

천부령을 놓친 철단은 그 분풀이를 서련에게 하였다. 그는 공중에서 서련의 앞으로 떨어지며 그녀의 가슴을 힘껏 가격했다. 불의의 일격을 당한 그녀는 집게 손을 써보지도 못하고 한참을 날아가서 그 자리에 쓰러지고 말았다. 충격이 커서 내상을 입었는지 입에서 피를 흘리며 가슴을 부여잡고 쓰러졌다. 힘이 없어졌는지 그녀의 집게 손은 다시 사람의 손으로 변했다. 그녀는 아무런 대항도 못 하고 철단의 다음 공격을 속수무책으로 기다리고 있었다.

"배신자!"

철단이 서련에게 외치며 그녀의 마지막 숨을 끊기 위해 가까이 다가 갔을 때 신원이 몸을 날렸다. 그의 삼단봉이 서련을 노리고 있는 철단의 어깨를 뒤에서 내리쳤다. 갑작스러운 공격에 충격을 받은 철단이 몸을 돌렸다. 그리고 상황을 깨달은 표정으로 입술을 깨물며 말했다.

"그래! 오늘 나의 끝을 보도록 하자! 하지만 절대로 혼자서는 가지 않을 것이다!"

말을 마친 철단이 몸에 힘을 주는가 싶더니 온몸에서 가시가 불쑥불쑥 솟아나기 시작하였다. 잠시 후 그는 온몸에 엄청나게 큰 가시들로 뒤덮인 괴물이 되어 있었다. 철단이 변한 괴물은 자신의 몸을 동그랗게 말더니 신원을 향해서 빠르게 굴러갔다. 신원이 몸을 날려 피하면서 삼단봉으로 괴물을 내리쳤다. 하지만 커다란 가시들이 완충 작용을 하여 충격을 주지는 못했다.

다시 방향을 잡은 괴물이 이번에는 신원을 향해 뛰어올랐다. 신원이 그를 피하려 하였으나 허벅지를 가시에 찔리고 말았다. 그 모습을 보고 있던 김 원장이 나섰다.

"오늘 신원 님이 상태가 안 좋은 것 같아요. 상대할 때마다 어려움을 겪으시네요?"

그녀는 언제 배에 구멍이 났던 사람이었나 싶을 정도로 건강한 모습으로 신원의 앞으로 나서 괴물을 막아섰다. 신원이 쑥스러운 표정으로 뒤로 물러서자 그녀는 목에서 나무 십자가 목걸이를 풀더니 괴물을 향하여 소리쳤다.

"자, 이제부터 내가 맡아줄 테니 이쪽으로 오너라!"

그러자 괴물은 몸을 다시 동그랗게 말더니 김 원장을 향해서 굴러오기 시작했다. 엄청난 속도였다. 하지만 김 원장을 꼼짝도 하지 않고 자신을 향해서 굴러오는 괴물을 바라보면서 기회를 노리고 있었다. 30m, 20m, …. 괴물이 점점 그녀에게 달려왔다. 천인들은 초조하게 괴물이 다가오는 것을 보고 있었다. 마침내 괴물이 거의 김 원장에게 부딪치려고 하는 순간이었다.

"파팍-"

어느새 괴물의 몸에는 푸른색의 불꽃검이 깊이 박혀 있었다. 괴물은 잠시 동안 고통으로 몸을 떨더니 점차 움직임을 멈추고 철단의 모습으로 변했다. 그리고 곧 몸이 굳어 버린 후 금이 가기 시작하더니 결국 검은 재가 되어 바닥에 쌓였다.

"뭐에요? 해루 님!"

김 원장이 자신을 도와준 해루를 보며 볼멘소리로 말했다.

"제가 처리할 수 있었단 말이에요!"

하지만 해루는 굳은 얼굴로 말했다.

"지금 시간이 많지 않습니다. 그 사이에 태선은 또 도망가 버렸습니다."

사실이었다. 그들이 철단이 변한 괴물에 잠시 눈을 빼앗기고 있던 사이에 태선은 벌써 사라지고 없어져 버렸다. 그녀가 무슨 마술처럼 없어져버린 그 상황을 모두 혼란스러워하였다. 김 원장도 그제야 입을 다물었다. 하지만 그 순간 가장 놀란 사람은 여울이었다. 태선이 사라져서가 아니었다. 자신의 앞에서 나루가 손에서 푸른 불꽃의 칼을 만들어 괴물에게 던지는 것을 본 것이다. 그녀는 자신의 눈을 믿을 수 없었다.

"오빠 그게 뭐야?"

여울이 경이로운 목소리로, 하지만 두려운 얼굴로 물었다. 순간 연한 쪽빛 두건을 쓴 해루가 여울을 쳐다보았다. 여울의 질문에 아주 무심한 표정이었다. 그것은 여울이 아는 나루의 표정, 나루가 그녀를 바라볼 때의 그 다정하고 따뜻한 표정이 아니었다. 그녀가 오싹함을 느끼는 순간 두건이 잿빛으로 변하더니 그녀의 눈에 익숙한 나루가 난처한 표정으로 이야기했다.

"미안해. 여울아, 조금만 참아. 급한 일이 끝나면 모두 이야기해 줄게."

여울은 입을 다물었다. 그녀로서는 지금 앞에서 벌어지는 상황이 놀랍고 궁금한 것투성이였지만 그녀가 보기에도 지금 나루는 자세한 설명을 해 줄 여유가 없어 보였다.

철단이 변한 괴물을 물리치자 나루를 비롯한 천인들은 모두 쓰러져 있는 서련에게 달려갔다. 서련은 충격이 컸는지 숨을 가쁘게 쉬고 있었다. 하지만 그녀는 무척 편안한 모습으로 그들을 바라보았다. 김 원장이 빠르게 그녀의 머리를 자신의 무릎에 올려놓았다.

김 원장이 그녀를 보고 이야기했다.

"댁이 누군지 모르지만 정말 고마워요. 당신 때문에 우리가 해루 님을 잃지 않을 수 있었어요!"

서련은 김 원장을 보고 힘없이 웃으며 말했다.

"영란 님이 나를 모른다니 재미있네요. 우리가 옛날에는 많이 친했는데……"

그 말을 들은 김 원장이 깜짝 놀라면서 물었다.

"네? 그럼 댁은 나를 알아요?"

서련은 힘없이 떨리는 목소리로 이야기했다.

"그럼요. 예전에 우리는 굉장히 많은 시간을 함께했답니다."

김 원장은 뭔가 기억을 더듬는 것 같더니 무언가 깨달은 표정이 되었다.

"설마……. 설마, 당신은 그럼……."

잠시 말을 멈췄던 김 원장이 그제야 알았다는 듯 소리쳤다.

"당신이었군요! 그동안 저에게 문자를 보내어 위험을 알리고 정보를 주신 분이 당신이었군요!"

그리고 김 원장은 감격한 표정으로 소리쳤다.

"왜 이제야 알려주시는 거예요? 저도 얼마나 궁금했는데! 당신은 바로……."

그러자 서련이 고개를 세게 흔들며 안 된다는 표정을 지었다. 그 표정을 본 김 원장이 굳은 표정이 되더니 고개를 끄덕이며 이야기를 멈추었다. 하지만 이 말은 멈추지 못했다.

"그런데 당신이 왜? 이들과 함께?"

그때 서련이 안타까운 표정으로 갑자기 몸을 심하게 떨기 시작했다.

그 모습을 본 나루가 해루에게 서둘러 이야기했다.

"형! 빨리 이 분을 치료해줘요!"

나루의 잿빛 두건이 연한 쪽빛으로 변했다. 그는 고개를 끄덕이고 손을 들어 서련의 가슴에 올렸다. 그리고 눈을 감은 뒤 기를 집중하였다. 한참 동안 그는 이마뿐만 아니라 온몸에 땀을 흘릴 정도로 힘을 다하여서 기를 집중하였다. 하지만 점점 당황하는 표정이 되었다. 한참을 그렇게 기를 집중하던 해루가 갑자기 손을 그녀의 가슴에서 떼고 말하였다.

"왜 그러시는 겁니까? 당신은 지금 저의 치료를 거부하고 있지 않습니까?"

하지만 그녀는 창백해진 얼굴에 땀을 흘리며 아무 말도 하지 않았다. 그러자 옆에서 보고 있던 김 원장이 갑자기 참았던 눈물을 쏟아내며 울부짖었다.

"황후 마마! 그러시면 안 돼요! 사셔야 해요! 우리가 얼마 만에 만났는데요!"

그 말에 모든 사람들이 경악하고 말았다. 특히 해루는 자신의 귀를 의심하는 표정이 되었다.

"이분께서 환웅 폐하의 부인이신 웅녀 황후라는 말씀입니까?"

해루가 아무 말도 못하고 서련을 바라보고 있자 신원이 김 원장에게 물었다.

"맞아요. 이분은 제가 신궁에서 시녀로 있을 때 모셨던 황후 마마가 틀림없어요! 얼굴은 달라졌지만, 그 표정과 말투에서 그분을 느낄 수 있어요!"

김 원장은 울먹이면서 이야기를 계속했다.

"그래서 이분이 그동안 저에게 위험을 알려주고 역천인들의 정보를 알려준 거예요!"

해루가 김 원장의 무릎에 머리를 두고 있는 서련을 내려다보면서 말했다.

"영란 님의 이야기가 맞는 겁니까?"

서련이 창백한 뺨 위로 가는 눈물을 떨구며 힘없이 고개를 끄덕였다.

"오늘 우리에게 동천과 화천이 이곳에 있다는 것을 알려준 것도 당신이었습니까?"

해루의 질문에 서련은 입술을 파르르 떨며 힘들게 대답했다.

"좀 더 일찍 알려드리고 싶었어요. 하지만 저도 그때가 되어서야 음골에게서 들을 수 있었어요……."

해루는 서련을 보면서 더 이상 아무것도 묻지 못했다. 갑자기 그의 눈에 눈물이 고이기 시작했다. 그리고 신원과 이 선생을 비롯한 다른 천인들의 눈에도 눈물이 고였다. 아무것도 모르고 이 장면을 보고 있던 여울의 눈에도 눈물이 맺혔다.

천인들은 드디어 그들의 조력자가 누구인지 알게 되었다. 김 원장에게 위험을 알리고, 천부령의 위치를 알려주었을 뿐만 아니라 이 선생이 연구소에 침입했을 때 경비원들을 잠재워 도왔고, 또한 표 회장의 음모를 알려주어 그의 악행들을 막을 수 있게 해준 것은 바로 서련, 아니 웅녀였다.

특히 지금 그들이 이곳을 찾아 동천을 구하고 화천을 물리칠 수 있었던 것은 웅녀의 가장 큰 공로였다. 추적기만을 믿고 은감시의 개발 지역에서 허탕 치고 돌아왔을 때만 해도 나루와 천인들은 역천인들의 은신처를 찾는 것을 거의 포기할 수밖에 없었다. 그때 태선에게 위치를 들은 그녀가 김 원장에게 장소를 알려주어 거의 마지막 순간에 그들이 도착할 수 있었던 것이다.

화천과 태선이 숨어서 흉계를 꾸미고 있었던 곳은 바로 여의도 YCI 그룹 사옥 지하 5층 주차장이었다. 태선은 그곳의 차를 모두 치우고 또 하나의 비밀 장소를 만들어 놓았다. 아무도 상상할 수 없는 서울의 중심부에서 그들은 대통령과 정부를 협박하고 있었다.

해루가 마침내 참았던 질문을 하고야 말았다.

"그런데 왜 저의 치료를 거부하시는 겁니까? 이제 살아야죠!"

웅녀는 희미한 미소를 보이며 힘없이 말했다.

"참, 우리의 운명은 기구한 것 같습니다……."

힘이 부친 듯이 잠시 쉰 그녀는 다시 이야기를 이었다.

"한때 연모했던 우리가 오천 년이 지나서는 서로 다른 얼굴로 만나야 하네요……."

웅녀는 계속 띄엄띄엄 힘겹게 이야기를 이었다.

"역천인으로 산 것은 사랑하는 두 남자를 떠나보낸 저 자신에 대한 형벌이었습니다……."

숨을 거칠게 한 번 쉰 그녀가 이야기를 이었다.

"이제 저도 자신을 용서하고 놓아줄까 합니다……."

그러자 해루가 거의 울부짖듯이 말했다.

"안 됩니다. 우리가 어떻게 만났는데! 이제는 보내드릴 수 없습니다!"

그는 갑자기 김 원장의 무릎에서 웅녀를 안아 올렸다. 그리고 그녀를 보면서 외쳤다.

"당신을 환웅 폐하에게 보낸 것이 내 생의 가장 큰 실수였습니다! 그런데 이렇게 다시 만났는데 당신을 보낼 수 없습니다! 아니, 절대로 보내지 않을 것입니다!"

해루의 품에 안긴 웅녀가 희미한 미소를 띠며 꺼져가는 목소리로 말했다

"이제는 절대로 저를 놓치지 않겠다는 말씀이신가요?"

그녀의 질문에 해루가 힘을 주어 말했다.

"그렇습니다. 이제는 절대로 놓치지 않을 겁니다!"

웅녀의 얼굴이 갑자기 밝아지며 말했다.

"그럼 이제 되었습니다. 이 질긴 생명으로 오천 년을 살아온 보람이 있네요."

그녀는 가쁜 숨을 쉬면서도 밝은 표정으로 이야기를 이었다.

"그 마음을 확인하였으면 됐습니다. 이제는 여한이 없어요……."

그리고 눈을 감으려고 하였다. 그러자 해루가 놀라면서 소리쳤다.

"무슨 말입니까? 제가 살려드릴 수 있습니다. 제 치료를 거부하지 마세요!"

그러자 웅녀가 잠시 눈을 뜨더니 마지막 힘을 다 쥐어짠 얼굴로 숨을 거칠게 쉬며 말했다.

"저는 역천인의 삶을 선택해서는 안 되었어요. 저를 떠나 버린 당신과 환웅 폐하가 미워서 자포자기하는 마음으로 선택한 일이었지만 그래서는 안 되었어요. 비록 제가 여러분을 도왔다고는 하지만 그 이전에 제가 역천인으로 벌인 악행을 생각하면 저는 용서받을 수 없는 사람입니다. 저는 이제 더 이상 살아 있어서는 안 됩니다……"

그녀는 해루의 얼굴을 똑바로 보면서 마지막인 듯 애절한 얼굴로 말했다.

"저는 이제 하늘의 벌을 받아야 해요…… 해루 님은 꼭 화천을 막아주세요."

마치 꺼져가는 촛불이 바람에 팔랑거리는 듯 있는 힘을 다해 그녀가 말했다.

"환웅 폐하께서 천국으로 돌아가시면서 주신 물건이에요. 그분께서도 이것을 해루 님께 드리는 것은 허락하실 거예요. 잘 보관해주시겠죠?"

웅녀는 품에서 조그만 청동 거울을 꺼내어 해루에게 건넸다. 그가 그것을 받아들자 그녀는 만족한 얼굴로 눈을 감았다. 그는 그 모습을 보면서 아무 말도 못 했다. 대신 나루가 소리쳤다.

"무슨 일인지는 잘 모르겠지만 사랑하는 사람을 다시 만났는데 왜 죽으려 해요! 살아서 함께 행복하게 살아야죠!"

웅녀가 좀 놀란 표정으로 감았던 눈을 떴다. 그리고 힘없이 웃으면서 나루를 보며 말했다.

"당신이 저 아가씨의 남자친구로군요……."

힘이 없는 듯 말을 멈춘 그녀는 나루에게 시선을 떼지 않고 말했다.

"정말 좋은 아가씨예요. 당신을 믿고 있어요. 용기도 있고……. 꼭 행복하게 해 주세요……."

웅녀가 다시 눈을 감으려 하자 해루가 다시 소리쳤다.

"나에게도 기회를 줘요! 나도 당신을 행복하게 만들어 주고 싶어요!"

웅녀는 다시 눈을 뜨지 않았다. 하지만 그 마지막 모습은 더없이 평화로워 보였다. 자신의 임무를 다 끝낸 표정이었다. 그녀의 더 이상의 움직임이 없다는 것을 확인하는 순간 나루의 두건이 연한 쪽빛으로 변했다. 순간 해루는 이성을 잃은 것처럼 보였다. 그는 그녀를 품에 안고 그녀의 뺨에 자신의 얼굴을 대고 오열했다. 그리고 정신없이 그녀의 입에 자신의 입을 맞췄다. 하지만 다음 순간 그녀는 조금씩 굳어가는 듯하더니 마침내 하얀 가루가 되어 순식간에 해루의 품 안에서 부서져내렸다. 그리고 그 하얀 가루들은 공중을 한 바퀴 돌고는 그의 손에 들려 있는 거울 속으로 모두 스며들어 갔다. 그는 거울을 소중히 두 손으로 감쌌다.

웅녀는 이제 영원한 안식을 얻었다. 다행인 것은 그녀가 숨을 거두고 나서 역천인의 상징인 검은 가루가 아니라 천인의 모습인 하얀 가루로 변했다는 점이었다. 해루를 비롯한 모든 천인들은 그것을 보고 하늘도 그녀의 악행을 용서했다는 것을 알았다. 해루는 그녀가 준 천부경을 감격한 얼굴로 계속 바라보고 있었다.

하지만 해루가 웅녀를 안고 오열하는 모습을 본 신원을 비롯한 천인들은 모두 놀라지 않을 수 없었다. 항상 반듯한 모습을 보여주었던 해루와 황후의 관계가 심상치 않았음을 느꼈기 때문이었다. 웅녀는 환웅 폐하의 아내였다. 그런 여자와 해루가 보통 사이가 아니라니! 하지만 그들은 해루에게 아무것도 물어볼 수 없었다. 그들로서는 오늘 처음 그의 약한 모습을 본 것이다. 이전에 그는 누구에게도 감정을 드러내 보인 적이 없었다. 비록 아무 말도 하지는 않았지만, 그들은 해루를 지금까지와는 조금 다른 시선으로 바라보고 있었다.

나루도 그것을 느끼고 있었다. 그는 지금 해루의 입장이 많이 곤란할 것을 알았다. 그 역시 신시의 역사를 알기 때문이었다. 그가 보기에 해루는 결코 여자를 쉽게 마음에 두는 인물이 아니었다. 그런데 오늘의 모습을 보니 지난밤 해루가 자신과 여울에 대해 조언하려는 것을 무시한 것이 미안하게 생각되었다. 그 보답을 하기로 생각한 그는 슬그머니 손목에서 천부령을 빼내서 주머니에 집어넣었다. 그리고 다른 천인들에게 실없이 웃으며 말했다.

"아무래도 지금은 해루 형이 혼자 있고 싶을 거 같아서요. 여러분도 동의하시죠?"

그들은 처음에는 나루를 바보처럼 쳐다보았지만 모두 서둘러 고개를 끄덕였다.

"다들 표정이 왜 그래요? 우리가 세상을 구했어요! 서울의 지진과 화산을 막았다고요! 지금은 모두 축하해야 하는 거 아닌가요?"

나루가 소리치자 신원도 정신을 차린 듯 나서서 말했다.

"나루 군의 말이 맞습니다. 모두 수고하셨어요. 여러분 덕분에 화천과 음골을 막을 수 있었습니다. 하지만 그들이 아직 완전히 사라진 것이 아닙니다. 그들이 언제 다시 세상을 위협할지 모르니 경계를 늦춰서는 안 될 것입니다!"

김 원장과 이 선생도 표정이 밝아졌다. 동천과 설희 부인도 안심하는 모습이었다. 이제야 모든 것이 끝났다는 것을 실감하는 것 같았다. 갑자기 두 부부는 서로의 얼굴을 쓰다듬으며 축하하기 시작했다. 모두

두 사람을 보던 눈길을 서둘러 다른 곳으로 돌렸다.

나루는 다시 한 번 주변을 돌아보았다. 이곳 주차장은 방금 전의 치열한 싸움이 있었다는 것이 믿어지지 않을 정도로 거의 흔적이 남아 있지 않았다. 천인들과 역천인들의 싸움에는 피와 시신이 남지 않아서 그런 것이었다. 그런 점에서는 오늘의 대결이 사람들에게 알려지지 않아 다행이라는 생각이 들었다. 여러 가지 물건이 어지럽게 부서져 있고 천장과 벽이 그을음이 남아 있다는 정도가 그들의 치열했던 싸움을 알려주는 흔적의 전부였다.

나루는 여러 가지 부서진 물건들로 어지러워진 주차장 바닥에 무언가를 발견하고 다가갔다. 그것은 동천과 화천이 사용했던 에너지 증폭기였다. 화천으로 하여금 더욱 빠른 파멸에 도달하게 한 물건이었다. 만약 그가 이 증폭기를 사용하지 않았더라면 싸움은 더욱 길고 어려워졌을지도 모른다. 나루는 지나친 욕심은 화근을 부른다는 교훈을 다시 한 번 느꼈다.

나루는 증폭기를 집어들었다. 그리고 자신의 옆으로 다가온 여울에게 건네주면서 말했다.

"이거 너희 연구소의 물건이야. 탐지기도 내가 찾아놓았어. 그것도 돌려줄게."

여울은 평소에 볼 수 없었던 잿빛 두건을 쓰고 있는 나루를 물끄러미 보면서 말했다.

"그래 고마워. 그런데 오빠, 이거 말고도 나에게 해줄 이야기가 많지 않아? 그렇지?"

나루가 미소를 지며 여울에게 대답을 하려는 순간 이 선생의 다급한 목소리가 들렸다.

"누군가 오고 있어요! 어서 이곳을 나가는 것이 좋겠어요!"

감추었던 이야기

이 선생의 이야기는 사실이었다. 주차장 안으로 경찰과 군 병력들이 들이닥치고 있었다. 나루와 천인들은 서둘러 비상 계단을 통해 지하 4층으로 올라가 그곳에 주차해 놓은 승합차를 타고 YCI 빌딩을 빠져나왔다. 정말 아슬아슬한 순간이었다. 그들이 막 지상으로 나올 때 지하 주차장으로 쏟아져 들어오고 있는 기동타격대의 장갑차들이 보였다.

차 안에서 들리는 임시 뉴스에 따르면 지진과 화산을 일으킨 범인으로 알려진 화천 장군이 여의도 YCI그룹 빌딩 지하 주차장에 있다는 제보를 받고 지금 군 병력과 경찰 기동타격대가 그곳으로 출동하고 있다고 했다. 나루와 천인들은 무상이나 태선이 그들의 범행을 나루와 천인들에게 뒤집어씌우기 위해 신고한 것이라고 추측했다.

"이제 어디로 갈까요?"

YCI 빌딩을 벗어나자 운전을 하고 있던 김 원장이 물었다.

"일단 저수지 은신처로 가는 것이 좋겠습니다."

신원이 대답하며 동천과 설희 부인에게 물었다.

"두 분께서는 어디로 가실 계획이십니까?"

아내의 손을 꼭 잡은 채 동천이 걱정스럽게 대답했다.

"사실 그것이 걱정입니다. 저 나름대로 깊이 숨는다고 숨었는데 화천에게 발각되고 보니 또 어디로 가야 그들의 눈에 띄지 않고 살 수 있을 지 모르겠습니다."

설희 부인도 걱정스러운 얼굴로 말했다.

"그러게 말이에요. 저희는 그저 둘이 함께 있고 싶을 뿐인데…… 그러기가 너무 어렵네요……."

운전하며 그 말을 들은 김 원장이 말했다.

"그럼 차라리 저희와 함께 계시면 어떻겠어요? 두 분만 사시는 것도 너무 적적하실 테고 저희가 두 분의 사랑을 방해하지 않도록 노력하면 되잖아요!"

이 선생이 반가운 목소리로 맞장구쳤다.

"그거 좋은 의견이네요! 그렇지 않아도 그곳은 모두 짝이 없어 굉장히 칙칙한 분위기였거든요!"

그 말을 들은 동천이 신원을 쳐다보았다. 신원도 웃으며 말했다.

"김 원장님의 의견에 저도 찬성합니다. 두 분만 괜찮으시면 그곳에 거처를 마련해드릴 수도 있습니다. 오히려 그것이 두 분께는 더 안전할 수도 있겠네요."

동천이 이번에는 설희 부인을 쳐다보았다. 설희 부인은 그의 눈길을 보면서 대답했다.

"이분들은 믿을 수 있는 분들이니 오히려 저희가 부탁드리고 싶은 일이지요. 감사합니다."

그 말을 들은 김 원장이 소리쳤다.

"됐네요! 이제 우리들의 분위기도 화기애애해지겠네요. 우리 함께 지내요!"

동천과 설희 부인이 쑥스럽게 웃으면서 분위기가 밝아졌다. 그때 이 선생도 목소리를 높였다.

"그럼 이제 빨리 가서 축하 파티를 하죠!"

"맞아요! 오늘의 승리도 축하하고 새 식구가 생긴 것도 축하해요!"

김 원장이 다시 소리치며 모두가 즐겁게 웃었다. 그때 나루가 '생각말'을 통해 신원에게 말했다.

"신원 님, 그런데 여울을 데려가는 것은 괜찮으세요?"

그러자 신원이 '생각말'로 대답했다.

"그것은 내가 아니라 자네가 판단할 일인 것 같네. 우리는 자네 생각에 따를 걸세!"

신원의 대답을 들은 나루는 여울을 바라보았다. 그녀는 지금 자신을 보고 들은 상황을 정리해보려는지 창밖을 보며 골똘히 무엇인가를 생각하고 있었다. 그 모습을 본 그는 그녀를 계속 이런 혼란 속에 둘 수 없었다. 얼마 후 저수지 주변에 가까워지자 그는 김 원장에게 말했다.

"죄송하지만 잠깐만 차를 세워 주실래요? 저희는 먼저 이야기를 좀 해야 할 것 같아요."

김 원장이 알아들었다는 표정으로 저수지 근처에 차를 세워 주자 두 사람이 내렸다.

"그쪽도 이제 화기애애하게 만들어봐요!"

김 원장이 눈을 찡긋하고는 차를 운전하여 떠나갔다.

그들이 내린 곳은 은신처의 입구에서 얼마 떨어지지 않은 곳이었다. 나루는 여울과 함께 저수지 주변의 산책로를 걷기 시작했다. 불과 몇 시간 전까지만 해도 죽음을 각오해야 하는 싸움을 벌인 그의 앞에 펼쳐진 저수지의 풍경은 평화롭기 그지없었다. 심지어는 세상이 아직 지진과 화산 폭발로 야단법석인 지금 상황에서도 낚시질하는 사람까지 있었다.

정말 세상의 일이란 그 가까이에 있지 않으면 전혀 모르고 지나갈 수도 있는 것이었다. 나루는 그런 생각이 들자 자신이 세상일에 너무 많이 관여한 것이 아닌가 하는 생각이 들었다. 하지만 그것은 그의 운명이었다. 절대기맥의 소유자로 태어난 것, 해루와 육신을 공유하기로 한 것, 태선이나 화천의 제안을 거절한 것, 그 모든 것이 강제된 것이든, 선택된 것이든 간에 이제는 돌이킬 수 없는 것들이 되어버렸다. 결국 그는 세상일에 무관할 수 없는 운명을 타고 태어난 것이었다. 그러니 그는 그런 운명을 받아들이고 그것에 맞춰 살아야 했다.

"아직 마음의 준비가 안 된 거야?"

나루의 옆을 조용히 걷고 있던 여울이 먼저 입을 열었다. 하지만 그녀도 주변의 평화로운 경치에 감동하는 표정이었다. 그녀가 재잘거리기 시작했다.

"여긴 정말 아름다운 곳인 것 같아. 이런 교외에 나와 본 것이 얼마만인지…… 정말 그동안 뭐 하느라 그렇게 바쁘게 지냈는지……"

나루는 속삭이는 여울을 바라보면서 캠퍼스가 아닌 이런 곳에서 본 그녀의 모습은 더 예쁘다는 생각이 들었다. 그는 그녀의 반짝이는 눈을 보면서 말했다.

"너도 짐작하겠지만 그동안 너에게 이야기하지 못한 것이 많이 있었어."

여울이 이미 알고 있다는 표정을 했다. 하지만 다음 이야기를 재촉하지는 않았다.

"최근 나에게 보통 사람들과는 다른 능력이 생겼어. 그것은 우리의 단군 신화와 관련이 있어……"

나루는 여울에게 자신에게 일어난 일들에 대해 이야기해주었다. 그는 먼저 정확한 단군 신화의 내용을 이야기해주고 천인들과 역천인들에 대해 설명하여야 했다. 그리고 그가 절대기맥으로 태어난 까닭에 천인들과 역천인들이 모두 그와 함께하려고 했으며 YCI그룹이 자신을 채용하려 했던 것도 사실은 그들이 역천인과 관계가 있기 때문이라고 설명했다. 결국 그 자신은 천인들을 선택했고 금룡산에서 신원을 만나 기문을 연 후 강해진 육신을 통하여 해루란 고대의 영웅이 빙의하여 악의 무리인 역천인들과 싸우게 된 것을 이야기했다.

특히 YCI그룹의 표무상 회장과 역천인 이태선 실장의 정체를 알리면서 그들의 악행을 알기 때문에 표 회장이 대통령이 되는 것을 그토록 반대한 것이라는 이야기도 했다. 또한 그들이 역천인의 괴수인 화천을 봉인 해제 하여 그들의 목적을 달성하려 했고 특히 이번에 일어난 화산과 지진이 바로 화천이 대통령을 협박하기 위해서 벌인 일이라고 알려 주었다.

그 내용을 설명하기 위해 동천과 설희 부인과의 사랑이나 신원, 김 원장, 이 선생에 관해서도 이야기해주어야 했다. 그리고 여울이 납치되어 온 곳이 바로 그들의 협박 장소였으며 그곳에서 조금 전 자신과 해루가 화천과 싸워서 결국 승리했다는 것으로 이야기를 마쳤다.

"그동안의 긴 이야기를 한꺼번에 하려니까 정말 어렵네. 아마 너도 바로 받아들이기 어려울 거야. 하지만 이것이 지금까지 나에게 그리고 오늘 너에게 일어난 일이야."

길었던 설명을 한 후 나루가 여울을 쳐다보니 그녀는 아직도 뭐가 뭔지 모르겠다는 표정을 하고 있었다. 하지만 그녀는 그중에서도 핵심은 이해하고 있는 것 같았다.

"난 다른 것은 모르겠어. 그런데 결국 오빠 몸을 누군가 다른 사람이 사용하고 초능력을 쓰는 나쁜 사람들이랑 위험한 싸움을 해야 한다는 거잖아."

나루가 눈을 동그랗게 뜨고 대답했다.

"말하자면 그렇지…… 정말 그렇게 간단히 이야기할 걸 그랬구나……."

하지만 여울은 농담할 기분이 아닌 것 같았다.

"오빠는 그 몸이 오빠 혼자만의 것이라고 생각하나 봐?"

여울이 뾰로통한 목소리로 물었다.

"아니, 그건 무슨……"

나루가 대답을 못하고 당황하자 여울이 마구 쏘아대기 시작했다.

"오빠는 어떻게 자기만 생각해? 그런 일이 있으면 나와 의논해야 하는 것 아니야? 나는 오빠에게 어떤 존재인데? 그런 일도 감추고 이야기하지 않는다면 나는 오빠에게 무슨 의미야?"

그녀는 갑자기 나루의 가슴을 마구 치면서 울먹이며 말했다.

"만약 오빠가 싸우다가 사고라도 당하면 난 이유도 모르는 채 오빠를 잃어야 할 것 아니야!"

나루의 가슴을 마구 때리던 여울이 다시 그를 보고 눈물을 글썽이며 말했다.

"그렇게 되었으면 좋겠어? 만약 그렇게 되면 난 숨도 못 쉴 거야!"

나루는 울먹이는 여울을 꼭 안아주었다. 그리고 달래듯 말했다.

"네가 걱정할까 봐 이야기하지 못한 거야. 네가 나를 많이 사랑하는 것을 알고 있으니까. 하지만 내가 잘못되는 일은 절대로 없을 거야. 난 절대로 너의 가슴을 아프게 하지 않을 테니까!"

"그래도 세상일이란 모르는 거잖아. 그러니까 내가 오빠에 대한 것은 모두 알고 있어야지."

여울은 나루의 품에서 계속 흐느꼈고 나루는 그런 여울을 한참 동안 안아주었다.

얼마의 시간이 지난 후 나루는 여울을 보고 걱정스러운 표정으로 말했다.

"그런데 괜찮겠어?"

"그게 무슨 소리야?"

여울이 물끄러미 나루를 올려다보면서 물었다.

"오늘도 나 때문에 납치도 당하고 네가 위험했잖아. 앞으로도 네가 나의 여자친구라는 것이 알려지면 이런 위험한 일이 계속 생길 텐데…… 나는 그것이 걱정이야……"

나루가 걱정스러운 표정으로 이야기했다. 그러자 여울은 오히려 씩 웃으며 말했다.

"난 또 뭐라고……. 걱정 안 해도 돼. 이번에는 내가 오빠 상황을 몰라서 방심해서 그런 거니까."

"뭐라고? 넌 아무렇지도 않단 말이야? 바보야! 넌 오늘 죽을 뻔했어!"

나루가 진지한 표정이 되어 조금 목소리를 높여서 이야기했다.

"그래서? 어쩌라고? 내가 오빠의 여자친구인 것은 그들이 이미 아는데? 이젠 방법이 없잖아?"

나루가 얼굴을 여울의 얼굴에 가까이 대고 말했다.

"그러니까 앞으로 조심해야 해! 함부로 혼자 다니지 말고 항상 나와 항상 함께 있어야 해!"

"그건 좋은 일이네!"

"뭐라고?"

"덕분에 항상 오빠와 함께 있을 수 있잖아. 그럼 나는 아무래도 괜찮아!"

여울이 밝은 표정으로 이야기하는 것을 보자 나루는 헛웃음이 나왔다. 하지만 다시 엄한 표정을 지어서 말했다.

"웃지 마! 농담이 아니야! 나와 함께 있지 않아도 절대로 혼자 다니면 안 돼!"

이번에는 여울이 나루를 달래듯이 말했다.

"알았어! 알았다니까! 앞으로 오빠 말대로 하면 되잖아!"

나루의 화난 모습을 보면서 여울이 아쉬운 듯이 말했다.

"분하다. 이럴 때 바나나 우유 하나만 있으면 바로 오빠 마음을 풀어줄 수 있는데!"

"뭐라고?"

나루가 어이없는 표정으로 묻자 여울이 어깨를 으쓱하며 말했다.

"그렇잖아. 오빠는 내가 바나나 우유를 빨대로 먹는 걸 보면 화가 풀리잖아?"

귀엽게 웃는 여울을 보며 나루는 도저히 계속 화가 나 있을 수 없었다. 그는 웃으며 그녀의 손을 잡고 말했다.

"저녁이 되니 날씨가 추워지는 것 같네. 안으로 들어가자. 더 신기한 거 보여줄게."

저수지 지하의 은신처로 들어온 여울은 처음에 나루가 그랬던 것과 마찬가지로 이곳저곳을 둘러보며 신기해하는 표정을 감추지 못했다. 주변을 계속 두리번거리는 그녀를 보면서 입구에서 기다리던 신원이 나루에게 미소를 보이며 말했다.

"이야기가 잘된 모양이군!"

나루는 고개를 끄덕였지만, 걱정스러운 표정으로 대답했다.

"하지만 저는 아직 많이 걱정돼요. 저 아이가 제 여자친구라는 것을 그들이 알잖아요."

신원도 그 부분이 마음에 걸리는 것은 마찬가지인 것 같았다.

"그 점은 함께 방법을 생각해보도록 하지. 일단 모두 기다리고 있으니 회의실로 가세!"

입구를 지나 복도로 들어서자 그곳을 지나던 천인들이 나루의 손을 잡으며 격려하고 칭찬했다. 이미 그들이 화천을 물리치고 온 것을 모두 아는 것 같았다. 천인들도 모두 기뻐하며 말했다.

"고생했어요. 감사합니다!"

"수고했어요!"

하지만 나루는 그들이 생각만큼 크게 흥분하지는 않는다는 느낌을 받았다. 역시 천인들은 감정 표현을 상당히 절제하는 것 같았다. 그들은 잠깐 환영을 하는 듯하더니 곧 다시 자신의 일과로 돌아갔다. 하지만 여울은 그런 그들의 모습도 신기한지 어리둥절한 얼굴로 그들을 따랐다.

회의실에서는 김 원장과 이 선생이 기다리고 있었다. 그들은 나루와 여울을 반갑게 맞았다.

"설명은 잘해 드린 건가요?"

"우리 천인들의 은신처에 오신 것을 환영합니다!"

김 원장과 이 선생이 여울을 환영하자 나루는 멋쩍은 미소로 대답하고 그들을 여울에게 정식으로 소개했다. 지금까지는 경황 중에 제대로 소개할 기회가 없었다. 여울은 얼떨떨한 표정이었지만 모두와 반갑게 인사를 했다. 다만 이 선생을 마주할 때는 살짝 굳은 표정을 보이기도 했다. 그 표정을 읽은 나루는 여울에게 그들이 모두 이미 오천 년을 넘게 살아온 사람들임을 필요 이상으로 강조했다. 그의 의도를 알아챈 김 원장과 이 선생이 킥킥거렸다.

소개가 끝나고 모두 자리에 앉자 나루가 물었다.

"동천 님과 설회 부인은 안 계시네요?"

김 원장이 신원 대신에 대답했다.

"아무래도 그분들은 우리와 어울리는 것이 익숙하지 않은가 봐요.

거처를 마련해 드리고 난 후 밖으로 나오지를 않으시네요. 저희도 그분들을 방해하지 않으려고 따로 부르지 않았어요."

"그분들로서는 오래 떨어져 계셨으니 하실 말씀도 많겠지요……."

이 선생이 실실 웃으며 주절거리자 김 원장은 그녀의 옆구리를 쥐어박으며 웃지 못하게 하느라 애썼다. 그런 두 사람의 장난스러운 모습 때문에 여울도 함께 웃었다. 하지만 잠시 후 웃음을 멈추자 이 선생이 진지한 표정으로 나루에게 물었다.

"여자친구도 해루 님에 대해서 알고 있죠?"

나루가 고개를 끄덕이자 이 선생은 보채듯이 이야기했다.

"그럼 어서 해루 님을 불러 주세요. 어서요!"

신원이 무슨 일인가 하는 표정이었지만 김 원장은 이해하는 얼굴이었다. 나루는 어쨌거나 지금은 해루가 있어야 할 순간이므로 여울에게 놀라지 말라고 속삭이고 목걸이 주머니에서 천부령을 꺼내어 손목에 찼다. 여울이 그를 잠시 노려봤으나 금방 고개를 끄덕였다. 나루는 잠시 몸을 떨고 멈췄다. 쓰고 있던 두건이 잿빛과 연한 쪽빛이 되는 것을 반복하더니 마침내 연한 쪽빛이 되어 멈췄다.

"오셨군요!"

이 선생이 기다렸다는 듯이 반가운 목소리로 인사했다. 해루는 영문을 모르겠다는 표정으로 자신을 반갑게 맞아주는 이 선생을 바라보며 물었다.

"네, 무슨 일이시죠?"

그러자 이 선생은 궁금해서 미치겠다는 표정으로 물었다.

"빨리 이야기해주세요!"

"뭘 말입니까?"

해루가 이해하지 못하는 표정으로 이 선생을 바라보자 이 선생이 답답하다는 표정으로 말했다.

"해루 님과 웅녀 황후 님의 관계 말이에요. 두 분은 어떤 사이였어요? 신시 궁궐의 시녀였던 김 원장 님도 두 분이 그런 사이인지 몰랐다고 하던데 그럼 두 분은 언제부터 아셨던 거예요?"

질문을 받은 해루의 얼굴이 붉어지면서 곤란한 표정이 되었다. 그 모습을 본 신원이 말했다.

"참, 이 선생께서는 별걸 다 물으시고 그러네요. 그건 해루 님의 사생활 아닙니까? 그런 것을 우리가 알 권리는 없지요. 해루 님을 불편하게 하면 안 되죠!"

신원에게 질책을 당한 이 선생도 얼굴이 붉어지며 말했다.

"아니, 아까 그 일로 또 다른 오해가 없도록 정확하게 알자는 의미지요. 제가 뭐 다른 뜻이 있어서 그런 것은 아니에요……."

"그래도 그런 것을 해루 님 본인에게 직접 묻는 것은 무례한 일이지요!"

신원이 다시 변명하는 이 선생을 다그치는 것을 보고 해루가 만류하며 말했다.

"아니요! 선영의 이야기도 일리가 있습니다. 불필요한 오해를 없애기 위해서 제 입으로 확실히 이야기하는 것이 좋겠지요. 무엇보다도 아까 그 일로 황후이신 웅녀 마마께서 괜히 안 좋은 오해를 받으시면 그것도 안 될 말이지요……."

이 선생이 그것 보라는 표정으로 신원을 보자 그는 입을 다물었다.

"사실 제가 웅녀 마마를 처음 만난 것은 신시를 건설한 직후였습니다. 환웅 폐하의 명에 따라 웅족국을 순방하던 중이었지요. 그때 여기 있는 태 조장도 저와 함께하였지요. 그렇죠?"

신원이 고개를 끄덕이자 나루는 회상하는 눈빛으로 그 당시를 떠올렸다.

"그때 웅족국의 공주였던 그분은 나라를 뒤덮고 있던 흉년과 도적들 때문에 먹을 것이 없는 백성들을 위해 식량을 가지고 가다가 화적떼를 만났습니다. 참 위험한 상황이었는데 저희가 그분을 구해주었습니다."

모두들 그의 이야기에 집중하고 있었다. 해루는 잠시 말을 멈췄다가 이야기를 계속했다.

"그것이 인연이 되어 그 후 한 달 정도 그분과 저는 백성들에게 식량을 나눠주는 일을 함께하였습니다. 그러던 중에 우리는 서로 연모하는 마음을 느껴 한 달 후 헤어지면서 훗날 다시 만나 장래를 함께하기로 언약하였습니다."

신원도 그 순간이 기억나는 모양이었다. 김 원장은 그를 보고 그때 아무 눈치를 못 챘냐고 조그맣게 물었지만 몰랐다고 고개를 흔들었다. 해루의 이야기는 계속되었다.

"하지만 그 후 갑작스럽게 화천의 반란이 일어나서 그분을 데리러 가기로 한 저의 약속이 지켜지지 못하고 말았습니다. 그 사이에 그분은 제가 불러서가 아니라 반란 진압을 위한 구원군으로 아버지인 웅족국의 왕과 함께 신시로 오셨지요. 그것이 더 큰 불행의 시작이었습니다."

해루가 아쉬운 표정이 되어 이야기를 잠시 멈췄다. 사람들은 그의 표정이 갑자기 어두워지는 것을 볼 수 있었다. 그는 조금 떨리는 목소리로 이야기를 계속했다.

"역천인들과 호족국이란 나라가 화천을 지원하는 어려운 상황 속에서도 우리는 결국 난을 진압할 수 있었습니다. 하지만 사령제 때문에 불사의 몸이 된 화천을 사형시킬 수 없게 되자 환웅 폐하께서는 그를 천부검에 봉인하셨고 괴수를 잃은 역천인들은 뿔뿔이 흩어졌습니다. 그 후 반란 진압에 대한 논공행상을 할 때 주변 국가 중 유일하게 원군을 보내 공을 세운 웅족국왕에 대해서 환웅 폐하께서는 아주 큰 감사의 뜻을 표시하셨지요. 하지만 웅족국왕의 입장에서는 단순한 선물보다는 웅족국이 신시나 환웅 폐하와 더욱 공고한 관계 맺기를 원했던 것 같습니다. 그런 이유로 웅족국왕은 환웅 폐하와 웅녀 공주와의 혼담을 추진하였지요……."

이야기를 듣던 천인들은 이제야 내용이 짐작이 간다는 표정을 지었다. 하지만 신원은 자신이 모시던 분에게 이런 일이 일어난 것도 몰랐음을 자책하는 얼굴이 되었다.

"결국 웅녀 공주는 환웅 폐하의 비가 되셨고 그때 아무것도 할 수 없었던 저는 그분을 잃은 것 때문에 무척 힘이 들었습니다. 사랑하는 사람이 다른 사람의, 그것도 가장 친했던 친구의 아내가 된 현실을 받아들이기가 너무 어려웠던 겁니다. 사실, 환웅 폐하와 저는 어린 시절부터 막역한 사이였거든요. 그래서 정말 오랫동안 방황의 시간을 보냈습니다."

해루의 사정이 이해가 되었는지 이 선생과 김 원장 그리고 여울까지 고개를 끄덕였다.

"그런데 그로부터 몇 년 후 역천인들의 기운이 잠시 강해진 시기에 그들은 봉인되었던 화천의 육신을 훔쳐가버렸습니다. 그리고 그때 세상의 악한 기운이 강해지는 오천 년 후에 그들과 화천이 다시 세상에 나올 것이라는 하늘의 예언이 있었습니다. 환웅 폐하를 비롯한 모든 천인들이 오천 년 후의 그들이 인간들에게 벌일 악행에 대해 염려하자 사랑하는 여인과 함께하지 못함을 힘들어하고 있었던 저는 환웅 폐하께 스스로 봉인을 해달라고 부탁을 드렸습니다."

천인들이 모두 이해가 된다는 표정이 되었다. 그동안 그들은 해루가 왜 스스로 봉인되기를 원했는지는 정확히 모르고 있었다. 단순히 세상을 구하기 위하여 봉인되었다고 믿었던 그에게 또 다른 이유가 있었다는 것을 알게 되자 모두 더욱 가슴 아픈 얼굴이 되었다.

해루의 이야기는 이제 거의 마무리되고 있었다.

"물론 환웅 폐하께서는 처음에는 저의 봉인을 허락하지 않으셨지만 어디서 저와 웅녀 황후에 대한 이야기를 아셨는지 미안하다고 하시면서 결국 봉인을 허락해주셨습니다. 그리고 제가 이렇게 세상에 다시 나오게 된 것입니다. 세상에 나와 보니 환웅 폐하께서는 웅녀 황후를 지상에 남긴 채 천국으로 돌아가셨고 저를 위해 여러분들을 세상에 남기셨다고 하더군요. 감사한 일입니다. 그러다가 오늘 뜻하지 않게 오천 년 만에 웅녀 마마를 만난 것이지요. 그런데……"

해루는 이야기를 마치면서 아쉬운 표정을 지었다. 이야기를 듣고 있던 김 원장이 그의 마음을 읽은 듯 대답해주었다.

"왜 웅녀 마마가 역천인이 되어야 했는지 궁금하신 거죠?"

해루가 힘없이 고개를 끄덕이며 대답했다.

"네, 그렇습니다. 왜 그분이 역천인이라는 말도 안 되는 길을 선택했을까요?"

김 원장도 우울한 표정이 되어서 대답했다.

"저도 잘은 모르지만, 그분으로서는 세상 모두에게 버림받았다고 생각했을 수도 있을 거예요."

그녀는 잠시 말을 멈춘 후 주변을 보더니 이야기를 계속했다.

"어쨌거나 그분이 사랑한 사람들은 모두 그분을 떠났으니까요. 아마 그분은 황후가 되기 전에 해루 님이 그분을 붙잡아 주기를 바랐는지도 몰라요. 하지만 해루 님으로서는 환웅 폐하의 황후가 되실 분에게 그럴 수가 없었겠죠. 그러니 그분 입장에서는 해루 님이 그분을 떠났다고 생각했을 수도 있을 거예요. 더구나 해루 님은 봉인되어서 오천 년 후의 시간 밖으로 떠나버렸잖아요. 후에 환웅 폐하 또한 천국으로 떠나시고 하나밖에 없는 단군 태자마저도 결국 조선을 건국하기 위해 남쪽으로 떠나버리셨으니 그분 곁에는 아무도 없다고 생각하셨을 거예요."

해루는 말없이 듣고 있었다. 그러자 이야기를 잠자코 듣고 있던 이 선생이 입을 열었다.

"그분이 역천인이 된 것도 결국 가장 보고 싶었던 분이 해루 님이기 때문인지 모른다는 생각이 드네요. 그렇잖아요. 그분이 오천 년을 살아 해루 님을 만날 수 있는 방법은 역천인이 되는 방법밖에는 없으니까요."

"그건 왜 그렇죠?"

아까부터 궁금한 것이 많았지만 꾹꾹 참고 있던 여울이 마침내 참지 못하고 물었다. 그녀의 질문을 들은 이 선생이 재미있다는 표정으로 대답했다.

"그 이유는 웅녀 황후께서는 인간이시기 때문이죠. 영생의 장수는 천인들만이 터득이 가능한 신선술입니다. 그래서 원래 천인 출신이었던 역천인들도 가능했던 겁니다. 하지만 드물게 악의 사술에 의해 역천인이 된 인간도 가능할 수 있어요."

이 선생의 대답에 신원이 좀 더 설명을 해주었다.

"역천인이 된 인간들은 사람의 피로 젊음과 생명을 연장한다는 이야기를 들은 것 같아요."

김 원장도 섬뜩한 표정으로 이야기했다.

"그러니 그렇게 타락한 육신으로 해루 님과 같이하기는 힘들었을 거예요."

이 선생이 안타까운 얼굴로 이야기했다.

"보고는 싶지만, 함께할 수는 없다…… 정말 비극이네요."

여울이 해루의 표정을 보면서 중얼거렸다. 그녀는 나루의 얼굴에 나타나 있는 해루의 슬픈 표정을 똑똑히 볼 수 있었다. 순간 두건이 잿빛으로 변하면서 나루의 목소리가 말했다.

"해루 형이 많이 피곤한 것 같아요. 혹시 급한 일이 없다면 오늘은 좀 쉬는 것이 어때요?"

모두 서로를 쳐다보면서 고개를 끄덕였다. 김 원장은 피곤한지 하품까지 했다.

"그런데 이제는 누군가 우리 대통령에게 지진이나 화산은 더 이상 없을 것이니 안심하시라고 이야기를 해줘야 하지 않을까요?"

모두 자리에서 일어서려는 순간 나루가 손목에서 천부령을 빼면서 이야기했다.

그날 저녁, 나루와 여울은 집으로 돌아가는 차 안에 함께 있었다. 신원이 차를 빌려주어 나루가 운전하여 가는 길이었다. 라디오에서는 대통령의 또 다른 대국민 담화가 발표되고 있었다. 그런데 대통령의 목소리는 오전에 들었던 것과는 다르게 밝고 힘이 넘쳐 있었다.

"저희는 한 시간 전에 방송국을 통하여 어제오늘 우리를 위협했던 지진과 화산 폭발이 더 이상 없을 것이라고 주장하는 제보를 받았습니다. 제보에 따르면 자신들이 지금 대한민국을 위협하고 있는 화천 장군을 물리쳐서 그를 당분간 회복하기 어려운 심각한 상태로 만들었으니 안심하라는 것이었습니다. 특히 더 이상의 화산 폭발과 지진이 없는 것은 확실하다고 했습니다.

하지만 그 제보는 화천 장군이란 자는 아직 완전히 죽은 것이 아니므로 그가 기운을 차린다면 언제든지 돌아올 것이며 그때 더 큰 재앙을 가져올지도 모르기 때문에 그에 대한 대비는 항상 해야 할 것이라는 말도 덧붙이고 있었습니다. 그런데 그 방법은 뜻밖에 아주 간단했습니다. 화천 장군과 그의 집단은 세상에 선의 기운이 강하면 힘을 쓸 수 없으니 모두가 우리의 훌륭한 전통인 홍익인간의 이념을 되새겨 널리 인간이 이로울 수 있도록 서로를 배려하고 돕는 사회를 만들어 세상에 선한 기운이 가득 차게 한다면 그들이 강해지는 것을 막을 수 있다는 것입니다. 반대로 우리가 자신의 이익만을 위하여 서로 미워하고 해치려 한다면 악의 기운이 강해져서 그들의 힘이 강해지는 것을 돕는다고 합니다.

저와 정부 각료들은 물론 이 제보의 내용을 믿기 어려웠습니다. 하지만 북악산의 화산과 지진이 가장 위험했던 순간에 멈춘 것은 움직일 수 없는 사실이었고 그 후 화천 장군으로부터 더 이상의 협박이 없다는 점에서 일단 이들의 주장이 근거 없는 것은 아니라는 결론을 내렸습니다.

더욱 저희가 믿기 어려운 내용은 우리가 서로를 위하며 홍익인간의 이념을 실천한다면 화천 장군의 다른 도발을 막을 수 있다는 이야기였지만 저를 비롯한 각료들은 이것 역시 지킬 만한 가치가 있다는 생각입니다. 그것은 비록 화천 장군이란 자의 위협 때문이 아니라도 홍익인간의 이념은 우리가 자랑스럽게 계승하여야 할 전통이기 때문입니다. 서로를 배려하고 이웃을 도우며 살아간다면 우리 사회가 더욱 밝아질 것인데 거기에 만약 미지의 강력한 위협마저 막을 수 있다면 하지 않을 이유가 무엇이겠습니까?

이제 국민 여러분들께서도 저와 함께 지금까지 물질 만능주의와 빠듯한 삶에 치어서 우리가 잠시 잊고 지냈던 인간의 도리와 이웃 간의 정에 대하여 생각하는 시간을 갖고 그것을 실천하지 않으시겠습니까? 사실, 이것은 누가 시켜서가 아니라 스스로 해야 할 행동일 것입니다.

어쨌든 제보를 주신 미지의 영웅께 감사드립니다. 더불어 그동안 수

고해 주신 소방관, 경찰, 군 장병, 공무원 여러분 그리고 모든 국민 여러분께도 감사드립니다. 통제에 질서 있게 따라 주신 국민 여러분의 협조로 이번 사태를 심각한 피해 없이 막을 수 있었습니다. 이제 지금부터는 지난 며칠 동안 우리를 짓눌렀던 불안에서 벗어나 피해 복구에 힘을 합쳐야 할 때입니다. 우리 모두 소중한 대한민국을 다시 건설하는 데 힘을 모읍시다! 감사합니다!"

기쁨으로 격앙된 목소리의 대통령 담화는 이렇게 끝났다.

"역시 우리 대통령은 연설을 잘하는 거 같아!"

여울이 활짝 웃으며 말했다. 나루는 흐뭇하게 미소 지으며 운전하고 있었다. 잠시 그 모습을 보던 그녀의 표정이 갑자기 묘해졌다. 그동안 자신을 속였던 나루를 놀리고 싶어진 것이다.

"나 다른 애들한테 오빠 이야기하고 싶어 입이 근질거리면 어떡하지?"

하지만 나루는 전혀 동요하지 않고 대답했다.

"네가 그런 사람이 아닌 것은 내가 진작 알고 있는데 괜히 나 놀리려고 힘 빼지 마"

"치…… 오빠는 정말 재미없는 남자야. 좀 속아주면 안 되나?"

"안 돼, 난 거짓말을 못 하거든!"

나루가 뻐기는 표정으로 대답했다.

"그래?"

여울이 뭔가를 잡았다는 표정으로 나루를 보며 재차 확인했다.

"정말 거짓말을 하지 않는단 말이지?"

"그럼!"

나루가 여울의 속셈을 모르고 자신 있게 대답했다.

"그래? 그럼 하나 물어봐도 돼?"

"뭔데?"

여울의 질문에 나루가 대답했다. 그때 그녀가 기다렸다는 듯 물었다.

"아까 그 웅녀라는 분께서 돌아가실 때 해루 님이 그분과 뺨을 비비고 입을 맞췄잖아? 그때 오빠는 어디에 있었어? 그 몸에 같이 있었던 거야?"

나루는 갑자기 말문을 잃었다. 사실 그 역시 잘 모르는 일이었다. 같이 있었던 것 같기도 하고, 아닌 것 같기도 했고, 생각해 보니 그 입술의 부드러움이 기억나는 것 같기도 하였다. 한참을 머뭇거리고 있자 여울이 다시 재촉했다.

"거짓말 안 한다며? 그때 오빠도 그분의 뺨이며 입술을 느낀 거지?"

나루가 계속 대답을 못 하고 머뭇거리자 여울이 소리쳤다.

"맞구나! 혹시 했는데. 알았어. 나 오빠랑 불결해서 같이 못 있겠어. 나 여기서 내려줘!"

"뭐라고? 여기는 고속도로 한가운데야!"

나루가 놀란 목소리로 말하자 여울이 웃음 띤 얼굴을 뒤로 숨기며 소리 질렀다.

"싫어. 나 여기서 내릴 거야. 빨리 차 세워줘!"

나루가 당황하는 모습을 보자 여울은 더욱 큰 소리를 냈다.

"내려달라니까!"

그녀의 날카로운 목소리가 달리는 차 안을 가득 채웠다.

에필로그

커다란 방의 한가운데에 침대 하나만 덩그러니 놓여 있었다. 방에는 일반적인 병원에서 쓰는 복잡한 의료 장비 같은 것은 없었다. 그저 침대 하나와 그 옆에 링거를 달아 놓을 수 있는 기다란 걸이 하나만이 있을 뿐이었다.

침대 위에는 이제는 듬성듬성 남아 있는 머리카락마저 백발이 된 채 앙상한 몰골로 더 이상 원래 모습을 알아보기 힘든 화천이 누워 있었다. 링거에 있는 액체가 그의 몸속으로 들어가고 있었지만, 그에게 전혀 도움이 되지 않는지 아직 몸을 움직일 힘조차 없어 보였다. 눈이 감긴 채 광대뼈가 툭 튀어나온 얼굴은 마치 뼈에 가죽만 입혀 놓은 것 같았다.

화천은 오랫동안 누구의 방문도 받지 않은 채 혼자 누워 있었다. 자신이 혼자라는 것도 느끼지 못하는 것 같았다. 그는 무상에 의해서 구조된 후에 오랫동안 아무런 움직임이 없는 상태로 이곳에 있었다.

어느 정도의 시간이 지났을까 간호사 복장을 한 여자 하나가 방으로 들어왔다. 그녀는 평소 습관인 듯 누워 있는 화천에게 말을 걸었다.

"어머! 영감님 벌써 링거가 다되었네요? 그럼 저를 부르셔야죠. '김 간호사 여기 링거 떨어졌어. 빨리 갈아줘!' 이렇게 말씀하셔야죠. 그래야

제가 달려와서 새것으로 바꿔드릴 것 아니에요."

의식이 없는 환자에게조차 이렇게 즐겁게 말을 거는 것을 보니 교육을 잘 받은 간호사가 틀림없어 보였다. 그녀는 계속 재잘거리며 빈 링거 봉지를 내린 후 새것을 달았다. 그리고 링거가 잘 들어가는지 확인하기 위해 화천의 손목을 가리고 있는 환자복의 소매를 올리려 하였다.

그때였다. 갑자기 앙상하게 뼈만 남은 것 같았던 화천의 손이 간호사의 손목을 움켜잡았다. 간호사는 잠시 놀랐지만 뼈만 남은 앙상한 노인의 손임을 깨닫고 금방 안심했다.

"어머 의식이 돌아온 거예요? 그런데 이렇게 잡고 계시면 제가 일을 못하죠……."

간호사는 무슨 말을 하려고 하였으나 미처 끝내지 못했다. 다음 순간 그녀는 마치 정신을 잃은 것처럼 눈이 풀리면서 몸을 벌벌 떨기 시작했다. 간혹 손목을 잡은 손을 뿌리치려는 노력을 하기도 했으나 화천의 손가락은 마치 그녀의 팔목에 박혀버린 듯 떨어지지 않았다.

또 얼마간의 시간이 지났다. 이번에 그 방에 들어온 사람은 태선이었다. 그녀는 괴물 같은 손톱 칼도 감춘 채 잘 다듬은 머리 스타일에 가방, 구두 그리고 입고 있는 옷들도 모두 예전의 명품으로 치장하고 있었다. 하지만 초췌한 얼굴에는 수심이 가득했다. 오천 년을 기다린 화천의 지금 상태를 걱정하는 것 같았다.

화천은 여전히 의식이 없어 보였다. 아무 말도, 아무 움직임도 없이 변함없는 모습으로 누워 있었다. 그런데 태선이 그의 얼굴을 자세히 보고는 얼굴이 갑자기 밝아졌다. 혈색이 좋아졌다고 느낀 것이었다. 잠시 기뻐하던 그녀가 무심코 침대 아래를 보고 깜짝 놀랐지만 곧 입가에 싸늘한 미소가 의미심장하게 떠올랐다. 침대 아래에는 머리가 백발이 되어 얼굴과 몸이 뼈와 가죽만 남은 여자가 간호사 복장을 한 채 쓰러져 있었다.

〈해루나루. 5천 년의 예언. 끝〉